Aus Freude am Lesen

Sie wächst auf zwischen den pulsierenden Metropolen von Tel Aviv und New York – immer auf dem Sprung, ohne richtige Heimat. Doch nun bittet ihr Großvater die junge Jüdin Fela, mit ihm nach Polen zu reisen, in das Land seiner Kindheit, in die Heimat, die ihm die Nazis geraubt haben. Anfänglich skeptisch spürt Fela zunehmend, wie sehr ihr eigenes Leben mit dem Leidensweg des Großvaters verstrickt ist. Auch sie kennt die Zeiten bewaffneter Konflikte. Und trotz der erdrückenden Last der Vergangenheit erkennt Fela, dass es da noch mehr gibt – Liebe, Verständnis, Humor und vor allem eine Zukunft.

VANESSA F. FOGEL, geboren 1981 in Frankfurt, wuchs in Israel auf. 1999 bis 2003 studierte sie Komparatistik an der Cornell University, New York. Sie arbeitete als Chefredakteurin des Graphis-Magazins und im Kunstbereich. Seit 2009 lebt sie als Schriftstellerin überwiegend in Tel Aviv.

Vanessa F. Fogel

Sag es mir

Roman

Aus dem Amerikanischen
von Katharina Böhmer

btb

MIX
Papier aus verantwortungsvollen Quellen
FSC® C083411
FSC
www.fsc.org

Verlagsgruppe Random House FSC-DEU-0100
Das für dieses Buch verwendete
FSC®-zertifizierte Papier *Lux Cream*
liefert Stora Enso, Finnland.

1. Auflage
Genehmigte Taschenbuchausgabe Mai 2012
btb Verlag in der Verlagsgruppe Random House GmbH, München

Umschlaggestaltung: © semper smile, München, nach einem
Umschlagentwurf von borgwardt design, Berlin
Umschlagmotiv: © Sean Gladwell – Fotolia.com © Pontus Edenberg / Pawel Gaul / Donald Erickson – istockphoto.com
Druck und Einband: CPI – Clausen & Bosse, Leck
MI · Herstellung: BB
Printed in Germany
ISBN 978-3-442-74370-4

www.btb-verlag.de

Besuchen Sie auch unseren LiteraturBlog www.transatlantik.de.

Sag es mir

Weil es sein muss: Für Dich

Dafür, geboren zu sein.

Dank an meine Großeltern: Trude und Hershel, deren Gesichter mich vorstellen ließen und Sosha und Moniek, deren Geschichten mich schrieben.

Einen großen Dank an meine Eltern, Irene und Michael, die im genau richtigen Grad an mir zweifelten. Die mir beibrachten, beides zu sein: kritisch und mitfühlend, als Mensch und als Autorin.

Besonders dankbar bin ich meinen Geschwistern, Jess und Raphael, die nie an mir zweifelten.

Für Olga und für Dani – danke, dass ihr die, die ich liebe, zum Lächeln gebracht habt, und für Eure Fürsorge.

Ich werde die Jungen, die einst waren und einst neben mir gingen, immer wertschätzen. Und ich spreche dem Mann, Chanan, der jetzt ist, und der nun an meiner Seite geht, meinen tiefen Dank aus.

Dank auch an Katharina für ihre Sensibilität, an Sam für ihre Genauigkeit, an Keren für ihren Scharfsinn, an Yves für jenen Anruf, an Marlon für das Versprechen, an David für seinen Namen, an Julian für seine Begabung, an Daniel für seine immerwährende Hilfsbereitschaft und an A. Hoffman dafür, dass er wusste.

»Der ist der glücklichste Mensch, der das Ende seines Lebens mit dem Anfang in Verbindung setzen kann.«

Johann Wolfgang von Goethe, Maximen und Reflexionen

In der Nacht, bevor ich nach Deutschland zu Mosha, meinem Großvater, fliege, lerne ich jemanden kennen, nehme ihn mit zu mir und schlafe zum ersten Mal in meinem Leben mit einem Mann.

Durch meine sich schließenden und öffnenden Augenlider hindurch sehe ich seine Augen auf mich gerichtet.
Er nimmt meine Hände, ich lasse sie ihm.
Er führt, ich lasse ihn führen, ich will das so.
Ich übernehme die Führung, steuere ihn.
Ich nehme seine Hände, er lässt sie mir.
Ich führe, er lässt mich führen, er will das so.
Er übernimmt die Führung, steuert mich.
Ich suche, er sucht, wir suchen.
Durch meine sich schließenden und öffnenden Augenlider hindurch sehe ich seine Augenlider, die sich schließen und öffnen.
Unsere Augen sind zur Zimmerdecke gerichtet. Zu meiner Zimmerdecke. Zu den Linien auf meiner Zimmerdecke.

Der Sex fühlte sich an wie eine Erinnerung und eine Vorhersage zugleich, genau wie die ganze Nacht.

Am nächsten Morgen duschen wir gemeinsam in meiner Badewanne hinter einem transparenten schwarzen Duschvorhang. Er wäscht sich langsam, vorsichtig und sorgfältig. Unter dem heißen Wasserstrahl stehe ich mit dem Rücken zu ihm und fange an zu bluten. Er bemerkt es nicht. Ich reiche ihm den Duschkopf und reinige mich von Kopf bis Fuß, meine Ohren, meine Augenlider, meine Lippen, meinen Bauchnabel, zwischen meinen Zehen und zwischen den Beinen. Letzte Nacht habe ich nicht geblutet. Ich höre, wie er sich die Kopfhaut kratzt, wie raschelnde Blätter an einem sonnigen Herbsttag hört sich das an, seine Finger reiben das Shampoo in sein dunkelbraunes Haar und der Geruch des Shampoos erinnert entfernt an Zitrusfrüchte. Nachdem er das Shampoo und die Seifenreste abgewaschen hat, gibt er mir den Duschkopf zurück. Dann legt er mir von hinten fest die Arme um die Taille, küsst mich sanft auf die Stelle, wo Nacken und Rücken ineinander übergehen; er küsst die Wassertropfen weg, die dort noch sind – und steigt aus der Badewanne. Ich zeige ihm, wo er ein Handtuch findet – sauber gefaltet in meinem Badezimmerschrank. Das Wasser, das innen an meinen Oberschenkeln und Beinen entlangläuft, färbt sich rot. Ich bekomme meine Tage.

»Wie würdest du am liebsten sterben?«, fragte ich ihn letzte Nacht.

»Warum sollte ich sterben wollen?«, antwortete er.

»Warum nicht? Irgendwann stirbst du sowieso, wie wir alle ...«

In diesem Augenblick drehte er sich um, nahm seinen Blick von der Zimmerdecke und sah mich von seinem erhöhten Platz auf dem Kopfkissen direkt an.

»Stimmt schon, aber trotzdem ...«, sagte er und hielt mich mit seinen Augen fest.

Ich schaute ihn an, umarmte ihn ebenfalls mit den Augen und stellte mir vor, wie er als alter Mann aussehen würde, wie er neben mir liegen würde, mit gefleckten Armen und einem gebrechlichen Körper und einem zufriedenen Gesicht voller Falten.

»Also, wenn du entscheiden könntest, wie würdest du am liebsten gehen?«

»Und du?«

»Wieso ich?« Meine Augen wanderten von ihm zur Decke hoch.

»Wie möchtest du sterben?«

»Ich weiß nicht«, sagte ich. Ich wusste es nicht.

Schweigen machte sich breit, während ich die verschiedenen Möglichkeiten durchging, die ich habe. Aber bald dachte ich nur noch daran, wie wunderbar es sich anfühlte, gemeinsam ein Bett zu teilen.

Er legte mir eine Hand auf die Taille, auf meine Hüften, dann auf meinen Bauch, und meine Augen wanderten wieder zu ihm.

»Also?«, fragte ich.

»Hier will ich nicht sterben.«

»In meinem Bett? Das hätte ich auch nicht so gerne«, sagte ich, und verzog das Gesicht zu einem Lächeln.

»Nein, ich meine doch nicht dein Bett, du Dumme, ich meine New York.«

»Das würde ich auch nicht wollen«, stimmte ich sofort zu. Ich wusste nicht, warum ich das sagte, die Worte kamen einfach so aus mir heraus, als ob es die einzigen Worte wären, die ich äußern könnte.

»Ich fände es nicht schlecht, in einem Café zu sterben, beim Zeitunglesen, an einem sonnigen Tag, vor mir ein halbvoller Kaffeebecher. Und du?«

Ich wusste es noch immer nicht.

Sauber geduscht sitzen wir mit verschränkten Füßen auf meinem Tisch aus massiver Birke und blicken hinaus aus dem Panoramafenster. Unsere Zehen kitzeln sich sanft. Sie berühren sich genug, um uns daran zu erinnern, dass wir nicht alleine hier sitzen, aber sie berühren sich auch nicht zu fest, damit wir nicht vergessen, dass wir alle allein sind und uns fremd. Seine Haut ist weich, als hätte ein kleiner Tropfen Öl seine Partikel gleichmäßig über seinen Körper verteilt.

»Was hast du heute vor?«

»Ich reise nachher ab«, sage ich ihm. »Ich fliege nach Europa.«

»Du Glückliche«, sagt er.

»Hm, ja, stimmt.«

Ich höre auf, meine Finger anzustarren, die einen Becher Kaffee umklammern, den er mir gemacht hat, als ich noch in der Dusche war, und blicke ihn an. *Sein Gesicht*. Ich sehe wieder genau *das*, was ich letzte Nacht gesehen habe, bevor ich beschloss, ihn mit nach Hause zu nehmen. Ich sehe – *das* –, was mich dazu gebracht hat, ihn mitzunehmen.

Wir schauen auf ein modernes Hochhaus ganz aus Glas – fast können wir die morgendlichen Rituale der Leute beobachten, die dort wohnen, aber nur fast, denn die Entfernung zwischen uns und ihnen lässt die Details verschwimmen. Die Sonne trifft auf das Gebäude, ihre Strahlen reflektieren und blenden uns. Er kneift die Augen zusammen, öffnet dann das rechte und richtet es auf mich, das linke folgt – seine Mandelaugen, ihre dunkelgrüne, erdige Farbe leuchtet, während er mich anschaut, und ich denke, dieses Gesicht *muss* mir gegenüber sein, es fühlt sich so richtig an, dass es neben meinem ist.

»Warum schaust du mich so an, so komisch, als hättest du gerade ein Gespenst gesehen?«, fragt er.

»Wie denn? Tue ich das? Gar nicht. Wovon redest du?«, sage ich schnell. Meine Stimme ist ein bisschen durcheinander und versucht, das zu verstecken, genau wie ich.

Wir sitzen auf dem Sofa und berühren uns jetzt fast nicht mehr. Seine Haare sind noch nass, aber langsam bekommen sie wieder ihre Sprungkraft; seine Locken kriegen ihre gedrehte Form zurück, hinter ihnen verstecken sich dünne Ohren und ein kantiger, stoppeliger Kiefer.

»Sag mir was«, bitte ich ihn.

»Irgendwas?«, wundert er sich.

»Was Nettes.« Nett, so ein einfaches Wort, das so viel bedeuten kann.

»Wie nett?«, will er wissen.

»Sehr nett«, sage ich ihm.

»Leute, die weit oben wohnen, haben größere Herzen«, sagt er.

Unsere Füße lassen einander los. Mit verheißungsvoller Stimme sagt er: »Ich rufe dich an.«

Ich nicke ihm zu. »Hört sich gut an.« Ich stehe auf und gehe zur Tür, er kommt mir nach. Ich gebe unseren Schritt vor; ich gleite leicht dahin, er auch.

»Also dann.« Sanft berühre ich die Klinke, um ihm die Tür zu öffnen. Er schaut mich an, als wartete er auf etwas.

»Und?«, fragt er.

»Und was?« Meine großen Haselnussaugen sind weit geöffnet und mein Nacken neigt sich leicht, als die Tür aufspringt.

Er beugt sich nach vorne und küsst mich höflich auf die Wange. »Nichts.«

Schüchtern lächle ich ihn an, dann schließe ich die Tür hinter ihm.

Wird er anrufen? Will ich das? Keine weitere Begegnung könnte so gut sein wie die, die wir gerade hatten, als wir beide nur Fremde waren, die sich selbst suchten in den Händen des anderen; kein Gespräch würde je zu den Worten greifen, die wir nicht aussprachen, Worte von Vergangenheit und Worte von Zukunft, Worte, die wir nicht einmal vermissten.

Räume und Entfernungen

Ein Lächeln, das nicht aufhören will, breitet sich auf meinem Gesicht aus, und mit ihm wühle ich nach dem Koffer, der sich hinter vielen Kleiderstapeln versteckt – dann fange ich an zu packen. Ich fülle meinen Koffer mit verschiedenen Farben, Stilen, Materialien, Mustern, damit ich an jedem Tag meiner Reise das richtige Outfit zu jeder möglichen Laune dabei habe. Ich packe auch meinen Badeanzug ein, nur für den Fall, wie ich es immer tue.

An der Wand lehnt ein großer Spiegel, dessen Rahmen mit ungleich verteilten kleinen Mosaiksteinchen verziert ist – er ist viel größer als ich –, ich sehe mein Spiegelbild darin, ein Bild meiner selbst, wie ich auf dem Boden knie, auf einem rauen olivgrünen Teppich, dessen Oberfläche meine Haut reizt und leicht zwickt. Hinter mir liegt die Matratze, auf der der Fremde und ich heute Morgen gemeinsam aufgewacht sind. Mit einem weißen Baumwollbetttuch bezogen, sieht sie aus wie eine leere Leinwand.

Ich spüre, wie meine Augen funkeln, wie sie mit jedem Einatmen und jedem Ausatmen immer stärker zu glühen beginnen, wie die Funkelaugen von Neugeborenen, wie die Augen, die jeder noch jahrelang – sein ganzes Leben lang – wieder haben will. Meine Brust ist voller Luft, viel mehr, als ich es je für möglich hielt, meine Lungen dehnen sich aus, wachsen auf ihre doppelte Größe an, und trotzdem fühle ich mich leicht, als wäre meine ganze Körpermasse verschwunden, als schwebte ich ein paar Zentimeter über meinem eigentlichen Körper – ich fühle mich glücklich. Und ganz plötzlich schießt es mir ein: Lior.

Lior. Das Gesicht des Fremden.

Mein fröhliches Grinsen verschwand sofort und machte Verwirrung Platz – habe ich wirklich mit einem Fremden geschlafen, weil er mich an Lior erinnert hat?

Kaum hatte ich gestern Abend die Party betreten, schaute ich, wie von einem inneren Zwang bewegt, in die gegenüberliegende Ecke des Raums, und da stand er, zusammen mit ein paar Freunden, vermute ich, mit einem Drink in der Hand, und bemerkte mich ebenfalls. Unsere Augen trafen sich, wie von einem unendlichen Möbiusband angezogen; er lächelte mich an und ich lächelte zurück, bevor ich den Blick abwandte und nach unten auf das Parkett sah. Ungefähr eine Stunde lang verfolgten wir gegenseitig unsere Bewegungen im Raum, als wären wir mit einem unsichtbaren Seil verbunden. Kein einziges Mal standen wir näher als ein paar Meter voneinander entfernt, aber immer spürten wir die Position des anderen Körpers, seine Wärme, unsere Distanz, unsere Nähe. Ich fühlte, wie verletzlich ich war – und wie stark.

Der Geruch eines würzigen Aftershaves, das nur seines sein konnte, stieg mir in die Nase, und plötzlich war er hinter mir, stellte sich vor, stellte mir Fragen, brachte mich zum Lachen, brachte mich dazu, mich wie die beste Version meiner selbst zu fühlen.

Und dann sagte ich mir, dass ich mit ihm schlafen würde. Warum, wusste ich zu diesem Zeitpunkt noch nicht genau, aber es fühlte sich richtig an.

Der Gedanke an Sex mit ihm machte mir keine Angst, ebenso wenig der Gedanke daran, einen Grad von Intimität zu erleben, den ich zuvor noch nie erlebt hatte. Ich habe noch nie diese Mädchen verstanden, die eine große Sache aus dem Verlust ihrer Jungfräulichkeit machen, diese Mädchen, die auf die Liebe ihres Lebens warten, auf ihre Hochzeitsnacht oder auf irgendein romantisches Märchen; ich wusste schon immer, ich wollte, dass sich mein erstes Mal natürlich anfühlte, einfach natürlich, und mit ihm würde das so sein, da war ich sicher.

Und es fühlte sich nicht nur natürlich an, sondern auch bedeutungsvoll.

Ich kann kaum glauben, was passiert ist. Ich sitze in meinem mit gelbem Samt überzogenen Sessel und denke an die letzte Nacht, an heute morgen, und meine Gedanken schweifen ab, wie ein Zweig, den die Strömung fortreißt. Irgendein Teil in mir musste in der Sekunde unserer Begegnung erkannt haben, wie sehr der Fremde Lior ähnelte. Ein Teil von mir, der bis gerade eben stumm war; ein Teil, der laut schrie, um endlich gehört zu werden. Irgendein Teil von mir musste sich daran erinnert haben, was ich vergessen hatte, und mich dazu gebracht haben, das zu tun, was ich getan habe. Ohne Lior wäre die letzte Nacht nie passiert. Der Zusammenhang ist zu deutlich. Ich verstehe nur nicht, warum mich mein Gedächtnis nicht automatisch auf Lior gebracht hat.

Lior, der Freund, den ich zurückgelassen, verlassen und fast vergessen habe. Lior, der in meiner Erinnerung eingefroren war, bis dieser Fremde mich küsste. Seine Lippen berührten meine so sanft, wie ich es mir immer mit Lior vorgestellt hatte. Indem der Fremde mich berührte, erhielt Lior sein Gesicht zurück. Er erhielt seinen Geruch zurück, seinen festen Gang, den Umriss seines Lächelns.

Ich habe ein bisschen Angst, trotzdem nehme ich den Hörer ab und wähle. Manche Nummern vergisst man nie. Einen Augenblick lang überlege ich, wieder aufzulegen, aber dann höre ich seine Stimme, und aus irgendeinem Grund scheint Auflegen plötzlich zu viel Mut zu erfordern, also rede ich einfach drauflos.

»Lior?«

»Ja?«

»Ich bin's«, sage ich und umklammere den Hörer. Meine Hand zittert, und ich stelle mir vor, wie sein Telefon deswegen vibriert. Nach einer kurzen Pause ergänze ich ein »Hallo«, während ich mir mit dem freien Daumen über die Unterlippe fahre.

Als ich ihn fragen höre: »Wer ist da?«, denke ich wieder ans Auflegen, aber ich verwerfe die Idee, denn ich bin doch eher aufgeregt als nervös.

»Wie, du erkennst meine Stimme nicht mehr?«, sage ich und hoffe, dass er mein Lächeln hört.

Er holt tief Luft. »Bist *du* das, Fela?«, fragt er verwundert. »Natürlich erkenne ich dich. So viele Mädchen mit deiner rauchigen Stimme kenne ich nun auch nicht. Aber es ist so lange her. Bist du hier?«

»Nein, ich bin in New York. Ich rufe nur an ... Ich habe an dich gedacht.« Ich achte auf meine Stimme; sie hört sich viel erregter an als noch vor ein paar Minuten.

»Warum hast du an mich gedacht? Es ist doch ungefähr – wie lange? – fünf Jahre her.«

Ich habe an dich gedacht, weil du neben mir lagst; weil ich letzte Nacht mit dir geschlafen habe. Ich habe an dich gedacht, weil du mir das Gefühl gabst, begehrt zu werden, verwurzelt zu sein, eine Frau zu sein. Ich hatte Verlangen nach dir. Und letzte Nacht hat es sich angefühlt, als würden unsere Bauchnabel sich vereinigen, und ich habe angerufen, weil ich dich vergessen hatte und weil es so wunderbar war, dir wieder zu begegnen.

»Ich weiß«, sage ich. »Eher sechs ... Ich habe einfach heute morgen an dich gedacht, also ich meine, letzte Nacht, irgendwie«, und um zu vermeiden, dass ich das erklären muss, frage ich hastig: »Wie geht es dir?«

»Mir geht es gut. Die Armee ödet mich an, aber ich komme zurecht. Ich komme nur jedes zweite Wochenende nach Hause, dann bin ich erschöpft, schlafe fast den ganzen Freitag und Samstag, und dann muss ich auch schon zur Basis zurück. Da bleibt nicht viel übrig für ein eigenes Leben.« Seine Stimme ist unverändert, immer noch so präsent wie eh und je, auf eine respekteinflößende Art scharf, aber friedlich, als wären ihre Kanten in irgendetwas Weiches gewickelt, weich, aber zugleich widerstandsfähig, wie ein Gummiball. »Ich freue mich auf das Ende der Dienstzeit – nur noch ein Jahr – und dann kann ich endlich meine grüne Uniform ausziehen. Aber abgesehen davon geht es mir gut ... Und du, wie geht es dir?« Er fragt und betont dabei jedes einzelne Wort. Er lässt sich Zeit beim Sprechen.

»Okay. Mir geht es okay.«

Dann entsteht eine Stille. Zuerst fühlt sie sich seltsam an, aber nach ein paar Sekunden schon besser. Es ist eine Stille, in der man sich sicher fühlt, die nicht entsteht, weil plötzlich alles und jeder einfriert, sondern weil alles und jeder in einen anderen Modus wechselt; Lior und ich brauchen Zeit, um uns zu erinnern, wann wir uns zuletzt gesehen haben, wir müssen uns den anderen vorstellen können, wie er am Telefon sitzt, atmet; wir brauchen Zeit, um uns den Raum vorzustellen, in dem der andere sitzt.

»Wie sieht es bei dir aus?« Das fragt er sich vielleicht.

»Ziemlich schlicht«, würde ich sagen, wenn er fragte.

»Ist es gemütlich?« – »Ja.« – »Und bunt?« – »Ja.« – »Und warm?« – »Manchmal.« – »Werde ich dein Zuhause je zu Gesicht bekommen?«

»Das weiß ich nicht. Ich hoffe. Und wie ist es bei dir, Lior?« Das würde ich fragen, bevor ich mich daran erinnern würde, dass ich die Antwort kenne.

Er sitzt in seinem alten Kinderzimmer, in dem er immer gewohnt hat. Altweiße Wände, dekoriert mit Postern von Western-Filmen aus den Sechzigern. Auf seinem schwarzen Schreibtisch steht ein Computer, davor ein Lederstuhl mit Rollen, der zum Tisch passt – auf dem Stuhl sitzt er jetzt und lehnt sich nach hinten. Zu seinem Zimmer gehört ein blau-grauer Teppich, ein schwarzes Ledersofa, auf dem man zu zweit sitzen kann, und ein niedriger Glastisch, auf den man die Füße legen kann, wenn man auf dem Sofa sitzt. Vorhänge oder Jalousien gibt es nicht. Lior ist auch gerade erst aus der Dusche gekommen, er riecht frisch. Aber er sieht ein bisschen müde aus.

Er lässt ein gedehntes »Ach so« hören, dann fragt er, »was hast du so gemacht?«

»Nicht viel. Die Uni hat mich ganz schön in Beschlag genommen. Aber eigentlich, Lior«, ich mache eine kurze Pause, »habe ich nur angerufen, um Hallo zu sagen. Ich muss jetzt auflegen. Ich hab's ein bisschen eilig. Ich fliege gleich nach Deutschland, um dort meinen Großvater zu treffen, und dann mit ihm weiter nach Polen.«

»Und dann zurück nach New York?«

»Zuerst wieder nach Berlin, um auch ein bisschen Zeit mit meiner Großmutter zu verbringen.«

»Und dann? Kommst du uns dann besuchen?«, fragt Lior zögerlich.

»Erst einmal zurück nach New York. Ich habe keine andere Reise geplant, aber es wäre schön, einen Kaffee mit dir zu trinken. Oder am Strand entlangzugehen. Vielleicht sogar beides.«

Er ist barfuß. Er hat ein weißes T-Shirt und eine weite Jeans an, sitzt an seinem Schreibtisch, starrt auf den Bildschirm und durchforstet das Internet auf der Suche nach Bergen, die er besteigen könnte, Wanderwegen, die er in Angriff nehmen, und Flüsse, auf denen er mit dem Kajak fahren könnte. Oder vielleicht surft er nur im Netz. Sein Haar ist kurz, fast komplett abrasiert, und sein Gesicht ist ebenso glattrasiert, kein einziges Härchen ist auf seinem Gesicht zu sehen – genauso, wie das die Armee ihren Soldaten vorschreibt. Mit Zeigefinger und Daumen klopft er zur Melodie eines alten Rocksongs, der aus seiner Stereoanlage schallt, auf den Tisch, und hin und wieder hebt er die Hand hoch, fährt sich mit ihr über seine Stirn und die Kopfhaut und massiert sich selbst drei oder vier Sekunden lang.

»Das wäre schön, Fela.«

»Hör mal, ich muss noch fertig packen«, sage ich, und im Unterschied zu ihm lasse ich mir beim Sprechen keine Zeit.

»Ach so, ich verstehe«, sagt er überrascht und verwirrt, als verstünde er nicht wirklich, warum ich ihn plötzlich nach so langer Zeit anrufe und warum ich dann nicht länger mit ihm rede, wenn ich schon angerufen habe. Aber anstatt auf seine berechtigte Verwirrung zu sprechen zu kommen, sagt er nur: »Na gut, dann einen schönen Flug. Ich hoffe, du hast eine gute Reise.«

»Ja. Ich auch«, sage ich.

»Sei nicht so distanziert. Komm mich bald besuchen.«

Nach einem Moment des Zögerns sage ich mit einem breiten Lächeln: »Hm, okay. Vielleicht.« Und während ich noch denke, dass ich nicht auflegen möchte, höre ich, wie Lior zärtlich sagt: »Komm mich besuchen. Und wenn du nicht kommst, dann ruf hin und wieder an. Okay?!«

»Tschüss, Lior«, sage ich zärtlich mit meiner rauchigen Stimme.

»Tschüss.«

Ich versuche mich zu erinnern. Ich will mich erinnern. Ich versuche mich zu erinnern, wann ich Lior zuletzt gesehen habe, aber mein Gedächtnis ist leer, als würde es diese Erinnerung nicht geben, weil sie zu einem anderen Land gehört, einer Wüstenlandschaft ohne Wasser und unter einer brennenden Sonne. Und sollte es sie – weggesperrt oder verschlüsselt – geben, ist sie mir nicht zugänglich.

Ich habe mit ihm gesprochen, ich habe mit ihm gesprochen, ich habe mit ihm gesprochen ... Mit Lior, der mir sieben Stunden voraus ist, elf Flugstunden entfernt, in einer Welt, die in jeder Hinsicht ganz anders ist als meine. Und jetzt fühlt es sich an, als wäre mit dem Klang seiner Stimme in mir eine chemische Reaktion in Gang gesetzt worden, und ich bin voller Energie und will etwas tun, irgendetwas, nur nicht weiter packen. Ich lege Musik auf – tolle Texte, tolle Melodien, der Sänger hat eine unangenehme Stimme – und gehe zum Fenster. Die mit den schlimmsten Stimmen machen immer die beste Musik. Wie aus der Ferne und gegen die Musik höre ich meine Absätze klappern, bis ich anhalte und stillstehe, und anstatt hinauszustarren auf die belebten New Yorker Straßen schließe ich die Augen und denke an die polnische Landschaft, die ich morgen sehen werde, die ich noch nie gesehen habe, die ich mir aber schon mein ganzes Leben lang vorgestellt habe. Und dann denke ich an die Landschaften, die ich schon kenne, die ich wiedersehen werde, wenn ich von Polen noch nach Deutschland fahre – die Berliner Linden in einer Reihe. Wie Soldaten stehen sie stramm, genau dort, wo sie stehen müssen. Wie marschierende Soldaten bewegen sie sich nach rechts und links im Septemberwind. Aber wenn ich erst einmal dort bin und die Augen schließe, dann sehe ich die Sonne des Nahen Ostens hinter ihnen hindurch scheinen, durch die Äste und Blätter flimmern, und dahinter goldene Dünen, die sich stumm bis in die Ferne erstrecken. Die hohen und zähen Linden verschwimmen zu Maulbeer-Feigen – mit ihren Stämmen, die sich schon nah am Boden verzweigen. Kopfsteinpflasterstraßen werde ich in Sandwege übergehen sehen, und der riesige, gepflegte Tiergarten verwandelt sich in einen weiten, welligen Ozean, dessen Fluchtpunkt eine dünne und zarte Linie ist, die dem Auge guttut. Ich öffne die Augen und sehe hinaus auf den schiefergrauen Hudson River, dessen Wasser kaum zu fließen scheint.

Als mir klar wird, wie spät es schon ist, packe ich schnell fertig. Ich rufe meine Mutter an, die mich zum zehnten Mal fragt, ob ich mir sicher bin, dass sie mich auf der Fahrt zum Flughafen nicht begleiten soll, und ich sage ihr, dass ich mir allein ein Taxi nehmen werde und dass das in Ordnung ist. »Wir sehen uns bald, ja?«, sage ich mit einer Stimme, die mir eher wie die des Elternteils als die des Kindes vorkommt. Sie sagt, ich soll auf mich aufpassen, wünscht mir einen guten Flug und sagt, ich soll sie nach meiner Ankunft anrufen, damit sie weiß, dass ich gut bei ihrem Vater angekommen bin. Ich verspreche ihr das.

Eine winzige Sekunde lang fällt es mir schwer, sie allein zu lassen; eine winzige Sekunde lang stelle ich mir vor, ihr passiert irgendetwas Schlimmes, während ich weg bin – und ich *muss* klopfen. Ich muss meinen Daumen hundert Mal gegen mein Knie schlagen und dann meinen Zeigefinger auch hundert Mal, und ich muss dabei bis zweihundert zählen, und wenn ich mich verzähle, muss ich von vorne anfangen, und das *muss* ich tun, damit ich *ganz sicher* bin, dass ihr nichts Schlimmes passiert.

Ich mache meinen Koffer zu, schließe die Tür hinter mir ab, gehe auf die Straße hinunter und nehme das erste freie gelbe Taxi, das ich finde. Aus dem fahrenden Auto heraus beobachte ich die hin- und her rennenden Leute und die Hochhäuser, die ganz still stehen, und die Lagerhallen mit ihren Ziegelmauern voller unfertiger Graffiti und ihren Feuerleitern, und ein Teil von mir vermisst das alles bereits, obschon es sich noch vor meinen Augen befindet.

Ich denke an Polen und daran, dass ich mir jahrelang das Land vorgestellt habe, in dem ich nun endlich sein werde, mit dem ich so fest verwurzelt bin, den Boden, der die Geschichten aus der Kindheit meines Großvaters erzählt, der indirekt die Geschichten der Kindheit meiner Eltern erzählt – und der den Beginn meiner eigenen Geschichte erzählt.

Wir fahren über eine Brücke, die uns aus Manhattan hinausführt, und in der Ferne wölben sich andere Brücken. Rohe, massive Metallbrücken, deren Schatten sich im East River spiegeln. Wie der Himmel ist auch der Fluss mit den letzten Resten der untergehenden Sonne gefüllt, Rot, Pink und Orange ergießen sich in ihn, und Strahlen wie von Sternen entstehen und dehnen sich in alle Richtungen aus. Wir erreichen die Autobahn, und umgeben von großen Autos und vielen Spuren erreichen wir schließlich den John F. Kennedy International Airport.

In Deutschland landen, in Polen ankommen

Am Terminal in Deutschland warte ich auf meinen Großvater – meinen Opa –, damit wir gemeinsam den Anschlussflug nach Polen nehmen können. Unterdessen schaue ich durch das riesige Flughafenfenster – der deutsche Herbst hat schon begonnen. Und ich erinnere mich, wie ich hier aufwuchs; ich erinnere mich an den faden grauen Himmel und den immer nassen oder feuchten Boden. Ich erinnere mich an die korallenroten Flamingos im Zoo, an dem wir jeden Morgen auf dem Weg zu meinem Kindergarten vorbeifuhren, und ich erinnere mich, wie ich sie durch ein von Regentropfen übersätes Fenster anschaute. Auf demselben Weg kamen wir auch immer an dem Ritterturm vorbei, auf dessen spitzem Dach eine Fahne mit neun Löchern wehte, ein Loch für jedes Jahr, das der Ritter ohne seine Prinzessin verbracht hatte, bevor sie wieder vereint waren. Diese Geschichte muss ich ein paar Jahre lang jeden Tag zweimal gehört haben, denn ich brachte meine Mutter und meinen Vater dazu, sie mir immer wieder zu erzählen, aber jetzt suche ich in meiner Erinnerung nach den Details und kann sie nicht finden. Vielleicht war es auch überhaupt keine Geschichte, vielleicht gab es gar keine Ereignisse oder Szenen, vielleicht war es auch immer nur ein Ritter, eine Prinzessin, ein Turm, eine Fahne, ein Gewehr und neun Löcher, die für neun einsame Jahre standen.

Wenn ich – früher – in Deutschland morgens aufwachte, blieb ich im Bett und starrte an die Decke. Manchmal mit offenen, manchmal auch mit geschlossenen Augen stellte ich mir tanzende Formen vor, Farben, die ineinander übergingen, Punkte, die mal scharf, mal unscharf waren, neonfarbene kleine Flecken, die auftauchten und verschwanden. Ich sah riesige Felder von Dunkelheit, von Licht, weiche Oberflächen, von denen ich glaubte, es gäbe sie hinter dem Himmel oder unter der Erde, für gewöhnliche Augen verborgen, aber ich durfte einen Blick auf sie werfen. Wenn ich jetzt darüber nachdenke, fällt mir ein, wie ich mich beim Aufwachen fühlte, nicht weil ich Aufstehen musste, sondern weil ich genug geschlafen hatte, weil ich mir alles von der Nacht genommen hatte, was ich brauchte, und weil ich aufgeregt und neugierig einen neuen Tag erwartete. »Guten Morgen, Schatz«, sagte meine Mutter jeden Morgen, wenn sie in mein Zimmer kam, »steh auf und zieh dich an. Alle Kinder im Kindergarten warten auf dich.« Ich drifte zwischen Schlafen und Wachen hin und her, bin in meinem Körper und dann wieder nicht, in meinem Bett, in meinem Deutschland.

Es dauert nicht lange, bis ich ihn entdecke – groß und kräftig, wann immer ich ihn sehe, bin ich aufs Neue beeindruckt. Er geht leicht nach vorne gebeugt in meine Richtung, und kaum hat er mich bemerkt, geht er schneller, etwas wacklig, und ich gehe ebenfalls auf ihn zu. Er trägt einen dunkelblauen Anzug, ein hellblaues Hemd, keine Krawatte, schwarze Sportschuhe und ich wette, unter seiner Anzugjacke hat er rote *shleikes* an den Hosenbund geklipst.

Mosha hält mich fest an den Schultern und küsst mich auf meine rechte Wange, auf meine linke Wange, dann wieder auf die rechte, dann wieder auf die linke, rechtslinks, rechtslinks, und er lächelt freudig wie ein kleiner Junge, der vor dem Essen noch verbotenerweise ein Stück Schokolade bekommen hat. »So«, er lässt meine Schultern los und schlägt die Hände zusammen, »*wie gaiht's?*«, fragt er auf Deutsch, mit einem dicken *jiddischen* Akzent.

»Gut geht's mir. Sehr gut. Und dir?«, frage ich, während ich mir darüber klar zu werden versuche, ob er älter aussieht als bei unserem letzten Treffen vor ein paar Jahren in New York.

»*Git, git*«, antwortet er sofort. »*Di bist so schein, so groiss*«, sagt er, mit einer Spur von Überraschung in der Stimme.

»Dankeschön«, sage ich. Sein Gesicht ist nicht älter geworden, denke ich mir, nur sein Haar ist ganz weiß geworden. »Na ja, es ist eine ganze Weile her, seit wir uns gesehen haben, Opa, also denke ich schon, dass ich gewachsen bin, und vielleicht bin ich sogar hübscher geworden.«

»Du warst immer schon *hibsch*. Aber jetzt noch hübscher.«

»Ich bin glücklich, dich zu sehen, Opa.«

»Ich *och*«, antwortet er. »Ich auch.«

Während wir zum Gate gehen, frage ich, »Und Oma? Wie geht es ihr?«

»*Git gaiht's ihr.*«

Wie gut, frage ich mich. Besser, als ich glaube? Besser, als ich fürchte?

»*Git gaiht's ihr*«, wiederholt er. »Weißt *di*, sie freut sich, dass du kommst, sie freut sich, dich zu sehen.«

»Ich auch, Opa, ich freue mich sehr, sie zu sehen«, sage ich.

Im Flugzeug sitze ich eingezwängt zwischen meinem Großvater auf der einen und einer blonden Frau, die ein schlafendes Kind auf dem Schoß hält, auf der anderen Seite. Er trinkt genüsslich sein Glas Rotwein. Ich weiß, es hört sich komisch an, aber ich freue mich über das saugende Geräusch seiner Schlucke und sage laut: »Tausend Dank«.

»Wofür?«, fragt er und runzelt die Stirn, so dass seine langen Augenbrauen noch dichter zusammenstehen.

»Dass du mich mitnimmst.« Es überrascht mich, dass er überhaupt gefragt hat.

Er nickt, hebt seine rechte Hand mit einer wegwerfenden Bewegung von dem kleinen Klapptisch vor ihm und stößt ein kurzes »Ah« aus.

»Nein, wirklich, Opa. Danke.«

Ich betrachte das schlafende Baby an meiner Seite und versuche mich zu erinnern, wann ich mir mich zuletzt als Mutter vorgestellt habe, aber ich muss passen. Muss vollständig passen. Ich habe mir nie vorgestellt, dass eines Tages ein zäher Tropfen in meinem Körper einen zerbrechlichen, aber energischen Körper entstehen lässt, der atmet, schreit und einen Raum ausfüllt, den Raum zwischen meinen Armen.

Auf unserem Weg in das Land, in dem seine ganze Familie ermordet wurde, neige ich innerlich dazu, meinem Großvater ein Urenkelkind versprechen zu wollen – als würde allein die Reise nach Polen diesen Drang, diesen biologischen, biblischen, existenziellen Drang in mir entstehen lassen. Aber vielleicht ist es ja auch ein anderer Drang.

Und wenn es so wäre, was würde ich sagen? »Opa, ich bin für dich schwanger geworden. Für die ganze Familie, die du verloren hast, schenke ich dir dieses Kind«? Würde ich es bei einem Essen verkünden, während er mit seiner Gabel ein Stück Lammfleisch aufspießte? Würde ich es überhaupt offiziell verkünden oder es nur nebenbei andeuten, würde ich es einfach von meiner Zunge gleiten lassen, so wie ein Regentropfen von einem glatten, spitz zulaufenden Blatt fließt? Würde ich es ihm alleine sagen oder meiner ganzen Familie? Würde ich schwarz oder weiß tragen, wenn ich die entscheidenden Worte ausspräche? Vielleicht würde ich besser bis nach der Geburt warten, so dass ich ihm mein Kind übergeben könnte, wenn er mich im Krankenhaus besuchen käme, und sagen: »Opa, dieses Baby ist für dich«. Würde er über meine absurden Worte lachen und das Angebot zurückweisen? Würde er mich wegen dieses perversen Opfers schlagen? Würde er »Danke« sagen? Sollte er »Danke« sagen?

Opa schlürft von seinem Wein, und ich frage: »Was gibt es Neues in Berlin? Wie ist das Leben, wie geht es deinen Freunden?«

Er stellt sein Glas zurück auf das Klapptischchen, legt seine Hände darauf und sagt: »Alles ist gut, Fela. Allen geht es gut. Alles ist wie immer. Weißt du, wenn man alt ist, passiert nicht mehr viel.«

»Wer ist hier alt?«, frage ich grinsend. »Gehst du immer noch ins Büro?«

»Jemand muss doch arbeiten, oder nicht?«, antwortet er mit einem Grinsen, und wir beide wissen, würde er nicht in sein Büro gehen, wüsste er nichts mit seiner Zeit anzufangen.

»Und zur *Shil*, Opa? Gehst du immer noch am *Shabbes*?«

»Ist doch besser, als zu Hause zu bleiben, oder nicht? Dort sind immer Freunde, ein *Kiddush*, es ist nett. Außerdem«, er zuckt die Schultern, »ein bisschen Religion hat noch keinem geschadet.«

»*Und di, wuss is mit dir*?«

»Ich bin immer noch an der Uni. Ich habe noch zwei Jahre. Und ich arbeite auch ein bisschen nebenher.«

»*Und duss is git*?«

»Sehr gut. Das Studium ist interessant und macht mir wirklich Spaß.«

»Aber was willst du damit machen, du studierst Kunst, *jo*? Was willst du damit machen?«

»Ja, Kunstgeschichte, Opa. Ich werde arbeiten, dann wahrscheinlich noch ein bisschen mehr studieren, dann wieder arbeiten, dann vielleicht noch mal studieren. Ich würde gerne irgendwann als Kuratorin arbeiten.«

»*Ich wess*«, sagt er und hebt die Augenbrauen. »Glaubst du wirklich, das ist ein guter Beruf?«

»Es interessiert mich. Es bedeutet mir etwas.«

»*Schein. Soll sein*«, sagt er, »solange es dir gefällt.«

Der Pilot kündigt an, dass wir soeben in Polen gelandet sind, und als ob das für Opa ein Zeichen wäre, sagt er: »Ich will ein Buch.«

Meine Augen blicken über ihn hinweg aus dem ovalen Fenster auf geparkte Flugzeuge, sehen, wie Flughafenangestellte in neonfarbenen Mänteln dabei sind, Gepäck auszuladen, und wie der saphirblaue Himmel voller schwerer weißer Wolken hängt, die sich neben dicken schwarzen Wolken dahinschieben. Über die Lautsprecher werden wir aufgefordert, sitzen zu bleiben, und Opa dreht sich zu mir und sagt: »Ich will, dass meine Geschichte gedruckt wird.«

Ich starre ihn an; seine Nase ist rundlich, seine Lippen voll, seine Gedanken schwer. »Wir waren zu viert, vier Geschwister: zwei Jungen und zwei Mädchen. Ich bin 1926 geboren. Und Isaak, mein jüngerer Bruder, ist zehn.« So sagt er das. Isaak war zehn, sage ich mir, und korrigiere die Zeitwahl meines Großvaters in meinem Kopf. Aber Isaak ist immer noch zehn, Isaak wird für immer zehn bleiben. »Die ältere Schwester Mierele war zwei Jahre älter als ich.« Ich nicke ihm zu, um zu zeigen, dass ich zuhöre. »Die jüngere Schwester Fela war zwei Jahre jünger als ich.« Ich nicke wieder, dieses Mal, um zu zeigen, dass ich diese Dinge schon einmal gehört habe, dass ich sie erinnere, aus den Bruchstücken von Geschichten, die er mir immer wieder erzählt hat, die immer Gegenwart waren, die immer die Grundlage von allem waren.

Er neigt den Kopf nach vorne und sagt mit milder Stimme: »Weißt du, eine Geschichte mit Informationen, so wie ich sie dir gerade erzähle. Informationen über meine Familie, und woher ich stamme und wo ich war und was ich während des Krieges gemacht habe und was passiert ist, nachdem der Krieg zu Ende war. Über mein Leben. Über das Geschäft, das ich aufgebaut habe. Die Familie. Über das Leben meiner Kinder. Und das Leben ihrer Kinder. Über alle unsere Leben«, und mit einem kaum kaschierten stolzen Grinsen setzt er hinzu: »Ich will ein Buch über mein Überleben.«

»Soll es wie eine Geschichte geschrieben sein, Opa?«

»Ein Buch«, sagt er mit Überzeugung in der Stimme und zieht die Augenbrauen zusammen. »Mit Bildern und Daten«, sagt er so entschieden, als würde sich das von selbst verstehen – als müsste das jeder von selbst verstehen. Als wäre es, wenn es anders wäre, unwahr, unauthentisch, nutzlos.

»Geschichten aus der Gegenwart können welche aus der Vergangenheit infizieren«, will ich ihm sagen. »Geschichten aus dem Jetzt über das Leben können die Schönheit der Geschichten über das Überleben des Todes zerstören.« Ich sage aber kein Wort, weil ich mir selbst zuwider bin, dass ich denke, alte Geschichten sind gute Geschichten, und weil ich hoffe – da ich diese perversen Gedanken nicht in konkreten Sätzen formuliert habe –, dass sie bedeutungslos bleiben, nicht existent. Funktioniert das nicht so? Man kann denken, was man will – man muss sich nicht rechtfertigen und nicht die Verantwortung für Dinge übernehmen, die im Bereich des eigenen Kopfes bleiben.

Das Licht für den Sicherheitsgurt erlischt, und die blonde Frau neben mir steht auf, und ihr Kind schläft immer noch, und ich stehe nach ihr auf, und Opa steht nach mir auf, und ich gehe den Gang entlang und er hinter mir her, er zieht seinen Handkoffer auf dem filzartigen Boden hinter sich her. In seinen schwarzen Sportschuhen geht er etwas wacklig die Stufen hinab, die uns aus dem Flugzeug runter führen. Uns erwischt die kalte Luft, Opa und ich klappen unsere Kragen hoch und knöpfen unsere Mäntel zu. Als meine Schuhe den Asphalt berühren, blicke ich hinter mich, um zu sehen, ob ich Fußabdrücke auf diesem verfluchten Boden hinterlasse. Es ist der gleiche Beton wie auf jedem anderen Flughafen auf der Welt; er nimmt meine Fußabdrücke nicht auf.

Im Inneren des Flughafengebäudes stehen Opa und ich auf dem Laufband, die Wände des Ganges gleiten an uns vorbei, sie sind nackt, glatter beiger Beton, nicht zugedeckt von Werbung oder touristischen Postern. Wir stehen am Transportband und warten auf meinen Koffer, und ich denke bei mir, dass ich meinem Großvater am liebsten sagen würde: »Opa, ich habe dich vermisst.« Aber ich tue es nicht. Weil es nicht die Art von Konversation ist, die ich normalerweise mit ihm habe. Und wenn ich es sagen würde, würde er, glaube ich, antworten: »Ich vermisse dich immer, *Fela*.«

Beim Verlassen des Flughafengebäudes legt sich Kälte auf uns, während wir uns zu einem Taxistand aufmachen. Über uns kreisen Flugzeuge von überall her, und Opa bleibt stehen, dreht sich zu mir um und sagt: »Weißt du«, er deutet mit dem Finger auf mich, »es war Glück. Zufall. Ich bin nicht stärker, nicht schlauer als jeder andere«, dann geht er weiter, auf einen Taxifahrer zu, der neben seinem Taxi steht und eine Zigarette raucht. Als er uns sieht, wirft der Fahrer seine Zigarette auf den Boden und kommt uns eilig entgegen. Er nimmt meinen Koffer, hebt ihn hoch und legt ihn in den Kofferraum, den er dann zumacht. Dabei klemmt er aus Versehen ein Stück seiner schmutzig-weißen Jacke ein, und während er darüber vor sich hin lacht und ich kichere, kommt Opa dicht an mich heran, holt tief Atem und sagt: »Von Lager zu Lager wurde es schlimmer.«

Auf unserem Weg ins Hotel öffne ich das Fenster des Taxis und starre in den polnischen Himmel. Die hereinwehende Luft riecht kalt, dünn. Zwei große ziegelfarbene Filzwürfel mit weißen Punkten hängen am Rückspiegel des Taxis, und die Zwei und die Drei des einen Würfels sowie die Drei und die Sechs des anderen zeigen in meine Richtung. Außerdem hängt dort einer dieser nach frischer Zitrone riechenden Papieranhänger – die das Auto immer eher vollstinken, als es besser riechen zu lassen –, aber glücklicherweise ist der Geruch kaum noch zu erkennen. Der Fahrer beobachtet meine Augenbewegung, dann blickt er geradeaus und konzentriert sich auf die Straße. Nach ein paar Minuten sagt Mosha: »Die letzten drei Monate waren die schlimmsten.« Seine Worte holen mich zurück, erinnern mich daran, dass ich neben ihm sitze. Der Wind überdeckt seine Worte, darum schließe ich das Fenster, während Opa in seine Jackentasche greift und ein Schwarz-Weiß-Foto von sich aus der Nachkriegszeit hervorholt. Er schaut es aufmerksam an, als würde er es zum ersten Mal betrachten, dann zeigt er es mir und deutet auf sein Gesicht. Gewelltes dunkles Haar umrahmt sein knochiges Gesicht, seine skelettartigen Gesichtszüge, seine ausgehungerten Augen. Bei Kriegsende war er neunzehn und wog zweiunddreißig Kilo. Sein Foto-Gesicht sieht aus wie eine Bleistiftzeichnung der allereinfachsten Maske, die man sich vorstellen kann, dürre Linien, und plötzlich und zum ersten Mal sehe ich eine Ähnlichkeit zwischen ihm und mir.

»Viele sind kurz nach dem Krieg gestorben«, sagt er, »weil sie zu schnell zu viel gegessen haben. Ihre Körper hielten das nicht aus, sie vertrugen es nicht. Aber ich hatte Glück.«

Warum hatte *er* Glück? Das frage ich mich, und dann frage ich mich, ob ich ihn das fragen soll. Ich frage nicht.

Würde ich fragen, würde er vermutlich erwidern: »Weil irgendjemand Glück haben musste.«

»Aber warum *du*?«, würde ich nachfragen.

»Weil mein Körper es ausgehalten hat.«

»Nur dein Körper?«

»Nein, nicht nur mein Körper. Auch mein Geist.«

»Und die anderen? Konnten sie es nicht aushalten?«

»Natürlich. Aber sie haben nicht die Chance gehabt, es zu beweisen.«

»Konnte meine Großmutter es aushalten?«

»Vielleicht war es nicht Glück, was sie gerettet hat, sondern etwas anderes.«

»Was denn?«

»Unglück.«

»Unglück, Opa?«

»Nein. Das ist es auch nicht.«

Opa presst die Lippen zusammen und scheint von mir wegzudriften.

Entlang der einspurigen Fernstraße, auf der wir fahren, erstrecken sich überirdische Stromleitungen, als wären sie ein Straßenzaun, und dahinter, in der Ferne, wächst Gras, hoch und dunkel, wie verbrannt. Die Landschaft ist flach und offen, und vereinzelt wachsen Bäume – hochaufragend und ungeschützt – aus ihr hervor, ebenso quadratische Gebäude mit quadratischen Fenstern, quadratischen Balkonen und quadratischen Stufen, die zu quadratischen Eingangstüren führen, alle wie ausgewaschen und als hätten sie ihre Farbe und Klarheit verloren. Opa spricht mit dem Fahrer, zeigt nach rechts, und der Fahrer steuert sein Taxi in den Eingangsbereich eines Hotels, das wie eine mittelalterliche Burg aussieht. Opa und ich steigen aus, und während ich mir das romantische Gebäude ansehe, dessen Dach auf den Bäumen rundum zu schweben scheint, wechseln Opa und der Fahrer ein paar Worte, schütteln sich die Hand, und der Fahrer steigt zurück in seinen Wagen und fährt los.

Nach dem Einchecken gehen Opa und ich auf unsere Zimmer, müde von der Reise. In meinem Zimmer sind die schwarzen Möbel von den hellen Deckenlampen etwas allzu dramatisch beleuchtet, und jedes Möbelstück ist neu und hypermodern – das Sideboard, der Spiegel, der Tisch, der Schrank haben scharfe Linien, Ecken und Kanten.

Ich gehe ins Badezimmer. Boden, Wände, Decke und Waschbecken sind aus weißgrauem Marmor. Der ganze Raum fühlt sich an wie eine riesige Badewanne. Eine sehr einladende riesige Badewanne. Das Zimmermädchen hat mir ein Paar elegante türkisfarbene Hausschuhe auf den Badezimmerboden gestellt. Gründlich schaue ich mir die kleinen Seifen, Shampoos, Cremetuben und ihre schön gestalteten Verpackungen an. Die Buchstaben auf den Etiketten sind mit vielen Akzenten und Punkten verziert, die Schrift ist kursiv. Die Zusammenstellung der Buchstaben kenne ich nicht – ich amüsiere mich bei dem Versuch, meine Zunge diese Worte laut und richtig aussprechen zu lassen, aber ohne Erfolg. Ich höre auf, die Reihenfolge der Buchstaben zu untersuchen, komme zu dem Schluss, dass die Buchstaben »w«, »y«, »k« und »z« im Polnischen sehr häufig vorkommen, und beschließe zu baden.

Ich liege in der Badewanne und schaue zur Decke, während ich meine Finger durch mein langes, dickes, nasses Haar gleiten lasse und dabei Spuren hinterlasse, wie Schienen in der Landschaft, Spuren in meinem Haar und auf meiner Kopfhaut. Wie immer, wenn ich im Wasser bin, vergeht die Zeit schneller – oder langsamer, ich weiß nicht genau. Es ist auch egal. Ich schaue meinen Körper an – er ist so anders als der, den ich als Kind oder Jugendliche hatte. Ich betrachte meine Schamhaare – ihre dunkle Farbe vor meiner blassen Haut – und meinen Bauchnabel. Ich betrachte meine Brüste und die Linien meiner blauen Venen, meine Füße und meine runden Zehen. Ich untersuche den absolut symmetrischen Schönheitsfleck, der nicht wirklich schön ist, auf meinem linken Oberschenkel – er ist umgeben von Dehnungsstreifen. Und ich betrachte meine Hüftknochen und die Kurve meiner Taille. Dann hole ich tief Luft und tauche unter.

Im Wasser begraben, erinnere ich mich plötzlich. Zum letzten Mal habe ich Lior am Morgen nach einer fast schlaflosen Nacht gesehen; es war dunstig, und im Unterschied zu den meisten Sommermorgen, an denen einem die Sonne in die Haut beißt und alle Energie aussaugt, war die Hitze an jenem Morgen noch erträglich. Und trotzdem schwitzten wir beide, als kämen wir gerade aus der Sauna. Wir stiegen aus dem Minibus aus Tel Aviv und gingen im Gleichschritt auf der Straße, bis wir zu *unserer* Kreuzung kamen. Mit goldenem Sand in unseren Sandalen und Eukalyptusbäumen im Hintergrund, die mit ihrem Duft die Luft erfüllten, standen wir einander gegenüber.

Ich hatte fast vergessen, wie hoch diese Bäume sind und wie weich die Rinde ist, die ihre Stämme umgibt. Ich erinnere mich lebhaft an ihre sichelförmigen Blätter und daran, dass Lior und ich uns oft dabei amüsierten, herauszufinden, was nun die Ober- und was die Unterseite des Blattes war. Und zum ersten Mal, unter ruhigem und klarem Wasser, wird mir klar, dass ich noch nie einen Eukalyptusbaum gesehen habe, der nicht grün war; sie sind wohl zu jeder Jahreszeit grün.

Fertig mit Baden, trockne ich mich ab und wickle ein trockenes Handtuch um mich. Ich führe einen Tampon ein und gehe aus dem Badezimmer. Ich kann das laute Geräusch hören, das der Fernseher meines Großvaters im Nebenzimmer macht, als ich mich zum Ausruhen ins Bett lege, es ist riesig, ich bin ganz klein in ihm; ich lasse meinen nackten Körper in die weiche, schwammige Matratze sinken, fühle mich wie ein kleines Mädchen, dem gleich noch eine Gute-Nacht-Geschichte vorgelesen wird, und schlafe ein.

Der Anfang

Meine Eltern haben sich kennengelernt, als sie noch nicht einmal Teenager waren; er – ein Einzelkind, charismatisch, rechthaberisch, sentimental und altmodisch; sie – eines von sechs Geschwistern, zart, mitfühlend, geduldig, unsicher und emotional. Beide Kinder von Holocaust-Überlebenden. Ich bin sicher, dass sie bei ihrer Hochzeitsfeier so nah zusammenstanden, dass sie sich mit der Stirn berührten. Sie – in ihrem altweißen Spitzenkleid mit Stehkragen, das den Boden berührte, obwohl sie Schuhe mit hohen Absätzen trug, und ihr langes dunkles, welliges Haar offen; er – in seinem schwarzen Smoking, mit langen blonden Haaren und Koteletten. Während sie zu einem Paar vereinigt wurden, verfing sich ihr Atem ineinander und bildete einen natürlichen Torbogen, und sie weinten wie synchronisiert, sehr schön. Die funkelnden Augen meiner Mutter passten perfekt zur Szenerie: Die geschmückte *chupah* stand am Ufer des Mittelmeers und die Tränen in ihren Augen blinkten wie die Funken des gelben Lichts, die sich auf der Meeresoberfläche spiegelten, als die Sonne unterging. Ich würde mir gerne vorstellen, dass sie unter dem offenen Baldachin Tränen der Freude weinte.

Ein Jahr, für ein Jahr mache ich das mit, muss meine Mutter meinem Vater gesagt haben. Ein einjähriger Versuch, sagte sie, und veränderte ihre Position auf dem eichenfarbenen Kordsofa so, dass sie näher bei ihm sitzen konnte.

Sie wandte meinem Vater ihr Profil zu, aber ihre Augen waren auf das Fenster gerichtet, seinen weißen Rahmen und auf das, was draußen war: Berlin. Die Straßen wurden allmählich dunkler, die Straßenlampen leuchteten, und die wenigen Menschen, die vorbeiliefen – mit ihren Schulranzen auf dem Rücken, den Einkaufstüten in der Hand, Kinderwagen vor sich herschiebend – gingen langsam nach Hause.

Wir wohnten in einer Dachgeschosswohnung in einer schmalen Kopfsteinpflasterstraße mit Lindenbäumen, dem »Baum der Liebenden«, auf beiden Bürgersteigen. Die Linden schützten die Straße – wie ein Dach – vor Sonne und Regen, brachten Farbe und frischen Geruch in sie und übersäten den Boden mit herzförmigen Blättern. Der Kurfürstendamm war nur wenige Straßen von unserer Wohnung entfernt.

Ein Jahr ist nichts, war sicher die Antwort meines Vaters. Es ist einfach nicht genügend Zeit, um uns einzuleben und um für mich eine anständige Stelle zu finden.

Wie für viele Juden der zweiten Generation war für meinen Vater die Idee abstoßend, in Deutschland zu bleiben, in dem Land, das am Genozid an seinem Volk schuldig ist. Bei jeder Begegnung mit einem älteren Menschen auf der Straße stellte sich die Frage: »Was hat *er* im Krieg gemacht?«, gefolgt von der Frage: »Wie kann *ich* an das Gute glauben?«

Ich will ein neues Leben, muss mein Vater beharrlich gesagt haben, wenn wir es also machen, und das *werden* wir, müssen wir es richtig machen. Wir müssen uns wenigstens fünf Jahre geben. Seine Stimme war fest, er blickte auf die Wand vor ihm, auf das verschwommene Blumenmuster der Tapete. Sein Körper berührte ihren nicht.

Und wenn es mir da nicht gefällt? Gehen wir zusammen nach Deutschland zurück?, fragte sie. Versprich mir, wenn es mir nicht gefällt in Israel zu leben, kommen wir hierher zurück, wiederholte meine Mutter, als mein Vater weiter darauf bestand, dass Deutschland für Juden kein Ort zum Leben sei. Ich stelle mir vor, dass sie diese Worte stotternd aussprach.

Ich verspreche es dir, sagte er. Es wird wunderbar werden, fügte er hinzu, du wirst sehen.

Er rückte näher an sie heran – und sie an ihn. Sie nahm sein Gesicht zwischen ihre Handflächen, als wollte sie versuchen, ihre Fingerabdrücke auf seinen Wangen zu hinterlassen, und sie küsste ihn mehrmals auf die Stirn, während sie langsam ihre dunklen Augen schloss und das dämmrige Berlin aus ihrem Blick gleiten ließ.

Und darum wuchs ich von meinem sechsten Lebensjahr an auf einem Hügel auf, einem der vielen Hügel, die Jerusalem umgeben, und Deutschland vermisste ich nie, weil meine Mutter – die Deutschland liebevoll im Herzen mitnahm – und mein Vater – der Deutschland hasserfüllt im Herzen mitnahm – nie davon loskamen, und darum kam auch ich nie von Deutschland los.

Mit sechs Koffern und Zipper, einem schwarz-weißen Collie, landeten wir in Israel, am heißesten Tag des Sommers 1987. In der einen Hand hatte ich ein Stoffschaf, mit der anderen hielt ich mich am Arm meines älteren Bruders fest und wurde begrüßt von Palmen und einer Sprache, die ich nicht verstand: einer Sprache, die ähnlich wie Deutsch klang, aber weniger hart war, weniger scharf und abrupt, als käme sie ganz aus den Tiefen des Körpers.

Wir verließen das Flugzeug und stiegen in einen Minibus, der vielleicht früher einmal kirschrot gewesen, jetzt aber vor allem verrostet und verstaubt war, wie scheinbar alle Autos in Wüstennähe, und der uns zu unserem neuen Heim brachte: ein weißes, kastenförmiges Haus mit einem dreieckigen Giebel; das Haus war mit naturfarbenen Tonziegeln gedeckt und hatte Fenster mit grünen Läden. Das Haus sah aus, als hätte ein Kind es gemalt, genauso, wie ein typisches Haus aussehen soll. Ich habe mir immer vorgestellt, dass, wenn ich ein Lexikon in irgendeiner Sprache, in irgendeinem Land aufschlagen und das Wort »Haus« suchen würde, mir ein Bild unseres Hauses entgegenspringen würde. Oder vielleicht auch das Haus unseres Nachbarn, denn in unserem Ort sahen alle Häuser gleich aus. Kefar Teefe war ein kleines Dorf, in dem wir zur Schule oder zu nachmittäglichen Aktivitäten alleine gehen oder mit dem Rad fahren konnten, ohne dass sich unsere Eltern Sorgen machen mussten, dass uns etwas passieren könnte, denn dort passierte nie etwas.

Mein Bruder Tom und ich wuchsen zwischen Passionsfruchtkletterpflanzen, Avocado-, Mango-, Granatapfel- und Guavenbäumen in dem Garten hinter unserem Haus auf, die mein Vater sorgfältig gepflanzt hatte und deren Früchte unseren Garten mit Ausbrüchen von Grün, Orange, Rot, Purpur und Gelb zum Leuchten brachten. Immer, wenn wir die Früchte gegessen hatten, trockneten wir die Avocado- und Mangokerne und malten sie dann an, bastelten Fische oder Hamster aus ihnen. Wiedehopfe mit orange-pink-braunen Körpern und Kämmen und weiß-schwarzen Flügeln – eine Farbkombination, die so schön war, dass sie fast unnatürlich wirkte – kamen vorbei, und khakibraune Gelbsteißbülbüls mit ihrem gelben Fleck ließen sich fröhlich auf unserer Wäscheleine nieder. In dem *Wadi*, dem trockenen Tal hinter unserem Haus rannten Chukarhühner herum, stämmige, auf dem Boden lebende, wachtelähnliche Vögel. Obwohl sie imstande waren, die allerschrecklichsten Alarmschreie von sich zu geben, beobachtete ich sie gerne aus der Ferne, hinter dem Hitzeschleier der Wüste. Wenn es mir einmal gelang, in ihre Nähe zu kommen, fühlten sie sich bedroht und ließen ihre schrillen Schreie los.

Während der dritten Woche in meiner neuen Schule, als ich nach der Pause auf dem Weg zurück ins Klassenzimmer war, umgeben von vielen anderen, mir noch fremden Kindern, entdeckte mich Lior.

»Du da«, sagte er und streckte den Zeigefinger nach mir aus, während er energisch auf mich zulief, »*du*!«

Seine Selbstsicherheit machte mir Angst, seine Extrovertiertheit faszinierte mich; als ich seinen Finger auf mich zeigen sah, fühlte ich mich auserwählt, als gäbe es etwas Besonderes an mir, das er erkannt hatte. Lior hatte viele Freunde, das wusste ich, und trotzdem hatte er *mich* ausgewählt.

»Schwänze die Musikstunde mit mir. Komm. Lass uns abhauen«, flüsterte er mir ins Ohr. Ein herrlich leidenschaftliches Lächeln schmückte sein Gesicht und brachte einen offenen Mund zum Vorschein, in dem die beiden oberen und unteren Schneidezähne fehlten.

Ich hatte Lior während der ersten zwei Schulwochen in meiner Klasse sitzen sehen, aber dort gab es zu viele unvertraute Gesichter, zu viele Namen, so dass ich ihn erst in dem Augenblick wirklich bemerkte, als ich neben ihm stand und aus dem Augenwinkel auf ihn herabsah – denn er reichte mir nur bis zur Nasenspitze. Wie Lior an diesem Tag, als er mich umwarb, aussah, hat das erste Bild von ihm geformt, und es ist dieses, das in meine Erinnerung eintätowiert ist.

»Aber … Aber … Aber …«, war alles, was ich sagte, als wäre mein Hebräisch noch nicht gut genug. Das war es aber. Es lag nur daran, dass ich meine Zunge nicht unter Kontrolle hatte, weil ich so nervös war, zu aufgeregt. Endlich fragte ich »Wirklich?«, und mit einem plötzlichen unerschütterlichen Gefühl von Tapferkeit, das mich überkam wie ein Tornado, der mich hinwegwirbelte, wurde ich rot und sagte dann: »*besseder, besseder, besseder*; okay, okay, okay.«

Mir allein wäre es nie eingefallen, die Stunde zu schwänzen, nicht da zu sein, wo ich sein sollte. Und noch immer bin ich mir nicht sicher, ob ich mitmachte, weil es die erste freundliche Geste mir gegenüber war, die sich ernst gemeint anfühlte, oder weil es wegen Lior war, dessen Präsenz so mächtig und dessen Verhalten so gebieterisch und doch verlockend war. Oder vielleicht war es auch nur die Idee, ein Abenteuer zu erleben. Vielleicht waren es auch nur seine wilden Locken.

Nachdem ich zugestimmt hatte, überflutete mich ein berauschendes Gefühl, aber noch bevor ich es ganz auskosten konnte, griff Lior nach meiner Hand und zog so fest daran, dass er mir fast den Arm auskugelte. Obwohl ich größer war, war Lior viel stärker als ich.

»Wir müssen jetzt gehen. Jetzt *sofort*, Fela«, sagte Lior und biss sich mit einem seiner letzten Milchzähne auf die Unterlippe. Er gab das Tempo vor, mit dem wir losrannten, und alle zwei Sekunden sagte er: »Beeil dich. *Nu*. Beeil dich.«

Nu war mein hebräisches Lieblingswort geworden, weil es nicht wirklich ein Wort war, aber Dinge mit viel größerer Klarheit ausdrückte, als ein anderes Wort es je gekonnt hätte. *Nu* hat nichts Zweideutiges, es ist der Laut, den man macht, um jemanden anzutreiben, wenn man versucht, einen anderen dazu zu bringen, sich zu beeilen, wenn man nicht geduldig warten kann. Es ist ein Laut, den meine Mutter absolut hasste, ein Laut, den mein Vater in seinem Vokabular schmerzlich vermisste, bis wir nach Israel zogen. Und ich gebrauchte ihn dauernd im ersten Jahr meines Lebens in Israel.

Unsere Schule war ein flaches einstöckiges Gebäude, in der Form eines »L« gebaut. Der vordere Hof war von einem gepflegten grünen Rasen umgeben, und der Hof dahinter war geteilt in den Bereich hinter dem kurzen Teil des Ls, wo es einen Fahrradständer gab, mehrere Rutschen und ein paar Lastwagenreifen, auf die man klettern konnte, und den Bereich hinter dem langen Teil des Ls, wo der feste braune Boden an wenigen Stellen von vereinzelten Pflanzen bedeckt war – verschiedene Stauden und Holzgewächse, die scharfe Dornen hatten, überwucherte und ausgetrocknete Büsche und ein paar wilde Pinien mit scharfen Nadeln. Dorthin nahm mich Lior an jenem Tag mit – zum Zaun hinter dem Hinterhof, ganz am Ende des Schulgeländes.

Lior zog mich die ganze Zeit an der Hand, bis wir das Schultor erreichten, das wie der Zaun, der die Schule umgab, jedes Jahr zu Schulbeginn in einer anderen Farbe gestrichen wurde – was ich erst während meiner späteren Schuljahre bemerkte. Gelb, rot, pink, grün – in meiner Schulzeit sah ich einen ganzen Regenbogen vorbeiziehen.

Am Schultor angekommen, knieten Lior und ich uns hin, lehnten uns mit dem Rücken gegen die hellblauen Metallstangen und starrten in die Sonne. Meine Hände hielten den Zaun hinter mir fest, seine lagen flach auf dem Boden. Von der Seite betrachtet, sahen wir zwei aus wie Heuschrecken.

»Was machen wir jetzt?«, fragte ich, bereit für den nächsten Teil unseres Abenteuers.

Meine Frage blieb unbeantwortet. Ich wartete, und Lior dachte nach, dann sagte er schließlich: »Ich weiß nicht.«

»Aber es war doch *deine* Idee.«

»Ja und?«

»Also ...?«, sagte ich und versuchte, nach einem Argument zu suchen. »*Nu*. Also ...?«

Für Lior war das Weglaufen, der Adrenalinstoß des Abhauens, genug. Was danach passierte, war weniger wichtig. Ich glaube, mir war das Wegsein wichtiger. Selbst wenn auch ich den Adrenalinstoß genoss, dachte ich, dass das eigentliche Abenteuer erst später anfinge – dass das Abhauen nur Mittel zum Zweck war, zu einem Zweck, den ich nicht kannte.

»Wie heißt du in echt?«

»Was meinst du?«

»Fela ist kein richtiger Name.«

Ich zog meine Füße unter mir durch nach vorne, drückte die Knie durch und streckte meine Beine auf dem Boden aus.

»Ist es wohl.«

»Das kann nicht sein.«

»Warum nicht?«

»Weil ich ihn noch nie gehört habe.«

»Ich habe den Namen Lior auch noch nie gehört, heißt das also, du hast keinen richtigen Namen?«

»Sei nicht so doof. Natürlich ist Lior ein richtiger Name. Das weiß doch jeder.«

Ich sah auf den Boden und dachte über meinen Namen nach. Ich spürte meine Knochen, wie Pflöcke, die in den ausgetrockneten Boden getrieben waren, und ich erwähnte nicht, dass ich nach meiner Großtante hieß. Stattdessen wiederholte ich etwas, das ich einmal meine Mutter hatte sagen hören, »sein Ursprung bedeutet Glück«, erklärte ich.

»Okaaay«, sagte er kompromissbereit. »Und was ist dein zweiter Name?«

»Ich habe keinen zweiten Namen«, antwortete ich und sah Lior nicht an.

»Trotzdem ist es kein richtiger ...«

»Was ist mit ...«

»Name.«

»... unseren Ranzen?« Ich brüllte fast. »Wir haben sie im Klassenzimmer gelassen, wird die Lehrerin sie nicht sehen? Wird sie nicht dem Direktor sagen, dass wir fehlen?«

»Ich glaube nicht«, antwortete er rasch, ohne nachzudenken. Doch nach einer kleinen Pause setzte er ein winziges »vielleicht« hinzu.

Als ich hörte, wie seine zuvor so entschiedene Stimme zitterte, fragte ich ihn, ob er das schon einmal gemacht hätte, woraufhin er antwortete, dass es doch erst unsere dritte Schulwoche wäre, wie hätte er können und wie dumm von mir, das auch nur zu denken. »Mein Bruder macht es aber dauernd. Und er ist älter.«

»Hmm ...«, kam es aus meinem Mund. Es kam in Gestalt einer Frage heraus, als wären es viele Fragen, die zusammen und im selben Moment gestellt würden.

»Ehhh ...«, kam es aus Liors Mund. Es kam in Gestalt einer Antwort heraus, einer Antwort, die viele Fragen unbeantwortet lässt. Und es wurde gefolgt von einem »Mach dir keine Sorgen«, während er versuchte, seine Rolle wiederzufinden.

Aber ich konnte spüren, dass auch er sich Sorgen machte, also sagte ich ihm, »ich mag unseren Musikunterricht«, wie um uns beide abzulenken.

»Ich auch«, sagte er.

»Ich hoffe, die Lehrerin spielt nächste Stunde wieder auf dem Akkordeon, wie letzte Woche.«

»Ich auch«, wiederholte er noch einmal. »Und ich mag deinen Namen.«

Fünfzig Minuten lang – eine ganze Unterrichtsstunde – saßen Lior und ich in den ausgedörrten Büschen in der Hitze und dehydrierten vor uns hin, bis wir die Glocke läuten hörten und in unser Klassenzimmer zurückgehen konnten.

Lior und ich verbrachten den Rest des Tages damit, uns wichtig und erhaben zu fühlen: Mit einem zufriedenen Grinsen im Gesicht liefen wir in der Schule herum, als hätten wir eine wichtige Aufgabe erfolgreich erledigt oder einen Test mit den besten Noten der Klasse bestanden. Als die Schule zu Ende war, fragte Lior mich, ob wir zusammen nach Hause laufen sollten, also taten wir das. Und so fing es an.

Jeden Tag nach Schulschluss gingen Lior oder ich, je nachdem, wer zuerst herauskam, durch das Haupttor der Schule und warteten auf der grünen Holzbank auf der gegenüberliegenden-Straßenseite auf den anderen. Das war unser unausgesprochener Schwur; ein Versprechen, das wir uns nie gegeben hatten, aber immer hielten. Dann gingen wir hügelabwärts die Eucalyptus Road entlang, auf dem Gehweg in Richtung Jerusalem, ein Punkt in der Ferne, wo die Details verschwammen und die Imagination begann. Wir liefen und schauten auf die Jerusalemer Skyline, und sie sah aus wie eine Ziegelmauer voller Löcher – eine so mächtige Mauer, dass die Welt sie nicht niederreißen konnte, und eine so empfindliche Mauer, dass jeder Versuch, das zu tun, seine Spur hinterließ. Eine Tausende von Jahren alte Mauer – eine altertümliche, unvollständige, beschädigte und von der Geschichte verletzte Mauer –, deren einzelne Steine sich mit bloßen Augen streicheln ließen.

Wenn wir den Hügel heruntergelaufen waren – zehntausend Schritte, als wir in der ersten Klasse waren, zweitausend, als wir in der achten waren –, kamen wir an einen wilden Eukalyptuswald, in dessen Mitte es eine kahle Stelle gab, einen großen, kreisförmigen Bereich, auf dem kein Baum wuchs. Manchmal, wenn weder Lior noch ich nach der Schule etwas vorhatten, hingen wir einfach ein bisschen in dem Eukalyptuswald herum, bevor jeder für sich nach Hause ging, wir saßen dort auf dem Boden, auf der seltsam unfruchtbaren Stelle, wo kein Baum wuchs. Wenn wir danach das Feld durchquert hatten, kamen wir an eine Kreuzung – eine Kreuzung, die wir in Besitz genommen hatten, denn an dieser Stelle trennten sich Liors und meine Wege: Ich ging nach links und er nach rechts.

Als ich an dem Tag, an dem Lior und ich eine Schulstunde geschwänzt hatten, nach Hause kam, erzählte ich meinem Bruder stolz von meinem neuen Freund. »Inzwischen musst du doch schon viele neue Freunde gefunden haben«, sagte Tom, als verstünde er meine Aufregung nicht.

Mein Bruder hatte recht. Ich hatte in Europa gekaufte Kleider an, und alle Mädchen in meiner Klasse wollten mich sofort zu ihrer besten Freundin haben. Mit einigen freundete ich mich an, aber für keine interessierte ich mich besonders. Ich hasste keine, hatte mit keiner je Streit, aber ich fühlte mich ihnen nicht zugehörig; ich fühlte mich fremd. Sie waren kontaktfreudig und offen, ich war zurückhaltend und introvertiert. Sie erwarteten, dass ich so war wie sie, aber ich konnte nicht, weil ich einfach nicht so war. Je mehr mir mein Anderssein etwas ausmachte, umso anders fühlte ich mich, umso introvertierter wurde ich. Indem sie mich zu ihrer Freundin machten, wurden sie für mich vertraute Gesichter, mit denen ich die Zeit verbrachte. Sie offenbarten mir Geheimnisse, die mich nicht berührten, und Geschichten, deren Worte ich schon wieder vergaß, kaum dass ich sie gehört hatte. Sie dachten, ich spielte bei ihren Spielen mit, weil ich bei ihnen stand.

»Ja, habe ich auch ... aber nicht wirklich. Das ist ein richtiger Freund, Tom«, erklärte ich. »Es fühlt sich anders an, bei ihm zu sein, natürlich. Er ist lustig und traut sich viel und er will mein Freund sein, weil ...«

»Natürlich will er dein Freund sein«, sagte Tom mit väterlicher Stimme.

An diesem Abend erlebte ich meinen ersten Stromausfall. Ich war in meinem Zimmer, als plötzlich – wie auf ein Fingerschnalzen hin – alle Lichter ausgingen. Ich erhob mich von meinem Stuhl, ging vorsichtig auf die Wand zu, an der der Lichtschalter war, und suchte blind nach ihm, wobei ich mit meinen Handflächen die Wand abklopfte. Als ich ihn gefunden hatte, drückte ich ihn einige Male rauf und runter, aber es passierte nichts, also verließ ich mein Zimmer und trat in ein stockdunkles Haus. Ich hatte fast keine Angst, war aber sehr aufgeregt.

Auf dem Weg ins Wohnzimmer stieß ich mit meinem Bruder zusammen – unsere Körper machten ein Geräusch wie ein Buch, das auf einen Teppich fällt. Er nahm mich an der Hand und führte mich ins Wohnzimmer, wo ich meine Mutter uns entgegenkommen sah, eine Kerze in den Händen. Die Flamme leuchtete auf ihre Hände, und ein dünner, senkrechter Lichtstreifen verlief von ihrem Kinn zu ihrer Stirn, der nur die Mitte ihres Gesichts enthüllte, der ganze Rest von ihr – wie der Rest des Raumes und des Hauses – befand sich im Dunkeln.

Meine Mutter, mein Bruder und ich setzten uns einfach genau da hin, wo wir standen, auf die Stufe zu unserem Wohnzimmer, und warteten, bis die Lichter ungefähr eine Viertelstunde später wieder angingen, und jeder von uns kehrte zu der Tätigkeit zurück, die er vorher verrichtet hatte.

In unseren ersten Jahren in Israel gab es häufig Stromausfälle. Sie passierten meistens am frühen Abend und waren die allerbeste Ausrede, sofort damit aufzuhören, womit man gerade beschäftigt war – normalerweise kämpfte ich da mit meinen Hebräischhausaufgaben, bei denen mir weder Vater noch Mutter helfen konnten, weil sie die Sprache nicht beherrschten –, und einfach wegzudämmern. In der Dunkelheit konnte man nichts machen, also wurde alles unwichtig, bis die Lichter wieder angingen.

Ich kannte mich in unserem Haus im Dunkeln genauso gut aus wie im Hellen, aber erst nach meinem Gespräch mit Lior am folgenden Tag fing ich an, diese bizarren Vorfälle zu mögen, diese Störungen des Systems.

»Magst du sie nicht? Die *Hafsakot Chashmal*?«, fragte mich Lior, als wir zum zweiten Mal gemeinsam nach Hause gingen.

»Die Stromausfälle?«, wiederholte ich skeptisch und war mir nicht sicher, ob er das meinte. »Wenn der Strom einfach weg ist und die Lichter ausgehen?«

»Ja!«

»Du magst das? Warum?«

»Und du magst das nicht, weil du Angst hast.«

»Das habe ich nicht gesagt«, beeilte ich mich zu erwidern. Sofort verspürte ich das Bedürfnis, mich zu rechtfertigen, mich als genauso abenteuerlustig zu geben wie er, »und ich habe keine Angst. Es ist nicht unheimlich. Es ist nur dunkel«, sagte ich mit dem bestimmtesten Ton, der mir zur Verfügung stand, und ich hatte das Gefühl, dass mein ganzer Wert in Liors Augen davon abhing, wie ich die Stromausfälle fand.

Ich verstand nicht, was man daran so mögen konnte, plötzlich und unerwartet in vollständige Dunkelheit geworfen zu werden, jede Sekunde zwischen Behagen und Unbehagen zu wechseln, zwischen Sicherheit und Unsicherheit zu tanzen.

Aber er hatte recht, man konnte wirklich einiges an ihnen mögen: Man konnte es mögen, sich in vertrauter Umgebung in völliger Dunkelheit wiederzufinden, weil einem das erlaubte, viele Dinge viel stärker zu genießen, als man es für gewöhnlich tat. Wenn einem die Sicht genommen wird, arbeiten die anderen Sinne viel stärker, und die Welt wird eine andere, als würde sie einen auf all jene Dinge hinweisen, die man nicht verpassen sollte.

In vollständiger Dunkelheit mochte ich das Geräusch des tropfenden Wasserhahns in unserer Waschküche, ein melodisches, entschlossenes Tropfen; ich mochte das drehende Geräusch eines Schlüssels im Schlüsselloch und das rhythmische Klopfen an einer Tür. Ich mochte die Vertrautheit der ersten Silbe in der Stimme meiner Mutter, wenn sie meinen Namen rief und wenn ich mir noch nicht sicher war, aus welcher Richtung sie kam, und ich mochte den Geruch ihres Parfums, das genauso roch wie die Blüten eines Jasminstrauchs. Ich mochte das Pfeifen meines Vaters, wenn er das Haus betrat, und sein Kitzeln, das im Dunkeln irgendwie anders wurde – seine Finger wurden nicht nur länger und kribbeliger, es kam mir auch vor, als hätte er mehr davon. Von der Dunkelheit umrissen, fühlten sich die Umarmungen meiner Eltern größer an, Toms Arme, die mich umschlangen, endlos, und mein Körper schwerelos.

Der wirkliche Anfang

Ich ziehe einen langen, dünnen, leuchtend roten Wollpullover an und schwarze Jeans. Ich trage meine knielangen weinroten Wildlederstiefel und schaue in den Spiegel. Das ist okay, denke ich mir, das ist okay. Ich greife meine Kamera und meinen Schottenmantel und nehme den Aufzug hinab in den Frühstücksraum, wo Mosha schon sitzt und Kaffee trinkt. Vor ihm steht ein Teller mit ein paar Scheiben Vollkornbrot und einer Auswahl Käse: Emmentaler, Brie, Cheddar, Quark und Frischkäse. Alles sieht sehr lecker aus. Ich setze mich ihm gegenüber – eine einzelne gelbe Tulpe steht zwischen unseren Gesichtern in einer Vase –, und während ich den Duft seines Kaffees einatme, frage ich, ob er gut geschlafen habe. Er antwortet freundlich, dass er gut geschlafen habe, und ich sage ihm, dass auch ich gut geschlafen habe.

Sein Kaffee ist heiß, der Dampf steigt nach oben, kreisförmig, wie Rauch. So hat er ihn schon immer getrunken, erinnere ich mich, nicht warm, sondern kochend heiß, so dass ich mich als Kind immer fragte, wie er ihn überhaupt trinken konnte, ob er sich mit jedem Schluck die Geschmacksnerven zerstörte oder ob seine Zunge vielleicht gar nicht verbrannt werden konnte. Und noch immer frage ich mich das. Ich sehe ihn vor mir, an dem großen ovalen Mahagonitisch in seiner Berliner Wohnung, Dampf steigt aus seiner Kaffeetasse aus Porzellan und rahmt sein Gesicht ein. Damals war sein Haar noch nicht ganz weiß, aber abgesehen davon haben sich seine Körperhaltung, seine Eigenarten, seine Stimme, sogar seine roten *shleikes* seither überhaupt nicht verändert.

Mit dieser Erinnerung an Mosha schießt mir auch ein Bild von mir als Fünfjähriger in den Kopf; beide Bilder sind untrennbar für mich. In seiner Wohnung spiele ich mit meinem Cousin oder irgendeinem anderen Kind – ich erinnere mich nicht mehr, mit wem genau – und ich stolpere über eingeschlagene Teppichecken und laufe zu ihm und warte darauf, dass er mich hochnimmt und mich auf seinen Schoß setzt. Er streckt seine Arme nach mir aus und in der Bewegung, mit der er mich aufnimmt, während ich hochgenommen werde, sehe ich sie, die Nummer. *Seine* Nummer. Als ich auf seinem Schoß sitze, frage ich: »Was ist das für eine Nummer, Opa?« Und ohne eine Sekunde zu zögern, antwortet er: »Wir haben die Telefonnummern unserer Freunde aufgeschrieben, damit wir sie nicht vergessen.«

Und jetzt umrahmt der Dampf wieder sein Gesicht, und ich muss mich anstrengen, meine Augen nicht zu seinem Arm wandern zu lassen. Wusste ich damals, dass er nicht die Wahrheit sagte? Stellte ich ihn auf die Probe, seine Antwort; oder mich selbst, meine Frage? Gab es einen kurzen Moment, in dem ich ihm glaubte, in dem ich mich fragte, was passieren würde, wenn er nicht mehr mit ihnen befreundet sein wollte? In dem ich mich fragte, ob er *sie* am Morgen nach einem Streit löschen wollte.

Ich stehe auf und gehe zum Buffet, fülle einen Teller mit einer Auswahl von Gebäckstückchen, deren Geruch nach Butter und Puderzucker ich nicht widerstehen kann. Als ich mich wieder an den Tisch setze, sagt Opa zu mir: »*Ich chob mit Oma gesprochen.* Sie lässt dich *grießen.*«

»Dankeschön«, sage ich und nicke mit dem Kopf.

»*Di weißt.* Deine Großmutter, sie ist es nicht gewöhnt, allein zu sein.«

»Ich weiß«, sage ich bedauernd.

»Zu Hause gibt sie mir jeden Morgen drei getrocknete Pflaumen.« Auf seinem Gesicht hat sich ein breites Lächeln gebildet, das seine Wangenknochen, seine Augen, sogar seine Finger zum Strahlen bringt – die Finger, mit denen er die Pflaumen meiner Großmutter vom Teller nimmt. »Manchmal versucht sie, mir eine vierte unterzujubeln. Sie denkt, ich merke das nicht, aber ich merke es immer. Die vierte esse ich nie.« Er kichert. Sein Gedächtnis sieht in diesem Moment meine Großmutter; sein Gedächtnis sieht nicht dieselbe Frau, die ich sehe, die ich immer gesehen habe.

»Weißt du. Die vierte esse ich nie«, sagt er, noch immer unbekümmert, bevor er seufzt und sein Ausdruck ernster wird und er hinzufügt, »obwohl sie alleine ist, ist alles in Ordnung.«

Im Unterschied zu meinem Großvater spricht meine Großmutter nicht über ihre Kriegserlebnisse. Sie hat noch nie darüber gesprochen. Als hätte sie vor vielen Jahren einen Panzer um sich herum gebaut und alles so fest wie möglich versiegelt. Wir können nur vermuten, wie ihre Zwangsarbeit war oder ihr unwahrscheinliches Überleben, keiner weiß wirklich etwas.

Zu Zeiten, als Fragen noch gestellt wurden, prallten alle Fragen an dem Panzer ab. Zuerst tat sie so, als hätte sie nichts gehört, dann tat sie so, als hätte sie nichts verstanden; vielleicht hat sie wirklich nichts gehört, vielleicht hat sie nichts verstanden. Immer war es so, als würde sie bei den Worten »Der Krieg« taub und dann stumm. Wenn das »So-tun-als-ob« nicht ausreichte, ging sie aus dem Zimmer, sobald »Der Krieg« erwähnt wurde. Und er wurde immer erwähnt, weil mein Großvater immer ein Wort oder zwei darüber – der zweite Weltkrieg, der Holocaust – in jedes Gespräch, in jede Situation einfließen ließ. Schließlich fing meine Großmutter an, sich abzusondern, und verbrachte die meiste Zeit versteckt in ihrer Küche, wie um die Möglichkeit zu vermeiden, dass »Der Krieg« an ihre Ohren drang.

Nach einer Weile fing mein Großvater an, sich soweit zurückzuhalten, wie er konnte, so dass jetzt der Panzer meiner Großmutter nichts mehr abprallen lassen muss – er muss nichts mehr schützen, nur eine Grenze sein, denn niemand spricht mehr von »Dem Krieg«, wenn sie dabei ist.

»Weißt du«, sagt Opa, »1945 bin ich von einem Todesmarsch geflohen«, und statt in meinem Mund landet das Schokoladencroissant von meiner Hand wieder auf meinem Teller.

»Wann? Wo? Wie?«, frage ich eifrig; aber er ignoriert meine Fragen und fährt mit seiner Geschichte in seinem eigenen Tempo fort.

»Nicht lange, nachdem ich geflohen war, wurde ich aufgegriffen und in eine Zelle auf einer Polizeistation gesperrt. Ein Polizist beobachtete die ganze Zeit die Zellentür«, sagt Mosha, »und ich hatte Angst, er würde mich umbringen.«

Opa nimmt ein Stück Brot von seinem Teller, betastet es, schaut mich an und sagt: »Aber am nächsten Morgen hat er mich nach meiner Nationalität gefragt, und ich habe geantwortet, ich sei ein politischer Gefangener aus Belgien. Der Polizist kannte sich offenbar mit den verschiedenen Symbolen auf unseren Sträflingsanzügen nicht aus, denn sonst hätte er gewusst, dass ich das nicht war. Er führte mich in die angrenzenden Wälder und sagte: Morgen oder übermorgen sind die Amerikaner sowieso hier, also lasse ich dich einfach laufen ... Geh zum Bürgermeister, lass dich registrieren, und wenn irgendwer fragt, sag nicht, ich hätte dich laufengelassen. Sag nie jemandem, ich hätte dich laufengelassen.«

Obwohl die Hälfte der Tische besetzt ist, ist es so still im Raum, als würde mir jeder erlauben wollen, meinem Opa ungestört zuzuhören; nur hin und wieder dringt ein plötzliches Wort – eine Bestellung, eine Bitte – und ein plötzliches Geräusch – ein hinunterfallendes Messer, ein quietschender Stuhl – an mein Ohr und bringt mich für einen Moment von der Vergangenheit meines Opas in meine Gegenwart zurück.

»Vier Tage später wurde ich von den Amerikanern befreit. Der Rest der fünftausend Häftlinge, die auf diesen Marsch getrieben wurden, schleppte sich bis zum Ende des Monats weiter. Nur ungefähr fünfhundert überlebten«, sagt Mosha. Ungefähr? denke ich verstört. *Ungefähr.*

Er richtet sich auf, sitzt gerade auf seinem Stuhl und sieht sich im Raum um uns herum um. »Heute fahren wir nach Czeladź, meine Geburtsstadt.«

»Das freut mich, Opa.«

»Aber vielleicht nicht sofort. Lass uns erst ein bisschen spazieren gehen, *jo?*«, fragt Mosha, und ohne meine Antwort abzuwarten, steht er vom Frühstückstisch auf. Ich nehme mein nicht gegessenes Croissant mit und folge Mosha aus dem Speisesaal.

Wir schlendern langsam in einer Stadt herum, die voller Leute ist, die auch langsam herumschlendern, was auch immer ihre Richtung oder ihr Ziel ist. Kopfsteinpflasterstraßen, größtenteils alte Häuser, dazwischen ein paar neue Gebäude. Der Wind ist kalt, und ich knöpfe meinen Mantel zu und schlage den Kragen enger um meinen Nacken. Hinter Mosha ist ein klickendes Geräusch zu hören; er geht vornübergebeugt, die Finger hinter dem Rücken, er spielt mit seinen Daumennägeln. Als wir an einem Lebensmittelladen vorbeikommen – mit einem Obststand vor dem Eingang und einem »DELIKATESY«-Schild über dem Fenster –, frage ich Mosha, ob er sich an einen besonderen Geschmack irgendwelcher Speisen erinnert; ob er sich an einen besonderen Geruch aus der Zeit »davor« erinnert, bevor alles so hässlich wurde, etwas, das er vermisst, positiv vermisst. Vermutlich habe ich die Frage falsch formuliert, denn er antwortet: »Ich habe immer alles gegessen, was mir vorgesetzt wurde.«

Geschmackserinnerungen, denke ich. Mitten im kalten polnischen Wind kommen mir die deutschen Kartoffelgerichte in den Kopf und auf die Zunge, die uns meine Mutter in der heißen israelischen Sonne zu essen gab, und das Fleisch, das sie immer kochte und das in so andere Kräuter eingelegt war als die weitaus intensiveren, die es im Nahen Osten gab. Heimwehgeschmack.

Ich denke an den Geruch der israelischen Zitrusbäume, wenn sie blühen, immer genau vor *Pessach* – die Feiertage im Frühling –, und wie ihr Duft irgendwie bis in jede Ecke Israels dringt und einen dazu bringt, sich zu wünschen, man könnte für den Rest des Lebens Orangen, Orangen und noch mehr Orangen essen. Und ich denke an den stechenden Geschmack der Guaven in unserem kleinen Garten und daran, dass ich ihren süßen und penetranten Geruch nicht leiden konnte. Wenn Tom die Früchte nicht erntete, kam unsere Nachbarin jede zweite Woche, um die heruntergefallenen Früchte aufzusammeln. Aber sie nahm nie Früchte, die der Baum nicht freiwillig hergegeben hatte; nie stellte sie sich auf die Zehenspitzen, um einen Ast zu schütteln, und nie griff sie nach einer perfekt aussehenden Guave, die noch am Baum hing. Ich stellte mir immer vor, dass ihre Tochter Guaven liebte und die Nachbarin für sie das Guavenfruchtfleisch so zurechtschnitt, dass es perfekt in den Mund ihrer Tochter passte.

»Kein Lieblingsessen oder Geruch?«, frage ich wieder.

»Alles, was es gab, war gut. Es war egal, was«, antwortet er, etwas herablassend – vielleicht, wahrscheinlich, sicherlich mit Recht, und ich fühle mich unwohl und bin still, versiegle meine Lippen, und dann gehen wir schweigend zusammen weiter.

Wir sind zum Hotel zurückgekommen, und zu meiner Überraschung steht der Fahrer von gestern draußen vor der Eingangstür und pafft eine Zigarette. Als er uns bemerkt, schnippt er sie auf den Boden und lässt sie auf dem Gehweg weiterbrennen. Heute sieht er größer aus. Ich begrüße ihn mit »Hallo« und einem angedeuteten Lächeln, und mein Großvater wechselt ein paar Sätze mit ihm auf Polnisch. Der Fahrer bringt meinen Großvater zum Lachen. Ich bringe meinen Großvater nicht zum Lachen; ich erinnere mich nicht, ihn je zum Lachen gebracht zu haben. Der Fahrer führt uns zu seinem Wagen und hält mir höflich die Tür auf. Ich rutsche hinein, und nachdem ich mich auf die ausgebleichte Rückbank gesetzt habe, schließt er die Tür hinter mir. Opa steigt von der anderen Seite ein, setzt sich hin, rutscht näher zu mir, auf dem Leder geht das problemlos.

Während wir nach Czeladź fahren, bekomme ich zu hören, wie alles anfing: »Also«, sagt Opa und klatscht hörbar in die Hände. »Meine Mutter ist 1931 gestorben. Sie wurde in Czeladź begraben.«

»Sie ist noch immer dort begraben, oder? Da fahren wir hin, nicht wahr?«

»*Jo*. Das Leben ging weiter. Wir haben die meiste Zeit gearbeitet, aber auch gelernt und ein bisschen gespielt.«

»An was ist sie gestorben?«

»An einer Totgeburt. Und sechs Jahre nach ihrem Tod heiratete mein Vater wieder und hatte noch zwei Töchter von seiner zweiten Frau.«

»Wie hießen sie, Opa?«

»Ich weiß nicht. Ich erinnere mich nicht«, sagt er und zuckt mit den Schultern. »Ich weiß nicht.«

Verstört sage ich: »Oh.«

Draußen hängen die Wolken so schwer herunter wie gestern, als wir in Polen landeten, manchmal weiß und manchmal schwarz, sie erhellen und verdunkeln den graublauen Himmel. Der Wind ist inzwischen stärker geworden; er heult gegen die Autoscheiben, schlägt gegen die hochaufragenden Bäume und das hohe Gras, versetzt sie in Bewegung und bringt sie zum Flattern, als veranstalteten sie einen Tanz, der Regen bringen soll.

»Und 1941 wurde mein Vater abgeholt. Es war um drei oder vier Uhr morgens, die SS-Leute gaben ihm eine vorgedruckte Zugfahrkarte und packten ihn dann hier«, Opa deutet auf seinen Unterarm, »am Unterarm«, sagt er, »so«, er greift nach meinem Unterarm, aber er greift sanft danach, »nicht so, viel kräftiger, und dann schleppten sie ihn fort.«

Er lässt meinen Arm los – ich wünsche mir, er hätte das nicht getan – und sagt: »Ich wollte mit ihm gehen. Ich habe es versucht, aber die SS-Leute ließen mich nicht. Weißt du, ich war zu jung. Sie haben alle Männer zwischen sechzehn und vierzig abgeholt. Aber ich war erst fünfzehn. Das war kurz vor meinem sechzehnten Geburtstag.« Opa erzählt diese Geschichte, als ob es irgendeine Geschichte wäre, gleich monoton wie immer, er nimmt die Dramatik aus jedem seiner Worte.

»Ein paar Wochen später schickte er uns eine Postkarte aus Deutschland, auf der stand, dass er zu essen bekäme und es ihm gutginge. Wir wussten nicht, dass die Deutschen jeden zwangen, solche Postkarten zu schreiben, bevor sie, du weißt schon, sie sie umbrachten.«

Ich schaue Opa an, wie er seine Geschichte erzählt; er spielt weder mit seinem Ohrläppchen noch mit seinem Haar, dem Kinn oder irgendeinem anderen Körperteil, während er spricht – seine Hände ruhen an seiner Seite, flach auf dem Sitz, ihre Farbe gleicht der des blassen Leders.

»Nachdem alle jüdischen Männer von Czeladź deportiert waren, kamen die Nazis zurück ins Ghetto, diesmal um die Frauen und Kinder zu holen. Aber bevor die SS-Männer zu unserem Haus kamen, machte meine Stiefmutter die Hintertür auf und schickte mich weg.«

»Warum hat sie das getan?«

»Sie hat die Tür hinter mir zugemacht.«

»Warum? Warum hat sie das getan, Opa?«

»Also stand ich da. Ich stand einfach da.«

Sie muss sich gedacht haben, er sei alt genug, um auf sich selbst aufzupassen, und es würde ihm besser ergehen, wenn er sich versteckte, denke ich und stelle mir vor, wie mein Opa mit dem Rücken gegen die Tür dastand und hörte, wie die SS-Leute immer näher kamen; und als sie ganz nah waren, zögerte er noch immer, wartete, und erst dann rannte er los, rannte weg, rannte schnell und drehte sich nicht mehr um.

»Ein paar Tage später ging ich nach Hause zurück, aber da war niemand mehr.«

Die Wohnung muss ein einziges Durcheinander gewesen sein – geöffnete Schubladen, offene Türen, umgeworfene Möbel –, alles stand still, als hätte von der Sekunde an, als sie abgeholt wurden, die Zeit stillgestanden. Nur eine Kuckucksuhr muss noch getickt haben, und der Vogel, der herauskam, machte deutlich, wie die Zeit verging.

»Später fand ich heraus, dass meine Stiefmutter und ihre beiden kleinen Töchter und mein Bruder Isaak und meine Schwester Fela von Czeladź nach Będzin gebracht worden waren. Das ist ein Städtchen, ein paar Kilometer entfernt. Zusammen mit anderen jüdischen Frauen und Kindern aus den umliegenden Städten wurden sie dort in einem Waisenhaus untergebracht, aber es war gar kein Waisenhaus mehr, und von dort wurden sie nach Auschwitz-Birkenau gebracht, weißt du, das Vernichtungslager.« Sicher weiß ich das, denke ich für mich, bevor ich ihn frage:

»Woher weißt du das?«

»Von den Leuten. Jeder hat etwas gesehen. Jeder hat etwas gehört. Jeder hat jedem etwas erzählt. Aber Fela wurde freigelassen. Ungefähr eine Woche später kam sie in unsere Wohnung im Ghetto zurück.« Opa schluckt hörbar seinen Speichel herunter, während er seine Augen mühsam schließt und wieder öffnet.

»Warum wurde sie freigelassen?«, frage ich und stelle mir vor, wie Fela durch die gleiche Hintertür wieder das Haus betrat, durch die mein Großvater floh, als die SS-Männer seine Familie abholten.

»Dann haben wir noch ein paar Monate zusammengelebt.«

»*Warum*? Warum wurde sie freigelassen, Opa?«

»Wir waren nicht die einzigen Juden, die im Ghetto übriggeblieben waren. Aber es gab nicht mehr viele, und darum ordneten die Nazis keine weitere organisierte Deportation an.«

»Aber warum wurde *sie* freigelassen?«, frage ich wieder, dieses Mal etwas ungeduldiger, und umgehend bereue ich meinen Ton.

Er schaut mich an. »Fela«, sagt er, schwer atmend, irritiert, mit zusammengezogenen Augenbrauen, »ich weiß es nicht.«

Anstatt also zum Tode verurteilt zu sein, waren Mosha mit sechzehn und Fela mit vierzehn Jahren zum Leben verurteilt, zum Leben mit der Todesangst, die jede Sekunde eines jeden Tages über ihnen schwebte.

Opa beugt sich nach vorne zum Fahrer und sagt ihm etwas auf Polnisch. Der Fahrer fährt an den Straßenrand und hält an, aber Opa bleibt sitzen.

»Sind wir da? Sind wir angekommen?«, frage ich.

Mosha schaut aus seinem Fenster; sein Blick ist auf etwas gerichtet, seine Augen tasten etwas ab, als würden sie etwas untersuchen, das Aufmerksamkeit auf jedes Detail erfordert, als würde er eine Landschaft inspizieren, die er nicht kennt.

»Ja. Eine Minute noch, ich will dir das erst fertig erzählen.« Er dreht den Kopf, um mich anzusehen. »Weißt du. Ich dachte nicht zu viel über alles nach. Ich arbeitete, so gut ich konnte. Ich musste Straßen bauen. Ich arbeitete im Straßenbau. Ich habe die Straßen, die in die Stadt Czeladź führten, gebaut. Aber Fela, Fela hat die ganze Zeit über alles nachgedacht. Sie arbeitete in Piaski, in einer Porzellanfabrik, sie verbrannte Quarz für die Porzellanherstellung, und die ganze Zeit hat sie geweint, sie hatte Angst und zitterte immer. Und sie fing an, beim Sprechen zu stottern, und sie hat nicht mehr viel gesagt.«

Wenn sie abends von der Arbeit heimgekommen waren und Opa seiner dunkelhaarigen Schwester gegenübersaß, muss er sie angesehen und gedacht haben, dass sie nur noch der Schatten des Mädchens von einst war. Sie müssen gegessen haben, was immer sie mit ihren Lebensmittelmarken kaufen konnten, etwas Brot, Butter, Kartoffeln und Karotten, und manchmal haben sie vermutlich diese Lebensmittel zu einer Suppe gekocht, die sie dann sicher schnell hinunterstürzten.

Opa macht die Autotür auf und steigt aus. Also mache ich das Gleiche. Er knallt die Tür zu, während ich auf seine Seite hinübergehe und mich neben ihn auf den Bürgersteig stelle. »Ich möchte die alten Nachbarn besuchen«, sagt er.

»Wen?«

»Die alten Nachbarn.«

»Welche alten Nachbarn?«, frage ich und knöpfe meinen Mantel zu. Der Wind ist kräftig und kalt.

»Unsere Nachbarn. Die Familie, die früher neben uns wohnte.«

»Oh.«

Er steckt die Hände in die Manteltaschen, dann geht er los. Ich gehe hinter ihm her, dann beschleunige ich meine Schritte, um neben ihm zu gehen.

»Die Tochter der Nachbarin wohnt immer noch dort. Mit ihrem Sohn. Und seiner Frau.«

»Du hast immer noch Kontakt zu ihnen?«

»Du weißt«, sagt Mosha, anstatt zu antworten.

Nein, weiß ich nicht, will ich sagen, aber ich bringe nur ein »Hmm« heraus.

»Ihr Sohn kümmert sich um den Friedhof. Wo meine Mutter begraben ist.«

»Das ist aber nett von ihm.«

»Ja«, sagt Mosha. Erfreut fügt er hinzu: »Das ist es.«

Unterwegs kommen wir an ein paar Frauen vorbei, die fast alle lange Röcke anhaben, an Männern, die fast alle selbstgenähte Hosen und an Kindern, die fast alle Jeans tragen. Wir gehen an einstöckigen Häusern vorbei, einige haben einen kleinen Vorgarten, andere einen gemauerten Schuppen, und gehen an einer Kirche auf einem kleinen Hügel vorbei. Czeladź scheint eine selbstgenügsame Stadt zu sein, eine Stadt, in der weder zuviel fehlt noch zuviel da ist.

»Warte ...«, sage ich plötzlich. Ich bleibe stehen und verstört frage ich, »weil du ihn dafür bezahlst?«

Mosha bleibt nicht stehen, geht einfach weiter und sagt, »jemand muss sich doch darum kümmern, dass der Friedhof in gutem Zustand ist, oder?«

Er sieht immer in allem und jedem das Positive. Er läuft neben mir, und für eine Sekunde kommt mir der Gedanke, wie alt er eigentlich ist. Er lebt schon seit so vielen Jahren. Er geht mit einer Würde, die man nur über die Jahre erwerben kann. Er ist ausgefüllt von seiner Geschichte, er will sie aufschreiben lassen, aber er hat niemanden auf der Welt, der das für ihn tut.

»Wenigstens gibt es ein Grab«, sagt er, »das ich besuchen kann.«

Ein Grab mit einem Namen, denke ich. Im Unterschied zu all jenen in Massengräbern, zu all jenen in keinen Gräbern, zu all jenen, die nie begraben wurden; im Unterschied zu all jenen, deren Name das einzige ist, was je begraben werden konnte.

Wir gehen durch eine der kleineren Straßen von Czeladź. Vor einem hellblau und pink angestrichenen Haus, durch dessen Fenster wir ein junges Yuppiepärchen sehen, das fernsieht, bleibt Mosha plötzlich stehen und sagt: »Hier war früher das Ghetto von Czeladź«. Ich sehe mich um – also hier war das, die wenigen Straßen, in denen die Juden leben durften, getrennt vom Rest der Stadtbevölkerung und getrennt von den jüdischen Gemeinden in den Städten der Umgebung. Hier war das alles. Und die zwei Hunde hinter dem dünnen Metallgitter bellen uns böse an, als wir vorbeigehen, und ihre Zähne sind scharf und ihr Gebell kehlig, und ich denke bei mir: Was könnte wohl besser zu diesem Ort passen?

Drei niedrige Steinstufen, und Mosha klopft an die Tür, dreht sich zu mir um und flüstert hastig, »ich weiß nicht, wer jetzt nebenan wohnt«, bevor die alte Nachbarin die Tür öffnet. Sie sieht meinen Großvater, sagt irgendetwas auf Polnisch, sie schütteln sich die Hände, er scheint mich vorzustellen, ich schüttle ihre faltige Hand, verstehe ihren Namen nicht, sie macht die Tür weit auf, heißt uns willkommen. Ich frage mich, ob sie uns erwartet hat. Es sieht so aus. Sie ist eine kleine Frau mit kurzem grauem Haar, ihr Gesicht ist rund und ich schaffe es nicht, ihr in die Augen zu sehen – und will das auch gar nicht. Sie dürfte ungefähr zehn Jahre älter sein als Mosha; sie war eine junge Frau während des Krieges, ein bisschen älter, als ich es jetzt bin.

Ihr – quadratisches – Wohnzimmer ist winzig. Der Sohn und seine Frau sitzen einander an einem Plastiktisch gegenüber, der den Großteil des Raums ausfüllt, und als wir eintreten, stehen sie auf und begrüßen uns. Die alte Nachbarin deutet auf zwei Stühle. Wir setzen uns alle hin. Ich sehe mich um, die Wände sind mit Rosen-Häkelbildern dekoriert und mit alten und neuen gerahmten Familienfotos. Wir sitzen eng beieinander und berühren uns aus Versehen hin und wieder. Unsere Haut sollte sich nicht berühren. Es ist ungemütlich; es ist ruhig, aber nicht friedlich; leise, aber nicht still.

Und er fängt an, mit ihnen zu reden. Er spricht in einer Sprache, die ich nicht verstehe, und während ich den ungewohnten Tönen lausche, die aus dem Mund meines Großvaters kommen, wünsche ich mir zum ersten Mal, ich könnte diese Sprache verstehen, *Polnisch*, das für mich immer den Tod symbolisiert hat.

Statt meiner hören die Polen die Geschichten meines Großvaters. Ich bin neidisch auf sie. Ich hasse es, auf sie neidisch zu sein. Am Anfang frage ich nach und hoffe, es würde ihm nichts ausmachen, zu übersetzen, ich frage einmal, ich frage zweimal, aber es macht ihm etwas aus, also höre ich auf zu fragen. Er erzählt ihnen Geschichten, die zehn Minuten dauern, und manchmal bekomme ich eine Kurzversion von wenigen Wörtern; wenige Wörter, die mich fragen lassen, warum *das* die einzigen Wörter sind, die er mir abgibt.

Ich habe bemerkt, dass ich ihn mit jeder meiner Fragen nerve. Stelle ich zu viele? Stelle ich die falschen? Bin ich nicht hier, um seine Stimme zu hören, ihm beim Erzählen zuzusehen? Ich will alles wissen: Welche Art Albträume er hatte, als sie seine Familie abholten, was seine Reaktion war, als er zum ersten Mal von den Todeslagern erfuhr – ein Lager des Todes; ein Lager der Toten; ein Lager, in dem man höchstwahrscheinlich starb. Glaubte er, er würde überleben? Glaubte er, er würde sterben? Aber ich weiß nicht, wo die Grenze ist – ab wann wird eine Frage ein Übergriff, und wann sind die Antworten auf die Fragen, die ich stelle, und die Geschichten, die er erzählen will, dieselben, und wann sind sie es nicht. Wann frage ich zuviel und rufe ihm versehentlich Dinge in Erinnerung, um deren Verdrängung er sich so bemüht hat, wann werde ich eine Zumutung, eine Last und bin keine Entlastung mehr, die ihm die Reise erleichtert? Die Grenze ist zu fein, zu undeutlich, als dass ich sie entdecken könnte, und weil ich nicht imstande bin, sie auszumachen, nicht einmal weiß, wie sie aussieht und wo sie verläuft, habe ich Angst, sie zu übertreten, und habe Angst vor den Folgen, wenn ich sie übertrete.

Und darum entscheide ich mich bewusst dafür, ihn reden zu lassen oder schweigen zu lassen, so wenig wie nötig zu fragen – mich selbst zum Verschwinden zu bringen.

Die Schwiegertochter sagt nicht viel, der Sohn redet heiter drauflos; ich suche in ihren Gesichtern nach Schuld oder Reue, kann aber nichts entdecken. Nichts. Sie müssen so alt sein wie meine Eltern, direkt nach dem Krieg geboren. Die alte Frau redet eindringlich, ich entdecke Schmerz in ihren Augen. Ich denke, ich will Schmerz in ihren alten Augen entdecken. Ab und zu wendet sich

Mosha zu mir und sagt: »Sie sagt, der Krieg war schlimm«, »er sagt, es war furchtbar«, »sie sagen, es war für alle schrecklich«. Was haben sie für ein Recht, diese Worte in den Mund zu nehmen, während sie neben meinem Großvater sitzen? Schlimm, furchtbar, schrecklich, ihr Krieg war kein Völkermord.

Ich will hier raus. Woanders hingehen, irgendwohin, überallhin.

Die beiden Frauen stehen auf, bringen eine schwere Spitzendecke, Suppenteller und Löffel. Schnell decken sie den Tisch – ich biete nicht an, dabei zu helfen –, während mich der Sohn fragt: »Du hier zum ersten Mal?«

»Ja«, sage ich. »Ich bin zum ersten Mal in Polen.«

»Du magst Polen?«

»Ich weiß nicht ...« Ich sage das, obwohl ich in Wirklichkeit »nein« sagen will, ein lautes, lautes »nein«. Ich sage: »Ich bin erst einen Tag hier.«

»Du wirst Polen mögen.«

Macht er Witze? Er weiß doch, warum ich hier bin. Er sollte doch wissen, dass ich hier gar nichts mögen kann.

»Ich hoffe es«, antworte ich höflich.

Die alte Nachbarin kommt zurück ins Zimmer und trägt einen großen Topf, er ist schwer und belastet ihre Handgelenke. Sie stellt ihn auf den Tisch und teilt dann die Suppe aus – zuerst meinem Großvater, dann mir, dann erst bedient sie ihre Familie und sich selbst. Sie füllt unsere Teller mit Rote-Beete-Suppe, einer Brühe, die wie rotes Färbemittel aussieht. Wir trinken und essen, es schmeckt wie Essig, wir schlucken es hinunter und zwischendurch tauschen wir freundliche Blicke aus.

Dann fängt sie an zu reden. Die alte Nachbarin hat meinen Großvater wohl gebeten zu übersetzen, denn auf einmal tut er es.

Ihr Vater arbeitete am Bahnhof, und während des Krieges musste er die Waggons mit Juden füllen. Männer einladen, Frauen einladen, Kinder und Babies einladen. Der letzte Waggon jedes Zuges war immer für die Babies reserviert. Sie erinnert sich, dass er ihr erzählt hat, wie die SS-Leute Babies in die Abteile schmissen und ihre zerbrechlichen Körper auf dem Holzboden zerschmetterten, und sie erzählt uns, dass ihm dabei so übel wurde, dass ihn die SS-Leute nicht lange herumstehen ließen. Die alte Frau besteht darauf, dass ich von ihnen allen zusammen ein Bild mache, und ich tue, was man mir sagt.

»Wofür?«, wundere ich mich, frage aber nicht nach.

»Um das Bild zu haben«, würde sie sagen, tut es aber nicht.

»Für das Bild im Kopf? Für die Erinnerung?«

»Für das Bild selbst«, würde sie sagen. »Für den Augenblick: Du und dein Großvater, wie ihr uns besucht und wie wir alle zusammen in meinem Wohnzimmer sitzen. Und wir lächeln alle.«

»Für die Abbildung einer Realität, die es nie gab?«

»Als das Bild gemacht wurde, wurde der Augenblick gezeugt. Wir saßen alle zusammen und lächelten. Wir sitzen alle zusammen und lächeln.«

Ich mache ein Bild. Ich mache noch eins, nur zur Sicherheit, falls das erste nichts wird.

Opa dreht sich zu mir und sagt auf Deutsch, »so schlimme Dinge wie Babies, die in Züge geschmissen werden, habe ich nie gesehen.« Ich stecke meinen Fotoapparat ein. »Nur Leichen. Leichen, die auf Leichen liegen. Knochen mit ein bisschen toter Haut darauf.« Statt eines Ausrufezeichens fügt er hinzu, »das Herz stumpft ab« – als wäre das eine physiologische Tatsache.

Während eines Holocaustgedenktages – ich war in der vierten Klasse – kam der Großvater eines Klassenkameraden in unsere Klasse, um mit uns zu reden. Von seiner Geschichte erinnere ich nur noch, dass er uns erzählte, er hätte gesehen, wie ein SS-Mann ein nacktes Baby an den Beinen griff und gegen einen Metallpfosten schlug. In diesem Moment, als ich noch keine Frauenkleider trug, hörte ich auf, mir vorzustellen, je ein Kind gebären zu wollen.

Bevor wir ihr Haus verlassen, überreichen mir die Polen ein Geschenk, einen Touristenführer mit einem hellblauen Einband und dem gelben Wort »Polen« darauf. Wissen sie denn nicht, wie angeekelt ich von diesem Riesenfriedhof bin, der dieses Land ist. »Vielen Dank, bitte sage ihnen, ich bedanke mich vielmals, Opa.«

»*Dziękuję*«, er dankt ihnen aufrichtig, freundlich, fast vornehm, und ich sage mir, wie kann ich es wagen, es ihnen übelzunehmen, da ich doch weiß, es war nicht ihre Schuld; wie kann ich es wagen, es ihnen übelzunehmen, wenn er es nicht tut.

Ich will meinen Opa fragen, wie und warum er nicht feindselig ist. Wie und warum er nicht hasst, wie und warum er hierher zurückkommt. Aber ich habe nicht den Mut. Er scheint es einfach zu akzeptieren, als wäre das alles etwas, das passieren musste, wie ein Apfel herunterfällt wegen der Gesetze der Schwerkraft. Wie eine Träne fällt, weil der Körper sie loswerden muss.

»Ich will ins Hotel zurück«, sagt Opa, sobald wir aus dem Haus getreten sind und die geschlossene Tür und die Stufen zum Eingang in unserem Rücken haben. Opa steht still, sein Oberkörper ist nach links gewendet, er dreht mir die Schultern zu und betrachtet das benachbarte Haus, seine wuchtige rote Holztür, seine Ziegelsteine, zwischen denen der Zement stellenweise bröckelt, die wilde Wiese drumherum.

»Ist alles in Ordnung? Möchtest du rübergehen?«

»Ich möchte mich ausruhen«, sagt er, ohne mich anzusehen.

»Ach so. Okay.«

»Der Sohn hat uns angeboten, uns zum Friedhof zu fahren.«

Mosha gibt sich einen Ruck, dann geht er los und führt uns zu der Stelle zurück, an der der Fahrer uns rausgelassen hat. »Er hat angeboten, uns zu begleiten, aber ich habe ihm gesagt, dass wir zuerst ins Hotel zurückwollen. Wir kommen später wieder. Wir kommen alleine.« Zufrieden denke ich, er will mit mir alleine reden, er will nur *mir* von seiner Familie erzählen, von seiner Fela, von sich. Von den Dingen, von denen er tagträumte, von den Mädchen, von denen er schwärmte und die er eines Tages heiraten wollte, von den Streitereien mit seinen Geschwistern, von denen er dachte, sie würden immer füreinander da sein. Er will *mir* von dem hässlichen Krieg erzählen. Und von den Zeiten nach dem hässlichen Krieg. Von dem Verschwinden sogar des Begriffs »Träumereien« aus seinem Bewusstsein, von Schwärmereien für Mädchen und von Hochzeiten, die nicht einmal mehr als Fantasien existierten. Von dem Schmerz, wenn er sich an die kleinen Streitereien mit seinen Geschwistern erinnerte, Streitereien unter Geschwistern, die sie in einer anderen Lebenssituation einander nur nähergebracht hätten.

Während ich mit ihm durch die kalten Straßen von Czeladź laufe, denke ich über sein Überleben nach. Bin ich nicht der Beweis dafür? *Sie* haben es nicht geschafft; er hat überlebt, ich bin der Beweis. Und einen Moment lang wünsche ich mir, auch Frauen müssten eine *Kippa* tragen, um damit wie die Männer ihren Kopf zu bedecken, denn nichts täte ich lieber, als den Sieg meines Großvaters öffentlich zu machen, denn nichts würde ich mehr hassen, als für eine Touristin gehalten zu werden, die nur zum Spaß durch die Straßen hier läuft. Wo ich doch jemand bin, der hergereist ist, um den Ort zu sehen, an dem sie meinen Großvater verfolgten, folterten und erniedrigten. Den Ort, an dem sie mir meinen Namen gaben.

Die Fahrt zurück ins Hotel kommt mir viel kürzer vor als die Hinfahrt heute morgen. Bevor ich es realisiere, sind wir wieder da, wieder an der Eingangstür, wieder im Flur der Lobby. Und Mosha entfernt sich von mir.

Er geht auf den Aufzug zu, sein Gang ist wackelig, wie der eines Kindes. Und ich will zu ihm laufen und ihn umarmen, ihn festhalten, diesen großen alten Mann schützen, aber ich bewege mich in die entgegengesetzte Richtung.

Während er schon im Bett liegt, sitze ich in der Lobby und wühle in einer Schale voller Nüsse nach Mandeln. Ich schlage mein rechtes Bein über mein linkes, binde mein Haar zum Knoten, aber er geht sofort auf, die Haare fallen wieder über meine Schultern. Ich picke mir die Mandeln heraus und schnappe Fetzen eines Gesprächs auf, das zwei Engländer an dem Couchtisch hinter mir führen: ob irgendeine Investition in Immobilien vor Ort in Zukunft Gewinne abwerfen würde. Der lautere der beiden scheint davon überzeugt zu sein, der andere ist skeptisch. Die einzige Zeitform, die ich je mit Polen verbunden habe, ist ›Vergangenheit‹. Ich drehe mich um, sie trinken Bier und scheinen es gut zu haben, und als sie mich bemerken, fragt mich der, der mehr redet, ob er mich zu einem Drink einladen könne – »Hmm. Nein. Aber vielen Dank«, sage ich, während ich mir mit dem Daumen über die Unterlippe fahre. Der Stillere der beiden lächelt und lässt dabei zwei perfekt gerade Reihen superweißer Zähne sehen; ich wende mich ab.

Die Lobby ist dunkel und modern, wie mein Zimmer. Der Marmorboden ist an manchen Stellen von einem pflaumenfarbenen Teppich bedeckt, der ganze Raum ist sehr gut ausgeleuchtet. Alles sieht irgendwie unordentlich aus, nach organisierter Unordnung – ein paar Skulpturen sind in der Lobby verteilt: eine Bronzestatue eines Schafbocks, ein paar steinerne Frauenfigürchen mit Schlangen und eine Statue eines nackten, aufrecht stehenden jungen Mannes. Er muss ein Soldat sein. Die Skulpturen sollen antik aussehen, griechisch, und sind hier in Polen fehl am Platz.

Ich schließe die Augen und fühle mich weit weg – ich bin nicht in dem Hotel, nicht in Polen, nicht in Europa –, ich bin ganz allein, als wäre ich in einer Traumwelt, in der Welt eines ganz speziellen Traums, eines Traums, den ich einmal hatte, vor vielen Jahren, als ich in der zweiten Klasse war – ein Traum, der weder im Schlaf noch im Wachzustand je mein Bewusstsein verließ, der mein ganzes Sein nie verließ –, und während ich hier sitze, kann ich ihn fast noch einmal erleben, aber nur fast, denn es ist unmöglich, das wirklich zu tun, denn Träume scheinen immer interessanter zu sein als das »wahre« Leben; denn Träume scheinen eine größere Klarheit zu haben, auch wenn ihre Auflösung niedriger ist. Tom und ich sind noch klein und wir werden gejagt. »Gib mir die Hand, Tom«, bitte ich meinen Bruder, also nimmt er meine Hand und zieht mich hinter sich her – meine kleinen Füße können nicht ganz mit seinen Schritt halten –, er hält meine Hand fest und mit seiner ganzen Kraft hebt er mich fast vom Boden hoch. Aber dann – anders als in meinem ursprünglichen Traum –, ohne meine Absicht oder mein Zutun, verschwindet Tom plötzlich und – ich bin für eine winzige Sekunde allein, bevor – Mosha, so wie er jetzt aussieht, an seiner Stelle erscheint. Ich bin jetzt 21 Jahre alt, ich halte Moshas Hand, und wir werden verfolgt – mir fällt auf, dass ich nicht mehr gezogen werde –, ich ziehe, ich halte Moshas Hand fest, ich kann sie gut festhalten, weil keiner von uns schwitzt. Mit meiner ganzen Kraft hebe ich Mosha fast vom Boden hoch. Wir rennen und rennen, rennen noch schneller. »Halt meine Hand«, bitte ich meinen Großvater, meine Worte kommen nicht im Zeitlupentempo heraus, ich spreche sie schnell. Aber dann, kurz bevor wir auf der großen Wiese ankommen, überholt er mich, übernimmt die Führung – ich weiß, er wird meine Hand nicht loslassen, aber ich habe immer noch Angst, dass er es doch tut –, und ich bemühe mich, mit ihm Schritt zu halten.

Auf der Achterbahn, Träume und Schlaf

An einem heißen Junitag, als ich in der zweiten Klasse war, wurde ich als Nazi beschimpft. Wir spielten im Sportunterricht Basketball, und irgendjemand brüllte etwas wie ›den Ball nach rechts abgeben‹. Ich hörte den Ball prallen, ich hörte die Stimme eines anderen etwas sagen wie ›aufpassen‹, und ich habe vermutlich nicht das gemacht, was meine Mannschaft erwartete, jedenfalls beschimpfte mich ein Junge als Nazi. »Was machst du denn da, du Nazi?«, sagte er, oder »Warum hast du das gemacht, Nazi?«, oder vielleicht formulierte er es auch ganz anders und sagte, »Bist du ein Nazi, oder was? Gib den Ball ab!« Ich weiß nicht, was er sagte, aber ich hörte ihn so deutlich, wie man nur etwas hören kann. Ich blickte die Gruppe Klassenkameraden um mich herum genau an, Kinder in gelben T-Shirts und blauen Turnhosen, und mein Blick wanderte von einem Augenpaar zum nächsten, und ich stand ganz still und stumm und geschockt und beleidigt da, verwirrt, verletzt, böse, ärgerlich und beschämt. Ihre Blicke beobachteten mich ebenfalls, und ich bewegte mich nicht, nicht einen Zentimeter. Es war, als hätten die Laute dieses einen Wortes in mir einen Krieg entfacht, einen rasenden, zornigen Aufruhr. Einen Krieg, der nicht gewonnen werden konnte. Es war, als hätten die Laute dieses einen Wortes meine ganzen Organe dazu gebracht, sich im Zentrum meines Körpers zusammenzuziehen und ihre Funktionen einzustellen.

Aber dann, kaum hatte ich bis drei gezählt, rauschten sie an ihre Plätze zurück, und weil sie sich alle in genau derselben Sekunde in Bewegung setzten, stießen sie aneinander, stießen immer wieder gegen die Wände meines Körpers, knallten gegeneinander, wieder und wieder. Meine Venen zogen an meinem Herz, meine Herzklappen hinderten Blut und Sauerstoff daran, in mein Herz zu strömen, und meine Luftröhre war in Knoten um mein Gehirn geschlungen.

Als jedes Körperteil wieder seinen richtigen Platz gefunden hatte, wurden sie alle ganz still, als wären sie versteinert. Und ich, ich hatte mich immer noch nicht bewegt, ich war gelähmt, als hätte ich mich in eine Statue verwandelt. Mein Blick kreuzte den von Lior und blieb starr auf ihn gerichtet. Er schämte sich mit mir. Er schaute mir in die Augen, mandelförmige Smaragde, die mich anwiesen, seinen Blick nicht loszulassen; die darauf bestanden, dass ich ihn weiter ansehe, die mich ermutigten, stark zu sein, zu verstehen, dass jener Junge nicht gemeint, was er gesagt hatte. Ich spürte Tränen in mir aufsteigen, und darum schaute ich weg und zwang mich, sie zurückzuhalten, keinen einzigen Tropfen loszulassen.

Überhaupt nicht zu weinen – und ganz sicher nicht vor allen anderen.

An diesem Tag gingen Lior und ich schweigend nach Hause, bis wir das Eukalyptusfeld durchquert hatten und sich unsere Wege trennten.

»Wir sehen uns morgen, ja?«

»Klar«, antwortete ich betont fröhlich, »klar«.

»Also bis morgen!«, wiederholte er, »ich warte am Tor auf dich.«

Ich fürchtete mich schon vor dem nächsten Tag.

Als ich an diesem Tag beim Mittagessen Tom gegenüber saß, wollte ich ihn unbedingt fragen, ob er ein Geheimnis für sich behalten könne. Ob er *wirklich* ein Geheimnis für sich behalten könne. Hätte ich gefragt, hätte er gesagt, »Du weißt doch, dass ich das kann. Ich werde es noch geheimer als ein Geheimnis hüten«. Ich hätte ihn mir versprechen, vielleicht sogar bei Gott schwören lassen, dass er das, was ich ihm erzählen würde, für immer in seinem Körper einsperrte, dass er seinen Körper zum Schutzschild für die Worte machte, die in ihm verschlossen waren. Er hätte seine rechte Hand auf seine Brust legen und bei Gott schwören müssen. Und dann hätte ich ihm erzählt, was mir in der Schule passiert war.

Aber ich brachte kein Wort heraus. So oft ich auch für mich die Frage formulierte, »Kannst du ein Geheimnis für dich behalten – Tom, versprichst du mir, keinem davon zu erzählen? Kannst du das vor allen versteckt halten und für immer?« –, so oft ich auch ein Wort durch sein Synonym ersetzte – »Versprichst du mir, es zu verbergen, es dir anzueignen, es aufzubewahren, es nicht zu teilen und nicht weiterzusagen? Kann es nur zwischen dir und mir existieren, unter vier Augen, zwischen einer ersten und einer zweiten Person?« –, ich konnte mich nicht zum Sprechen bringen.

Ich schluckte meine Spucke herunter,

»Hmmm ...«

»Was?«

bereitete meine Zunge vor,

»Nichts.«

»Wie, nichts?«

Aber nichts kam heraus.

Als sein Teller halb leer war, entschuldigte sich Tom und ließ mich ganz allein am Tisch sitzen. In dem Moment verlor ich die Kontrolle über meine Augen. Mir liefen die Tränen, und ich wischte sie ab, so gut es ging, denn sie fielen auf den Teller vor mir, auf den Teller voller Kartoffelscheiben und Schnitzelstücke, die ich zu einer Art Brei zerdrückt hatte. Diese Tränen waren Tränen des Gefühls des Andersseins, des Fehl-am-Platz-Seins. Tränen, die in den nächsten Jahren zu Tränen der Einsamkeit werden sollten.

Hätte ich Tom erzählt, was an jenem Tag vorgefallen war, hätte er den Jungen ausfindig gemacht, ihn angebrüllt; er hätte ihm Angst eingejagt und mich geschützt, meine Ehre verteidigt, mich überzeugt, dass es nicht an mir lag – »es liegt nicht an dir, Fela. *Überhaupt nicht*«, hätte er mir millionenmal gesagt, wenn es nötig gewesen wäre, bis ich es wirklich glaubte, voll und ganz, mit Herz und Kopf. Aber ich sagte kein Wort, ich brachte nur den allerundeutlichsten Laut heraus, aß einfach nur mein Mittagessen, hörte meinem eigenen Kaugeräusch zu, ließ die Tränen meine Augen verschleiern – ich sah etwas, sah nichts, sah mit einem Auge, sah mit dem anderen nichts, sah mit keinem etwas, sah mit beiden.

Ich war als Nazi beschimpft worden, weil ich Deutsche war. ›Nazi‹ war unter israelischen Kindern kein gebräuchliches Schimpfwort, sondern ein Wort, das sich nur auf alles Deutsche und damit alles Üble bezog. Und weil ich Deutsche war, war ich zutiefst verletzt. Die Worte des Jungen bohrten sich in meine ohnehin schon gespaltene Identität. Und darum konnte ich nicht einfach über diese Worte lachen, wie es jedes andere Kind getan hätte. Ich wusste, meine Scham war irrational und deshalb vielleicht sogar unberechtigt, aber ich wusste auch, dass Gefühle nicht lügen. Und dieses Gefühl der Scham steckte wie ein Betonklotz in mir, so hart und fest wie kaum etwas anderes; Hässlichkeit in Reinkultur. Und dieses Gefühl hatte mich an jenem Tag zum Schweigen gebracht. Und noch Jahre später brachte es mich zum Schweigen, solange, bis es sich selbst zum Schweigen brachte. Aber noch immer weiß meine Familie nichts von diesem Vorfall.

Als meine Mutter am nächsten Morgen in mein Zimmer kam, um mich zu wecken, war ich schon hellwach und übte meine Lüge.

»Ich fühle mich nicht gut. Vielleicht kriege ich Fieber«, sagte ich zu ihr, als ich mich im Bett aufsetzte. »Ich habe die ganze Nacht schlecht geschlafen.«

»Was ist denn los, Schatz?«, sagte sie, als sie sich neben mich setzte. Ihr Gewicht drückte die Matratze herunter und hob mich in die Höhe.

»Ich habe sicher Fieber. Wirklich. Kannst du mal nachschauen?«, fragte ich sie, während ich ihre Hand auf meine Stirn legte. Ihre Hand war so weich auf meiner straffen Kinderhaut.

»Du bist vielleicht ein bisschen warm«, sagte sie, »aber nur ein ganz kleines bisschen.«

»Und ich habe schlecht geträumt. Kann ich zu Hause bleiben?«

»Was hast du denn geträumt?«, fragte sie.

»Ich weiß nicht mehr«, sagte ich und wollte jede Diskussion vermeiden, die gefolgt wäre, hätte ich ihr meinen Traum erzählt. »Kann ich bitte zu Hause bleiben?«

»Du darfst die ersten zwei Stunden fehlen. Schlaf noch ein bisschen. Und vielleicht fühlst du dich in zwei Stunden besser und gehst dann in die Schule. Okay?«

»Ja. Ich hoffe, ich fühle mich dann besser«, sagte ich und hoffte, ich würde mich besser fühlen.

»Soll ich dir einen Tee bringen? Oder heiße Milch mit Honig?«, bot sie mir an, als sie aufstand und mich in meinen hellrosa Wänden allein lassen wollte.

»Hmm, Hibiskustee mit ganz viel Zucker«, antwortete ich mit meiner kleinen Stimme. »Danke, Mama.«

Nachdem meine Mutter aus dem Zimmer gegangen war, kam mein Vater herein und küsste mich auf die Stirn. Sein Atem roch nach Pfefferminze. »Ich muss jetzt los«, sagte er, »ich hoffe, es geht dir bald besser.«

Er stand in meiner Tür und kaute seinen Kaugummi und zwinkerte mir zu, wie um anzudeuten, dass er wüsste, ich täuschte meine Krankheit nur vor, aber dass mein Geheimnis bei ihm gut aufbewahrt sei. Seine Anmaßung ärgerte mich, und ich sah ihn mit gerunzelter Stirn an.

Ich log meine Mutter an und fühlte mich weder schuldig noch bereute ich es. Ich log meine Mutter an, weil ich meine Lüge für berechtigt hielt. Mit ihr vermied ich es, sie mit meiner dummen Sensibilität zu belasten. Als ihr Schatz konnte ich ihr das nicht antun. Und mit meiner Lüge kam ich an diesem Tag darum herum, in die Schule zu müssen. Ich log sie an, weil ich mich an meinen Traum erinnerte, und mein Traum und meine schlaflose Nacht machten mir Kopfschmerzen.

In dem Traum befand ich mich auf einem Jahrmarkt, auf einer morschen Achterbahn aus Holz. Ich saß neben Tom, der meine Hand nahm und sie Richtung Himmel hob, als wir nach unten rauschten und mit großer Geschwindigkeit in einen Looping fuhren. Aus meinem Mund kam ein Geräusch, das halb Lachen, halb Schreien war, meine Wangen bebten, und in meinem Bauch waren Hummelkolibris, die ganz schnell mit ihren Flügeln flatterten, Tausende von ihnen, bläuliche, grüne, gräuliche, weiße. Tom war wie ich ganz gebannt von dem Nervenkitzel, von dem Gefühl, das sich vom Magen her ausbreitete, als hätte es Wurzeln, die in alle Richtungen und in jedes Körperteil wachsen könnten. Unsere Gesichter waren ein einziges Lächeln, *ist das nicht wunderbar?*, ließ sich an ihnen ablesen.

Als die Fahrt zu Ende war, verließen wir die Achterbahn und bemerkten, dass uns alle anstarrten. Das war unangenehm. Und plötzlich wurde mir klar, dass sie alle erfahren haben mussten, dass wir Juden waren. Da fingen sie an, sich einander etwas in die Ohren zu flüstern, auf uns zu zeigen, Dinge zu schreien, die ich nicht verstand, und wie aus heiterem Himmel traten plötzlich zwei Soldaten aus der Menge der Umstehenden. Sie trugen einfache dunkelgrüne Uniformen. In meinem Traum wusste ich Bescheid über den Holocaust und zog deshalb die Schlussfolgerung, dass wir fliehen *mussten*.

Die Soldaten entdeckten uns – Tom und ich sahen uns an – sie marschierten auf uns zu – Tom und ich liefen schnell vor ihnen weg – sie wurden schneller – Tom und ich fingen an zu rennen, wir rannten schnell, wir rannten immer schneller – und sie und alle anderen verfolgten uns. »Gib mir deine Hand, Tom«, bat ich meinen Bruder, meine Worte kamen in Zeitlupentempo aus mir heraus. Tom nahm meine Hand und zog mich hinter sich her – meine kleinen Füße konnten nicht ganz mit seinen Schritt halten –, er hielt meine Hand fest, und mit seiner ganzen Kraft hob er mich fast vom Boden hoch. Plötzlich waren wir mitten auf einer großen Wiese. Wir glaubten, wir hätten es geschafft zu entkommen, aber trotzdem wussten wir, dass wir nicht in Sicherheit waren. Die Angst kreiste mich ein. Bald sterben wir, dachte ich – bald sterben wir, ich wusste es – bald sterben wir, ich fühlte es. Wie in einer Falle saßen wir auf einem riesigen offenen Feld, wir konnten nirgendwohin gehen, und sie, wer auch immer sie waren, kamen uns immer näher. Dann umarmte mich Tom ganz fest, und ich hatte das Gefühl, langsam in seinen Armen zu verschwinden; zuerst fühlte ich mich unsichtbar und dann wurde ich unsichtbar, auf die Art und Weise, wie es nur in Träumen geschieht. Tom war immer noch zu sehen.

In dem Traum sah ich nicht genauso aus wie ich, und Tom auch nicht, aber ich wusste, dass wir beide es waren, ich kannte meine Hauptdarsteller.

An besagtem Morgen wachte ich mit dem Bild eines abstrakten Körpers vor Augen auf, der mitten auf dem offenen Feld lag – es war weder Toms noch meiner, er war geschlechtslos und vielleicht sogar tot –, und ich betrachtete ihn von oben, von einem fixen Punkt aus, ganz weit oben am Himmel. Ich wachte mit schlimmen Kopfschmerzen auf und log meine Mutter an.

Ich wünschte, meine Mutter hätte an jenem Tag meine Lüge durchschaut. »Erinnere dich an deinen Traum, Fela«, hätte sie dann gesagt.

»Muss ich wirklich?«, hätte ich in einem besonders kindlichen Tonfall gefragt.

»Du willst das doch«, hätte sie gesagt und wäre sich sicher gewesen, Recht zu haben, und hätte mich direkt damit konfrontiert. Nicht eine winzige Sekunde lang hätte sie überlegt, ob es besser für mich wäre, mich nicht daran zu erinnern.

»Man kann sich nicht zwingen, sich an einen Traum zu erinnern, Mama«, hätte ich gesagt.

»Natürlich kann man das«, hätte sie mit absoluter Sicherheit geantwortet. »Bevor du einschläfst, sagst du deinem Traum, ›wenn du heute Nacht kommst, werde ich mich an dich erinnern‹, und dann tust du das auch. Und wenn du die Gelegenheit verpasst hast, kannst du das noch nachholen – während du träumst, kannst du deinem Traum sagen, ›jetzt bist du da, ich werde mich an dich erinnern‹. Und das wirst du.«

»Funktioniert das wirklich?«, hätte ich neugierig gefragt. »Wird der Traum mich auch wirklich hören?«

»Das wird er«, hätte sie gesagt. »Der Traum hört auf dich, weil der Traum du bist. Und du hörst immer auf dich, sogar wenn du nicht sprichst oder auf etwas horchst, hörst du auf dich.«

»›Du bist ein Traum‹«, hätte ich meiner Mutter nachgesprochen und diese Worte so eingeübt, als wären sie Teil eines Tests.

Und wenn sich der Traum das nächste Mal angekündigt hätte, hätte ich ihm gesagt: »›Du bist mein Traum, meiner. Ob ich dich vergesse oder ob ich dich erinnere, du bist meiner und meiner ganz allein. So sehr ich will, dass du mir zuhörst, so sehr will ich auch dir zuhören.‹«

»Fühlst du dich jetzt besser?«, fragte meine Mutter, als sie zwei Stunden später wiederkam und mich aus einem federleichten Schlaf weckte.

»Nein, Mama. Überhaupt nicht. Tut mir leid.«

»Dann schlaf weiter. Ich bringe dir einen nassen kalten Waschlappen für deine Stirn und heute Nachmittag rufe ich deine Lehrerin an und sage ihr, dass du heute krank warst.«

Ich nickte mit dem Kopf und schloss meine Augen wieder. Jetzt, da ich sicher war, dass ich auch für den Rest des Tages nicht in die Schule gehen musste, konnte ich endlich *richtig* einschlafen. Ich ließ meine oberen Augenlider sanft auf den unteren ruhen und machte mich auf zu einem Ort, der weit entfernt war von jenem Feld, einem guten Ort, einem Ort, den ich nicht kannte – es war ein Ort, der so weit entfernt war, dass er mir nicht wie meine eigene Erfindung vorkam, aber es war ein Ort, von dem ich wusste, dass er meine Erfindung war und nur meine Erfindung.

Als ich an jenem Tag zum dritten Mal aufwachte, erzählte mir meine Mutter, dass Lior auf dem Heimweg von der Schule vorbeigekommen war und sein Hebräischheft für mich dagelassen hatte, damit ich es rechtzeitig vor dem Unterricht morgen lesen konnte.

Krieg spielen und tanzen

Jedes Jahr fürchtete ich mich vor dem Holocaust-Gedenktag. Einmal im Jahr, wenn Israel des Holocausts gedenkt, schließen am Nachmittag – zu Beginn des Gedenktages – alle Läden, die Lichter gehen überall aus, und im Fernsehen werden nur Dokumentarfilme und Nachrichten gezeigt. Und am nächsten Tag findet in der Schule kein regulärer Unterricht statt. Vielmehr berichten Zeitzeugen – Großeltern meiner Mitschüler – von ihren schlimmen Erlebnissen, und alle hören ihnen voller Anspannung zu. Anschließend wird das Thema diskutiert. Und um Punkt zehn Uhr morgens fangen die Sirenen an. Zwei ganze Minuten lang ist der Himmel ein einziger Warnton, und jeder im ganzen Land steht still. Was immer man gerade macht, wo immer man gerade ist, sobald man das Signal hört, erstarrt man: zur Erinnerung, aus Ehrfurcht, aus Respekt und aus Dank.

An diesem Tag – wie in jedem Jahr – suchte ich auf jedem Kriegsfoto und in jedem Dokumentarfilm, die ich sah, nach meinen Großeltern, und bei jedem Bericht, den ich hörte, stellte ich mir ihren vor. Das Gefühl von Hilflosigkeit beherrschte diesen Tag. Ein Tag, um sich Fragen zu stellen – wäre es besser, zu vergessen? Zu vergeben? Wie macht man das? Wie macht man das nicht? Der Tag war angefüllt von dem Eifer, alles zu hören, alles zu wissen, alles zu verstehen, und gleichzeitig war der Tag angefüllt mit Apathie; man wollte nichts mehr hören, weil es zu schrecklich war; man wollte nichts mehr wissen, weil es ohnehin keinen Unterschied machte – was passiert ist, kann nicht ungeschehen gemacht werden; man wollte nichts mehr verstehen, weil: Wie konnte man überhaupt verstehen?

Und jedes Jahr fühlte ich an diesem Tag die gleiche Scham und die gleiche Verlegenheit wie an jenem Tag, an dem ich als Nazi beschimpft worden war.

Acht Tage nach dem Gedenktag wird in Israel der Unabhängigkeitstag gefeiert, und diesen Tag mochte ich sehr. Er ließ mich stolz auf Israel sein: Obwohl das Land so vielen Schwierigkeiten gegenüberstand, schaffte es, zu überleben. Der Unabhängigkeitstag erlaubte es Israel, noch einmal als ein *Ideal* zu existieren – genauso wie im Kopf meines Vaters –, er erlaubte mir, mich als Teil dieses Ideals zu fühlen. Und der Unabhängigkeitstag bedeutete auch, dass ein ganzes weiteres Jahr vergehen würde, bevor wieder Holocaust-Gedenktag war.

Am Unabhängigkeitstag – der immer einen Tag nach *Jom haZikaron*, dem Gedenktag für die gefallenen Soldaten, kam –, spielte mein Bruder in dem Theaterstück mit, das an unserer Schule aufgeführt wurde. Mit allen anderen aus meiner dritten Klasse saß ich auf dem Rasen im Schulhof vor einer provisorischen Bühne. Links von ihr stand Tom. Er hatte khakifarbene Hosen und ein weißes T-Shirt an, und ich fragte mich, ob er wohl nervös war, ob es in seinem Magen kribbelte, ob es sich anfühlte, als würde er von innen mit Federn gestreichelt.

Überall waren israelische Fähnchen: auf den Lampen, an den Klassenzimmertüren, an einem Fahnenmast, wo sie im Wind wehten, und sogar das pinkfarbene Schultor war voller kleiner Fahnen. Die Farben Blau und Weiß waren überall, und der Davidstern wehte hoch im Himmel. Er war weit oben, ganz hoch, ganz zuoberst – als Mahnmal und Festschmuck zugleich –, und wie ein Echo erinnerte er mich an das, was ich schon einige Male gehört hatte: »Es ist gut, für unser Land zu sterben«.

Unsere Schule machte nur das nach, was in ganz Israel passierte; Blau und Weiß und geometrische Sterne baumelten wie Halsketten um Ladenfenster, Straßenschilder, Autos; sie hingen wie Schmuckstücke am Hals Israels. Von der Trauer um diejenigen, die gestorben sind – im Holocaust, in den Kriegen, die Israel geführt hat – wird zur Feier dessen übergegangen, was ihr Tod uns ermöglicht hat. Ein eigenes Land? Eine Nation? Totale Sicherheit? Eine traurige Geschichte, die ein gutes Ende genommen hat? Eine gemeinsame Identität?

Ich beobachtete Tom, wie er da neben der Bühne stand, und sah, dass Mama zu ihm ging; sie standen nebeneinander, und als sie miteinander sprachen, konnte ich mir vorstellen, was sie sagten. Sie sagte ihm wohl, er solle sich entspannen, dass er es schon sehr gut machen würde, und obwohl er nervös war, nicht stillstehen konnte und sein Gewicht von einem Bein auf das andere verlagerte, antwortete er zuerst wahrscheinlich, »ich bin nicht nervös, Mama«, bevor er zugab, »vielleicht ein bisschen. Aber wir haben so oft geprobt, es wird schon klappen«. Mama umarmte ihn dann und ließ ihn bei seinen Klassenkameraden stehen, während sie zu den Zuschauern zurückging, die vor allem aus Schülern und Schülerinnen, aber auch aus ein paar stolzen Eltern bestanden.

Auf der Bühne stand eine Ziegelwand aus Pappe. Vermutlich sollte sie einen Teil der alten Jerusalemer Stadtmauer darstellen. Jeder einzelne Stein war riesengroß, wog aber in Wirklichkeit nichts. Als das Stück anfing, füllte sich die Bühne mit weißem Rauch, und eine Gruppe von acht Jungen – einer von ihnen war Tom – trat auf, von denen jeder einen Revolver trug. Dann kam aus den Lautsprechern eine Schießerei – gedämpft und leise, es hörte sich nicht so an, als würden Schüsse die Luft durchschneiden –, und die Jungen fielen zu Boden und fingen an, wie Eidechsen in Kreisen herumzukriechen. Drei taten so, als seien sie getroffen worden; jeder von ihnen stand auf, bewegte langsam die Arme hoch und runter, öffnete den Mund, wie um zu schreien, fiel dann wieder auf den Boden, um – offensichtlich – zu sterben. Zwei hielten riesige Handgranaten aus Pappe, von denen sie die Sicherungen abzogen, bevor sie sie von der Bühne ins Publikum warfen, das sie aufzufangen versuchte, als seien es Süßigkeiten. Alle anderen Jungen krochen einfach immer weiter, bis das Geräusch der Schießerei aufhörte und das Klatschen anfing, und als das passierte, standen die Soldaten, die noch lebten, wieder auf, hielten ihre Waffen über ihre Köpfe, hüpften hoch wie Fische aus dem Wasser und jubelten. Sie gingen von der Bühne, und eine tiefe Stimme verkündete die Gründung des Staates Israel. Da verließen auch die vermeintlich Toten die Bühne, und ein Junge – im Anzug und mit einer weißen, strubbeligen Perücke –, der David Ben Gurion darstellen sollte, trat auf und sagte: »Ich bin euer Premierminister! Dieses Land wird sich rasch entwickeln; wir werden viele Städte bauen, wir werden ein gutes und glückliches Leben für uns alle und eine gerechte Gesellschaft ermöglichen.«

Als das Stück zu Ende war, kamen die Jungen auf die Bühne und verbeugten sich, und ich starrte meinen Bruder an, dessen Körperhaltung zum ersten Mal erkennen ließ, welch attraktiver Mann er eines Tages sein würde, und ich war stolz auf ihn. Sehr stolz. Stolz darauf, seine Schwester zu sein. Genauso wie von seinen Eltern wird man von seinen Geschwistern geprägt, sie machen einen zu dem, der man ist, zu dem, der man werden will. Toms graue Augen waren besonders hell, als er direkt in die Menge sah, seine Brust wurde von Schultern gerahmt, die mir noch nie so breit vorgekommen waren wie jetzt, als er neben seinen Klassenkameraden stand, mit einem Lächeln, das so natürlich und so würdevoll war. Obwohl er nur zwei Jahre älter war als ich, wirkte er so erwachsen.

Aber dann geschah etwas: Eine unsichtbare Explosion, die nur ich spürte, die nur ich spüren konnte, fand statt und hinterließ eine leuchtende Spur. Ich schaute nicht ins Publikum, weil ich das gar nicht musste. Obwohl ich ihr Gesicht nicht sehen konnte, fühlte ich das Unbehagen meiner Mutter, fühlte, wie es sich von ihrem Platz in meinem Rücken seinen Weg zu mir bahnte, sich wie Rauch in der Luft ausbreitete. Schnell wurde mein Stolz durch Mitgefühl für meine Mutter abgelöst, auf deren Gesicht sich ein Ausdruck von Verzweiflung breitmachte.

Ich konnte mir vorstellen, wie meine Mutter während des ganzen Stücks ihren Kopf von links nach rechts schüttelte, während sie ihre linke Hand auf ihre linke Wange presste und sich auf die Unterlippe biss – es war der Ausdruck einer Frau, die fühlte, dass sie keine Kontrolle über ihr Leben hatte. Sie war für sich selbst verzweifelt und vielleicht auch für Israel; sie fürchtete, dass in den kommenden Jahren – Jahre, die so schnell vorbeigehen würden, denn das sagen alle Erwachsenen über die Zeit – die Plastikwaffe ihres Sohnes durch eine richtige aus Metall ersetzt werden würde. Sie war eine Frau, die sich fragte, was aus ihrem Leben geworden war, die böse war auf ihren Ehemann und böse auf sich selbst – deren Kinder hofften, »aber sei *bitte* nicht böse auf uns« –, die jedoch außerstande war, irgendetwas zu ändern. Sie war eine Europäerin, deren Kinder inzwischen vom Leben im Nahen Osten geprägt waren.

Nach dem Stück hatte die Schule ein Fest mit Volkstanz organisiert, und eine Weile stellte sich jede Klasse zu einem Kreis auf, alle Kinder hielten einander bei den Händen und bewegten sich in einer großen Runde gegen den Uhrzeigersinn. Alle zugleich machten drei Schritte nach vorne, dann machten alle einen Schritt nach hinten, und klatschten zu dem schnellen Rhythmus von Flöte und Akkordeon in die Hände. Von der Seite sahen alle diese Kinder, die sich an den Händen hielten, wie die Kontur einer Bergkette aus.

Unter einer sehr gelben Sonne hielt Lior meine Hand, und ich hielt seine, und wir schwitzten beide in der Handfläche des anderen.

Es muss in dieser Zeit gewesen sein, als mein Bruder anfing, ganze Nachmittage lang zu spielen, er sei ein Held. Mit verschiedenen Freunden, die zu uns kamen, spielten sie Soldaten, die einen Gefangenen befreiten, Polizisten, die einen Kidnapper fassten, Leute, die einen Dieb auf der Straße festhielten. In dem *Wadi* hinter unserem Haus trainierten sie; sie rannten von einem Hügel zum nächsten, stoppten ihre Zeiten, schrieben ihre Rekorde auf, bauten Mauern aus Steinen und Hütten aus vertrockneten Zweigen. Es war Toms und mein Geheimnis, dass auch ich zu ihrer Truppe gehörte, dass ich aber beim Training nicht mitmachen musste. Es wäre besser, fand Tom, wenn die anderen nicht wüssten, dass eigentlich er und ich die Anführer waren – er war der Anführer im Feld, und ich der geheime Anführer, der das Verhalten aller überwachte. Und darum spielte ich immer den, den sie retten mussten. Ich war die Dame, die gefangen und festgehalten wurde, ich war das Mädchen, dessen Ranzen auf der Straße gestohlen wurde, das Opfer, das entführt und gefesselt auf dem Rücksitz des Autos unseres Vaters eingesperrt war.

Ich schaue auf die Uhr und merke, dass eine Stunde vergangen ist, seit mein Großvater nach oben ging, um sich auszuruhen. Irgendwie habe ich nicht das Gefühl, auf Mosha zu warten, sondern eher den Eindruck, hier zu sitzen sei genau das, was ich im Moment tun sollte. Also tue ich es mit großer innerer Ruhe. Ich drehe mich um, bemerke, dass die Engländer gegangen sind, lehne mich dann wieder auf dem Sofa zurück und schaue mich um, bis ich sehe, wie Mosha in die Lobby kommt. Seine roten *shleikes* gucken unter seiner Jacke hervor, seine Augen suchen mich, können mich aber nicht finden, also stehe ich auf und gehe zu ihm und berühre seine Schulter und sage, »hier bin ich«, worauf er antwortet, »hier bin ich«.

»Ich möchte nach Czeladź zurückfahren, zum Grab meiner Mutter«, sagt er und knöpft sich das Sakko zu.

»Ich weiß. Ich habe mich schon darauf gefreut.«

Auf der Fahrt nach Czeladź erzählt Mosha, dass seine Großmutter nach dem Tod seiner Mutter jedes Jahr aus Sosnowiec, wo sie lebte, und das ungefähr 15 Kilometer entfernt war, zur *Jahrzeit* ihrer Tochter kam. Sie brachte *sok*, Saft zum Trinken, und *Placki ziemniaczane*, Kartoffelpfannkuchen, zum Essen mit und nahm ihre Enkelkinder, meinen Großvater und seine Geschwister, zum Picknicken auf einer Wiese neben dem Friedhof mit.

»Weißt du«, sagt Opa. »Damals gab es noch keinen Zaun um den Friedhof.«

»Das wusste ich nicht«, sage ich.

Wir fahren an Feldern vorbei, und ich stelle ihn mir als kleinen Jungen vor, wie er herumgerannt sein muss, zwischen seiner Familie auf dem Gras und um sie herum. Und Fela, *seine* Fela, tanzte vielleicht herum, erst in der Nähe, dann weiter weg, sie hüpfte und sprang und wirbelte auf dem offenen Feld herum. Isaak war fast noch ein Baby und saß bei seiner Großmutter auf dem Schoß, und

Mirele, die ältere Schwester, kümmerte sich darum, dass alle zu essen hatten.

»Der Friedhof ist das erste, was man sieht, wenn man nach Czeladź reinfährt«, sagt er mir.

Und trotzdem ist es nicht das erste, was ich sehe; nicht das erste, was er mir zeigt.

»Ich musste die Straße bauen, die in die Stadt führt.«

»Ja, das hast du mir schon erzählt«, antworte ich.

In den ersten Kriegsjahren muss Opa mehrmals am Tag am Grab seiner Mutter vorbeigekommen sein. Nachdem seine ganze Familie abgeholt worden war, blieb ihm nur noch seine tote Mutter; in ihrem Grab existierte sie mehr für ihn als alle anderen, die er verloren hatte.

Kaum sind wir angekommen, öffnet Opa das zierliche, verrostete Metalltor und geht hinein, mit der Ungezwungenheit und dem Selbstvertrauen, das man hat, wenn man sein Zuhause betritt. Wir gehen zwischen den Gräbern auf einem Boden, der mit einer dicken Schicht herabgefallener, trockener Blätter bedeckt ist. Irgendetwas Schönes ist an ihrem Anblick; in diesen warmen Farben ist etwas Atemberaubendes und zugleich Beruhigendes, das mich berührt.

Ohne das kleinste Zögern führt er mich zu ihrem Grab, und ich erwarte, dass er sagt: »Sie war eine gute Mutter; sie hat mir abends immer vorgelesen, bis ich eingeschlafen bin, und hat mich jeden Morgen mit einer großen Umarmung geweckt. Sie hat mich immer in die Schule geschickt, mit meiner Frühstücksdose, und mir ins Ohr geflüstert, ›nicht spicken‹, und mich dann losgeschickt und mit beiden Händen gewunken, auch als ich schon lange weg war. Und in dem Moment, als ich in der Schule ankam, konnte ich der Versuchung nicht widerstehen und ich musste einfach spicken, und jeden Tag fand ich eine andere Botschaft von ihr: ›Respektiere deine Lehrer‹, ›Sei nett zu den anderen Kindern‹, ›Sei fleißig‹, ›Sei nicht zu schlau‹, ›Sei heute ein guter Junge‹« – aber das tut er nicht.

Er sagt gar nichts, keinen Satz, kein Wort, keinen Ton; er geht einfach weg.

Ich folge ihm mit den Augen. Moshas Schritte knacken auf den Blättern wie Eiswürfel, über die man heißes Wasser gießt, und während er weggeht, bleibe ich stehen. Nach einer Weile blicke ich wieder auf den Grabstein meiner Urgroßmutter, der zum Teil von Moos bedeckt ist – noch immer höre ich das Geräusch seiner Schritte.

Irgendwer greift nach meiner Hand. Irgendwer hält sie, ziemlich fest, aber mit einer Spur Zärtlichkeit. Ich wage einen Blick – neben mir steht eine kleine und runzelige Frau. Ich kenne sie, muss sie kennen, ich kenne sie nicht, habe sie nie zuvor gesehen. Sie atmet schwer, als ginge ihr die Luft aus. Mit dem Daumen meiner freien Hand fahre ich mir über die Unterlippe.

Wir schauen beide den Grabstein an. Und noch immer hält sie meine Hand.

Ich wage noch einen Blick – ihre Augen sind versteckt hinter einer kreisrunden, großen Brille und dicken Gläsern, und ihr Haar ist kurz und scheint seine natürliche blonde Farbe zu haben, aber das kann gar nicht sein, sie ist dafür viel zu alt.

»Ich bin immer noch die, die ich war, als ich klein war«, sagt sie.

Ich wende ihr den Kopf zu … »Noch immer renne ich herum, bin laut und glücklich, singe, tanze und singe. Noch immer«, sagt sie in einem amerikanischen Englisch.

»La, la, la …«, fängt sie mit schriller Stimme an zu singen. Einer Stimme, die perfekt zu ihrem knallorangenen Halstuch passt. »Sie sagen mir, ich wäre nicht ich, aber wenn ich nicht ich bin, wer bin ich dann?«

Sie hält inne. Holt tief Luft.

»La, la, la«, fängt sie wieder an. Jetzt mit einer anderen Melodie. »Sie sagen mir, ich wäre nicht ich, aber wenn ich nicht ich bin, wer bin ich dann? La, la, la.«

»La, la, la, sie sagen mir, ich wäre nicht ich.«

Ich höre ihr zu, als würde sie mir ein Geheimnis verraten, als würde sie mir den Schlüssel zu einer anderen Welt aushändigen, den Hinweis auf das versteckte Motiv einer Geschichte.

Sie macht eine Pause.

Mit ihrem rechten Zeigefinger deutet sie nach oben, und mit einer winzigen Bewegung, als würde sie in den Himmel stechen, singt sie, »La, la, la.«

Ihre linke Hand hält noch immer meine fest.

»Früher habe ich das in Konzentrationslagern gesungen. Ich konnte nicht nähen, also habe ich gesungen. Damit habe ich die anderen KZ-Häftlinge bezahlt, damit sie für mich nähten. Ich sang und tanzte auf den Tischen«, erzählt sie mir. Ich stelle mir die kleine und runzelige Frau neben mir vor, wie sie auf einer Tischplatte steppt und herumwirbelt, und ich stelle mir vor, wie sie allen ein Lächeln ins Gesicht zaubert – und wie sie am Ende abgeschlachtet wurden und ihre schrille Stimme immer noch in ihren Köpfen dröhnte, dieselbe Stimme, die jetzt auch mir ein Lächeln ins Gesicht zaubert.

»Ich bin sehr stark. *Du* weißt das. Ich bin stark.« Sie starrt mir in die Augen, aber ihre Brillengläser sind wie ein Prisma, und ihre Augen können mich scheinbar nicht erreichen. »Du bist auch stark.«

Mit diesem einen Satz bilden sich ein paar winzige Tränen, die langsam über mein Gesicht laufen. Schnell wische ich mir mit meiner freien Hand die Wange ab.

»Schon gut, ich habe die ganze letzte Nacht geweint. Ich konnte nicht einschlafen und habe darauf gewartet, heute herkommen zu können. Wir standen in Reihen. Die Deutschen haben uns stundenlang stehen lassen. Ganze Tage. Und ganze Nächte. Manche ließen uns stillstehen. Wenn man sich bewegte, wurde man erschossen! Wir haben uns vollgepinkelt. Sie haben sich vollgeschissen. Manche wurden deswegen erschossen. Die Deutschen zwangen uns, das mit Zeitungen aufzuwischen.«

Schon in Ordnung, will ich ihr sagen, schon in Ordnung; du brauchst nicht *deren* Verhalten zu beschreiben, du brauchst dich nicht davon auszunehmen, du brauchst nicht verlegen zu sein oder dich zu schämen. Vertrau mir, erzähl es mir. Schon in Ordnung, wenn auch du dich vollgeschissen hast, schon in Ordnung.

»Ich bin nicht wie die anderen. Ich bin wirklich stark! Die anderen Frauen, die anderen Überlebenden geben nur an, wenn sie mit ihren Töchtern und Enkelkindern nach Polen kommen, um ihnen ihre Geschichten zu erzählen. Ich bin stark; ich bin mit niemandem hier. Ich will keinen dabeihaben, ich brauche niemanden!« Sie hält meine linke Hand, hält sie, als wäre ich das Enkelkind, das sie nicht hat, das Enkelkind, das sie zwar hat, aber nicht mitbringen wollte, das Enkelkind, das nicht mitfahren wollte nach Polen. Ich will noch mehr hören; ich will, dass sie immer weiter meine Hand hält.

»*Wir* haben eine Verbindung. Und darum vertraue ich dir. Sonst hätte ich nicht mit dir geredet«, sagt sie mir in sachlichem Ton, als plötzlich ein Blätterrascheln an mein Ohr dringt. Ich drehe mich um, mein Großvater kommt auf uns zu, und mir fällt auf, dass ich noch kein einziges Wort gesagt habe, seit diese Frau zu mir gekommen ist; ich habe stumm dagestanden und mich irgendwie schweigend mit ihr unterhalten.

Mosha erreicht uns, und sie lässt meine Hand los, lässt sie fallen – wie einen gebrauchten Gegenstand. Sie knallt auf meinen Oberschenkel; meine Hand gehört wieder mir.

Es ist eine Weile still, bis sich die Frau Mosha zuwendet und es aus ihr hervorbricht, »Ich habe mehr Kinder und mehr Geld und mehr Enkelkinder als du.«

»*Git*«, sagt mein Großvater. »*Git*«, wiederholt er freundlich.

Sie beugt sich vor, näher zu meinem Großvater, und gibt ihm einen Klaps auf den Hintern. Dann lehnt sie sich wieder zurück.

Ich sage oder tue nichts, ich fühle mich unwohl, schaue nur Mosha an, der auch nichts sagt oder tut und dem das alles auch sehr unangenehm ist.

»Aber ich mag dich«, sagt sie und deutet auf ihn, »und die da«, jetzt zeigt sie auf mich, »ist ein liebes Kind.«

Mosha nickt einige Male mit dem Kopf. »Ich weiß«, sagt er dann. Aber er interessiert sich nicht für sie, sie merkt es und richtet ihre Aufmerksamkeit auf mich.

»Deine Eltern ...«, sagt sie. Hinter ihren Brillengläsern kann ich jetzt ihre Augen sehen, die tief in meine blicken. Meine Augen jedoch versuchen rasch, in die von Mosha zu schauen, der aber nicht mich ansieht, sondern den Grabstein seiner Mutter.

Ich nicke ihr zu, aber nicht so, wie mein Großvater vorhin, es ist kein unbeteiligtes Nicken, nur etwas zurückgezogener – noch immer kann ich nicht glauben, dass sie meinem Großvater einen Klaps auf den Hintern gegeben hat.

»Deine Eltern ...«, fährt sie fort, »schon in Ordnung.«

»Ja ...?«, frage ich und weiß nicht, warum sie angefangen hat, von meinen Eltern zu reden. »Hmm, ja.« Ich fahre mir wieder mit dem Daumen über die Unterlippe, »ja?«

»Du darfst nicht vergessen, dein Vater liebt dich.«

»Das weiß ich«, sage ich ihr. »Ich weiß, dass er mich liebt.« Ich wiederhole mich, um ihr und vielleicht auch mir selbst zu zeigen, dass ich mir dessen sicher bin, was ich eine Sekunde zuvor gesagt habe.

»Er wird dir immer helfen«, sagt sie. Sie sieht mich wie eine Hellseherin an. »Immer«, sie wiederholt das Wort. »Solange es einen liebenden Vater gibt, ist alles gut und wird es immer sein.« Und ihr Vater; was passierte mit ihrem Vater?

»Du wirst immer das Kind seiner ersten Liebe sein.« Wieder wiederholt sie das »immer«.

Bin ich das Kind seiner ersten Liebe?

Mein Vater liebt Israel als *Idee*, den zionistischen Traum, mit dem viele der Diaspora-Juden der zweiten Generation aufgewachsen sind. Liebt er diese Idee mehr, als er je eine Frau lieben könnte? Es muss schwierig sein, mit einer Idee zu schlafen, denke ich.

Wenn meine Mutter Israel nach fünf Jahren wieder verlassen hätte, so wie sie und mein Vater es anfänglich vereinbart hatten, hätte er sie wirklich gehen lassen? Hätte er uns alle gehen lassen?

»Dieser Krieg!«, sagt sie und schüttelt den Kopf, »dieser Krieg!«, sie schüttelt den Kopf heftiger, »im Krieg verliert man so viele Dinge, die man nie mehr zurückbekommt«, sie schüttelt den Kopf noch heftiger, sie wiederholt »nie« in dem gleichen Ton, in dem sie vorhin »immer« wiederholt hat, dann hört sie auf. Und als würde sie zu sich selbst zurückkommen, sagt sie, »ich bin immer noch die, die ich war, als ich klein war. La, la, la.«

Sie deutet weder eine Verabschiedung an noch spricht sie eine aus; kein Winken, keine Verbeugung, kein Augenzwinkern, nichts, was auf einen Aufbruch schließen ließe; sie geht einfach weg und lässt mich stehen. Ich sehe sie, sie lässt eine Spur hinter sich zurück; die Zeichnung eines Wegs auf gefallenem Laub.

Kaum ist die Frau gegangen, kommt Opa näher und fragt, »wer ist das?«

»Ich habe keine Ahnung«, sage ich ihm.

»Oh. *Oisch.*«

Er kommt noch näher und sagt sanft, »als ich ein Kind war, habe ich manchmal auch gespielt – wenn ich nicht gerade gearbeitet habe«. Er scheint froh zu sein, dass sie nicht mehr bei uns ist, denn plötzlich redet er viel und erzählt und schießt mit schnellen Sätzen auf mich. Er spricht so schnell wie noch nie. An den Wochenenden ging mein Großvater, erzählt er, mit seinem Vater in die Synagoge, aber er schaffte es immer, auch ein bisschen Freizeit zu haben, in der er es genoss, auf einem Pferd ohne Sattel zum Marktplatz und zurück zu reiten. Manchmal spielte er barfuß mit anderen Kindern auf dem Rasenplatz der Stadt Fußball, oder er tollte mit dem großen Hund der Nachbarn herum. »Aber diese Momente waren selten«, sagt er, »wir hatten nicht viel, also musste ich viel arbeiten«.

Plötzlich frage ich mich, ob er auf die Frau eben eifersüchtig war. Erzählt er mir diese Geschichten nur, weil er denkt, sie hat mir welche von sich erzählt? Es ist, als wolle er als einziger im Mittelpunkt meiner Aufmerksamkeit stehen, und seine Geschichten – die Geschichte, für die ich hierher gefahren bin – sollen die einzigen sein, die in meine Ohren dringen, die einzigen, die mir etwas bedeuten.

»Ich habe immer meinem Vater geholfen«, fährt er fort. Obwohl von Beruf Bäcker, hatte sein Vater selten genug Arbeit, denn die Leute in seinem *shtetl* waren arm. Und doch musste mein Großvater oft früh aufstehen, wenn es draußen noch dunkel war und das halbe *shtetl* noch schlief, und weiche runde Brötchen ausliefern. Wenn er mit dem Ausliefern fertig war, waren seine Hände fast abgefroren.

»Einmal gab mir mein Vater Geld und schickte mich nach Będzin zum Brotkaufen. Ich wanderte dorthin, und als ich ankam, lief ich einem Onkel von mir in die Arme, der auf meine kaputten Schuhe zeigte und sagte, dass ich so nicht herumlaufen soll. Also habe ich meine Schuhe reparieren lassen, statt Brot zu kaufen.« Opa lacht über seine eigenen Worte und darüber, wie frech er einmal war.

»Ein anderes Mal«, sagt er grinsend, »gab mir mein Vater fünfzig Groschen. Weißt du, ich sollte Fleisch für das Abendessen kaufen. Doch statt Fleisch kaufte ich *Halvah*. Meine Geschwister waren glücklich. Eine süße Nascherei aus Sesam ist doch besser als Fleisch, oder?« Sein Lächeln wird noch breiter, »mein Vater war so böse.« Opa grinst keck. »Luxuriöse Dinge hatten wir aber nie. Schokolade war unvorstellbar.«

Sein Blick schweift über den Friedhof. »Schokolade war *unvorstellbar*«, wiederholt er.

Aus dem Augenwinkel sehe ich die eigenartige alte Frau, sie läuft zwischen den Gräbern herum, blickt zu mir herüber, als hätte sie mich nie zuvor gesehen, als wäre ich einfach nur ein weiterer Baum, der diesen Ort schmückt – hat sie vergessen, dass wir miteinander geredet haben? Dass sie mir vorgesungen hat? Ich kenne nicht einmal ihren Namen.

Mosha und ich stehen vor dem Grab meiner Urgroßmutter. Der Friedhof ist aufgeräumt, nichts ist zerbrochen oder zerschlagen; der Boden ist wie ein wunderschönes Gewebe aus herabgefallenen Blättern. Opas Augen scheinen zu funkeln, er ist sicher stolz auf den guten Zustand des Friedhofs, und sein Stolz macht mich glücklich.

Er greift in seine Jackentasche und holt ein paar Kerzen hervor. Ohne ein Wort zu sagen, reicht er mir zwei Stück. Ich zünde eine an zum Gedenken an sie alle – seine Familie, meine Familie. Ich zünde eine weitere an für sie, die Mutter meines Namens; für sie, die nie die Zeit hatte, eine Frau zu werden oder ein Kind zu sein.

Ich fühle mich eingeengt in meinem Pulli, ich wünschte, er wäre weniger eng oder aus weicherer Wolle, oder ich wäre viel kleiner; er ist unbequem, und ich bin froh, dass ich wenigstens meinen Schottenmantel habe, um mich darin einzuhüllen.

Sein Blick ist auf mich geheftet, und ich kann ihn spüren; Opa blickt mich aufmerksam an, als würde er mir dringend etwas sagen wollen.

»Was ist los?«

»Bist du soweit, dass wir gehen können?«, fragt er.

»Ach«, antworte ich, »ich dachte, du willst mir etwas sagen, Opa.«

»Ja. Dass ich soweit bin, um gehen zu können«, sagt er.

»Ach so.«

Beide legen wir einen kleinen Stein auf das Grab seiner Mutter, ein jüdischer Brauch, und während ich das tue, fällt mir auf, dass ich den Ursprung dieser Tradition gar nicht kenne und auch nicht weiß, was sie bedeutet. Mosha und ich verlassen den Friedhof auf einem anderen Weg als dem, auf dem wir gekommen sind; ein Weg voller Wurzeln.

Eines Wintertags, ungefähr fünf Jahre nach unserer Ankunft in Israel, bat meine Mutter meinen Vater, sein Versprechen wahr zu machen und nach Deutschland zurückzugehen.

»Das kann ich einfach nicht«, sagte er, »ich will nicht«. Ich glaube, er sagte auch »entschuldige«.

Anstatt ihre Kinder, meinen älteren Bruder und mich, mit zurück nach Deutschland zu nehmen und uns alleine großzuziehen, vielleicht mit Hilfe meiner Großeltern, blieb meine Mutter bei ihm.

Seine Entscheidung stand fest. Und ihre vielleicht nicht, vielleicht hatte sie sich nicht wirklich *entschlossen*, zu bleiben, aber da sie nicht ging, blieb sie. Also wuchs ich weiter in einer vollständigen Familie auf – zwei Eltern und ein Bruder, irgendwo in der Nähe der Wüste und nicht allzu weit vom salzigen Meer entfernt, und als ich zehn, fast elf Jahre alt war, lernte ich, was das Wort »Krieg« heißt – und zwar in seiner vollen Bedeutung.

Damals, in jenem Jahr, in jenem Winter, wurde der Krieg zu etwas Modernem; er sickerte aus meinem Kopf in meinen Körper, verschob sich aus der Vergangenheit in die Gegenwart, aus ihrer in meine, von dort nach hier. Bis zu diesem Zeitpunkt war er nur ein Wort gewesen, ein Wort, das sich wie eine Erinnerung anfühlte, und danach wurde er zu Bildern, Gefühlen, Überzeugungen. Vorher war er etwas Abstraktes. Danach war das einzig Abstrakte an ihm seine Weite und Tiefe und Allumfassendheit.

Eines Tages, als ich in der fünften Klasse war, erzählte uns unsere Lehrerin, es bestünde die Möglichkeit, dass bald ein Krieg gegen Israel beginnen würde, und wenn das passierte, fiele die Schule aus. Alle jubelten, als sie die Worte »Schule« und »ausfallen« in einem Satz hörten, als hätte man uns gerade gesagt, wir würden zu einem Ausflug aufbrechen, in den Zoo, in die Wälder, ans Meer. Wir sollten aber keine Angst haben, sagte sie, denn zu Hause hätten unsere Eltern sicher für einen Luftschutzbunker mit funktionierenden

Luftfiltern gesorgt. Sie erzählte uns das alles, während im Hintergrund Klebeband abgerollt, abgerissen und angeklebt wurde, denn zwei Männer waren dabei, die Fenster unseres Klassenzimmers abzudichten: Über die Fenster wurden Plastikplanen mit grauem Abdichtband geklebt, wie man es in jedem Baumarkt kaufen kann; Plastikplanen über den Fenstern, das war unser neues Klassenzimmer.

»In der nächsten Stunde findet kein normaler Unterricht statt, Kinder, sondern unsere ganze Schule wird eine Sirenenübung haben«. Die Lehrerin machte ihren Mund beim Sprechen extra weit auf und zu, aber sie drückte sich genauso so aus wie sonst, wenn sie uns Biologie oder Grammatik beibrachte. »Darum machen wir jetzt zuerst unsere eigene kleine Übung.« Mit der Kreide in der Hand schlug sie einmal laut auf die Tafel. »Wenn ihr den Alarm hört, möchte ich, dass ihr so schnell wie möglich aufsteht, aber ihr sollt nicht rennen, es ist *sehr* wichtig, dass ihr nicht rennt«, sagte sie, während sie vor der Tafel auf und ab ging und wir dasaßen und gehorsam zuhörten und ihr mit den Augen folgten; mit jedem Schritt, den sie machte, brachte sie uns der Möglichkeit des Krieges näher.

»Ihr stellt euch in zwei Reihen auf, so, wie ich es euch gleich zeige.« Sie legte die Kreide auf ihr Pult, kam dann zu jedem einzelnen von uns, nahm uns bei der Hand und führte uns zu der Stelle, an der wir sein sollten, wenn die Sirene losging. Sie wollte sichergehen, dass jeder von uns genau wusste, wo er oder sie stehen sollte, aber ich hatte den Eindruck, sie hielt uns für Idioten.

Nachdem sie fertig war, stand meine ganze Klasse in zwei mehr oder weniger geraden, aber ziemlich wackligen Reihen. Mit dem Rücken zur geschlossenen Klassenzimmertür und dem Gesicht zu uns, rief sie: »Kinder, nehmt die Person in der Reihe neben euch an die Hand und kommt mir hinterher. Haltet euch *immer* fern von den Fenstern.« Wie ein Roboter drehte sie sich dann scharf um ihre eigene Achse, öffnete die Tür und führte uns hinaus. Wir folgten ihr wie hungrige Hunde, die darauf warten, gefüttert zu werden.

Als wir durch die L-förmige Eingangshalle marschierten, kamen wir an anderen Klassen vorbei, und als wir an der offenen Klassenzimmertür meines Bruders vorbeiliefen, versuchte ich, ihn auf seinem Platz zu erspähen, musste aber bald aufgeben, weil ich meinen händchenhaltenden Partner nicht aufhalten wollte. Nach ein paar Minuten erreichten wir das Ende der L-Form, wo eine Treppe in den Keller der Schule führte – normalerweise war dort die Bibliothek, aber jetzt ein Luftschutzbunker –, und erst hier durften wir die Hand unseres Partners loslassen.

Nachdem unsere Lehrerin uns gelobt hatte, wie toll wir bei der Übung mitgemacht hatten, schickte sie uns ins Klassenzimmer zurück. Wir rannten die Stufen hinauf und nach draußen, wo der Himmel blau und voller singender und zwitschernder Vögel war; wir rannten und genossen den Moment und konzentrierten uns nur auf das Rennen. Wir rannten um des Rennens willen; wir rannten so, wie nur Kinder rennen können.

Kaum zu Hause, stand ich schon im Arbeitszimmer meines Vaters und bat ihn, mir die Funktionen unseres Bunkers zu erklären, wie die Türen zugingen und wie der rohrähnliche Luftfilter funktionierte. Was ich nicht verstand war, dass ich ihn gebeten hatte, mir die Maschinerie des Krieges zu zeigen. Mein Vater stand von seinem Stuhl auf und ging auf mich zu. »Heute Abend hole ich unsere ABC-Masken ab« – er tätschelte mir die Schulter –, »diese speziellen Gasmasken und noch ein paar andere notwendige Dinge, ein paar Schutzausrüstungen.«

»Ach *so*«, antwortete ich.

»Du kannst mitkommen, wenn du willst.« Er lud mich in seine Welt ein; seine Welt, in der sich alles immer nur ums Überleben drehte.

»Ich komme mit, Papa«, antwortete ich bestimmt und fühlte mich besonders erwachsen. Insgeheim dachte ich, dass er mir eben ein großzügiges Angebot gemacht hatte.

Die Sonne ging gerade unter, aber es war noch nicht Nacht geworden, als ich meinen Vater begleitete, und zusammen mit Zipper, der an seiner Leine um uns herumstrich, machten wir uns zum Gemeindezentrum von Kefar Teefe auf, um die Schutzausrüstung für meine Familie abzuholen. Mit jedem Schritt fühlte ich mich noch geehrter, bei einem so wichtigen Gang dabei zu sein, etwas zu tun, um meine Familie zu schützen. Mit meinem Vater auf seinem Territorium zu sein. Das Gemeindezentrum war voller Erwachsener, aber ich traf auch ein paar meiner Klassenkameraden, aus deren Schulterhaltung sich schließen ließ, dass sie genauso zufrieden und stolz waren wie ich, mitgenommen worden zu sein.

Mein Vater und ich standen in einer Reihe, die scheinbar kein Ende hatte, und ich beobachtete die Leute um mich herum; alle warteten – geduldig, ungeduldig, angstvoll, vertrauensvoll. Alle warteten einfach. Und als ich endlich meine Gasmaske ausgehändigt bekam, schaute ich sie mir genau an – sie war aus schwarzem Gummi und roch auch so. Sie sah aus wie ein Fliegengesicht; zwei große Augenlöcher, die fast die Hälfte der Maske einnahmen, waren mit dickem, durchsichtigem Plastik beklebt. Zwei schlabbrige Gummibänder, die in der Höhe des Kinns anfingen und über den Ohren endeten, konnte man enger stellen, damit die Gasmaske besser saß. Und um den Mundbereich war eine runde Öffnung, an der man die Filter befestigte. Die Filter selbst gab es in verschiedenen Abstufungen von Armeegrün.

Als wir wieder nach Hause kamen, schloss mein Vater die Tür auf, und ich hörte die Geräusche, die meine Mutter beim Kochen machte – Löffel klirrten in Töpfen, Pfannen wurden auf Herdplatten gestellt. In der Luft hing der schwere Geruch von Rosmarin und Butter, und nach all der Aufregung war ich hungrig und rannte in die Küche und sprudelte los; ich zeigte meiner Mutter unsere Gasmasken und führte ihr vor, wie die schwarzen Gummibänder funktionierten, ich erklärte ihr, dass wir uns gegen die Wirkung des Giftgases selbst die Atropin-Spritzen geben konnten, die Papa und ich nach Hause gebracht hatten, und ich redete und redete und redete, bis ich merkte, dass ich besser aufhören sollte, bis ich es bereute, überhaupt geredet zu haben.

Meine Mutter verstand meinen Stolz. Und obwohl sie sich bemühte, ihre Empörung über die Worte zu verbergen, die sie gerade ihre zehn Jahre alte Tochter hatte aussprechen hören, vermochte sie es nicht. Der vorwurfsvolle Blick, mit dem sie meinen Vater anstarrte, war unmissverständlich.

Am Ausgang des Friedhofs drehe ich mich um, lasse meinen Blick über den Friedhof schweifen, suche nach meinem Großvater, der auf einmal nicht mehr neben mir ist. Ich nehme an, er holt mich, wenn es ihm passt, also warte ich im Auto auf ihn. Es macht mir nichts, allein gelassen zu werden – ich verstehe nur einfach nicht, warum er das hier und jetzt tut.

»Im Krieg verliert man so viele Dinge, die man nie mehr zurückbekommt.« Die Stimme der Frau klingt wie ein Echo in meinem Kopf. In meinem Kopf und meinem übrigen Körper, wie ein Echo, das immer schon da war und immer da sein wird, wie ein Wasserlauf in einem Bachbett, die Strömung in einem Fluss, immer vorwärtsdrängend, immer lebendig, immer fließend, immer eindringend, immer seinen Weg findend.

Ich denke, Staaten können Land zurückgewinnen, bluttriefenden Boden, schuldigen Untergrund, Stücke von Territorien, die sie dann ihr Eigen nennen können; aber was erhalten die Menschen je zurück? Nicht die Toten. Vielleicht das Fleisch der Toten, ihre Körper, ihre Knochen; nie jedoch ihren Humor, ihr Lispeln, die Art und Weise, wie sie ein Wort aussprachen – so, wie niemand sonst auf der Welt.

Menschen können nicht ihre Würde zurückbekommen, nicht ihr Vertrauen, ihre Sicherheit und Zuversicht. Nicht ihre Zurechnungsfähigkeit. Sie können nicht ein Leben ohne Angst zurückbekommen, ein Leben, in dem das Wort »Krieg« nur ein einfaches Wort mit fünf Buchstaben ist, das einem Kartenspiel den Namen gibt.

Der einzige Krieg, den ich je erlebt habe, wird in meiner Erinnerung wach, und ich fühle mich schuldig, so schuldig, daran auch nur zu denken, während ich auf polnischem Boden stehe, wo ein *richtiger* Krieg stattgefunden hat. Ein Krieg, dessen Horror ich mir nicht vorstellen kann; ein Krieg, der am Anfang von allem steht, am Anfang meiner ganzen Existenz.

Aber dennoch kann ich nicht verhindern, dass ich an den anderen Krieg denken muss, diesen im Vergleich dazu winzigen Krieg, und ich fühle Scham in mir, dass ich ihn überhaupt als Krieg bezeichne.

Nach dem Tag, an dem wir unsere Kriegsausrüstung abgeholt hatten, eskalierte alles, und von einem Tag auf den anderen wurde die politische Situation immer brisanter. Da es uns nicht erlaubt war, am Nachmittag zu Freunden zu gehen, und da die meisten Aktivitäten nach der Schule abgesagt wurden, waren Tom und ich entweder in der Schule oder zu Hause. Unser Leben schrumpfte zusammen, und es fühlte sich an, als geschähe mit unseren Körpern das Gleiche – wir nahmen weniger Raum ein, atmeten die Luft an weniger Orten ein. Und dann, ein paar Tage später, heulten die Sirenen das erste Mal. Wir hatten schon darauf gewartet – wie man auf die Ergebnisse der Klassenarbeit wartet; wir warteten gespannt, dachten, sie würden bald losheulen, hofften, sie würden es vielleicht nicht tun, wussten aber, dass sie losheulen würden; wir hatten darauf gewartet und trotzdem waren wir geschockt, als es losging. Seltsam, wie man sogar von Dingen überrascht werden kann, die man erwartet.

Es war ein ganz normaler Tag, eine gewöhnliche Dämmerstunde, als plötzlich Sirenen die Luft durchschnitten. Ich war alleine in meinem Zimmer, sah mich um, war verwirrt und wusste nicht, was tun. Ich zögerte eine Sekunde, drehte mich wieder um, stand dann auf und rannte so schnell aus meinem Zimmer, wie ich konnte. Am oberen Ende der Treppe traf ich Tom und meine Mutter und Zipper, der bellte, und alle vier rannten wir die Stufen hinunter und in den Bunker, den mein Vater mit Toms Hilfe perfekt ausgebaut hatte. Dort standen wir und lauschten: Mein Vater rannte herum, sein Atem ging so schnell wie seine Schuhe, Türen wurden beim Zumachen zugeknallt und andere aufgerissen – ich glaube, Papa war in Toms und in mein Zimmer geeilt, um nachzusehen, ob wir noch dort waren –, bis wir ihn endlich die Treppe hinunterrasen sahen. Er verschloss die normale Tür und dann auch noch die dicke Eisentür, die mit einem Filter ausgerüstet war, und brauchte seine ganze Muskelkraft, um das große Stahlrad in der Mitte der Tür im Uhrzeigersinn zu bewegen; er brauchte alle seine Kraft, um uns Sicherheit zu verschaffen. Wir sahen ihm zu, und als er fertig war, setzten wir uns auf unsere rote gefütterte Picknickdecke. Ich nahm den zitternden Zipper auf meinen Schoß und umarmte ihn so gut es ging. Er hörte aber nicht auf zu zittern, also setzte ich Zipper auf die Decke zwischen Tom und mich, und beide streichelten wir ihn und versuchten, ihn zu beruhigen, als ob er unser Baby wäre.

Der Adrenalinpegel meines Vaters war auf dem höchsten Stand, sein Körper suchte nach Beschäftigungsmöglichkeiten, und alle paar Sekunden fragte er, ob er etwas tun könne – »Was kann ich ...? Kann ich irgendetwas für dich tun, Fela?«, »Tom, soll ich etwas für dich machen?«, »Irgendwer«, ungeduldig erhob er die Stimme, »soll mir sagen, was ich für euch tun kann«. Als warteten wir um unser Leben, auf einen Schicksalsschlag, auf eine Glückssträhne, einen Zufall.

»Nichts, Papa. Nichts kannst du tun«, antwortete ich immer wieder. »Nichts, Papa«, antwortete auch Tom und versuchte, meinen Vater zu beruhigen. Er verstand, dass mein Vater diese Fragen stellte, denn Fragenstellen war das Einzige, was er tun konnte.

Meine Mutter sagte gar nichts. Sie schwieg, und ihre Augen wanderten in unserem Bunker herum, nahmen nichts Konkretes war, schweiften nur über die Wände, als säße sie hinter einem Schleier, als könnte sie nichts erkennen.

Papa machte das Radio an, und wir hörten zu. Für die Notsituation war Israel in Gebiete aufgeteilt worden, denen Nummern zugewiesen worden waren – auf diese Art wusste jeder, wenn seine Nummer im Radio genannt wurde, Bescheid, ob er in den Bunker gehen musste und wann er ihn wieder verlassen durfte. Wir warteten darauf, dass die Nummer elf angesagt wurde. Wir warteten und hörten draußen nichts. Nach einiger Zeit verkündete der Radiosprecher, dass unsere Gegend sicher sei, und so verließen wir den Bunker, mein Vater zuerst, wir anderen vier folgten ihm wie Entlein, die Treppe hinauf – Zipper war das Schlusslicht – und zurück ins Wohnzimmer, wo die Luft frisch war und nach Zuhause roch.

»Abendessen!«, hörte ich ein paar Stunden später meine Mutter rufen. Ihre Stimme drang in jede Ecke des Hauses. Eigentlich brüllte sie nie, nicht einmal, um zum Essen zu rufen – normalerweise kam sie in unsere Zimmer und bat uns höflich, in die Küche zu kommen –, aber an diesem Tag brüllte sie. Ich ging in die Küche und sah, wie meine Mutter den Kühlschrank ausräumte und alles Essbare auf dem Tisch auftürmte. Ich half ihr dabei.

»Jeder hat das Recht, sich zu verteidigen.« Das war der erste Satz meines Vaters, der in die Küche kam, sich an den rechteckigen Tisch setzte und wartete, bis wir mit dem Decken fertig waren.

»Ja, sicher«, stimmte ihm meine Mutter zu, während sie den Küchenschrank öffnete und Teller und Gläser herausholte. Sie gab sie mir, ich ging zum Tisch und deckte ihn.

»Kann ich helfen?«, fragte Tom eine Sekunde, nachdem er in der Küche aufgetaucht war.

»Setz dich einfach hin, Tom«, sagte meine Mutter, während sie das Besteck herausnahm. Ich stand neben ihr und wartete darauf, dass sie es mir gab, aber stattdessen sagte sie einfach, »Fela, du kannst dich auch hinsetzen«. Also tat ich das. Mein Vater klopfte mit dem Zeigefinger auf den Tisch und wartete, bis alles fertig war und er mit dem Essen beginnen konnte. »Ich hoffe, die Regierung reagiert irgendwie darauf«, sagte er.

Mein Bruder und ich sahen uns an und nickten – natürlich waren wir seiner Meinung, aus heiterem Himmel hatte man uns plötzlich angegriffen.

»Es ist wie in der Schule«, fuhr mein Vater fort und sah zuerst mich, dann Tom direkt an, »wenn euch jemand angreift, müsst ihr zurückschlagen.« Es wirkte so, als versuchte mein Vater, die Dinge für meinen Bruder und mich zu vereinfachen, in Metaphern zu sprechen, die wir verstehen konnten, in einer Sprache, die unsere Welt umfasste.

»Ich weiß, ich weiß«, fiel ihm Tom ins Wort. »Wir alle wissen das.«

»Unterbrich mich nicht«, sagte Papa und sah Tom an, während er immer noch mit seinem Zeigefinger auf den Tisch klopfte. »Man soll immer versuchen, die Dinge auf friedliche Art und Weise zu regeln, aber wenn das nicht klappt, hat man das Recht, sich zu verteidigen.«

Meine Mutter blickte über den Tisch – »Tom« –, dann neben sich, »Fela, was kann ich euch geben? Worauf habt ihr Lust?«, und ohne unsere Antworten abzuwarten, sah sie Tom an und sagte, »ich bin sicher, dein Vater weiß, dass du das weißt, aber es schadet nie, etwas zweimal zu sagen.«

Unsere Teller waren immer noch leer.

»Und«, fuhr sie fort, »bevor man handelt, muss man davon überzeugt sein, dass man unfair behandelt worden ist.« Meine Mutter sprach so, als würde sie über die Schule reden, im Unterschied zu meinem Vater, der über den Krieg sprach und ihn mit uns in Beziehung zu bringen versuchte.

Für Tom und mich bedeutete das das Ende des Gesprächs. Beide griffen wir nach dem Essen, brachten Farbe auf unsere weißen

Porzellanteller, und während unsere Eltern weiterredeten, hörten Tom und ich nur noch mit einem Ohr zu. Es schien, als würden sie reden, um ihre Gedanken zu ordnen, um das Wesentliche vom Banalen zu trennen, um irgendwie Sinn in die neue Realität zu bringen, der wir plötzlich ausgesetzt waren.

»Kannst du mir bitte die Butter geben, Mama?«, bat ich.

»Jeder hat das Recht, sich zu verteidigen«, mein Vater wiederholte seine Worte in noch bestimmterem Ton. »Jeder! Israel hat niemanden angegriffen, und trotzdem sind immer noch Scud-Raketen auf uns gerichtet. Ohne Grund. Es sei denn, sie wollen uns töten.«

»Die Butter, Mama. Kannst du mir bitte die Butter geben«, bat ich noch einmal. Die Butterdose stand nur ein paar Zentimeter von ihrem Ellbogen entfernt.

»Frieden. Das wird nie passieren. Nicht hier«, sagte meine Mutter.

»Sag das nicht.« Seine Stimme wurde lauter.

Das Abendessen war wie ein Tischtennismatch; der Ball wurde von ihrer Tischseite auf seine geschlagen, aus seinem Feld in ihres, und Toms und meine Augen folgten den Bewegungen des Balls. Wir lauschten auf die verschiedenen Stimmen aus den Kehlen meiner Eltern. Mein Vater redete wie ein Lehrer, meine Mutter wie eine rebellische Schülerin; seine Stimme war überzeugt, ihre versuchte es zu sein. Seine war maskulin, hart, ihre war feminin, sanft.

»Und sag das nicht vor den Kindern«, rief er.

Nach diesen Worten interessierten Tom und ich uns noch mehr für das Gespräch, wir waren bereit, ihm aufmerksam zu folgen – aber plötzlich gab es kein Gespräch mehr, nur noch eine Stille, die von unserem leisen Kauen gestört wurde.

»Wer will noch Spinat?«, fragte meine Mutter – »nein, danke, aber die Butter, bitte, kann ich ... «, fing ich an –, und mit lauter Stimme antwortete mein Vater, »sie sind noch zu jung, sie dürfen nicht aller Illusionen beraubt werden!«.

»*Zu jung* …? Wir haben den ganzen Nachmittag in einem Bunker verbracht, und *du* erzählst mir, sie wären zu jung für den Verlust aller Illusionen? Das ist absurd!«, seufzte sie. Dann setzte sie mit leiser Stimme hinzu, »hör dir doch selbst zu!«

Tom sah mich an, grinste und flüsterte, »ich vermute, auch beim dritten Mal wirkt das Zauberwörtchen *Bitte* nicht«, streckte den Arm aus, um nach der Butter zu greifen, warf dabei aus Versehen einen Milchtüte um, und die Milch floss auf die Tischdecke – »uups«, sagte er –, und wir beide kicherten, weil keiner unserer Eltern zu bemerken schien, was gerade passiert war, nicht einmal mein Vater, der sich normalerweise über solche Dinge aufregte.

»Mir gefällt die Tatsache, dass sie den Tag im Bunker verbracht haben, auch nicht besser als dir.«

»Das glaube ich dir gerne.«

»Das nehme ich dir nicht ab«, sagte er.

»Ich habe gesagt, was ich meine, und gemeint, was ich sage«, sagte sie.

Ihre Stimmen – seine war dann aggressiv, wenn ihre passiv war; ihre war aggressiv, wenn seine passiv war; zusammen ein Duo von passiver Aggressivität.

»Na schön, mir gefällt es auch nicht besser als dir«, wiederholte er.

»Ich habe gesagt, das glaube ich dir gerne.«

»Und ich habe gesagt, das nehme ich dir nicht ab.«

»Also was?«

»Ich sage nur, dass du vor ihnen nicht so pessimistisch sein sollst. Sie sind noch jung, sie dürfen den Glauben daran nicht verlieren, dass Frieden möglich ist und die Dinge besser werden können. Wenn sie aufhören, das zu glauben, hören sie auf zu hoffen, und wenn das passiert, hören sie auf, das Richtige zu tun. Sie müssen wissen, dass es Hoffnung gibt, damit sie alles in ihrer Macht Stehende tun, um die Dinge zum Guten zu verändern.«

»Alles, was ich gesagt habe …«, fuhr meine Mutter fort, als wäre kein Argument meines Vaters an ihre Ohren gedrungen, »ist, dass hier noch nie Frieden geherrscht hat. Seit Israel besteht, hat es immer irgendeinen Krieg gegeben. Immer war irgendetwas. Warum soll das in Zukunft anders sein? Sag mir, warum?«

»Hast du nicht gehört, was ich gerade gesagt habe?«, fragte mein Vater.

»Hast *du* nicht gehört, was *ich* gerade gesagt habe?«, antwortete meine Mutter.

»Habe ich wohl.«

»Ich auch.«

Tom und ich sahen uns an – seine Augen beruhigten mich –, es war offensichtlich, dass keiner der beiden dem anderen zugehört hatte, nur Tom und ich hatten beiden zugehört.

»Die Welt wird mit jedem Tag immer nur komplexer«, sagte meine Mutter, »einfach, weil sie das kann, weil die Medizin, die Technologie und die Intelligenz ihr das erlauben.«

»Aber das ist *genau* der Grund, warum wir uns jetzt verteidigen müssen«, erhob mein Vater seine Stimme. »Das ist genau der Grund! Wir verteidigen ja nicht unsere Ehre oder so etwas, wir verteidigen unser Leben. Unser *Leben.*«

»Ja, das weiß ich. Und ich weiß auch, was du jetzt als nächstes sagst«, meine Mutter erhob nun auch ihre Stimme, »Israel würde in Sekundenschnelle ausgelöscht, wenn es nicht imstande wäre, sich zu verteidigen.« Irgendetwas in ihrer Stimme machte sich über meinen Vater lustig; irgendetwas in ihrer Stimme machte sich über sie selbst lustig, weil sie sich über ihn lustig machte. »Aber darum geht es nicht.«

»Darum geht es nicht? Nur darum geht es. Israel würde nur deswegen ausgelöscht, weil es das Land der Juden ist. Und wir alle wissen, wie das ist mit dem Willen, die Juden auszulöschen. Das hatten wir schon mal, das kennen wir. Aber jetzt«, seine Stimme wurde ruhiger und weicher, »jetzt haben wir ein Land, und wir können sicherstellen, dass das nicht noch einmal passiert.«

»Ich weiß. Ich weiß«, sagte sie sanft, bevor sie in einem etwas sarkastischen Ton, der für sie untypisch war, hinzufügte, »wenigstens können wir unser Bestes versuchen.«

Wir vertilgten das Essen, schlangen es hinunter; unsere Mägen waren voll, aber weder Tom noch ich waren satt. Ich nahm meine Serviette, wischte mir den Mund ab und wünschte, damit alle Reste dieses gemeinsamen Essens wegzuwischen.

Obwohl unser Gebiet laut Radioansage sicher war, konnte ich in dieser Nacht nicht schlafen. Ich schloss die Augen und befahl mir selbst »schlaf ein!«, aber nichts passierte. Ich ergänzte den Befehl um das Wort »jetzt« – »schlaf jetzt ein, Fela!« –, aber das schien auch nicht zu funktionieren. Ich wälzte mich im Bett herum, bis ich die bestmögliche Schlafposition gefunden hatte – die Linien meines Körpers mussten mit den Linien des Bettbezugsmusters übereinstimmen –, und ging dann verschiedene Varianten im Kopf durch: »Du musst jetzt schlafen!«, »Schlaf! Jetzt!«, »Komm schon, schlaf einfach ein!«, aber nichts funktionierte. Ich versuchte sogar, Schäfchen zu zählen – wunderschöne, wollige, springende Schäfchen. Nichts. Also beschloss ich, zu meinen Eltern ins Schlafzimmer zu gehen, obwohl ich eigentlich längst zu groß war, um nachts zu ihnen zu gehen, aber auf dem Weg durch das dunkle Haus fand ich sie und Tom im Wohnzimmer. Scheinbar konnten sie auch nicht einschlafen, oder vielleicht leisteten sie nur Tom Gesellschaft, weil er nicht in den Schlaf fand. Ich setzte mich zu ihnen, und die folgenden Stunden verbrachten wir mit Memory-Spielen, bis Tom und mir die Augen zufielen, weil unsere Lider zu schwer wurden. Irgendwann in der Nacht wachte ich auf; mein Vater trug mich ins Bett, meine Arme waren um seinen Nacken geschlungen, meine Füße baumelten herunter, dann schlief ich weiter.

Der nächste Morgen kam – ein wunderschöner und sonniger Morgen mitten im Winter –, und ich hatte wunderbar geschlafen, fühlte mich ganz frisch, wie eine wieder ganz aufgeladene Batterie. Ruhig und mit dem Gefühl, wir hätten alle Zeit der Welt, machte mir meine Mutter Frühstück, und wir setzten uns gemütlich hin und aßen eine Mahlzeit, die ich als eine der längsten meines Lebens empfand.

Gegen drei Uhr nachmittags heulten die Sirenen los – Israel wurde von Raketen getroffen, und wieder rannten wir alle in den Bunker. Dieses Mal hörten wir Geräusche – schrille Töne, die sich in Klarheit und Lautstärke unterschieden, und ein paar Explosionen. Zu meiner Überraschung hörten sich die Explosionen tatsächlich genauso an wie in meiner Vorstellung: Explosionen, bei denen plötzlich und schnell Energie frei wird, die aber nicht sehr laut waren. Zumindest die meisten nicht. Wir verbrachten den ganzen Nachmittag damit, aus dem Bunker hinaus- und wieder hineinzurennen, in einem Rhythmus, den die Sirenen vorgaben, begleitet von der Stimme im Radio.

Meteorenschauer und die endlose Diskussion über die Natur des Menschen

»Geht es euch gut?«, war eine Frage, die unsere Eltern Tom und mir in dieser Zeit dauernd stellten – es war die erste Frage am Tag, noch bevor wir die Zähne geputzt hatten, es war die letzte am Abend, nachdem unsere Zähne schon sauber waren. »Aber geht es euch *wirklich* gut?«, wurden wir immer wieder gefragt, egal, wie unsere vorherigen Antworten ausgefallen waren. »Ja. Ja. Ja, es geht uns gut.« Es ging uns gut.

In dieser Zeit in die Schule zu gehen, war etwas Besonderes, viel unterhaltsamer als sonst. Die meisten Kinder – wie viele Lehrer – kamen gar nicht; jeder kreuzte auf, wann er wollte oder wie seine Eltern wollten. Auch Tom und ich erschienen nicht regelmäßig, aber es machte mir nichts aus, zur Schule zu gehen, denn zu Hause herrschte dicke Luft. Die Masse der Luft schien zugenommen zu haben, während das Volumen unseres Hauses abnahm. In der

Schule schauten wir politische Satiresendungen, die ich nicht ganz verstand, die mich aber dennoch zum Lachen brachten, und kein einziges Mal dachte ich, wie seltsam es war, dass es mitten im Krieg solche Unterhaltung gab; eine ganze Nation hatte das Gefühl, man könne nichts tun, aber müsse über alles zu lachen versuchen. Wir schauten Filme und spielten Spiele, und ganz selten machten wir richtige Schulaufgaben: wir lösten Matheaufgaben, lernten die Geschichten des *Tanach* oder Geographie. Wir hatten Freistunden im zum Bunker ausgebauten Keller, der praktischerweise auch als Bibliothek genutzt wurde, und den wir jetzt zum ersten Mal als Bunker benutzten. Dort konnten wir jedes Buch lesen, das wir wollten. Das Geräusch von sich öffnenden und schließenden Büchern beherrschte meine Stunden im Schulbunker.

Wenn Tom und ich nicht in die Schule gingen, waren wir mit Mama und Papa zu Hause. Wie alle anderen in unserem Dorf verließen wir das Haus nur für kurze Zeit. Wir hatten genügend Essen, Wasser und Batterien für das Radio, das wir dauernd, aber oft nur unaufmerksam, hörten, damit wir uns nicht auf die schlechten Nachrichten konzentrierten, aber trotzdem informiert waren. Das Radio war der Soundtrack unseres Lebens.

Während all dieser Tage versuchten wir, uns zu unterhalten, uns zu zerstreuen, uns abzulenken. Im Bunker spielten Tom und ich Karten. Wir hielten unsere Kartenstapel fest in der Hand, und hofften, übernatürliche Kräfte über die Karten zu haben; wir hofften, es gäbe wirklich ein Muster, das wir nur zu entdecken brauchten, wenn wir beide im selben Moment eine Karte umdrehten – es kann nicht alles Zufall sein. Nach tagelangem Kartenspielen waren sowohl Tom als auch ich überzeugt, darin besser zu werden. Aber das stimmte nicht.

Außerhalb des Bunkers spielten wir Verstecken, ein Spiel, das für unser Haus zu einfach oder zu schwierig war, denn es hatte die Form einer Schachtel; es gab nur wenige Orte zum Verstecken, keine Geheimtüren, keine abgelegenen Ecken, keine Wände mit Geheimzimmern dahinter, auch keine großen Vorhänge, hinter denen man verschwinden konnte. Der Grundriss des Hauses war zu übersichtlich zum Versteckspielen. Trotzdem gelang es Tom, sich so gut zu verstecken, dass ich längere Zeit nach ihm suchen musste; aber wenn ich mit dem Verstecken dran war, hatte ich oft nur ein paar Sekunden, um ruhig im Dunkeln zu atmen, um meine Daumen zu drücken, damit Tom mich nicht fand, um zu versuchen, mit der Umgebung zu verschmelzen, bevor er mich fand. Ich glaube, er war einfach besser im Verstecken und Finden.

Wenn wir darauf keine Lust mehr hatten, schauten wir fern. Eine amerikanische Abenteuerkomödie auf Englisch, einen religiösen Trickfilm auf Japanisch, einen Zeichentrickfilm über einen Zwerg und seinen besten Freund, eine Gans, Abenteuerfilme auf Norwegisch und eine Fernsehshow, in der sich Erwachsene wie Kinder anzogen und israelische Schulszenen nachspielten. Mehr gab es nicht. Abgesehen von der letzten Show und den Nachrichten, die im israelischen Programm ausgestrahlt wurden, liefen alle anderen Programme auf dem Arabic Middle Eastern Channel. Und ich sah sie und wunderte mich darüber, dass nicht allzu viele Kilometer entfernt ein anderes Mädchen dieselben Filme sah und gleichzeitig mit mir darüber lachte und eine Träne vergoss, wie ich die Fäuste ballte, die Augenbrauen hochzog und den Kopf über die gleichen Szenen schüttelte, und dennoch kommunizierten unsere beiden Länder nicht, wechselten kein Wort, geschweige denn Friedensbotschaften. Abgesehen von diesen Programmen – und denen, die danach kamen, über die ich nicht viel sagen kann –, blieb der Fernsehschirm schwarz-weiß, und noch lange, nachdem der Fernseher abgedreht war, klang uns das vibrierende Geräusch der atmosphärischen Störungen in den Ohren.

Bei den Familien, die in Hochhäusern wohnten, mussten sich alle einen gemeinsamen Schutzraum teilen, der im Keller des Gebäudes lag und in dem Dutzende Bewohner Platz hatten, so dass jede Familie ihre eigene Ecke finden und sich dort niederlassen konnte. Die Kinder spielten und freundeten sich untereinander an, sobald ihre Eltern sie aus den Augen ließen. Die Frauen tauschten Kochrezepte aus und erklärten einander genau, wie man die Zutaten mischen sollte, damit das Gericht gelang, empfahlen sich gegenseitig die besten Metzger, Obststände, Märkte und Schneider und betätigten sich als Heiratsvermittlerinnen für ihre noch ledigen Söhne und Töchter. Die Männer redeten über die Arbeit, jeder gab seinem Nachbarn Tipps, wo er sein Geld am besten investieren sollte, und jeder sagte dabei, »Vertrau mir, *Achi*; Bruder, ich weiß, wovon ich rede«, oder sie sprachen über die Armee, tauschten Geschichten aus ihrer Militärdienstzeit aus und entdeckten dabei immer einen gemeinsamen Freund oder Bekannten, was die zunächst oberflächliche Unterhaltung zu einem warmherzigen Gespräch werden ließ, das einem Familiengespräch beim Festessen glich.

Einige Familien benutzten die Schutzräume, die ihnen von der Stadt zur Verfügung gestellt wurden. Wenn man in Israel die Straßen entlanggeht, sieht man alle paar Kilometer eine kreisrunde rote Metallscheibe im Boden, die ein Loch vom Umfang eines dicken Baumstamms bedeckt. Das Loch ist die Öffnung zu einem zylinderförmigen Gang, und dieser führt zu einem unterirdischen Bunker. Irgendwo in der Nähe der roten Metallscheibe befindet sich ein Hinweiszettel – handgeschrieben und an einen Holzstock geheftet, oder mit hellroten Buchstaben auf weiße Alufolie gedruckt –, der erkennen lässt, dass das hier tatsächlich ein *Security Hole* ist, ein Schutzkellereingang.

Seit dem Essen an jenem ersten Abend des Krieges hatte sich bei uns zu Hause kein Gespräch mehr um Politik gedreht, als ob das ein Tabuthema wäre. Nicht unbedingt deshalb, weil meine Eltern unterschiedliche politische Ansichten hatten, sondern weil es eine so heikle Zeit für Gespräche über Politik war – Politik konnte nicht mehr einfach nur Politik sein; wenn es darum ging, kamen all die anderen Meinungsverschiedenheiten meiner Eltern mit an die Oberfläche. Wie eine riesige Flutwelle war sie imstande, alles andere hinwegzufegen und nichts als Zerstörung und Ruinen zu hinterlassen. Aber dann, eines Morgens, während er auf unserer roten Picknickdecke im Bunker saß, erklärte mein Vater: »Diese Probleme müssen ein für alle Mal gelöst werden.«

»Da hast du recht, aber es hat immer den Anschein, als wäre Israel nicht einmal Teil des Problems; als wäre nichts oder vielmehr alles, was es unternimmt, unangemessen. Wenn es zurückfeuern würde, würden auch Zivilisten getötet und Israel dafür weltweit gescholten, und wenn es noch länger nicht reagiert, setzt es weiter seine eigenen Bürger großer Gefahr aus. Ich weiß, dass du das nicht gerne hörst«, die Haut auf der Stirn meiner Mutter legte sich in Falten, »aber in dieser Situation können wir nur verlieren – man fühlt sich so hilflos«.

»Das stimmt«, pflichtete mein Vater ihr bei und zog seine Schultern höher. »Das stimmt.«

Hatten meine Ohren sich seine Worte eingebildet? War der Sauerstoffmangel schuld? Wurde Papa in unserem Bunker langsam klaustrophobisch? Denn wie konnte er sonst etwas für ihn so Untypisches sagen?

»Hilflos. Nicht sinnlos.« Jetzt erkannte ich meinen Vater wieder.

»Und das alles nur für ein Stückchen Land ...« Sie schüttelte den Kopf. »Aber eigentlich geht es doch gar nicht um Land, oder? Der Konflikt nimmt einfach nur diese Form an«, sagte sie, während sie sich auf der Decke eine andere, bequemere Sitzposition suchte.

Toms Blick fiel auf mich, und in seinen Augen war dasselbe zu lesen wie in meinen: »Bitte fangt nicht schon wieder damit an. Bitte nicht. Es fühlt sich sowieso schon an, als würdet ihr auf Eierschalen laufen, oder noch passender: als wärt ihr eine tickende Zeitbombe. Also fangt bitte nicht schon wieder damit an«.

»Eigentlich geht es nur um eine einzige grundlegende Frage: Ist Krieg ein Übergangsstadium, in dem sich die Menschheit zwischen zwei Friedensperioden befindet, oder ist es umgekehrt?«, antwortete mein Vater, »aber das ist die Frage nach der Natur des Menschen, ob wir gut geboren werden oder böse. Und wenn, ob dann manche gut geboren werden und andere böse, und so weiter.«

»Das ist eine endlose Diskussion. Und so mühsam. Ich glaube, nichts ist nur schwarz oder weiß, und du glaubst, alles ist nur schwarz oder weiß, und ich bin schon so erschöpft, also lass uns hier aufhören«, bat meine Mutter.

Ich wusste, die Diskussion über die Natur des Menschen würde meine Eltern an den Beginn der Zeit zurückbringen, zur Genesis und zum Urknall; sie würde sie in eine Welt ohne Sprache führen. Ich wusste, es war eine Frage, auf die es keine Antwort gibt, und wenn es sie je gäbe, dann wäre die Welt kein lebenswerter Ort. Ich wusste: Der Bunker war nicht der richtige Ort, um darüber zu reden.

Weil wir nur zu viert in dem Raum saßen, rückten Tom und ich ins Zentrum der Aufmerksamkeit und wurden mit allen möglichen Fragen bombardiert – nichtigen, normalerweise belanglosen, aber jetzt wichtigen –, die vom letzten Klatsch in unseren Klassen bis hin zu den Dingen reichten, die wir tun wollten, wenn der Krieg zu Ende war.

Im Bunker entdeckte ich die griechische Mythologie, Tom das Universum. Ich las Bücher über die griechischen Götter und Helden, er las Bücher über unser Sonnensystem und über Raumfähren. Ich las Bücher über Pandora und ihre Büchse, die ich mir als zu schön für menschliche Augen vorstellte und in der Krankheit und Verbrechen und Neid und Hoffnung waren. Er las Bücher über die Planeten: Merkur, Venus, die Erde, Mars, Jupiter, Saturn, Uranus, Neptun. Ich las Bücher darüber, wie Medusa ihren Geliebten im Tempel der Athena küsste und dafür bestraft wurde, und ich stellte mir vor, wie leidenschaftlich sie sich küssten, wie es nur Geliebte können, mit einer Sehnsucht und einem Verlangen so groß wie der Tempel. Er lernte alles über Umlaufbahnen, schwarze Löcher, die Milchstraße und die Sterne. Ich las Bücher über Kassandra und ihren Fluch – immer vorhersehen zu können, was in der Zukunft passieren wird, hörte sich in meinen Ohren zuerst wie ein großer Segen an, bis mir klar wurde, dass sie weder die Macht hatte, die

Zukunft zu ändern, noch die Fähigkeit, die Leute von dem zu überzeugen, was sie voraussah. Tom lernte alles über Meteoriten. Teilchen so klein wie ein Sandkorn würden durch den Weltraum wandern, sagte er, und wenn sie in die Erdatmosphäre einträten, würden sie durch die Reibung erhitzt, am Himmel über Israel als Streifen auftauchen und einen glühenden Schweif hinter sich herziehen. Statt Raketen sah ich also fallende Meteoriten. In einigen Nächten sah ich sogar ganze Meteorenschauer. Schon damals war ich ihm dankbar, aber erst Jahre später, als in einer Zufallsnacht ein echter Meteorenschauer eine Nacht lang meine Welt bedeckte, dachte ich daran, mich bei ihm zu bedanken.

Im Unterschied zu den Geschichten des *Tanach* gefielen mir die Geschichten der alten Griechen. Die Geschichten des *Tanach* habe ich nie als spannende Erzählungen über Männer und Frauen, über Liebe, Hass, Krieg und Bruderschaft ansehen können, weil ich spürte, dass diese Geschichten, wenn sie direkt an mich – als Jüdin – gerichtet waren, nur einen begrenzten Zweck verfolgten: mich von der Existenz Gottes zu überzeugen, mich zum Zittern zu bringen, mich anzuhalten, Gottes Weg zu folgen. Aber in der Mythologie der Griechen konnte ich mich am Zauber der Geschichten freuen, ich konnte die Teile, die ich nicht mochte, auslassen, und konnte durch diese Erzählungen die Welt verstehen. Ich hatte Lior so viel zu sagen, wenn die Schule wieder losging.

Tiere und Pflanzen

Während immer mehr Häuser, Kindergärten, Krankenhäuser von den feindlichen Raketen getroffen wurden, fiel mir zum ersten Mal auf, wie unheimlich Straßen aussahen, die niemand entlanglief, nicht einmal streunende Hunde. Natürlich sah ich das nicht mit eigenen Augen; ich konnte nur ein Bild davon sehen, eine Darstellung, denn auch wenn ich mich in Israel befand, sah ich den Krieg nur im Fernsehen. Wir waren angewiesen worden, zu Hause zu bleiben, und also war auch ich einer der Gründe dafür, dass die Straßen so unheimlich aussahen. Und wenn wir nachts fernsahen, sahen wir grüne Bilder von explodierenden und zusammengedrückten Dingen, von Staubwolken und unbestimmbaren Gegenständen in Gestalt kleiner Punkte – ich konnte wirklich nicht viel erkennen, alles war unscharf und verschwommen.

Und Israel reagierte nicht; so passiv wie ein Punching Ball bekam es eine Rakete nach der anderen ab. Im Fernsehen wurden Intensivstationen und Wartezimmer in Krankenhäusern gezeigt, in denen verletzte und verbrannte Leute lagen und auf ihre Behandlung warteten, und traumatisierte Leute, die unentwegt zitterten. Friedhöfe, die von Raketen getroffen worden waren, mit zerschmetterten Grabsteinen, und ein Rollstuhl, der wie eine Statue zwischen Gebäuderuinen stand. Ganze Familien versuchten, in anderen Gegenden Israels, wo die Wahrscheinlichkeit, getroffen zu werden, geringer war, unterzukommen, sei es bei Verwandten, in Hotels, in *Kibbuzim*. Sie waren glücklich, in Sicherheit zu sein, wussten aber noch nichts von der Zerstörung, davon, dass es ihr Zuhause nicht mehr gab. Wir sahen Bilder; man kann immer nur Bilder sehen.

Im Radio kamen Berichte über Leute, die sich selbst Atropin spritzten und dabei starben, weil sie in ihrer Panik die Anleitung nicht richtig verstanden, oder weil sie kein Hebräisch sprachen und die Anleitung nicht lesen konnten; sie brachten sich, weil sie nicht weiterwussten, mit Spritzen um, die eigentlich helfen sollten.

Wir hörten die Sirenen von Feuerwehrautos, und ich stellte mir vor, wie sie durch die Straßen unseres Viertels rasten. Ihre Scheinwerfer erleuchteten den Wintermorgen, den Wintertag, den Winterabend und die Winternacht, wenn sie unterwegs zu Bränden waren, die sich wegen der Raketen überall ausbreiteten. Ganz selten hörten wir auch Polizeiautos, von deren Sirenen ich Gänsehaut bekam. Und ich war mir nie sicher, was unheimlicher war: das Heulen der Polizeisirenen mitten im Krieg, der Anblick von Straßen im Fernsehen ohne irgendein Auto oder die Tatsache, dass es in dieser Zeit für mich keine Vögel gab, ich hörte weder ihr Singen noch ihr Zwitschern.

An bestimmten Tagen hörten wir die Raketen sehr deutlich, ihr Lärm war lauter und häufiger geworden, so dass wir so schnell wie möglich in den Bunker rannten. Alle in meiner Familie fingen allmählich an, sich zu fürchten, aber es war nicht diese Art Furcht, die einen vollständig ergreift, sie war eher wie eine äußere Schicht, die den ganzen Körper umhüllt, aber noch nicht durchgedrungen, noch nicht eingesickert ist. Als würde man sich dem Stadium, das Furcht heißt, erst noch nähern.

Und in bestimmten Nächten lebten wir einfach weiter wie am Nachmittag. Die Sirenen gingen los, während wir schliefen, und wir wurden wach und mussten in den Bunker rennen, denn es gab nur eine Vorwarnzeit von ungefähr sechzig Sekunden, bis die Bomben fielen. Das Rein- und Rausrennen in und aus dem Bunker fühlte sich an, als würden wir in unser Haus hinein- oder aus unserem Haus hinausrennen. Es gab diesen kleinen Schutzraum mitten in unserem Haus, vier Wände mitten in unseren vier Wänden, die unser zweites Zuhause waren, das sicherere Zuhause, das schützende Zuhause.

Zwei Wochen nach Beginn des Krieges wurde ich von der bisher lautesten Sirene überhaupt wach; sie war viel bedrohlicher als alles, was ich je zuvor gehört hatte. Sie schlug in meine Trommelfelle ein, und ich rannte – mit einer inzwischen mechanischen, roboterähnlichen Reaktion – in den Bunker. Zwischen Schlaf und Wachzustand gab es keinen Übergang, und noch bevor ich realisierte, dass ich im Schlafanzug den Bunker erreicht hatte, in dem meine Mutter mit offenen Armen dastand und in den mein Vater Tom und mich hineinscheuchte, fühlte es sich anders an als alle anderen Male. Ein Teil von mir hatte Angst, so große Angst, als würde diese Schicht Furcht um mich herum plötzlich Stacheln bekommen, die gegen mich gerichtet waren und die langsam und schmerzhaft in mich eindrangen. Als wir alle im Bunker waren, verschloss mein Vater die Türen, und wir setzten uns nicht einmal hin, sondern warteten einfach, und mit jeder Sekunde, die verging, wurde meine Angst größer, und das Einzige, was ich tun konnte, war, mir zu sagen, dass alles gut werden würde. Aber ich glaubte mir selbst nicht wirklich, also musste ich etwas *tun*, was garantieren konnte, dass alles gut werden würde, und irgendwie fing meine rechte Hand an, gegen meinen Oberschenkel zu klopfen, und während ich das tat, wusste ich, dass alles gut werden würde, wenn ich es schaffte, zu klopfen und genau bis zweihundert zu zählen, bevor die Raketen fielen, und darum klopfte ich und klopfte und zählte und zählte und klopfte schneller, ohne schneller zu zählen, denn ich durfte mich nicht verzählen, und ich klopfte und klopfte, und es war, als kontrollierte ich die Zeit, denn erst als ich mit dem Klopfen fertig war, gab es eine laute Explosion. Auch wenn die Wände des Bunkers noch standen, den Großteil der Erschütterung abfingen und ihn daran hinderten, unsere Körper zu erreichen, wussten wir alle, dass der Knall zu laut war, um von weit her zu kommen, viel zu laut. Nach dieser Explosion wurde alles still – mein Vater sagte wieder und wieder, dass nichts Schlimmes passiert sei und passieren würde, dass alles gut ist und dass wir uns keine Sorgen zu machen brauchten –, und ich war mir nicht sicher, ob es diese Art von Stillsein war, die nach dem Sturm kommt, oder etwa vor ihm, aber es war in jedem Fall sehr still.

Vielleicht hatte uns nicht *nur* mein Klopfen gerettet, dachte ich mir, aber es hatte ganz sicher einen Unterschied gemacht. Und darum war es nicht schwer, meinem Vater zu glauben, denn ich *wusste*, dass nichts Schlimmes passieren würde.

Tom und ich setzten uns hin, und wir fingen an, »Krieg« zu spielen, weil das inzwischen im Bunker für uns zur Routine geworden war. Nach ein paar Minuten hörten wir, wie Mama wütend fragte: »Kapiert jetzt endlich jeder hier, dass dieser Krieg aufhören muss?«

»Niemanden interessiert ein winziges Land mit nur sechs Millionen Einwohnern irgendwo im Nahen Osten«, verkündete mein Vater, während er meine Mutter ansah, die wiederum Tom und mich ansah. »Aber alle haben Angst vor dem Atomkrieg. Und sobald biologische oder chemische Waffen ins Spiel kommen, wird das weltweite Auswirkungen haben, und dann gibt's kein Zurück mehr.«

»Was?«, fragte Tom.

»Nichts. Nichts. Ich rede nur so vor mich hin«, sagte mein Vater.

»Tom, höre deinem Vater ausnahmsweise mal nicht zu«, ergänzte meine Mutter schnell.

»Schön«, sagte Tom und konzentrierte sich auf seinen Kartenstapel.

»Aber«, meine Mutter sprach sehr langsam, um Toms ganze Aufmerksamkeit zu bekommen, »mir sollst du zuhören.«

»Okay ...«, sagte er.

»Du musst wissen, das Problem fängt damit an, dass man sich vom anderen trennt.« Mit ihrer zarten Hand deutete sie zwei getrennte Gruppen an, »wenn man sich das erlaubt – diese Trennung zu vollziehen –, dann verbietet man sich selbst, echte menschliche Gefühle zu haben ... Wir sind eigentlich nur wie Mäuse, die größeres Mitgefühl für andere Mäuse entwickeln, wenn ihnen wehgetan wird.«

»Rede doch jetzt nicht über Mäuse«, sagte mein Vater gereizt.

Ich war dran, aber bevor ich meine Karte spielte, fragte ich Mama, »wer tut den Mäusen weh?«

»*Nu, yalla*, Fela, du bist dran«, drängte mich Tom.

»Leute benutzen Mäuse für Tierversuche, Fela. Bevor man Impfstoffe bei Menschen einsetzt, werden sie an Mäusen getestet, um festzustellen, ob sie wirken – ob sie richtig wirken und nicht schädlich sind.«

Ich spielte meine Karte.

»Von solchen Tierversuchen weiß man, dass eine Maus Mitgefühl zeigt, wenn sie sieht, wie einer anderen Maus Schmerzen zugefügt werden; wenn sie aber einen Hund sieht, dem wehgetan wird, tut sie das nicht. So ähnlich ist das auch mit dem Verhalten der Menschen, Fela. Wenn wir vergessen, dass wir alle Menschen sind, fügen die Leute einander schlimme Dinge zu.« Die Art, wie sie sprach, ähnelte der vieler Lehrer, die ich gehabt hatte.

»Das gilt für die persönliche Ebene zwischen zwei Leuten genauso wie für eine kollektive zwischen zwei Ländern«, fügte Papa hinzu.

Tom spielte seine Karte. Er schien zu gewinnen.

»Das Getrenntsein macht es möglich, dass Leute keinen Schmerz empfinden, wenn sie sehen, wie ›dem Anderen‹ wehgetan wird«, fuhr Mama fort.

»Wenn wir schon von Schmerzen reden«, mein Vater richtete seinen Blick auf meine Mutter, »du hast meine Pflanze umgebracht.«

»Wie bitte?«

Wo ist Zipper, fragte ich mich. Ich schaute mich um, sah ihn aber nicht, wo ist er, fragte ich mich – und dann spielte ich meine Karte.

»Meine Pflanze. Du hast sie umgebracht«, sagte Papa ruhig, als wäre das nur ein Kommentar am Rande.

»Welche Pflanze? Wie soll ich sie umgebracht haben – und warum?«

Ich zog mich in mich zurück. Im Regal stehen ganz viele Wasserflaschen, das ist beruhigend. Zu essen gibt es auch genug. Alles ist in Ordnung.

Tom spielte seine Karte.

»Die Bougainvillea. Unsere Bougainvillea. Du wusstest, dass ich sie so mochte, und du hast sie extra mit irgendetwas besprüht«, sagte er mit fester Stimme.

Ich spielte meine Karte. Konnten wir Zipper draußen vergessen haben, als wir in den Bunker stürmten?

»Ich habe sie vor ein paar Wochen mit einem Insektenspray besprüht, weil immer mehr Spinnennetze darin waren«, verteidigte sich meine Mutter.

Ich konnte mir vorstellen, dass jetzt mein Vater oder meine Mutter aufstehen und gehen würde, wenn wir nicht in einem Bunker festsäßen; ich konnte mir vorstellen, dass ich aufstehen und gehen würde, wenn ich nicht in einem Bunker festsäße.

Tom spielte seine Karte, und plötzlich merkte ich, dass ich dieses eine Spiel möglicherweise gewinnen konnte.

»Sie hängt draußen. Nicht im Haus. Warum stören dich die Spinnen da?«

»Weil sie direkt neben der Eingangstür hängt«, rief meine Mutter.

Tom spielte seine Karte – ich legte meinen Stapel kurz ab, um mir meine Haare neu zu flechten, und fragte mich, wie lange unsere Nachbarin noch ohne Guaven auskommen musste. Diese Runde gewinne ich, dachte ich, ich wette, Tom lässt mich gewinnen – und spielte meine Karte.

»Du wusstest, wie sehr ich daran hing.«

Tom spielte seine Karte, dann rief er eilig, »du hast gewonnen, Fela«, und ich dachte, wo ist Zipper?

Wir hörten zu, wie der Radiosprecher über Städte und Dörfer Israels sprach und erklärte, welche Gebiete kurz zuvor angegriffen worden waren. Statt der Orte, die er erwähnte, sah ich Freunde und Bekannte unserer Familie vor mir, die in diesen Gebieten lebten, und ich fragte mich, wie es ihnen erging und wie sie ihre Tage im Bunker verbrachten. So erfuhren wir auch, dass eine Scud-Rakete in unser Dorf eingeschlagen war, in ein Haus nur ein paar Straßen weiter. Dieses war bei dem Volltreffer ganz zerstört worden, und bei den benachbarten Häusern waren die Dächer eingebrochen und alle Scheiben geborsten. Kaum hatten wir das gehört, verkündete meine Mutter, »das reicht jetzt. Wir fliegen nach Berlin. Morgen. Zu Oma und Opa.«

So sehr meine Mutter auch Tom zu überzeugen versuchte – wir alle wussten, dass er ein Dickkopf war, aber keiner von uns wusste wohl, wie sehr –, er wollte nicht mitkommen, sein Entschluss stand fest. Ich blickte meiner Mutter ins Gesicht und spürte, wie mich die Augen meines Vaters musterten. »Aber ich habe nicht einmal Angst«, war alles, was ich sagte.

Mein Vater blieb aus ideologischen Gründen in Israel, weil er fand, dass es das Richtige sei, patriotisch zu handeln; mein Bruder blieb, weil er sich zu Hause fühlte, und zu Hause fühlte er sich sicher; meine Mutter ging, weil sie keinen Grund zum Bleiben fand. Das Verlangen meiner Mutter, abzureisen, teilte ich nicht, denn ich wollte so fühlen wie Tom und mein Vater. Aber da mein Vater Tom hatte, der mit ihm blieb, war mir klar, es wäre nur gerecht, wenn ich meine Mutter begleiten würde. Also tat ich, was man mir sagte.

Nachdem die Rakete in das Haus in unserem Dorf eingeschlagen war, fiel der Strom aus. Und sobald wir aus dem Bunker kamen, machten wir uns auf die Suche nach Zipper. Als die Nacht kam, legte sich dieselbe Dunkelheit um uns wie bei den Stromausfällen, aber dieses Mal fühlte sie sich anders an. Und dennoch, es war die Art von Dunkelheit, die mich Lior zu lieben gelehrt hatte, und in ihr, umgeben von ihr, riefen Tom und ich nach Zipper und riefen und riefen, aber er kam nicht zu uns zurückgerannt. Nicht in dieser Nacht. Nicht am nächsten Morgen. Nie mehr.

Am kommenden Tag verließen meine Mutter und ich Israel und flogen nach Deutschland. Der Krieg dauerte nur ungefähr fünf Wochen, aber nichts an ihm fühlte sich kurz an. Als es in Israel wieder sicher war, kehrten meine Mutter und ich zurück. Nachdem wir vom Ben-Gurion-Flughafen zurückgefahren waren und in der Garage unseres Hauses geparkt hatten, sah ich, wie meine Mutter und mein Vater aufeinander zugingen und sich küssten. Ich blieb auf dem Rücksitz sitzen und sah, wie sie sich mit offenen Mündern küssten, und fing an, leise zu kichern, während ich meine Augen ein kleines bisschen mit den Handflächen bedeckte, weil ich spürte, dass ich das nicht sehen sollte. Es ist meine erste klare Erinnerung daran, dass ich sie sich auf diese Art küssen sah; es ist meine erste echte Erinnerung an eine solche Form der Nähe zwischen meiner Mutter und meinem Vater, zwischen einer Frau und einem Mann.

Nach dem Krieg dauerte es noch mehr als vier Jahre, bis sich meine Eltern trennten, bis sie sich darüber klar waren, dass sie sich nie mehr versöhnen konnten, dass sie einander nie mehr mit denselben Augen würden ansehen können wie an ihrem Hochzeitstag. Es dauerte mehr als vier Jahre, bis sie sich darüber klar wurden, dass alle Reste ihrer Liebe vollständig verbraucht waren.

Baden und Jungen küssen

Am Abend, zurück in dem polnischen Hotel, warte ich, bis die Badewanne halb vollgelaufen ist, bevor ich anfange, mich auszuziehen. Langsam entledige ich mich einer Schicht nach der anderen; mein roter Pulli, meine Jeans, meine Unterwäsche; ich pelle die Stoffe von mir, bis nur noch meine Haut übrigbleibt. Nackt stehe ich frontal zur Badewanne, ich strecke meinen rechten Fuß aus und bringe ihn näher an das dampfende Wasser heran, um die Temperatur zu prüfen, es ist heiß, ich bewege meinen Fuß zurück. Ich weiß, das Wasser ist zu heiß für meinen Körper, ich weiß, es wird stechen und brennen, und wenn ich hineinsteige, muss ich mich fest zusammenrollen, um meinen Körper zu schützen. Ich weiß, ich steige trotzdem hinein.

Zuerst mein rechter Fuß, nur die Zehen tun weh, dann der ganze Fuß; dann meine beiden Beine, sie tun weh; die Rückseite meiner Oberschenkel, meine Oberschenkel, sie tun weh, mein Hintern, Bauch, mein Rücken, sie tun weh, meine Brust, mein Nacken, meine Arme, alles an mir tut weh. Bis auf mein Gesicht, es bleibt unbedeckt, unberührt vom Wasser.

Ich rolle mich zusammen; die Knie an die Brust, die Arme um die Knie geschlungen, und als ich nach unten schaue, sehe ich nur meine Arme, die mit Sonnenflecken bedeckt sind, manche rund, andere sternförmig, wieder andere abstrakt, alle sind sie die Folge von zu viel Sonne. Dann tauche ich ganz unter Wasser. Nichts tut mehr weh; der Schmerz hat sich in die Art Schmerz verwandelt, der nicht wirklich Schmerz ist, weil man mehr davon will. Und in ein paar Sekunden wird sich alles sehr angenehm anfühlen.

Das heiße Wasser wird warm, das warme Wasser wird warmherzig.

Als ich ganz unter Wasser bin, verschwimmt die Decke, ich schließe die Augen, und nachdem jede Haarsträhne voller Wasser ist, setze ich mich wieder auf. Ich denke an den Fremden, mit dem ich geschlafen habe, ich kann kaum glauben, dass das wirklich passiert ist, und noch weniger, dass es erst vorgestern Nacht war. Eine Realität, die so weit weg scheint, nicht nur, weil sie auf der anderen Seite des Ozeans passiert ist, sondern weil es mir so vorkommt, als wäre sie von jemand anderem als mir herbeigeführt worden.

»Kannst du mir noch mehr Nettes sagen«, könnte ich ihn fragen, wenn ich ihn je wiedersehen würde.

»Ganz viel. Und wohl noch viel mehr«, würde er scherzhaft sagen.

»Sag mir noch was«, würde ich bitten.

»Wie nett soll es denn sein?«

»Sehr nett«, würde ich ehrlich sagen.

»Schon wieder *sehr* nett?«, würde er sagen.

»Schon wieder *sehr* nett.«

»Die Augenmuskeln sind die aktivsten Muskeln im ganzen Körper.«

»Nett? Ich weiß nicht ...«

»Sicher ist das nett, sehr nett.«

»Soll das heißen, das Sehen ist das Wichtigste?«

»Es bedeutet, das Sehen ist die komplizierteste Handlung überhaupt.«

Der Fremde, der erste Mann, der mich von allen Seiten nackt gesehen hat. Er hat neben meinem Körper geschlafen, er hat meinen Bauch fest umarmt und mit seinen Fingerspitzen die Kurven meiner Taille nachgezeichnet. Der Fremde, dessen nackten Körper ich umarmt habe, der mich umarmt hat, wie ich nie zuvor umarmt worden bin, als wären wir außer Zeit und Raum und weit entfernt von allem und mit allem verbunden. Er hat in meinen Armen geschwitzt, und ich habe ihn noch fester gehalten; er hat zwischen meinen Schenkeln geschwitzt, und es war nicht die Art von Schweiß, die an einem kleben bleibt, sondern die Art, die aus einem tropft, die Art, die sich zu kleinen glitzernden Tropfen formt, bevor sie sanft und mit der perfektesten Bewegung überhaupt vom Körper gleiten. Wir schwitzten männlich, weiblich, geschlechtslos, einen alten und einen neuen und einen süßlichen Schweiß. Unsere Nacht läuft wie ein Film vor mir ab, teilweise in Zeitlupe, zeitweise wie ein Stummfilm, ganz und gar nicht schwarz-weiß, und ich schäme mich vor mir selbst, dass ich hier in Polen an so intime Dinge denke. Bevor wir einschliefen und mein Körper dabei halb auf seinem lag, die andere Hälfte auf meinem weißen Bettlaken, meinte er zu mir, ich sei so zärtlich. »Du bist so zärtlich«, sagte er – kein Wort mehr, kein Wort weniger –, während ich mit seinem Ohrläppchen spielte und jedes winzige, feine Haar darauf betrachtete und den Klang seiner Worte zu schön fand, um sie in Frage zu stellen – ihn stellte ich in Frage, ich wollte ihm glauben, ich stellte ihn in Frage, ich wollte ihm wirklich glauben, ich stellte ihn in Frage, vielleicht glaubte ich ihm. Ich bin jetzt im Land der Toten – lass mich in Ruhe, lass mich in Ruhe, *bitte* lass mich in Ruhe –, aber der Fremde ist in meinem Kopf, und mit ihm ein kleines Grinsen, ein beharrliches, schuldbewusstes, obszönes, ungewolltes, gewolltes kleines Grinsen.

Ich tauche nochmals unter, bringe dabei das Wasser in Bewegung, und es schwappt die Wände der Badewanne hoch, und ich versuche energisch, den Fremden aus meinem Bewusstsein zu verbannen. Bilder von unserer gemeinsamen Nacht werden durch ein Bild von mir mit sieben Jahren ersetzt, als ich einen Kopfsprung in einen Pool machte und genauso durchweicht war wie jetzt. Als ich im Wasser landete, war ich völlig orientierungslos – ich wusste weder wo rechts noch wo links war, nicht einmal oben und unten existierte in diesen ersten Momenten unter Wasser. Es war ein seltsames und angenehmes Gefühl, das ich nur hatte, wenn ich als Kind ins Wasser tauchte, das ich aber in späteren Jahren wieder zu empfinden versuchte, in Meeren, Schwimmbecken und Badewannen, obwohl es mir nie gelang. Nachdem ich meine Orientierung wiedergefunden hatte, fing ich an, im tiefen Wasser auf und ab zu hüpfen, auf und ab, ich zählte jeden Hüpfer, auf und ab, 34, 35, auf, ab, 67, 68. Je höher die Zahl wurde, desto leerer wurde mein Kopf, alles in ihm wurde allmählich gelöscht, und vor meinen Augen sah ich nicht länger die Ereignisse des Tages – meine Schule, meine Klassenkameraden, mich selbst –, sondern nur noch das Wasser: die Blasen, und wie sie sich bewegten, wie tanzende hohle Murmeln, die sich zur Wasseroberfläche schlängelten. Und ich konzentrierte mich auf mein Atmen, holte tief Luft, hielt sie an, wenn ich unter Wasser tauchte, bis ich wieder auf meinem Weg nach oben war und die Luft durch meine Nase hinausblies, und sie kam als eine Reihe von Blasen heraus, die sich hinter meine Ohren schlichen und wie ein langes, ruhiges Brummen klangen. Nach einer Weile wurde ich durstig, und ich fand es seltsam, dass ich unter Wasser durstig werden konnte.

Unter Wasser schaute ich mit geöffneten Augen auf das, was den Pool umgab – Bäume, Leute, den Himmel –, aber die Wasseroberfläche ließ alles verschwimmen, was über ihr lag, und darum war nichts außerhalb des Pools klar erkennbar, und alles war einfach nur Teil einer riesigen Farbpalette. Ich hüpfte auf und ab und auf und ab und auf und ab, bis mir schwindelig wurde. Dann hörte ich auf. Bis zum nächsten Mal, wenn ich in den Pool sprang.

Was eines Tages als Freizeitaktivität begonnen hatte, wurde schnell zur Routine: In den Jahren zwischen der zweiten und achten Klasse traf sich eine Gruppe von Mädchen aus meiner Klasse jeden Freitagnachmittag im öffentlichen Schwimmbad in unserer Wohngegend. Und irgendwann erzählte ich ihnen von meinem Hüpfspiel, und wie viel Spaß es machte, und dass sie es auch ausprobieren sollten, und das taten sie auch, aber nach zehn Sprüngen hörten die ersten schon wieder auf, eine nach der anderen, bis ich nur noch ganz allein im Becken auf und ab hüpfte. Alle fanden es langweilig – was ich nicht verstehen konnte: Es gab das Wasser, einen selbst und eine riesige Welt, die größte aller Welten, die im eigenen Kopf entsteht, während man unter Wasser ist, und diese Welt wächst und wird größer, je besser man in diesem Spiel wird.

Nach dem Schwimmen saßen wir immer stundenlang in unseren Badeanzügen auf der Wiese – die Grashalme kitzelten an unseren Zehen – und freuten uns auf das Wochenende, den *Shabbat*, unseren einzigen schulfreien Tag. Und jede Woche war eine andere Mutter für unser Picknick zuständig. Normalerweise brachten sie uns eine Tüte voll *Pita*-Brot mit einem Glas *Hummus* und einem mit *Tahini*, bedeckt mit Pinienkernen oder geröstetem Knoblauch, und eine Schachtel mit gelbem Käse und eingelegte gesalzene Gurken und Oliven dazu. Manchmal machte uns eine Mutter einen Salat: kleingeschnittene Gurken, Tomaten und rote Zwiebeln mit einer Soße aus Olivenöl, Zitronensaft und schwarzem Pfeffer. Wir saßen also auf der Wiese, und jede von uns stellte sich ihr eigenes Sandwich zusammen, indem sie das *Pita*-Brot mit irgendeiner Kombination der verschiedenen Zutaten füllte, auf die sie Lust hatte. Zum Picknick gehörten auch blaue und rosa Kugeln, eigentlich Karamellbonbons, die aber überhaupt nicht nach Karamell schmeckten, sondern eher nach purem Zucker. Wir quatschten und kicherten und machten Witze über unsere Lehrer, schwatzten über Dinge, die unsere älteren Geschwister uns erzählt hatten, und andere beschwerten sich, wie verwöhnt ihre kleinen Geschwister waren. Wir rannten herum und spielten Fangen und dachten uns Choreographien für gemeinsame Tänze auf dem Rasen aus, spielten mit den Haaren der anderen, und jede von uns wünschte sich, die Haare ihrer besten Freundin zu haben; die, die wunderschöne lustige Locken hatten, wollten langsträhnige glatte Haare haben, und umgekehrt.

Nachdem diese Freitagnachmittage bereits fünf Jahre lang stattgefunden hatten, gab es das erste Geständnis: Ich habe einen Jungen geküsst. Aber nicht weitersagen! Jede von euch muss das bei Gott schwören! Also schworen wir alle bei Gott, nichts weiterzuerzählen, und es machte uns überhaupt nichts aus, bei Gott zu schwören, denn keine von uns war religiös. Jede Woche offenbarte ein anderes Mädchen, sie habe einen Jungen geküsst, und jede ließ uns andere immer schwören, keiner Menschenseele davon zu erzählen. Wie die übrigen Mädchen schwor ich in diesem Jahr viel bei Gott, aber im Unterschied zu ihnen hatte ich noch keinen Jungen geküsst.

Ungefähr um diese Zeit fiel es mir immer schwerer, mit meinen Freundinnen Zeit zu verbringen. Obwohl ich mich schon immer anders als sie gefühlt hatte, wurde dieses Gefühl jetzt zum ersten Mal unangenehm. Ich wollte auch so Haare haben wie sie, Haare, die so lagen und so auf ihre Schultern herab fielen; ich wollte ihre Körperhaltung haben und ihre Art und Weise, sich zu bewegen, als würde das etwas Besondere bedeuten; ich wollte solche Bäuche haben wie sie – vom Brustbein bis zum Becken, ihre kleinen Brüste und so schlanke Oberschenkel wie sie. Ich wollte so laute Stimmen haben wie sie, die nicht viel fragten, ich wollte ihre Namen und die Art und Weise, wie sie einander riefen; ich wollte so sorglos sein wie sie, aber am allermeisten wollte ich ihr Selbstbewusstsein haben – zur Not auch nur Bruchstücke davon.

Als meine Freundinnen ihre Badeanzüge gegen Bikinis eintauschten, fing ich an, mit langen T-Shirts über meinem Badeanzug zu schwimmen, und hüllte meinen Körper in ein großes Handtuch, sobald ich aus dem Wasser kam, damit kein Teil meines pummeligen Körpers zu sehen war. Nach einer Weile machte mich auch das nicht mehr sicher. Und es nützte nichts, dass meine Freundinnen fragten, warum ich das tat, und es nützte nichts, dass sie mir, als sie es herausbekommen hatten, sagten, ich übertriebe und ich wöge allerhöchstens fünf Kilo zu viel, und es nützte nichts, dass sie versuchten, mich daran zu hindern, mich einzuwickeln – ich hörte einfach mit dem Schwimmen auf. Außer wenn ich alleine war.

Jahre später, als ich zum ersten Mal einen Jungen küsste, zitterte ich in seinen Armen. Ich zitterte so sehr, und je fester er mich hielt, umso mehr drohte ich aus seinen Armen zu fallen. Er hielt mich fest, und ich zitterte gegen die Wände seines Körpers, und erst als mich die Wärme seiner Zunge erreichte, hörte ich endlich auf zu zittern.

Ich werde unruhig, bin überrascht, dass ich im Wasser unruhig werde, dem einzigen Ort, an dem ich stundenlang sein könnte. Unter Wasser habe ich mich immer wohl gefühlt; ich mag das Gefühl des Wassers auf meiner Haut, das Gewicht meines Körpers in ihm. Obwohl ich meine Tage habe, strömt das Blut nicht wie sonst aus meinem Körper, als würde die Tatsache, dass mein Körper ganz in Wasser getaucht ist, meine Menstruation weniger aktiv sein lassen, oder vielleicht ist das auch gar nicht der Grund, aber trotzdem, was auch immer der Grund sein mag, es ist so, dass ich unter Wasser nicht so viel blute wie sonst. Ich wasche mich, fühle mich aber nicht sauberer, vielleicht sogar schmutziger; ich steige aus der Badewanne und trockne mich ab, dann gehe ich zum Bett und krieche hinein.

Ich sehe mir quer durch das Zimmer hindurch beim Im-Bett-Liegen zu – ich sehe mich in einem großen holzgerahmten Spiegel. Die dunkle Farbe der Bettdecke unterstreicht meine blasse Haut, meine dunklen Augenbrauen. Hier, auf diesem polnischen Boden, fühle ich mich schwach, kraftlos: Mein Rücken fühlt sich wie Gummi an, meine Haut ist transparent. Jeder Teil meines Körpers tut weh, weil er sein Rückgrat verloren zu haben scheint – nicht im übertragenen Sinne, sondern buchstäblich –, es fühlt sich an, als würde nichts mein Rückenmark schützen, als würde mich nichts daran hindern, physisch auseinander zu fallen. Statt eines Rückgrats habe ich Erinnerungen, denke ich, kein wirklich guter Ersatz. Willkürliche Momente, kein Rückgrat, willkürliche Ereignisse, kein Rückgrat, willkürliche Gespräche, die mir in den Sinn kommen, aber kein Rückgrat. Mit immer größerer Geschwindigkeit nehme ich wahr, sehe ich, fühle ich; ich nehme Deutschland wahr und Israel, und ich sehe meine Eltern und ich sehe meine Familie, und ich fühle mich als eine andere, und Polen wirkt auf mich wie ein Katalysator, auch wenn meine Reaktion nicht chemisch ist.

Dann kommt mir der Fremde wieder in den Sinn, nur für einen kurzen Moment, aber sein kantiger Kiefer und seine Locken werden schnell von der Dunkelheit verschlungen, als ich in tiefen Schlaf falle.

Ein Speicher und ein Keller

Mein zweiter Morgen in Polen. Ich wache auf, putze mir zwei Minuten lang die Zähne, wasche mir das Gesicht, nehme mein gelbes Wollkleid aus dem Koffer, schlüpfe hinein, tusche mir die Wimpern und ziehe meine Stiefel an. Ich flechte mir einen lockeren Zopf und gehe dann frühstücken.

Zufällig kommen Opa und ich gleichzeitig unten an und treffen uns am Eingang zum Frühstücksraum. »*Giten Morgen*, Fela. *Giten Morgen*«, sagt er, sobald er mich sieht.

»Guten Morgen, Opa«, sage ich, noch nicht richtig wach.

Ein Kellner führt uns zum Tisch, wir setzen uns einander gegenüber – zwei Sonnenblumen in einer schmalen, schwarzen Vase trennen Moshas Bereich von meinem.

Aus dem Nichts, und bevor wir noch über unser Tagesprogramm gesprochen haben, fängt Opa mit seiner Geschichte an: Einmal, 1944, in einem Lager, ging er zu Dr. Hirsh, weil er nicht mehr arbeiten konnte – »Ich hatte das *Gefiehl*, mein Körper zerbricht, dass in mir keine Kraft mehr ist« –, aber der Doktor weigerte sich, ihn auf der Krankenstation des Lagers aufzunehmen und schickte ihn direkt zurück zum Arbeiten. Am nächsten Tag versuchte mein Großvater erneut sein Glück bei Dr. Hirsh – »Ich kann nicht mehr arbeiten, mein Körper zerbricht, und ich habe keine Kraft mehr in mir – das habe ich ihm gesagt,« – Dr. Hirsh kniff ihm in die Brustwarzen, drehte sie zwischen seinen Zeigefingern und Daumen, als wären es Radioknöpfe, und schickte ihn dann weg. Am nächsten Tag wurden alle Häftlinge, die in der Krankenstation lagen, nach Auschwitz geschickt. »Auf diese Weise hat Dr. Hirsh mein Leben gerettet.«

»Opa, das ist *unglaublich*«, sage ich und bin jetzt ganz wach.

»Das ist nicht unglaublich«, behauptet er.

Wenn ich mit ihm bin, sage ich wohl nie das Richtige. »Ich meine nicht unglaublich im Sinne von unglaubwürdig, ich meine nicht zu fassen, außergewöhnlich, erstaunlich.«

»Ach so«, sagt Mosha.

»Und natürlich ist das glaubwürdig«, sage ich.

»Also ist es unglaublich.«

»Ach so«, sage ich.

»Und auch alles andere, was in diesen Jahren passierte.«

Unser Kaffee kommt; seiner ist nicht heiß genug, meiner ist zu bitter, trotzdem trinken wir ihn, als wäre er genau das, was wir bräuchten.

Der Fahrer von gestern begrüßt uns am Hotelparkplatz. Die Luft ist kalt, nicht frisch, der Himmel hell, aber nicht klar. Mein Großvater und er nicken sich zu und wechseln dann ein paar Sätze auf Polnisch, bevor wir in seinen Renault einsteigen. Das Auto ist alt, mittelgroß und in ziemlich gutem Zustand – keine größeren Beulen oder Kratzer, die Ledersitze sind bequem, und mir gefällt das Altmodische an ihm, dass man die Fenster von Hand herunterkurbeln muss, wenn man frische Luft will. Ich will keine.

Wir fahren los, über die Straßen, wo Menschen gezwungen wurden, sich aufzustellen, um ermordet zu werden. Mütter, die fest die Hände ihrer Töchter drückten, Streithähne, die sich weigerten, einander die Hand zu geben, und es doch tun mussten, weil sie zusammengepfercht wurden, Geschäftspartner, die sich früher vor Freude über ein abgeschlossenes Geschäft die Hände geschüttelt hatten. Und ich frage mich, wie diese Menschen klangen. Als Gruppe, an einer Stelle versammelt – klangen ihre Stimmen wie das Kreischen von Vögeln? Oder eher wie Alarmschreie? Oder wie die Gebetsmelodien in Synagogen? Herrschte Schweigen, außer wenn ein Baby vor Hunger schrie? Machten sie überhaupt Geräusche?

»Wohin fahren wir, Opa?«

»In ein Konzentrationslager.«

»Aber nicht das, in dem du warst?«

»Nein.«

Wir fahren an einer Plattenbausiedlung nach der anderen vorbei. Wo sie aufhören, beginnen die Felder, und das sind die Felder, auf denen man *sie* verstreute: Jetzt ist ihre Asche tief im Boden vergraben, mit wuchernden Wurzeln, aus denen nichts wächst, die nur immer tiefer und tiefer in den Boden eindringen – »aber wo ein Großteil meiner Familie war«, fügt Mosha hinzu –, und ich habe keine Ahnung, was mich erwartet, und ich stelle mir dieses Konzentrationslager vor, wie viele Gebäude es hat, und ob bei der Bombardierung am Kriegsende einige von ihnen unbeschädigt geblieben sind; ich versuche mir vorzustellen, wie es riechen wird und welches Gefühl ich haben werde, wenn ich dort stehe, wo Menschen abgeschlachtet und abgeschlachtet und abgeschlachtet wurden; meine Familie abgeschlachtet und abgeschlachtet und abgeschlachtet wurde.

Seitdem ich denken kann – in einem Körper von der Größe, in der man schon ein Gedächtnis hat, der aber noch nicht lesen und schreiben kann –, sehe ich am Holocaust-Gedenktag fern und schaue Dokumentarfilme. Manchmal, wenn meine Mutter das bemerkte, stellte sie den Fernseher ab und tat so, als wäre sie böse, was ich ihr nie glaubte. Bei anderen Gelegenheiten schlich ich mich ins Schlafzimmer meiner Eltern, wo mein Vater war, und sah zusammen mit ihm fern – auf dem Bauch, unter einer Decke, unter der nur mein Gesicht am Fußende ihres Bettes hervorsah –, bis meine Mutter uns erwischte und sie beide anfingen, zu streiten, ob man mir an diesem Tag das Fernsehen erlauben sollte.

Statt der Landschaften draußen, statt der polnischen Landschaft, die draußen vorbeizieht, laufen vor meinen Augen innere Landschaften ab wie von einer Filmspule, die Teil meines Gehirns ist, meines Gedächtnisses, meiner Bibliothek, meiner Erinnerung.

Schon früh erfuhr ich von Ärzten, die Frauen kauften, um an ihnen Experimente durchzuführen, deren Wert in Reichsmark berechnet wurde. Reichsmark für einen lebendigen Körper. Sie kauften Frauen, um sie zu sezieren; um deren Fleisch zu zerschneiden; sie kauften Bäuche, um sie zu öffnen, Brüste, um sie zu amputieren, und Gebärmütter, um sie herauszureißen. Sie spritzten chemische Substanzen in Gebärmütter, um sie unfruchtbar zu machen. Sie schnitten in schwangere Bäuche und rissen die Föten heraus. Für ein paar Reichsmark konnten Ärzte messen, wie lange ein Neugeborenes ohne Nahrung überleben konnte, wie viele Sekunden, Minuten oder Stunden ein Neugeborenes die Kraft zum Schreien hatte; sie fesselten die Mütter und zwangen sie, dem Schreien ihrer Säuglinge zuzuhören, bis ihre Babies nicht mehr schrien.

Diese Ärzte spritzten auch Chloroform in Herzen. Und plötzlich spüre ich den genauen Ort meines Herzens und dessen Grenzen in meinem eigenen Körper. Mein Herz wird immer schwerer: Nahe an meinen Brüsten liegt etwas, das sich genau jetzt zu schwer anfühlt, als dass ich es tragen könnte.

Mosha und ich sind angekommen. Wir sind im Todeslager, in dem die Nazis das Töten perfektionierten. Die Zeit wurde hier durch die Anzahl von Körpern gemessen und nicht mit einer Uhr. Einer, zwei, drei, sechzig. Fünftausend, zehntausend, zwanzigtausend – eine lange Zeit; einhunderttausend, zweihunderttausend – eine sehr lange Zeit; dreihunderttausend – eine endlos lange Zeit; vierhunderttausend – die Zeit reicht nicht; fünfhunderttausend – die Zeit gibt es überhaupt nicht – eine Million, zwei Millionen, drei Millionen ... sechs Millionen ...

Einige Gebäude gibt es hier, ein paar Rechtecke aus Beton, mehrere Baracken. Und es gibt Bahngleise. Gleise, auf denen Menschen angeliefert wurden – und immer mehr Menschen und immer mehr Menschen. Es gibt Betten, die keine Betten waren, sondern nur flache Holzbretter; es gibt Toiletten, die keine Toiletten waren, sondern nur Betonreihen mit Löchern; es gibt Duschen, die keine Duschen waren, weil aus ihnen nie Wasser kam, sondern nur Zyklon B.

Opa und ich stehen in einer. Kurz bevor die Häftlinge in diese Gaskammern gebracht wurden, rasierte man ihnen die Haare ab. Diese wurden dann zu speziellen Einsatzringen für Dichtungen verarbeitet oder von der Textilindustrie weiterverwertet, damit ja nichts verschwendet wurde. Drang das Gas tiefer in ihre Schädel ein, wenn sie kahlgeschoren waren? Und kurz bevor sie hier hereingebracht wurden, umarmten sie noch ihre Liebsten, und hier versuchten sie, als das Gas kam, einer über den anderen zu klettern, um die letzten Tropfen frischer Luft zu ergattern, die weit oben war, die immer weiter nach oben stieg in dieser Erstickungskammer ... Jeder Fingernagelkratzer in den Wänden um mich herum ist ein Name auf einer Wand an einem anderen Ort, in einer Synagoge oder auf einer Gedenktafel.

»Fela«, Opa spricht mit sanfter Stimme, »in diesen Duschen gab es kein Wasser.«

»Ich weiß«, erwidere ich ebenso sanft.

»Sie dachten, es gäbe Wasser; sie glaubten, sie bekämen eine Dusche.«

»Ich weiß.«

»Sie wurden mit Gas geduscht.«

»Ich weiß, Opa. Ich weiß«, sage ich, als wir die Gaskammern verlassen. Die Krematorien, zu denen die vergasten Körper transportiert wurden, liegen vor uns, und ich sehe die Schornsteine, durch die die Körper verschwanden, und Opa sagt kein Wort mehr zu mir, und ich auch nicht zu ihm, und es ist kälter geworden, und die Luft riecht nach gefrierender Trockenheit, und ich lasse die Kälte in meine Knochen einsickern, und sie durchdringt sie, und es tut weh. Und ich will, dass es wehtut.

Ich will meiner toten Familie sagen, dass ich hier bin. Dass ich ihre Geschichten kenne, wenn auch nur teilweise. Ich will allen sagen, dass auch ich hier friere und dass ich mich nach Kräften bemühe, zu verstehen, aber dass ich das nicht vollständig kann, denn wie könnte ich? Ich will allen sagen, dass ich mir meine Familie hier vorstelle – meinen Vater, meine Mutter, meinen Tom – und dass ich diese Gedanken aus meinem Kopf verscheuche, weil sie respektlos sind – respektlos gegenüber den Toten und gegenüber den Lebenden –, und dass solche Gedanken nicht Teil der eigenen Vorstellung sein sollten.

Opa und ich gehen schweigend nebeneinander her, und wir gehen in ein Gebäude, und dort gibt es ein großes Glasfenster wie im Zoo, und wir halten davor an, und ich starre auf die Habseligkeiten der Ermordeten, auf Stapel von Brillen, Koffern, Haaren, Prothesen, Zahnbürsten und Haarkämmen, und ich merke nicht, wie *sie* kommen, aber hier sind sie, die Tränen, und sie sind auf meinen Wangen und machen sie nass, und, mit meiner nassen Wange gegen das kalte Glas gepresst, frage ich mich, welcher Teil von mir in diesen barbarischen Vitrinen ausgestellt ist.

Ich kann es nicht lassen und drehe mich zu Opa und breche mein Versprechen; ich breche es nur ein bisschen, und mit demütiger Stimme bitte ich ihn: »Erzähle mir mehr von Fela«.

»Da gibt es nichts mehr zu erzählen«. Er wendet seinen Blick nicht von der Glasscheibe.

»Nichts?«

»Was soll ich noch sagen?«, fragt er und schaut noch immer geradeaus.

»Ich weiß nicht.«

»Weißt du, sie ist gestorben.«

»Das weiß ich.«

»Also gibt es nichts mehr zu erzählen.«

Er wendet den Blick, wendet den Körper und geht aus dem Gebäude. »Ich muss mit *meiner* Geschichte fortfahren«, sagt er, als er durch die Tür des Gebäudes geht. »Ich werde auch Fela in meiner Geschichte vorkommen lassen.«

Kurz nachdem meine Großtante Fela in das halbe Zimmer zurückgekehrt war, das im Ghetto ihr Zuhause war, wurde ihr und meinem Großvater befohlen, sofort umzuziehen. »Das Ghetto wurde immer kleiner, weil nach und nach alle abgeholt wurden«, erklärt Opa, als wir losfahren, »und damit die verbleibenden Juden weniger Platz wegnahmen, siedelten sie uns alle um.« Mosha packte also einen kleinen Koffer mit den Habseligkeiten der Familie: ein Kleid für jede der Töchter seiner Stiefmutter, eine Hose und ein Hemd für Isaak, ein Paar Winterstiefel für seine Stiefmutter und Zahnbürsten und Kämme für alle.

Wir verlassen das Lager, fahren über Bahngleise, das Vibrieren des Autos setzt sich in meinem Körper fort und lässt ihn zittern.

»Mosha?«, kann ich Fela fast fragen hören, als Mosha die Habseligkeiten seiner toten Familie packte. »Mosha?«, sage ich. »Ja, Fela?«, hätte er ihr geantwortet, aber nun antwortet er mir. »Hmm, nichts«, antworte ich. Ich frage jetzt nicht, was ich eigentlich fragen wollte, eine Frage, die ich *nur* stellen kann, weil ich die historischen Ereignisse kenne. Auch Fela hätte nicht gefragt, was sie eigentlich hätte fragen wollen, da bin ich mir sicher. Weil sie nur noch der Schatten des Mädchens war, das sie früher gewesen war, musste sie gedacht haben, was ich jetzt denke, aber nicht gefragt haben, weil sie sah, mit welcher Überzeugung Mosha am Packen war, ohne den Anflug von Zweifel, aber mit einem Berg von Hoffnung. »Weil wir glaubten, wir würden nach dem Krieg zurückkommen«, sagt er. Ich musste nicht einmal fragen.

Sie zogen in einen noch kleineren Raum im zweiten Stock eines anderen Gebäudes, wo Mosha nach drei Monaten Stiefel näherkommen hörte. Er wusste, dass die jüdische Polizei den Anweisungen der Nazis gehorchen musste und unterwegs war, um noch mehr Leute zum Deportieren zu suchen. Er nahm Fela bei der Hand, versteckte sie auf dem winzigen Dachboden des Hauses, drehte den Schlüssel dreimal im Schlüsselloch, schloss die Tür ab und ließ Fela zurück. Dann rannte er die Treppe hinunter in den Keller und verbarg sich in einem kleinen Zwischenraum zwischen Kisten, Schachteln und Fässern.

Die jüdische Polizei schlug gegen die Kellertür, erzählt Mosha, und meine Hände greifen nach meinen Knien. Sie schlugen laut dagegen – ich klopfe –, sie schlugen mehr als laut – ich klopfe schneller –, sie schlugen so fest dagegen, dass die Tür fast schon von dem Krach allein nachgab – ich klopfe, klopfe, klopfe und bin überrascht, mich selbst beim Klopfen zu ertappen, es gibt keinen Grund zu klopfen, warum sollte ich gegen etwas anklopfen, was schon geschehen ist, warum sollte ich klopfen, da ich doch weiß, dass es sinnlos ist? Aber ich muss mit dem Klopfen weitermachen, weil ich schon angefangen habe, weil ich nicht will, dass es vielleicht Folgen hat, wenn ich mitten in meiner Zählerei mit dem Klopfen aufhöre – nur noch sechzig Mal, ich klopfe also, und zwar so diskret wie möglich, denn ich will nicht, dass Opa es bemerkt, und ich zähle jedes Klopfen und passe auf, dass ich kein einziges Mal auslasse, und dann bin ich fertig und fühle mich kein bisschen ruhiger; ich fühle mich nicht so wohl, wie ich mich eigentlich fühlen sollte.

Als es im Ghetto nach ein paar Stunden endlich wieder still geworden war, kam Mosha aus dem Keller und stieg die Treppe hinauf, um nach Fela zu sehen, entdeckte aber nur ein kaputtes Schloss – und sah, dass seine kleine, vierzehn Jahre alte Schwester verschwunden war. »Nach acht Tagen bekam ich eine Postkarte aus einer Textilfabrik in Grünberg – das war in Deutschland, nahe der tschechoslowakischen Grenze. Auf der Postkarte stand, dass Fela dort arbeitete, dass sie zu essen hatte und es ihr gutging – der Wortlaut war haargenau der gleiche wie auf der Postkarte von meinem Vater. Ich habe sie nie mehr gesehen und nie mehr von ihr gehört.«

Opas Augen lassen keine Traurigkeit erkennen, jedenfalls nicht die Traurigkeit, die ich erwarte, sie scheinen leer zu sein. Was meine eigenen Augen hingegen verraten, weiß ich nicht, aber die Tränen laufen wieder und sind schon auf meiner Wange, und schon wieder sind meine Wangen nass.

Da, wo ich jetzt stehe, wurden die Häftlinge zum Losmarschieren gezwungen. Wenn ich niederkniete und mein Ohr auf die Erde presste, würde ich die Schritte von Felas kleinen Füßen hören können? Fela, das Mädchen mit den dunklen Haaren, die nie erfahren hat, wie sich der Kuss eines Geliebten anfühlt oder der Kuss eines Fremden; Fela, die nie mehr die Umarmung eines älteren, beschützenden Bruders gespürt hat, die ihres beschützenden großen Bruders.

Meine liebe Fela. Meine Tränen gelten dir.

»Einige Monate nach der Razzia, während der Fela abgeholt worden war, bekam ich eine Postkarte, auf der stand, wann ich wo zu sein hatte, also ging ich nach Sosnowiec, zu genau dem Bahnhof, den ich dir gestern gezeigt habe. Von dort aus wurde ich in ein Lager nach Deutschland gebracht.«

»Was? Wo? Du hast mir einen Bahnhof gezeigt?«

»Ja«, sagt er mit Nachdruck.

»Du hast mir keinen Bahnhof gezeigt, Opa.« Wo war da ein Bahnhof? Ist meine Erinnerung falsch? Korrigiere mich, Opa, zeige ihn mir noch mal. Wenn es sein muss, wiederhole dich immer wieder und wieder und wieder, bis ich es mir merke, bis ich alles weiß.

»Ach stimmt. Ja. Habe ich nicht. Ich wollte dir den Bahnhof zeigen«, sagt er enttäuscht.

»Weißt du«, fährt er fort, »zu diesem Zeitpunkt besaß ich nichts mehr. Nur noch die Kleider, die ich trug. Der Transport fand nachts statt. Der Schnee war schön.«

Der Schnee war schön, wiederhole ich; ich wiederhole es unhörbar, wiederhole es erschrocken.

»In Markstadt mischten wir Sand mit Zement und Kies, um Beton herzustellen. Wir arbeiteten ununterbrochen. Jeder war immer auf der Suche nach Essen, nach Brot und Kartoffeln. Die letzten drei Monate gab es nur noch einmal am Tag zu essen. Wir sahen alle aus wie Skelette. Wegen Kälte, Arbeit und Nahrungs- und Schlafmangel. Ich war fast bis Ende 1943 dort, bis das Lager aufgelöst wurde: Acht oder zehn SS-Leute sitzen hinter einem Tisch und lassen uns nackt vor sich aufmarschieren. Links, rechts, sagen sie und sortieren uns – eine Gruppe auf der linken und eine Gruppe auf der rechten Seite –, das ganze Lager wird an einem Tag gemustert. Die gesunden Männer werden alle sofort weggeschickt, und nach acht Tagen bin ich auf einen Krankentransport nach Blechhammer gekommen.«

Er hält eine Sekunde inne, als müsste er seine Lungen neu mit Luft zum Reden füllen, dann fährt er fort: »Dort bekam ich meine Nummer eintätowiert. Meine Häftlingsuniform. Mein Haar abrasiert. Geschlagen wurden wir dort nicht. Der Lageraufseher war gut zu uns. Wir liefen jeden Tag zur Fabrik, in der wir arbeiteten, und wieder zurück, sie war ungefähr zwei oder drei Kilometer vom Lager entfernt, und um zu kontrollieren, dass keiner abgehauen war, mussten wir uns zweimal täglich zum Abzählen in Reihen aufstellen. Wenn wir aus dem Lager marschieren, spielt Musik, und auch, wenn wir zurückkommen.«

Der Schnee war schön? Der Lageraufseher war gut zu uns? Woher hatte Opa die Augen, sich den Schnee anzuschauen, das Herz, ihn schön zu nennen? Hatte er das Wörtchen »relativ« vergessen, als er mir den Lageraufseher beschrieb?

Ich schaue an seinem Arm hinunter – zum Beweis, dass der Schnee *nicht* schön war, dass der Lageraufseher *nicht* gut zu ihm war –, aber er ist von einem hellblauen Hemd, einem dunkelblauen Pullover und einem weiten Daunenmantel bedeckt –, zu viele Stoffe, zu viele Farben, zu viele Schichten verstecken die Tätowierung. Ich will die Nummer sehen, deren Ziffern auf dem Kopf stehen, wenn man sie aus seiner Perspektive sieht, deren Platzierung wie ein grausamer Scherz wirkt, versteckt zwischen den weißen Haaren auf seinem Arm. Ich will die Nummer lesen, deren einen Teil immer das schwarze Lederarmband seiner Uhr bedeckt, die immer zu weit oben an seinem Handgelenk sitzt. Ich möchte meine Augen auf jeder einzelnen Ziffer ruhen lassen. 179504. Tinte, die Teil der Geographie seines Körpers geworden ist – eine eingravierte Nummer, so tief eingeschnitten, dass sie kein Ende und keinen Anfang mehr hat. Porentiefe Pigmente, die die Landschaft seines Körpers mehr prägen als alle anderen Merkmale, mit denen er geboren ist.

Wir sind zurück am Hotel, aber wir gehen weiter zu einem italienischen Restaurant, das zu Fuß nur fünfzehn Minuten entfernt ist, obwohl weder Mosha noch ich hungrig sind. Es ist noch früh am Abend und das Restaurant ist fast leer. Opa bestellt ein polnisches Bier und erzählt, dass er an ärmliche Lebensumstände gewöhnt war, und weil er aus einem armen Haushalt stammte, in dem es wenig zu essen gab, hatte er es im Krieg oft leichter. Ich spüre einen Blick auf mir, als starrte mich ein Augenpaar an, und ich drehe mich um, aber keiner beachtet mich. Dennoch ist der Blick da. In manchen Lagern, sagt er, war es gar nicht so schlimm. Eine Schüssel Suppe am Tag und vierhundert Gramm Brot. »Davon konnte man nicht sterben. Aber auch nicht leben.«

Zurück im Hotel fahren wir mit dem Aufzug in unsere Etage, und anstatt zu warten, bis wir in unserem Flur sind, in dem Mosha zuerst in sein Zimmer abbiegt und ich dann in meins, kommt Opa näher – im Hintergrund rauscht der Aufzug – und gibt mir zwei Küsse, einen auf jede Wange, und sagt, »*Gite Nacht*, bis morgen«.

»Gute Nacht, Opa«, sage ich, »ja, bis morgen«, und ich lächle ihn liebevoll an.

Und er lächelt zurück, genauso liebevoll.

Und nebeneinander gehen wir den Flur entlang, und dann biegt er in sein Zimmer ab, und ein paar Schritte später ich in meins.

Ich ziehe mein gelbes Wollkleid aus und hänge es über die linke obere Spiegelecke. Ich putze mir schnell die Zähne, wasche mein Gesicht und krieche ins Bett.

Heute habe ich zum ersten Mal Einzelheiten ihrer Geschichte gehört; von Felas Geschichte, von ihr – der Mutter meines Namens. Der Spiegel hängt genau gegenüber von mir, auf der anderen Zimmerseite. Wenn es einen Luftzug gäbe, würde mein Kleid herunterfallen.

Ich schaue weg. Lasse mich nach hinten fallen. Ich starre an die Decke und denke an meine Decke in New York, an den Anblick, an den ich mich gewöhnt habe, jede Nacht vorm Einschlafen. Wenn die Straßenlaternen leuchten, kommen weiße Lichtstrahlen durch meine beiden großen Schlafzimmerfenster und malen Streifen von Licht und Schatten an die Decke. Die Laternen lassen architektonische Muster entstehen: verschiedene Linien – gerade, dünne, dicke, verschlungene, breite –, die sich schneiden, parallel laufen, ineinander eindringen und unendlich variieren. Bevor ich die Augen schließe, frage ich mich, ob irgendetwas anders ist als in der Nacht zuvor, aber ich weiß es nie. Während ich an New York denke, scheint mein Leben dort weder in der Vergangenheit zu spielen, noch in der Zukunft, sondern in der Gegenwart; eine gewisse Gegenwart, die mir, wenn überhaupt, die Illusion gibt, meine zu sein.

»Du kannst vorne sitzen, wenn du willst.« Meine Mutter bot Tom ihren Sitz an, legte ihre Hände auf das Armaturenbrett und war drauf und dran aufzustehen, aus dem Auto zu steigen und sich neben mich auf den Rücksitz zu setzen.

»Nein. Dankeschön«, antwortete er, »ich sitze gern hinten.«

Das war im Sommer 1995, und wir fuhren in unserem Familienurlaub durch Deutschland.

Auf der Rückbank starrte Tom aus seinem Fenster, und ich aus meinem; wir sahen die Landschaft vor unseren Augen vorbeifliegen: grüne Wiesen voll mit gelbem Löwenzahn und mit Bäumen – dünn und hoch –, die wie Hochhäuser waren und so farbenkräftig, als hätten sie die grünen Farbpigmente der ganzen Welt aufgesogen. Wir fuhren an weichen, hochaufragenden Weizenfeldern vorbei, die mir Lust machten, mit aller Kraft in sie hineinzuspringen, weil sie wie Kissen wirkten und weich genug, meinen Körper aufzufangen.

»Bist du aufgeregt, weil du mit der High School anfängst?«, fragte mich Tom.

»Das ist mir ganz gleich«, antwortete ich. Es war mir wirklich egal.

Ich setzte mich anders hin und lehnte mich mit dem Oberkörper nach rechts, legte meine Beine und Füße auf den Sitz und beugte die Knie, so dass ich mich zusammenrollen und wärmen konnte.

Tom drehte sich um, setzte sich ebenfalls anders hin und machte es sich auf seinem Platz bequem.

»Willst du dieselben Wahlfächer nehmen wie deine Freundinnen?«

»Klar«, sagte ich gleichgültig.

»Was nehmen sie denn?«

»Weiß ich nicht.«

»Was nimmst du?«

»Weiß ich nicht.«

Ich wollte ihm die Unterhaltung nicht erschweren, aber ich wusste, dass ich das tat, und darum fügte ich hinzu, »das hängt wohl davon ab, was ich dann studieren will.«

»Du hast noch den ganzen Sommer, um dich zu entscheiden«, sagte Tom, »also mach dir keine Sorgen.« Und bevor ich ihm sagen konnte, dass ich mir überhaupt keine Sorgen machte, redete er weiter und sagte, »ich bin froh, dass ich Chemie genommen habe. Das macht wirklich Spaß«. Er sprach mit einer Art Begeisterung, als würde er sich anstrengen, mich damit anzustecken und zu beruhigen. Warum, war mir nicht klar.

»Dann nehme ich vielleicht auch einfach Chemie«, sagte ich monoton, sah Tom entschuldigend an und wünschte mir, nicht so eine Langweilerin zu sein; dass ich mich auf etwas freuen könnte, worauf ich mich freuen sollte.

Statt zu antworten, deutete Tom aus dem Fenster – auf einen Mann, der neben einer Erntemaschine am Ende eines perfekt angelegten, wunderbar symmetrisch bepflanzten Kartoffelfeldes stand.

»Stell dir vor, jeden Morgen auf diese Landschaft zu schauen, sie als erstes nach dem Aufwachen zu sehen. So geht es diesem Bauern ...«

»Ganz anders als in Israel«, sagte ich und blickte nach draußen auf eine Landschaft, in der es im Unterschied zu Israel nie an Wasser mangelte, eine Landschaft, auf die es schneite, regnete und hagelte und in der der Geruch des Wassers immer vorhanden war.

»Aber weißt du was«, fuhr ich fort, »auch wenn wir jetzt auf dieses Feld schauen, können wir nie das sehen, was er sieht. Wir sehen einfach nicht dasselbe.«

»So ein Pech, dass es Philosophie nicht als Wahlfach gibt«, sagte Tom aus Spaß und setzte dann hinzu, »wir sehen nicht das Gleiche, was er gerade sieht, weil wir in einem fahrenden Auto sind, weil wir einen anderen Referenzrahmen haben. Und wir sehen nicht, was er normalerweise sieht«, er machte eine Pause, »na ja, aus ganz vielen verschiedenen Gründen.«

»Genau«, sagte ich und führte meine linke Hand näher an meinen Bauch und stellte die Knie noch höher auf und faltete mich noch mehr in mich zusammen und nahm noch mehr von meiner eigenen Körperwärme auf.

»Du musst immer alles überanalysieren, was?«, sagte er freundlich.

»Ich kann's nicht lassen.« Ich lächelte ihm zu und sagte dann, »das nennt man Feld-, Wald- und Wiesenphilosophie, und die ganze Welt beruht darauf.«

Diese Nacht verbrachten wir in einem Motel an der Strecke. Rechts von der Rezeption war ein Kamin, über dem mehrere ausgestopfte Hirschköpfe hingen, die Wände waren mit Gewehren dekoriert, und der Teppich war aus irgendeiner Tierhaut. Ich fand alles widerlich.

Das Zimmer, das Tom und ich teilten, war mit schweren Holzmöbeln vollgestellt, und das Badezimmer war schmutzig: Die Wände der Duschkabine waren verstaubt, die Duschwanne um den Abfluss herum voller Schimmel und so klebrig, dass ich beim Duschen meine Flip-Flops anbehielt.

Ich drehte das Wasser auf und wartete, bis es heiß wurde. Im Kopf ging mir ein Ohrwurm herum – die Sorte Song, an dessen genaue Melodie oder Text man sich nicht erinnern kann, aber jedes Mal, wenn man ihn hört, an welchem Moment des Lebens auch immer, bringt er einen sofort zu der Lebensphase zurück, an die er einen erinnert. Ich prüfte die Temperatur und stieg in die Dusche. Das Wasser war heiß, es tat mir weh, aber das machte mir überhaupt nichts aus; ich wollte, dass es mir weh tat. Der Dampf prallte von meinem Körper ab und stieg nach oben, und mein Körper wurde rot, dunkelrot, fast violett; meine Brust, meine Füße, mein Gesicht. Erst dann drehte ich die Temperatur hinunter. Mit dem Lied in meinem Kopf und dem Wasser von oben war die Dusche besser, als ich erwartet hatte; sie war eigentlich ganz befriedigend; sie machte mich sauber.

Ich kroch ins Bett und hoffte, schnell einschlafen zu können, aber die ganze Nacht kreiste eine Fliege im Zimmer herum, als würde sie in einem Tornado stecken, und so war meine ganze Aufmerksamkeit auf diese Fliege gerichtet. Mit jeder Stunde, die ich nicht einschlafen konnte, stellte ich mir vor, wie die Fliege wuchs, so dass sie am Morgen keine Fliege mehr war, sondern ein riesiges, nicht identifizierbares Wesen. Tom schlief rasch ein, nachdem er ins Bett gegangen war, und gegen zwei Uhr morgens fing er an zu schnarchen. Ich glaube, ich schnarche auch.

Wir fuhren in einem gemieteten vw-Bus herum. Auf dem Boden lagen Modezeitschriften meiner Mutter und ein paar nach Fett riechende, halbvolle Chipstüten, außerdem einige langärmlige Pullis von mir, für den Fall, dass mir kalt wurde, was ziemlich oft passierte. Wir hörten Radio, erst eine Gesprächsrunde in der Mittagssendung über steigende Arbeitslosenzahlen, dann eine Sendung über Tattoos – ihre Geschichte, ihre religiösen Hintergründe und ihre zunehmende Verbreitung unter Jugendlichen. Zum ersten Mal hörte ich, dass Juden Tattoos verboten seien. Ich hörte interessiert zu und schaute dabei Tom an, der mit weit geöffneten Beinen dasaß, mit der rechten Hand auf dem Knie, dem linken Ellbogen am Fenster, und der sich zum allerersten Mal die Haare wachsen ließ. Normalerweise waren sie kurz, fast abrasiert oder mit ein bisschen Gel nach oben gestellt, aber jetzt hatten sie fast schon seine Schultern erreicht. Er sah älter aus so. Vorne saßen meine Eltern und schwiegen.

Wir fuhren in Richtung der Berge und kamen zu einem türkisfarbenen See, der am Fuß einer Bergkette mit schneebedeckten Gipfeln lag. Dort oben musste es beeindruckende Gletscher geben, dachte ich, aus dichtem Schnee, den die Sonne nicht zum Schmelzen brachte. Und hinter den unterschiedlich geformten dreieckigen Gipfeln zogen Wolkenfetzen vorbei, und ich stellte mir vor, dass sie formbar und weich waren und die Luft um sie herum sanft und seidig, wenngleich eiskalt. Im Winter, dachte ich, ragen diese

Berge eingefroren hinter dem bewegungslosen See auf, der vollständig von Schnee bedeckt ist. Und die Bäume um den See werden kahl dastehen und darauf warten, dass der Schnee sie bedeckt, sie verkleidet.

Wenn ich in diesem Sommer die Landschaften in Deutschland betrachtete, schien es mir, als könnte ich den Filter vor meinen Augen nicht abnehmen; die Landschaften waren farblos und körnig. So wie ich. Sogar der Himmel war nachts von einer Schicht transparenten, aber undurchsichtigen Pauspapiers bedeckt, wie es Architekten benutzen.

»Wenn du Chemie nimmst, lernst du alles über Elektronen und Ionen, Moleküle und Reaktionen«, sagte Tom und nahm damit das gestrige Gespräch wieder auf. »Du beschäftigst dich mit Objekten, die sich abstoßen oder anziehen: Gleiche Ladungen stoßen sich ab, und unterschiedliche Ladungen, wie Protonen und Elektronen, ziehen sich gegenseitig an.« Tom sprach überlegt, aber ich konnte mir den Gedanken nicht verkneifen, dass seine Sätze wie eine Einkaufsliste klangen. »Du lernst, wie man chemische Gleichungen schreibt und wie man ihren Energiezustand berechnet.«

»Vermutlich ist das interessant«, sagte ich zu ihm, während ich mein vages Wissen darüber zusammenzukratzen versuchte. »Und die Reaktionen laufen nur ab, weil Elektronen und Protonen unterschiedliche Energieniveaus haben, oder? Und das eine ist positiv, und das andere negativ«, sagte ich mit einem merklich nervösen Flattern in der Stimme. Ich war ganz und gar nicht sicher, ob das stimmte.

»Das könnte man so sagen.«

»Ich glaube, ich könnte Chemie schaffen«, sagte ich. Und nachdem ich eine Sekunde darüber nachgedacht hatte, fügte ich grinsend hinzu: » Bringen sie einem auch bei, dass alles, was sie einem beibringen, nicht unbedingt stimmt?«

»Es stimmt schon, Fela«, sagte Tom sofort. »Es ist nur keine absolute Wahrheit. Weil es so etwas gar nicht gibt.«

»Wer philosophiert hier jetzt?«, fragte ich, und mein Grinsen wurde breiter.

Ich erwartete nicht, dass Tom darauf einging, und dachte, er würde meine letzte Bemerkung einfach übergehen, aber er antwortete und sagte: »Na ja, sie bringen einem Ursachen und Thesen bei und sagen einem, ob die Ergebnisse stimmen. Und dass es bloß Näherungswerte sind. Aber vielleicht liegt das auch nur an meiner Lehrerin, sie ist nicht so gut, vielleicht benutzt sie das lediglich als Entschuldigung, wenn sie die Sachen nicht richtig löst.« Seine Worte belustigten ihn, als hätte er endlich die Antwort auf ein Rätsel gefunden, über das er schon viel zu lange nachgedacht hatte. »Was hat es also für einen Sinn, das überhaupt zu lernen?«, fragte Tom in einem irgendwie sarkastischen Ton, als wollte er mir ein weiteres Lächeln entlocken.

»Genau«, sagte ich, aber meine Worte gingen in seinem nächsten Satz unter.

»Es gibt viele Gründe«, sagte er, »und das hat nichts mit Wahrheit zu tun ... Es hat nie etwas mit der Wahrheit zu tun, aber weißt du, was?«, fragte Tom, warf einen Blick auf die Vordersitze, wo meine Eltern schweigend saßen, und sagte dann: »Ob mit oder ohne, *alles* wird in Ordnung kommen.«

Wir alle taten damals so, als würde uns der Familienurlaub Spaß machen. Wir taten so, als wären wir dankbar, ein paar Wochen miteinander verbringen zu können, und als würden uns die Landschaften, die an unseren Autofenstern vorbeizogen, so gut gefallen, dass sich die Reise allein deswegen gelohnt hätte.

Wenn ich an jenen Sommer denke, spüre ich immer noch Reste davon, Ablagerungen einer Melancholie, der ich nicht entkommen konnte, außer in den Momenten, wenn mich mein Bruder sanft aus dem Auto hob und mich irgendwo anders hinsetzte, näher zu ihm. Meine Eltern schwiegen, außer, sie stritten sich darüber, ob wir lieber Kassetten mit kitschiger Popmusik oder einen jiddischen Komiker in Endlosschleife hören sollten. Und die Luft um sie herum war genau wie sie, totenstill. Obwohl wir in einem fahrenden Auto saßen, fühlte es sich so an, als würde sich alles um uns herum bewegen, während wir in diesem begrenzten Raum feststeckten. So oft wollte ich aussteigen, einfach die Tür öffnen, aus dem Auto steigen und anfangen, die breite Autobahn oder die engen Feldsträßchen entlangzugehen, und einfach zu gehen und zu gehen und zu gehen, bis ich diesen Ort erreichte, der nirgendwo war, diesen imaginierten Ort, der weder West noch Ost war, weder in die Vergangenheit noch in die Zukunft gehörte. Aber ich konnte mich nie dazu bringen, meine Hand nach dem Türgriff auszustrecken. Meine Finger kamen ihm nahe, noch näher, aber nie nah genug. Ein paar Wochen lang saßen wir in diesem vw-Bus fest, an einem Ort, wo wir die Fahrkünste meiner Mutter ertragen mussten, immer wieder trat sie plötzlich auf das Gaspedal oder auf die Bremse, oder auch die ebenso nervtötende Angewohnheit meines Vaters, mit den Fingern seiner rechten Hand auf dem Lenkrad herum zu klopfen, sobald er am Steuer saß. Tom und ich saßen in dem Auto fest und mussten mit ansehen, was aus der Liebe meiner Eltern geworden war.

Die Bilder der Landschaften in Deutschland vergaß ich fast alle, als hätte jemand sie sorgfältig mit Tipp-Ex überpinselt. Übrig blieb nur ein reinweißes Blatt. Erst Jahre später erinnerte ich mich zufällig wieder daran, als würde die Tipp-Ex-Schicht allmählich abbröckeln. Und erst dann wurde mir klar, dass Tom auf dem Rücksitz blieb, weil er mir nah sein wollte. Er wollte, dass ich ihn in meiner Nähe spürte und nicht meine Mutter, deren Versicherung, dass ›alles gut wird‹ mir weniger bedeutete als seine. Er saß neben mir, weil er ihr Schweigen brechen wollte.

Geht es je um eine Wahrheit? Geht es immer um Ladungen und Energie? Um die Energie zweier aufeinander reagierender Körper? Bestehen unsere Beziehungen wie chemische Reaktionen auch nur darin, dass ein Körper die Energie des anderen verzehrt? Saugten meine Eltern unsere aus?

Als ich in der achten Klasse war, im Frühjahr vor diesem Sommer, in dem meine Familie durch Deutschland fuhr, fing ich an, eine Diät zu machen. Und im Laufe dieses Sommers hörte ich zu essen auf.

Ich war zu empfindlich, zu introvertiert, ich hatte nicht genügend Selbstvertrauen. Ich war zu einsam, zu selbstkritisch, ich *fühlte* mich anders und nicht dazugehörig; ich hatte das Gefühl, nicht dazugehören zu können, nirgendwo dazugehören zu können. Ich mochte den Körper nicht, den ich ab der sechsten Klasse allmählich bekam, und wollte nicht erwachsen werden. Ich mochte die Person nicht, die ich war, wusste nichts mit mir anzufangen und dachte, dass mit einem anderen Körper alle Probleme gelöst wären – vermutlich gab es irgendeine Form von Hoffnung in mir, Hoffnung in Gestalt einer Illusion, die mich glauben machte, wenn ich nur einen anderen Körper hätte ... Wenn nur ...

Als ich am Ende dieses Sommers nach Israel zurückkehrte, kam ich in die neunte Klasse, und wie alle anderen aus meiner Schule wechselte ich in die High School, die unserem Dorf am nächsten lag, nur zehn Minuten Fahrzeit von unserem Haus entfernt. Zu Fuß war es ein schöner Spaziergang, es gab eine ganze Reihe von Abkürzungen durch grasüberwucherte Felder – Felder, die zu keiner Stadt zu gehören schienen, als wären sie einfach nur da, irgendwie dazwischen, irgendwie ohne Ränder –, wo Vögel herumflogen und ich das Geräusch liebte, wenn sie aufstiegen, mit Flügeln, die im Wind flatterten.

Absichtlich wählte ich nicht die gleichen Fächer wie meine Schulfreundinnen, weil ich sie nicht fragen hören wollte, ob ich schon gegessen hätte, weil ich ihre Augen nicht ständig auf mir spüren wollte, wie sie jede meiner Bewegungen verfolgten, jeden Zentimeter meines immer dünner werdenden Körpers untersuchten. Ich wollte nicht hören, ich sei zu dünn, wollte den besorgten, aber auch bevormundenden Ausdruck auf ihren Gesichtern nicht sehen. Ich hatte mir nie viel aus den meisten von ihnen gemacht, und zu diesem Zeitpunkt bedeuteten sie mir noch weniger. Ich zog mich ziemlich weit zurück, ohne dabei grob oder unfreundlich zu sein, aber ich distanzierte mich immer weiter und wurde immer reservierter.

Am Tag vor dem diesjährigen *Rosch ha-Schana*-Abend, ungefähr einen oder zwei Monate nach Beginn des neuen Schuljahrs, hielten meine Mutter und ich uns viel in der Küche auf und waren mit Backen, Kochen, Tischdecken und -dekorieren für Neujahr beschäftigt – wie jedes Jahr. Den Zeitraum von zehn Tagen, der mit *Rosch ha-Schana* beginnt und mit *Jom Kippur* endet, mochte ich schon immer sehr gern; eine Zeit der Gewissenserforschung und Buße, in der man auf das vergangene Jahr zurückblicken und Pläne für das vor einem liegende machen soll. Während sie den Teig formte – der Geruch von Mehl und von Hefe, in lauwarmem Wasser aufgelöst, lag in der Luft –, damit das *challah*-Brot ebenmäßig rund wurde, erkundigte sich meine Mutter, wie es meinen Freundinnen ging, die sie in letzter Zeit gar nicht mehr gesehen hatte.

»Super geht's ihnen«, sagte ich, obwohl ich das in Wahrheit weder wusste noch mir etwas daraus machte. »Sie sind einfach nur so beschäftigt mit der Schule, Mama.« Das war die erste Erklärung, die ich anbringen konnte, warum ich keine Zeit mehr mit ihnen verbrachte. »Weißt du ... ich muss wirklich ganz viel lernen dieses Jahr«, fügte ich hinzu und deutete damit an, dass ich sie auch in der nächsten Zeit nicht viel treffen würde. Meinen Wunsch, allein zu sein, konnte man für Motivation halten: Je mehr ich lernte, umso weniger musste ich sie treffen, umso mehr würde ich für eine ehrgeizige Schülerin gehalten. Zum Glück sehen die Leute die Dinge nicht immer so, wie sie gemeint sind, dachte ich.

»Kannst du bitte nachsehen, ob der Kuchen fertig ist?«, fragte Mama.

Als ich den Ofen öffnete, verbreitete sich der süße Duft von heißem Honig und Zimt in der dichten Küchenluft und kroch in meine Nasenlöcher. Der Kuchen roch so süß, so verboten; so sehr nach Himmel, so sehr nach Hölle. Ich konnte ihn einfach nicht probieren; ich hatte so viel Gewicht verloren, ich konnte das nicht für einen winzigen Geschmack aufs Spiel setzen.

»Du musst probieren. Du kannst das besser beurteilen«, sagte ich ihr. Wenn ich ihn nur probieren *könnte*, aber ich konnte nicht; wenn ich ihn probieren würde, würde ich mich selbst hassen, würde mich nur noch schlechter fühlen, weil ich mir bewiesen hätte, dass ich schwach war und unfähig, der Versuchung zu widerstehen.

»Okay, Schatz. Dann mach du den Eiersalat«, sagte meine Mutter.

Ich holte Mayonnaise aus dem Kühlschrank, kochte ein paar Eier und schnitt Zwiebeln klein, die meine Augen zum Tränen brachten, und es machte mir nichts aus, dass sie tränten. Ich schaute meiner Mutter zu, wie sie mit ihren zarten Händen Zutaten mischte und dabei die Luft mit den kräftigen Gerüchen nach zerquetschtem Knoblauch und frisch gehacktem Dill und Petersilie füllte, und ich dachte, sie ist eine perfekte Hausfrau, eine perfekte Frau. Alles, was sie kochte, schmeckte immer so, als wäre es in der Küche eines kleinen Hauses in einem jüdischen *Shtetl* irgendwo in Polen zubereitet worden, zu einer Zeit, bevor der schreckliche Krieg begann – zumindest stellte ich mir das so vor. Mutters Bewegungen waren immer sanft, feminin, und so war auch das klappernde Geräusch ihrer Absätze, wenn sie auf unserem Terrazzosteinboden umher ging.

Nachdem ich mit dem Tischdecken für das Feiertagsabendessen fertig war – ein elegantes altweißes Spitzentischtuch, Silberbesteck und Weingläser aus Kristall –, musste ich mich für die Synagoge zurechtmachen. Wir waren überhaupt keine religiöse Familie, aber meine Eltern bestanden darauf, dass Tom und ich an den hohen Feiertagen mit in die Synagoge gingen. Das war eine der wenigen Sachen, bei denen sie sich einig waren. Ich hatte keine Lust zu duschen, weil ich wusste, ich würde mich danach kein bisschen sauberer fühlen, und ich hasste es, dass das Duschen mich zwang, nackt meinen nackten Körper anzuschauen, statt in das Badezimmer ging ich also direkt in mein Zimmer, wo ich ein ärmelloses schwarzes Kleid mit weißen Punkten – auf dem Bett ausgebreitet – vorfand, das ich nie zuvor gesehen hatte. Mit großen Augen und glücklich lächelnd griff ich danach und rannte ins Schlafzimmer meiner Eltern und umarmte und dankte meiner Mutter, dann rannte ich in mein Zimmer zurück und probierte es an.

Ich stand vor dem Spiegel. Ich schaute auf den Boden. Und dann zog ich mich aus.

Unterdessen stellte ich mir vor, wie ich in meinem neuen Kleid aussehen würde, und ich dachte, wenn ich die Augen höbe, sähe ich eine junge Frau mit einem Körper, den ich mochte, eine junge Frau, die ich mochte. Während der Stoff meine Haut streichelte und meine Augen auf dem Fußboden klebten, hoffte ich, bald die Person zu sehen, die ich sein wollte: ein Mädchen, das sich seines Wertes und seiner Stärken bewusst war und das sein Leben unter Kontrolle hatte; ich wollte spüren, dass das Leben nicht einfach nur etwas war, das zu langsam vorbeiging.

Stattdessen blickte ich auf und in den Spiegel und fühlte mich unwohl. An dieser Person im Spiegel war nichts, das mich nicht abstieß; was ich sah, war eine menschliche Gestalt, die ein Mädchen darstellte, das kurz vor dem Frau-Werden stand. Ich sah einen Sack Fett und ein hässliches Gesicht und glaubte, wenn ich äußerlich so aussähe, sei das ein Hinweis darauf, wie ich innerlich war; und wenn ich innerlich so war, dann war es kein Wunder, dass ich äußerlich so aussah. Wenn ich nur mein ganzes Selbst hochwürgen könnte, dachte ich; wenn es nur möglich wäre, mich selbst auszukotzen.

Ich ließ meine Augen wieder auf den Boden sinken, schleppte mich in das Zimmer meiner Eltern und rang mir ein Lächeln ab.

»Oh, Schatz, es ist wunderschön«, sagte sie sofort.

»Stimmt«, antwortete ich. Es war wunderschön, und hätte jemand anderes, irgendwer anderes, dieses Kleid angehabt, hätte ich sie angeschaut und mir gedacht, »wie wunderschön ist ihr Kleid, wie wunderschön ist sie in diesem Kleid«, nur an mir war es das nicht. Und konnte es nicht sein.

»Du siehst wunderschön aus«, sagte Mama.

»Echt?«, fragte ich.

»Natürlich. Ich würde dich nicht anlügen. Du siehst wunderschön aus.«

Sie würde mich nie anlügen, das wusste ich, sie hatte es nie getan, und darum sagte ich »okay«, weil ich nichts lieber wollte, als ihr zu glauben, aber so sehr ich mich auch bemühte, ich konnte die Schönheit nicht erkennen, die sie sah.

»Lass mich dir ein paar Ohrringe ausleihen«, schlug sie vor.

»Ich mag keinen Schmuck.«

»Jeder mag Schmuck.«

»Nein, danke. Aber das Kleid ist ein tolles Geschenk, Mama.« Dann stahl sich ein kaum hörbarer Seufzer aus meinem Mund, gefolgt von einem: »Ich mag das Kleid sehr«, als würde ich eine Zeile aufsagen, die ich zuvor viele Male geprobt hatte.

Zurück in meinem Zimmer blickte ich in den Spiegel, und alles an mir sah traurig aus. Es gab nichts, in das ich mich kleiden konnte, mit dem ich mich schmücken konnte, das mich dazu bringen würde, mein Aussehen zu mögen, das mich mich gut fühlen ließe; nichts, das mich weniger ekelte als die Person, die mich ansah.

Ein paar Stunden später stand ich neben meiner Mutter in der Synagoge, hielt das *Mahzor* in den Händen, dessen Ledereinband schon auseinanderfiel, und schaute auf die fadenförmige schwarze Tinte auf den durchscheinenden Seiten. Ich hob das Buch näher an meine Nase, und als es meine Nase berührte, konnte ich den Staub zwischen den Seiten riechen. Ich senkte das Buch, hielt es an meine Brust, schloss die Augen und stellte mir vor, wie sich die archaischen Buchstaben von den Seiten erhoben, in die Luft, in meine Lungen, wo sie kleben blieben, an den Wänden meiner Lungen hafteten, sich ausruhten, vielleicht sogar einschliefen.

In diesem Jahr machte mir das Beten Spaß. Es bestärkte mich in meinem Glauben, dass ich schwach und hilflos war wie Knete in den Händen Gottes. Zu Beginn des Gottesdienstes rezitierte ich Gebete aus dem *Mahzor*, aber später dachte ich mir meine eigenen aus. Mit geschlossenen Augen war das einfach. Ich bat Gott, meine Eltern zusammen zu lassen, zu sichern, dass sie sich nicht trennen würden. Ich sagte Gott, ich wäre bereit, alles dafür zu tun, und fügte hinzu, »im Ernst, Gott, das tue ich«, damit Gott, wenn es ihn denn gab, mich ernst nehmen würde. Dann öffnete ich die Augen.

Quer durch den Raum, über einen Trennvorhang aus Wolle hinweg, sah ich ein Meer von über ihre Gebetsbücher gebeugten Männern, ihre Bewegungen waren wie ein synchronisierter Tanz. Ich sah meinen Bruder Tom neben meinem Vater, beide trugen saphirblaue *Kippot* und waren mit einem *Tallit* bedeckt – die weißen Gebetsschals aus Seide ließen ihre Schultern ganz rund erscheinen –, und ich fragte mich, wofür Tom wohl betete. Seine Haarfarbe war eine Spur dunkler als die meines Vaters, aber beide hatten sie die gleichen langen Wimpern und die gleichen grauen Augen.

Nach dem Gottesdienst gingen wir durch das *Wadi* nach Hause, das von der Synagoge bis zu unserem Hinterhof führte. Tom und ich gingen voran, unsere Eltern ein paar Meter hinter uns. Ich bin fast sicher, sie liefen Hand in Hand.

»Du magst die Feiertage wirklich, oder?«, fragte mich Tom.

»Ja«, sagte ich.

»Aber du glaubst doch nicht an Gott, also warum dann?« In seinem Tonfall war nichts Herablassendes; er war einfach neugierig.

»Weiß ich auch nicht genau. Aber ... es hat nichts mit Religion zu tun«, antwortete ich. Und nach ein paar Schritten fügte ich hinzu, »es ist einfach etwas Besonderes an den Feiertagen, etwas, das sich gut anfühlt. Vielleicht die Tradition?« Ich fragte und überlegte im selben Moment, ob Tradition das richtige Wort war.

»Ich finde, sie sind stinklangweilig. So altmodisch. So irrational.«

»Ich weiß«, sagte ich mit leiser werdender Stimme, »aber trotzdem ...« Ich versuchte, mir darüber klar zu werden, was ich an ihnen mochte.

Bei jedem Fest stellte ich mir die Vorbereitungen vor, die man in früheren Zeiten dafür getroffen hatte: Wie bereitete sich die Familie meines Großvaters auf *Jom Kippur* vor? Konnte mein Urgroßvater Fleisch auf den Tisch bringen? Und auf wieviel musste er verzichten, um das zu können? Fügte meine Urgroßmutter persönliche Sätze an die *Bracha* an? Und worüber redete die Familie anschließend, nach dem Segen? Die Feiertage lassen mich immer an die Zeiten in Polen denken, die ich in meiner Vorstellung verkläre, an die Zeiten, bevor der Krieg anfing; sie lassen in mir Heimweh nach Zeiten wach werden, die ich nie gekannt habe.

Das einzige Geräusch, das wir hören konnten, während wir durch das *Wadi* liefen, waren die Schreie der Chukarhühner, denn an *Rosch ha-Schana* ist das ganze Land in Feiertagsstimmung. Alles ist still, leer, aber nicht verlassen, als sei Israel tief in Gedanken versunken. Wir konnten sporadisch auch ein paar Worte von dem Gespräch meiner Eltern hören, die ich zu entschlüsseln versuchte, was mir aber nicht gelang. Die Hitze war groß, und wenn man die Szenerie von all den Details, anhand derer man sie identifizieren konnte, befreite, hätten wir das Klischeebild einer typischen jüdischen Familie abgegeben, die an einem hohen Feiertag einander liebt und füreinander sorgt – einer Familie, auf die mein Großvater stolz sein könnte.

Ungefähr eine Stunde, nachdem wir nach Hause gekommen waren, läutete es an der Tür, und der Bruder meiner Mutter mit seiner Familie aus New York besuchte uns. Meine Tante brachte ein Geschenk, und ich war neugierig und bat meine Mutter, es zu öffnen. Eingewickelt in wunderschön karamellfarbenes, glitzerndes Papier war eine runde, gehämmerte Metalldose – gefüllt mit Murmeln: goldenen, wassergrünen, rötlich-orangenen, hellroten –, die meine Mutter sofort auf unser Sideboard stellte. Für den Rest des Abends schaute ich aus den Augenwinkeln immer wieder darauf – eine Dose aus einer anderen Welt, gläserne Steine, die von so weit her zu uns geflogen waren.

Ich saß zwischen meinem Bruder und meinem Onkel und gegenüber von meinen Tanten und meinen beiden Kusinen, die Mitte zwanzig waren. An der Wand hinter ihnen hing das Bild einer Frau – halb sitzend, halb auf einem Sofa liegend, die zerbrechlich aussah. Meine Mutter und mein Vater saßen jeder an einem Ende des Tisches, der mit einer Vase voller wunderschöner weißer Lilien geschmückt war.

Alle redeten über Politik, schwatzten über gemeinsame Freunde, rühmten die Kochkünste meiner Mutter. Meine Kusinen erzählten von ihren College-Jahren, von Beziehungen und ihren Jobs. Ich trug nicht viel zur Unterhaltung bei, nicht nur, weil sie mich nicht interessierte, sondern auch, weil meine Kusinen älter waren und weil ich mich mit Englisch, einer Sprache, die ich in der Schule gelernt hatte, nicht wohlfühlte – sie gehörte nicht zu mir, und ich nicht zu ihr. Anstatt mich also am Gespräch zu beteiligen, konzentrierte ich mich auf meinen Vater und meinen Onkel, die die knusprig gebratene Ente genossen, und darauf, wie alle kauten, auf ihre Kiefermuskeln, während sie aßen und aßen und aßen, und konzentrierte mich auf die dünn geschnittenen, in Olivenöl gerösteten Kartoffeln, die kreisförmig in einer Pfanne geschichtet waren und deren Kruste etwas verbrannt war, und auf die *Tzimmes* – in Honig gebackene Karotten –, die allen Tellern einen hübschen orange-goldenen Farbtupfer gaben, und träumte vor mich hin, wie das Essen wohl schmeckte.

Ich wollte essen und wollte nicht essen; es gab nichts, was ich mehr wollte als essen; es gab nichts, das ich weniger wollte als essen. Ich blickte auf die Gerichte und zählte mit übertriebener Genauigkeit die Kalorien von allem, was auf dem Tisch stand, und es fühlte sich an, als würden die Gerichte mich auch anblicken und sich über mich lustig machen, und ich stellte mir vor, wie ich das Essen in mich hineinschaufelte und hineinschaufelte und hineinschaufelte, und es ekelte mich. Und alle waren am Essen und alle genossen es, und der Verstand von allen ließ sie essen und genießen, warum konnte meiner das nicht?

Ich ging in die Küche, schnitt ein bisschen rohes Gemüse für mich und lauschte auf den Gesprächsklang, der aus dem Esszimmer kam und sich wie ein Hall anhörte, als würde in einem Keller gesprochen. Und ich stellte mir vor, dass das Essen auf unserem Tisch wie in Polen schmeckte und dass mit jedem Bissen, der gegessen wurde, die harte Arbeit, die Härte des Lebens, das meine Großeltern gelebt hatten, wieder lebendig wurde.

Nachdem unsere Gäste aufgebrochen waren, ging ich in mein Zimmer, zog mich aus und kroch ins Bett. Während ich an die Decke starrte, sagte ich Gott, dass ich auch gerne etwas für mich selbst erbitten würde, wenn noch ein bisschen Mitleid übrig wäre. Natürlich nur, wenn kein Bedarf bestünde, mich ganz und gar zu opfern, damit mein erster Wunsch in Erfüllung ginge, dass meine Eltern sich nicht trennten – ich bat Gott, mich mit dem Kalorienzählen aufhören zu lassen, dünn zu werden und zu lernen, wie es sich anfühlte, in den Spiegel zu schauen und nicht angeekelt zu sein.

Scharfe und unscharfe Punkte

Im Herbst jenes Jahres – ungefähr um *Rosch ha-Schana* herum – blieb meine Periode aus. Ich hatte auch starken Haarausfall, was besonders auffiel, wenn ich mein Haar kämmte und wusch und es dabei bündelweise in der Hand zurückblieb. Ein paar Mal wurde ich auch bewusstlos. Bevor alles vor meinen Augen schwarz wurde, sah ich jedes Mal die bekannten scharfen und unscharfen Punkte, neonfarbene winzige Pünktchen, die auftauchten und wieder verschwanden, so wie es mir als kleinem Kind in meinem deutschen Bett passiert war; es war ein leuchtender Anblick, und er war irgendwie schön, weil er nicht von dieser Welt zu sein schien, und wenn ich wieder zu Bewusstsein kam, fühlte ich mich orientierungslos und schwindelig.

Je mehr ich schlief, umso mehr wollte ich schlafen, umso weniger konnte ich einschlafen, je mehr Zeit ich im Bett verbrachte und einzuschlafen versuchte, und die Ringe unter meinen Augen wurden immer größer. Und wuchsen und wurden immer dunkler. Und noch immer konnte ich die Verwandlungen in meinem Gesicht und an meinem Körper nicht erkennen; ich war immer noch so fett, auch wenn ich fühlen konnte, wie meine Hüftknochen hervorkamen, und auch wenn ich die Linien meiner Rippen deutlich spüren konnte, war mein Fleisch immer noch widerwärtig. Die einzige Veränderung, die ich bemerkte, war die Form meiner Finger – sie waren dünner, länger, ihre Knochen waren sichtbarer geworden.

Meine Handschrift wurde kleiner, runder und dünner, die Buchstaben sahen wie kreisförmige Fäden aus, und ich erkannte meine Handschrift nicht als meine eigene. In diesem Herbst kaute ich eine Menge Kaugummi und fühlte eine große Leere in mir. Immerzu. Meine Freundinnen waren mein In-mich-Gekehrtsein gewöhnt, aber zu dieser Zeit war es schon vollständig von Höflichkeit und Apathie ihnen gegenüber bestimmt, ein Wandel, der immer deutlicher wurde, je mehr ich sie aus meinem Leben verbannte. Und da Lior und ich nicht mehr in derselben Klasse waren, gingen wir auch nicht mehr zusammen nach Hause, und so sah ich ihn nur noch selten. Im Unterschied zu meinem anderen Freunden distanzierte ich mich aber nicht absichtlich von ihm. Wenn wir uns in der Schule zufällig trafen, drehten sich unsere Gespräche um Hausaufgaben, Schulfächer oder ähnliche Themen. Mit einer Ausnahme:

Als wir einmal in unterschiedliche Richtungen durch den Schulflur liefen, trafen sich unsere Blicke, und als wir aneinander vorbeigingen, griff Lior nach meinem Handgelenk. »Was ist los?«, fragte er. »Nichts«, antwortete ich. »Was ist nur mit dir los?«, sagte er. »Nichts«, antwortete ich. »Komm schon, Fela, was ist mit dir los und ...« »Nichts«, sagte ich und richtete meinen Blick auf den Boden, während seine Hand immer noch wie ein Armband um mein Handgelenk geschlungen war. Ich wollte etwas sagen, aber im Flur war es laut wie nie zuvor, und es fühlte sich an wie in einem Bahnhof, und noch bevor ich die richtigen Worte gefunden hatte, stieß mich jemand an, und Lior und ich wurden auseinandergedrängt.

»Ja, rede mit mir, Lior«, realisiere ich jetzt, hätte ich ihm an diesem Tag sagen sollen. »Erzähl mir von deinen Blumen, deinen Tieren und deinen neuen Freunden. Erzähl mir von Dingen, die so wenig mit der Welt zusammenhängen, dass es scheint, als bedeuteten nur sie etwas, als machten allein sie die ganze Welt aus. Ja, rede mit mir, siehst du denn nicht, dass ich mich von dir entferne.«

»Ich weiß. Entferne dich nicht. Rede du mit mir, Fela«, hätte er gesagt.

»Ich tue, was ich kann«, hätte ich erklärt, damit er verhindert, dass ich mich entferne, »aber ich weiß vielleicht nicht, wie es geht.«

Ich wusste nicht, wie es ging.

Zu Hause, während der Mahlzeiten, starrte mich mein Vater manchmal an, dann meinen leeren Teller, dann seinen vollen Teller – immer übertrieben munter –, bevor er wieder mich anstarrte und mir sagte, wie lecker das Essen schmeckte, und fragte, ob ich mir sicher sei, dass ich nichts wolle. Er drängelte mich nicht, aber wenn er es doch tat, wurde ich ärgerlich und nahm das als Vorwand, das Essen zu verweigern. Meine Mutter versuchte ein paar Mal, der Sache im Gespräch auf den Grund zu kommen; sie versuchte, mit mir zu reden und mich dazu zu bringen, ihr zu erzählen, wie ich mich *fühlte*. Aber wie sagt man seiner Mutter, das man sich selbst nicht leiden kann? Wie sagt man seinen Eltern, dass man das Leben nicht mag, das sie einem gegeben haben, wenn man ganz genau weiß, dass sie einem alles gegeben haben, alles, was sie nur können?

Meine Probleme mit meinem Leben waren mir so peinlich, dass ich mich anstrengte, vor meinen Eltern nicht traurig zu sein, und meistens gelang es mir, ihnen vorzutäuschen, alles wäre in Ordnung. Und vermutlich war ich auch nicht so dünn, dass es sie wirklich beunruhigt hätte, oder vielleicht vertrauten sie mir auch, oder vielleicht war ich eine so gute Schauspielerin, wie ich glaubte, was erklären würde, warum sie nur selten mit mir redeten. Zum Teil waren sie zu abgelenkt, denke ich, zu beschäftigt mit ihren eigenen Problemen.

Ich war das stille Kind, das ihre Ehe brauchte: immer darauf bedacht, ihnen nicht zur Last zu fallen, nicht noch eine weitere Belastung für ihre Ehe zu sein, nicht noch eine Extraportion, die die Waage aus dem Gleichgewicht brachte, das eine Element, das die chemische Reaktion nicht vertrug.

Alle sagten nie das Richtige, egal was und wie sie es sagten, außer Tom; er war der einzige, der nie das Falsche sagte. Er fragte mich nie, ob er ›etwas für mich tun‹ könne, er verdrehte nie die Augen, als wüsste er schon alle Antworten, und musterte mich nie von oben bis unten, wie das alle anderen in dieser Zeit taten. Er sagte mir nie, ich sei zu dünn, und fragte nie, warum auf meinem Teller nur etwas rohes Gemüse läge. Er behandelte mich nie von oben herab. Stattdessen bot er an, mich mitzunehmen – auf Friedensdemonstrationen oder in Kneipen mit seinen Freunden auf Bier und *Nargila*. Er stand auf den grünen Apfel-Tabak-Geschmack. Er saß sogar stundenlang mit mir vor dem Fernsehen und schaute meinetwegen Sendungen, für die er sich offensichtlich nicht interessierte. Er war der einzige, der mich so behandelte, als wäre ich dieselbe wie immer. Und ich liebte ihn dafür. Ich lehnte seine Angebote ab und blieb lieber zu Hause mit meinen Büchern und meiner Musik – ich las Geschichten, die nichts mit meinem Leben zu tun hatten, und hörte mir Musik aus der ganzen Welt an –, ich blieb lieber innerhalb vertrauter, sicherer, unbedrohlicher Wände.

Als der Winter kam, fing ich wieder zu essen an. Ich traf diese Entscheidung, als ich realisierte, dass alles zu weit gegangen war. Einmal, nachdem ich ohnmächtig geworden, auf mein Sideboard gefallen war und mir den Kopf angeschlagen hatte, ging ich in die Küche, öffnete den Kühlschrank und stellte mich vor ihn. Ich stand vor ihm und stand immer weiter vor ihm und stand eine ganze Weile da; ich stand da mit einer Beule am Kopf, mit Schwindel- und Schuldgefühlen und griff hinein. Und indem meine Hand kälter wurde, wusste ich, dass ich, wenn ich nur etwas probierte, was ich bisher von mir ferngehalten hatte, mich der Lösung meines Essproblems ein kleines Stück näherte. Ich zog die Hand zurück. Ich machte den Kühlschrank zu und stand vor seiner geschlossenen Tür und lauschte dem Wasser, das in seinen Rohren hoch und runter floss, und dem Geräusch des Stroms.

Ich öffnete die Tür erneut und griff nach einem knusprigen, harten, kalten Schokoladenriegel, und ohne die Tür zuzumachen oder mich einen Schritt wegzubewegen, schaltete ich meinen Verstand aus und biss in den Riegel, und die Schokolade war in mir, und ich aß sie, und sie schmeckte himmlisch.

Während der ersten Wochen, nachdem ich wieder mit dem Essen begonnen hatte, aß ich nur in Gesellschaft. Ich wollte, dass die Leute meine bunten Teller sahen, mich kauen hörten, die Geschmäcke rochen, die ich in mich hineinließ; ich wollte sie wissen lassen, dass ich aß. Aber dann änderte sich das; ich nahm zu. Wenn ich also zu viel aß, fühlte ich mich schuldig und musste mich bestrafen, und die passendste Strafe, die schlimmste, die mir einfiel, war, mich selbst zum Essen zu zwingen; ich bestrafte mich dafür, gegessen zu haben, indem ich mich zum Essen zwang. Also aß ich. Und also aß ich, und damit bewies ich mir nur wieder selbst, dass ich schwach war, so schwach, die Schwächste von allen, weil ich nicht mit dem Essen aufhören konnte.

Nachdem ich zu viel zugenommen hatte, aß ich nur noch alleine. Kaum war ich alleine, stürzte ich mich auf das Essen. Anschließend stürzte sich das Essen auf mich: in einsamen Nächten – *Pita*-Brot, *Halvah*, *Pita*-Brot, *Halvah* –, wenn sich Traurigkeit breitmachte – *Challah*, Schokolade, *Challah*, Schokolade. Mir schien, als würden mein Arm und mein Mund, die das taten, nicht nur nicht von mir kontrolliert, sondern als wären sie auch ganz unverbunden mit mir. Das Essen hörte auf, einen Geschmack zu haben, geschweige denn einen guten; es hatte nicht einmal Aroma, nicht einmal eine Konsistenz, aber ich schlang es herunter und schlang es herunter und schlang es herunter, und wenn mir zufällig einmal nach Lächeln zumute war, feierte ich auch das mit Essen – mit bunten Karamellbonbons, bunten Karamellbonbons, bunten Karamellbonbons.

Ich verzehrte mich nach Essen – physisch wie mental – und ich verabscheute es und ich liebte es und ich hasste es, und es war mein Geliebter und mein Meistgehasster, und es war mein bester Freund und mein schlimmster Feind, und ich entwickelte eine Hassliebe zum Essen, die ich nicht mehr kontrollieren konnte.

Ich aß nächtelang, bis mir der Magen wehtat. Manchmal wurde ich sogar von einem andauernden Stechen wach, von einem riesigen Druck und dem Gefühl, als würde meine Haut sich langsam ausdehnen, aufreißen, zerreißen – und ebenso jede Zelle, jedes Gewebe, jeder Knochen, Nerv, Gefäß, jede Trennwand in mir. Es war ein unerträglicher Schmerz. Ich hatte das Gefühl, meine eigene Haut würde mich langsam zerstören, so dass nichts von mir übrig bliebe, wenn ich so weitermachte. Morgens tat mein Körper immer noch weh – »warum musste ich das tun? Weil ich es nicht nicht tun konnte« – und erinnerte mich an ein Gespräch, das nie stattfand – »hör einfach auf, ich kann nicht, hör einfach auf, warum kannst du nicht, weil nicht *ich* es bin, es ist ein Teil in mir, der so hässlich ist und der die Oberhand gewonnen hat und den ganzen Rest von mir verschlungen hat.«

Als der Frühling kam, waren meine Brüste und meine Hüften wieder runder geworden und fühlten sich einfach nur nach zusätzlichem Fleisch und Fett an. Die Scham über das, was ich getan hatte, fraß mich auf, und ich war vollauf damit beschäftigt, das zu hassen, in das mein Körper sich verwandelt hatte. Während meine Freundinnen von früher mit Jungen ausgingen, konnte ich mir nicht einmal denken, von irgendjemandem begehrt zu werden, noch wollte ich jemandem physisch nahe sein.

Glaubte ich wirklich, während ich wie besessen aß, dass das Essen den leeren Raum in mir würde füllen können; dass ein Hohlraum, den ich mir vorstellte, mit etwas Festem gefüllt werden könnte? War ich dabei, mich zu heilen oder mich zu zerstören? Ist es möglich, beides zugleich zu tun?

Ist Schnee schön?

Es ist Morgen, ich betrete den Frühstücksraum, aber Opa ist noch nicht da. Ich bin hungrig, aber ich will nicht ohne Mosha anfangen, also lasse ich meinen Blick durch den Raum schweifen, der eher ein Saal ist als ein Raum: Zwei junge Kellner eilen umher, der eine arrangiert die Tischdecken und die Blumenvasen, der andere ist mit den wenigen Gästen beschäftigt. Der Speisesaal ist leer, mit Ausnahme eines Tisches, an dem eine Familie mit drei Kindern sitzt, und zwei Einzeltischen, an denen zwei ältere Männer alleine sitzen – ein Anblick, der mich traurig stimmt. Die Engländer von vorgestern Nachmittag sind auch noch nicht da. Nach zehn Minuten oder so fange ich an, wieder den Blick auf mir zu fühlen, den ich schon gestern spürte, also drehe ich mich um, in der Hoffnung, seinen Ursprung zu orten – eine Person, die mich anstarrt, eine Überwachungskamera –, aber ich sehe nichts. Nach ungefähr zwanzig Minuten kommt Opa, munter und voller Energie.

»Hast du irgendwann später irgendetwas von deiner Schwester Fela gehört?«, frage ich schnell, impulsiv, und lasse mir keine Zeit, zu bereuen, schon wieder mein Versprechen gebrochen zu haben.

Mosha schüttelt den Kopf, aber statt zu antworten, richtet er seine Aufmerksamkeit auf den Kellner, der gerade an unseren Tisch getreten ist.

»*Would you like some coffee?*«, fragt uns der Kellner auf Englisch.

Mosha schaut mich an: »Kaffee?«, fragt er mich auf Deutsch.

»Ja, gerne«, beantworte ich Moshas Frage; ich spreche nicht mit dem Kellner, offenbar will Mosha der sein, der bestellt.

»*Yes. Please. Two. Please*«, sagt er zu dem Kellner.

»Dankeschön«, sage ich zu Mosha und will meine Frage wiederholen, doch dann halte ich mich zurück, ich muss ihn reden lassen oder nicht reden, oder so viel reden, wie er braucht, oder so wenig reden, wie er möchte.

Mit einem warmen Lächeln sagt er mir, ich solle mir etwas vom Buffet holen, worauf ich antworte: »Ich wollte nicht ohne dich anfangen«.

»Ich warte erst auf meinen Kaffee«, sagt er, und ich stehe also auf und gehe über den Teppichboden zum Buffet. Es ist lang und verschwenderisch gut sortiert, und alles sieht köstlich aus, und ich stehe davor und kann mich nicht entscheiden, ob mir eher der Sinn nach Süßem oder nach Pikantem steht, weil ich zu hungrig bin – ich nehme eine Schüssel Joghurt, auf den ich frischen Fruchtsalat, Müsli, Nüsse und Honig lade, und kann es kaum abwarten, ihn zu essen. Ich gehe zu meinem Platz zurück, stelle die Schüssel auf den Tisch und setze mich. Nach dem Krieg, erzählt mir Opa sofort, hörte er, dass Fela in Bergen-Belsen gestorben war. Sie war ungefähr zwei Wochen vor Kriegsende gestorben. Verhungert.

Ich schiebe die Schüssel mit Essen von mir weg, so weit weg, wie ich nur irgend kann.

Fela. Sie ist verhungert. Verhungert. Meine liebe, allerliebste Fela.

Irgendetwas in mir fühlt sich anders an, seltsam, besser jetzt, wo Opa mir das von Fela erzählt hat, *seine* Fela, *meine* Fela. Als könnte ich jetzt meine früheren Essprobleme in romantischerem Licht sehen; sie sind nicht mehr einfach nur peinlich und unnötig und etwas, für das keine meiner Erklärungen gut genug ist, für das alle meine Erklärungen nur Ausreden sind, sogar Lügen. Plötzlich – und das ist vielleicht nicht rational und nicht real, aber plötzlich – habe ich einen Grund gefunden, der mehr Sinn ergibt als jeder andere. Und es fühlt sich gut an, fühlt sich so an, als hätte ich die Schönheit entdeckt, obschon ich doch dachte, es gäbe nur Hässliches.

Schicksal oder Glück, ich frage mich, ob alles anfing, als man mir ihren Namen gab.

»Fela? Fela? Hörst du mir zu?«, höre ich die Stimme meines Großvaters.

Und ich frage mich, wenn Fela noch existierte, wenn sie überlebt hätte, lebte sie dann mit einem Hohlraum in ihrem Inneren? Wäre sie dann jede Sekunde hungrig, jede Sekunde jeden Tages? Und wenn der Krieg zu Ende gewesen wäre, hätte sie den Geschmack des Essens wieder genießen können? Hätte sie ihre Energie wiederfinden können?

Muss ich einen Kreislauf beenden, den Fela anzufangen gezwungen wurde?

»Fela? Fela?«, Opas Stimme ist lauter als gewöhnlich. »Hörst du mir zu?«

»Ja. Was denn, Opa?«

»Hörst du mir zu?«

»Hmm. Ja. Natürlich tue ich das«, antworte ich, obwohl ich das gerade nicht getan habe. »Natürlich tue ich das.«

»*Git.*«

Seine Stimme bringt mich auf den Boden zurück; holt mich zurück auf meinen Stuhl, zu der Schüssel vor mir, die immer noch unberührt ist. Ich will, dass sie es für immer bleibt.

»Als Blechhammer liquidiert wurde, wurden wir auf einen Todesmarsch geschickt. Es war Anfang Januar. Wir hörten, die Russen seien schon in Warschau, und dass sie uns vielleicht einholen würden. Wir waren also sicher, dass uns die SS-Männer am Ende alle umbringen würden. Selbst wenn sie nur zehn Minuten hätten, bevor sie kapitulieren mussten, würden sie ihre Pflicht tun, bis zum letzten Mann. Sie würden uns in Reihen antreten lassen und dann auf uns schießen, bis keiner mehr übrig wäre.«

Ich höre ihm zu, aber meine Gedanken sind anderswo, teilweise bei Fela und teilweise in meiner eigenen Vergangenheit, und es fühlt sich an, als seien zwei Teile von mir gerade auf zwei verschiedenen Kontinenten, zwei Teile, die in verschiedenen Zeiten existieren. Ich will nicht, dass meine Gedanken anderswo sind als bei ihm, und ich zwinge mich, aufmerksamer zuzuhören, besser und konzentrierter.

»Während wir vorangetrieben wurden, sahen wir tausende andere Häftlinge aus anderen Lagern, die auch marschierten. Weißt du, wir sahen tausende Tote entlang der Straße. Die SS-Leute sagten uns, dass die, die nicht mehr laufen konnten, sich an den Straßenrand legen sollten, aber jeder wusste, was passierte, wenn man das tat: Am Ende des Todeszuges ging ein SS-Mann mit einem Hund, und er erschoss die, die sich hingelegt hatten. Ich ging in der Mitte. Nicht zu weit vorne und nicht am Schluss, um nicht aufzufallen. Es ist ein sehr harter Winter, und ich versuche, in der Mitte zu bleiben, einfach, um nicht aufzufallen.«

Hart? Einfach nur hart? Ich weiß, es war nicht nur ein harter, es war ein harter und ein starker und ein mächtiger und ein brutaler und ein vernichtender und ein unerträglicher Winter. Ohne Kleider am Körper, ohne Schuhe an den Füßen, ohne einen Ort der Zuflucht, ein Zuhause, in das man gehen und ein Bett, in das man kriechen konnte, bei Minustemperaturen und mit einer Kälte, die einem in die Knochen fährt und hineinkriecht und tiefer hineinkriecht und einen erschaudern lässt und einen noch mehr erschaudern lässt, und diesen Winter nennst du hart, Opa, einfach nur hart?

Der Schnee war schön; der Lageraufseher war gut zu dir; der Winter war hart – gibt es in seinem Bewusstsein einen Filter, der ihn so reden lässt? Ist die Zeit dieser Filter, sein Optimismus, sein Überlebensinstinkt; ist die Sprache dieser Filter?

Opa lehnt sich auf seinem Stuhl zurück, zieht seine Krawatte von oben nach unten gerade, glättet sie und versucht dabei, alle Knitterfalten heraus zu bekommen, obwohl es vorerst gar keine gibt. Dann legt er seinen rechten Arm auf seinen festen und runden Bauch und seinen linken Ellbogen zum Abstützen auf den Tisch, Zeige- und Mittelfinger drücken gegen seine linke Backe – er hat eine bequeme Position gefunden und fährt fort: »Auf dem Marsch übernachteten wir in Scheunen.« Ich unterbreche ihn und frage, wie diese Scheunen aussahen. Was macht das für einen Unterschied, antwortet er – was *macht* das für einen Unterschied, frage ich mich. Es macht einen Unterschied. »Überall lagen Tote herum«, sagt er. Es macht *keinen* Unterschied. »Wenn man zum Pinkeln rausgehen wollte, musste man über tote Körper steigen. Unterernährte tote Körper. Stapel von toten Körpern. Und einmal gab es da diesen deutschen Kapo, einen Sadisten, der einen Häftling schlug und sich dann auf seinen Bauch stellte, bis der Mann starb. Angeblich wollte der Häftling noch ein weiteres Stück Brot. Heute früh habe ich mit Oma gesprochen.«

»Warte, Opa.« Ich will noch mehr hören.

»*Wus?*«

»Was, *wus?*«

»*Wus?*«

»Und was passierte dann?« Ich will noch mehr hören. Viel mehr. Ich will nicht, dass er seinen Erzählfluss unterbricht.

»Ich habe mit deiner Großmutter gesprochen.«

»Erzähl mir noch mehr«, sage ich. Ich will, dass er mir weitererzählt, mehr und mehr und über das hinaus, was er sonst erzählt, und über das hinaus, was er normalerweise erzählen würde, und ich will tiefer in die Vergangenheit eintauchen und tiefer in seinen Kopf, und ich will alles und jedes hören, alles, was mehr ist als das, was er mir schon erzählt hat, mehr, als was er sonst erzählt, mehr als nur ... Ich sollte mich folglich auflösen und gleich wieder zusammensetzen, auflösen und gleich wieder zusammensetzen, ich bin zum Zuhören hier, nicht zum Reden, ich bin als Zeugin hier, als stumme Zeugin, wenn überhaupt. Mehr soll, braucht, kann man nicht sein.

»Du hast also mit Oma gesprochen, ja?«

»Sie lässt dich grüßen«, sagt er mit ruhiger Stimme.

Vielleicht braucht er einfach eine Pause, um sich auszuruhen.

Ich frage, wie es Oma geht, aber mit einer Handbewegung wischt er meine Frage beiseite, also frage ich noch mal, wie Oma sich fühlt, und alles was er sagt, ist: »Es ist das Alter.«

»Aber ist alles in Ordnung?«, frage ich.

»Weißt du, alles ist in Ordnung.«

Jetzt, wo mein Großvater hier mit mir ist, ist Oma ganz alleine in ihrer Wohnung; sie hat keinen, für den sie sorgen und den sie bekochen kann, keinen, dem sie eine zusätzliche Pflaume unterjubeln kann.

Ich schaue auf die Schüssel vor mir, sie ist immer noch unberührt; noch immer fühle ich einen Blick auf mich gerichtet.

Mosha steht vom Frühstückstisch auf, lässt aus Versehen seine Serviette von seinem Schoß gleiten und sagt: »Heute haben wir eine lange Fahrt vor uns.« Ich hebe seine Serviette auf und lege sie auf den Tisch und folge ihm aus dem Speisesaal; ich gehe hinter ihm her und während ich das tue, achte ich auf die Art und Weise, wie ich mich bewege. Ich beobachte den Rhythmus meiner Schritte und möchte plötzlich verschiedene Arten zu gehen ausprobieren; ich verlagere mein Gewicht von den Fersen auf die Zehen, ich drehe meine großen Zehen ein wenig nach innen, das fühlt sich komisch an, ich drehe sie nach außen, dann bringe ich meine Knie näher zusammen als gewöhnlich, das fühlt sich nicht nach mir an, ich strecke sie durch und bleibe so steif, das fühlt sich auch nicht nach mir an.

Wie aber ist Fela – Fela, die starb, als sie kurz vor dem Frau-Werden stand, mit dem Körper, der Haltung, dem Gewicht und der Koordination eines kleinen Mädchens – gegangen?

Als ich ins Auto steige, werfe ich einen kurzen Blick auf die baumelnden Würfel: An dem einen zeigen die Seiten mit der Eins und der Vier zu mir, immer noch, und an dem anderen die mit der Drei und der Sechs. Der Fahrer lässt den Motor an und fährt dann los. Nach ungefähr einer Minute schaltet er das Radio ein und wechselt ein paar Mal den Sender. Er schaltet um, bis ein Song kommt, dessen langsame Melodie ich erkenne, und während er zu uns schaut und sich auf die Lippen beißt, sucht er schon wieder weiter.

Er lockert seinen Biss, und man sieht den Abdruck seiner Zähne auf seiner Unterlippe, dann sucht er Augenkontakt zu meinem Großvater. Als sie anfangen, sich auf Polnisch zu unterhalten, schaltet der Fahrer zurück zu dem Sender, auf dem der Song kommt. Und ich höre mir die beruhigende Musik an – und schaue aus dem Fenster, auf einen Himmel voller schwerer Wolken.

Party

Nach dem Ende der vierten Klasse hörten Lior und ich auf, jeden Tag gemeinsam nach Hause zu laufen. Es war einfach so, dass wir während der folgenden zwei Jahre nur noch sporadisch zusammen nach Hause liefen. Wenn zu viel Zeit vergangen war, seitdem wir uns zuletzt gesprochen hatten, suchten wir uns gegenseitig während eines Schultags und schwatzten ein paar Minuten – es war, als wären ein paar Minuten genau die Dosis vom anderen, die wir beide brauchten. Aber die brauchten wir immer.

Aber dann, eines Tages – während einer der ersten Wochen der siebten Klasse –, kam ich aus dem Tor, und Lior saß auf der Bank. Mit weit geöffneten Beinen, den Oberkörper nach vorne geneigt und den Ellbogen auf die Knie gestützt. Mit der rechten Handfläche auf der Stirn beobachtete er erwartungsvoll das weiße Schultor. Ich hielt also an und stellte mich zu ihm, und während uns der Geruch der wilden Pinien, die um unsere Schule herumstanden, in die Nase stieg, wechselten wir ein paar Worte, und er fragte, ob ich auf dem Weg nach Hause sei oder woanders hin, worauf ich antwortete, ich ginge nach Hause, worauf er sagte, dass auch er das täte, und wir sollten doch losgehen. Das taten wir. Wir gingen die Eucalyptus Road entlang, bis wir zu unserer Kreuzung kamen und wir jeder allein weitergehen mussten. An diesem Tag nahmen wir unsere Gewohnheit wieder auf.

»Kannst du nicht eine deiner Freundinnen fragen, ob sie mit mir gehen will?«, erkundigte sich Lior eines Tages auf unserem Heimweg. Wir hatten das erste Halbjahr der siebten Klasse geschafft, und inzwischen hatte sich Lior angewöhnt, mit mir über Mädchen zu reden.

»Ja klar«, sagte ich zu ihm und nahm ihn nicht wirklich ernst. »Welche denn?«

»Irgendeine.« Halb im Ernst und halb im Scherz fügte er hinzu, »die hübscheste. Natürlich.«

»Natürlich«, erwiderte ich im gleichen Tonfall, bevor ich ergänzte, »aber sie sind alle hübsch.«

»Nein, sind sie nicht«, sagte Lior sofort.

»Doch, das sind sie«, antwortete ich. »Aber welche magst du denn?«

»Einige.«

»Okay ...?«

»Okay!«

»Ich weiß nicht, was das bedeuten soll, Lior«, sagte ich, obwohl ich eigentlich sagen wollte, dass keine von ihnen gut genug für ihn war – sie mochten hübsch genug sein, dünn genug, süß genug, sie mochten schlau genug, lustig genug sein, aber sie waren nicht genug, nicht genug, nicht genug für ihn –, aber das sagte ich nicht. Alles, was ich sagte, war, »hör mal, du kannst sie doch nicht alle gleich mögen.«

»Ja, stimmt.«

»Wenn ich dir also helfen soll, musst du mir sagen, welche du am meisten magst. Okay?«

»Okay!« Und dann, ein paar Schritte, bevor wir den Eukalyptuswald erreichten, sagte er, »vielleicht könntest du mal bei mir vorbeikommen, und du hilfst mir mit deinem Rat.«

Seine Worte überraschten mich. Er war doch der Kontaktfreudigere und Selbstbewusstere von uns beiden, warum sollte er also meine Hilfe benötigen? Nur, weil ich ein Mädchen war?

»Klar«, sagte ich, »obwohl ich dir vermutlich keine große Hilfe bin«, setzte ich schüchtern hinzu und wollte ihn damit warnen, sich nicht zu sehr auf meine Hilfe zu verlassen.

»Vielleicht morgen, oder übermorgen?« Seine Worte kamen so heraus, als hätte er sie vorher geübt, und ich vermutete, dass es ihm wirklich äußerst peinlich war, mich um Hilfe zu bitten, wenn er üben musste, was er mir sagen wollte.

»Klar«, sagte ich noch einmal.

»Das wird lustig.« Er rieb sich mit den Fingern über die Stirn. »Eines Tages«, sagte er dann in einem viel selbstbewussteren Ton, »wenn ich ein Soldat in der besten Einheit bin, werden alle Mädchen meine Freundinnen sein wollen. Wenn es also sein muss, warte ich einfach.«

Auf der kahlen Stelle im Eukalyptuswald standen wir inmitten eines Ozeans von heruntergefallenen Blättern. Wenn es also sein muss, warte *ich* einfach, dachte ich. Ich weiß nicht genau, auf was und wie lange, aber ich werde auch einfach warten.

In meiner Kindheit sahen die israelischen Soldaten in Uniform wie reife, erwachsene Männer aus. Ich sah sie an Bushaltestellen stehen, bei Feiern im Fernsehen, wie sie die Straßen oder Märkte entlang liefen, und ich glaubte felsenfest daran, dass sie uns beschützen konnten, auch wenn ich nicht verstand, wovor. Ich war überzeugt, sie alle hatten kräftige, klangvolle Stimmen und einen erdigen Moschusgeruch, und ich bemerkte nicht, dass vielen von ihnen noch nicht einmal Barthaare sprossen und dass nicht alle verantwortungsbewusst waren und dass einigen ihre Gewehre und Rucksäcke zu schwer waren und ihnen jeden Tag beim Tragen fast den Rücken brachen. Und wenn sie schliefen, schliefen die meisten noch wie kleine Jungen, nicht wie Männer.

»Okay. Gleich tue ich es«, sagte mir Lior eines Freitagabends auf der Geburtstagsparty eines Klassenkameraden. Neben Schüsseln voller *bissli*, *bamba* und *beigale* verkündete er entschieden: »Gleich frage ich ein Mädchen, ob sie meine Freundin sein will.«

»Wen denn?«, fragte ich schnell und einen Ton höher als sonst.

»Wen denn? Sag schon.«

»Nein.«

»Wen?«

»Ich will es dir nicht sagen«, sagte er schroff, »du wirst schon sehen.«

»*Nu*, Lior, sag es mir. *Nu*«, sagte ich und stieß dann ein extrem gedehntes, flehendes »Bitte« aus.

»Das sage ich dir nicht. Wenn der nächste langsame Song kommt, frage ich sie, ob sie mit mir tanzt, und dann frage ich sie, ob sie meine Freundin sein will.«

»Na schön«, sagte ich mürrisch, »viel Erfolg.«

Ich senkte meine Augen auf die blaue Papiertischdecke und verengte mein Sichtfeld, so dass die Snacks auf dem Tisch das Einzige waren, was noch vor meinen Augen stand.

Als der nächste langsame Song kam, bewegte sich Lior nicht vom Fleck. Er stand still, er stand neben mir.

»Geh schon«, befahl ich ihm. Ich wollte nicht, dass er geht, hatte aber nicht den Mut zu sagen ›geh nicht‹, oder das Selbstvertrauen, mir vorzustellen, er könnte bleiben wollen. Lior wollte gehen, dessen war ich mir sicher, aber er bewegte sich nicht vom Fleck, und ich wusste nicht warum und darum dachte ich, es sei richtig, ›geh schon‹ zu sagen.

»Aber eigentlich …«

»Komm schon, Lior. Geh«, unterbrach ich ihn, weil ich merkte, dass ich ihn vielleicht mit dem Tonfall meiner letzten Bemerkung entmutigt hatte, und dann wiederholte ich das »viel Erfolg«, dieses Mal viel energischer. Noch immer hoffte ich, er könnte sehen, was in meinem Innersten vorging, und er wüsste, dass ich nicht wollte, dass er ging und mit einem anderen Mädchen tanzte. Ein Teil von mir, tief innen, musste gehofft haben, er sähe, was ich nicht sehen konnte – dass ich noch nicht gemerkt hatte, dass es keine Schwäche ist, jemanden zu begehren und zu brauchen.

Und so ging er. Als Lior meine wunderschöne Freundin, das dünne Mädchen mit der lautesten Stimme, zum Tanz aufforderte, lernte ich zum ersten Mal, was Neid ist. Während sie auf der Tanzfläche standen, eine Armlänge voneinander entfernt unter einer Diskokugel, und sich zum Klang englischer Texte bewegten, wünschte ich, er hätte mich zum Tanzen aufgefordert.

Jahre später lernte ich, dass das Verpassen auch ein schreckliches Gefühl ist. Verpassen und Beneiden – zwei Seinszustände ohne das, was man am meisten begehrt, ohne das, was man mit seinem ganzen Körper will, mit jeder Fingerspitze, Haarspitze, Fußspitze, mit dem Kopf und dem Bewusstsein, mit jedem noch so kleinen Gedanken, in der Wahrnehmung und in der Vorstellung – sind zwei unerträgliche Gefühle.

Sie musste es abgelehnt haben, Liors Freundin zu werden, denn nach diesem Wochenende, sah ich sie in der Schule nicht viel miteinander reden. Vielleicht hatte er sie auch gar nicht gefragt.

Als ich an dem Tag dann nach Hause lief, fühlte ich mich erleichtert. Ich war glücklich, dass Lior noch immer neben mir lief, und ich war glücklich, dass sich die meisten Mädchen in meiner Klasse für ältere Jungen interessierten, was bedeutete, dass sie sich weniger für Lior interessierten. Während dieses Schuljahres fragte mich fast jedes Mädchen aus meiner Stufe, ob mein Bruder schon eine Freundin hätte und ob sie eine winzige Chance hätte, von ihm beachtet zu werden. Einmal erzählte ich Tom davon, er aber lachte nur und sagte, meine Freundinnen seien zu jung für ihn.

»Weißt du was, Fela, ich habe sie eigentlich nie gemocht«, sagte Lior eine oder zwei Wochen nach der Party. Wir schlurften nach Hause, auf unseren Schultern lasteten der Schultag, unsere Hausaufgaben und unsere Rucksäcke voller Bücher.

»Wovon redest du, Lior?«, fragte ich und blickte nach unten auf den Bürgersteig.

»Du weißt schon, als ich *sie* zum Tanzen aufgefordert habe. Auf der Party. Ich habe sie nie gemocht.«

»Das verstehe ich nicht.« Ich hob meinen Blick vom Boden, kniff wegen der starken Sonne die Augen zusammen, verschränkte die Arme und lief so weiter. Sagte er das gerade, weil sie sein Angebot abgelehnt hatte – machten das die Leute so? Geschichten erfinden, um sich weniger abgewiesen zu fühlen, um ihre Egos nur ein kleines bisschen besser zu schützen?

»Ich glaube, ich mag eine andere, aber ich glaube nicht, dass sie mich mag«, sagte er mit einer für ihn sehr untypischen Stimme – seine Stimme und seine Worte ließen Unsicherheit erkennen –, und ich wusste nicht, was mich mehr überraschte: dass Lior, oder jeder andere Junge, dieses Mädchen nicht mögen konnte – mit ihren vollen Lippen und ihren von der Sonne verwöhnten Haaren, mit ihrer lockeren, selbstbewussten Art und guten Figur und ihren langen, schlanken Beinen. Auch wenn ich fand, dass sie zu langweilig für Lior war, erwartete ich, dass er von ihrer israelischen Schönheit und ihrer extrovertierten Art, die der seinen auf so viele Weisen ähnelte, wie hypnotisiert war. Oder war ich noch überraschter darüber, dass Liors Selbstsicherheit vor mir ins Wanken geriet?

»Woher weißt du denn, dass sie dich nicht mag?«, fragte ich vorsichtig.

»Manchmal glaube ich, sie mag mich, dann wieder bin ich mir ziemlich sicher, dass sie mich nicht mag.«

»Vielleicht könntest du ihr das sagen. Oder du könntest ihr einen deutlichen Hinweis geben? Ich vermute, du bist zu alt, um sie an den Zöpfen zu ziehen«, sagte ich und ließ einen kleinen Lacher durch meine Lippen entweichen. Ich hoffte, er würde dasselbe tun.

»Wenn doch nur alle Mädchen Zöpfe hätten …«, sagte er. Dann grinste er breit. »Wenn doch nur.«

Ich wollte wissen, welches andere Mädchen er meinte, ich wollte wissen, was das für eine Person war, die seine Aufmerksamkeit erregte, wer so glücklich sein konnte, von Lior begehrt zu werden, aber er wirkte so verletzlich, dass ich nicht weiter in ihn dringen wollte.

»Vielleicht sollte ich ihr einen deutlicheren Hinweis geben.« Lior senkte seinen Blick und sah auf den Bürgersteig. »Obwohl ich das schon tue, denke ich.«

»Also ist sie entweder blind, oder sie hat kein Interesse.« Ich senkte meinen Blick ebenfalls.

»Genau«, sagte er. »Ich weiß nur nicht, was von beidem.«

Als wir den Eukalyptuswald erreicht hatten, liefen wir auf seine Mitte zu, doch bevor wir die runde Stelle betraten, suchten Lior und ich uns Bäume, an die wir uns lehnen konnten, und saßen einfach eine Weile lang da. Eine angenehme Brise wehte, und auch wenn wir uns im Landesinneren befanden, fühlte es sich an wie eine Brise am Mittelmeer.

»Wissen die Leute immer, wenn jemand sie mag?«, fragte Lior, nachdem wir es uns beide bequem gemacht und genau die Stellen gefunden hatten, an denen sich die Baumstämme in unserem Rücken weich anfühlten, was nicht leicht war, denn die Rinde am unteren Stamm eines Eukalyptusbaumes ist rau, nie so glatt wie weiter oben.

»Ich vermute schon.« Die Leute mussten dafür doch Worte haben, dachte ich. Aber ehrlich gesagt, wie sollte ich das wissen, wie sollte ich irgendetwas davon wissen, ich habe noch nicht einmal einen Jungen geküsst und ich bezweifle, dass ich das je tun werde, wie also sollte ich die Antwort auf diese Frage wissen. »Ich bin mir aber nicht sicher«, fügte ich hinzu, kurz bevor ich sagte, »nein, vielleicht wissen sie es nicht.«

»Würdest du es wissen?«

Er legte seine Hand auf den Boden, hob ein Eukalyptusblatt auf und begann, mit seinen beiden Händen daran herumzuspielen. Er richtete seine ganze Aufmerksamkeit auf dieses blassgrüne Blatt.

»Das hängt von den Umständen ab«, erwiderte ich ganz rational, während ich den Boden nach einem Blatt für mich absuchte, »aber in diesem Gespräch geht es nicht um mich, Lior, es geht um dich.«

Die Vorstellung, irgendwer könnte mich je wollen, kam mir nie in den Kopf. Ich mochte mich selber nicht, wie konnte ich mir also vorstellen, jemand anderes könnte das tun?

In dieser Zeit bildete ich mir ein, dass Lior wissen musste, dass ich ihn gern hatte, dass ich ihn ein kleines bisschen gern hatte, wie ich es nur mir selbst eingestand, denn wie konnte er sich sonst erklären, dass ich immer mit ihm herumhängen wollte. Aber ich glaubte auch, dass Lior, weil er es doch wusste und nicht darauf einging, mir indirekt sagen wollte, dass er an nichts interessiert war, was über Freundschaft hinausging.

Liors Zurückweisung war schmerzhaft – und manchmal unerträglich. Er kannte mich besser als jeder andere und war mir näher als jeder andere Junge, und darum war sein mangelndes Interesse ein Zeichen von Hoffnungslosigkeit; wenn er mich schon nicht gern hat, dann wird mich nie einer mögen.

Ich spielte mit dem Blatt in meiner Hand, ließ meine Finger über seine Oberfläche gleiten, faltete es zusammen und wieder auseinander, schaute mir die verschiedenen Muster an, die durch das Zusammenfalten auf dem Blatt entstanden waren.

»Aber wenn es doch um dich ginge?«, insistierte Lior.

»Hör auf, Lior – es geht nicht um mich«, sagte ich mit Bestimmtheit, weil ich nicht über den Gedanken nachgrübeln wollte, dass ich so wenig begehrenswert war, und ich wollte ihm auch nicht gestehen, dass ich darüber nachdachte; sich selbst zu hassen, ist eine Schwäche, und diese jemand anderem zu zeigen, macht sie nur noch größer.

»Na schön«, sagte Lior, und seine Stimme klang nicht überzeugt. »Na schön.«

Lior und meine Freundschaft fingen um diese Zeit herum an, sich anders anzufühlen, sie hatten sich verändert, etwas war dazu gekommen zu dem, was wir vorher gehabt hatten. Ich war nicht sicher, ob es die zweijährige Pause war, in der wir nicht täglich gemeinsam nach Hause gelaufen waren, die uns einander entfremdet hatte, oder ob es die Veränderungen waren, die wir beide während dieser zwei Jahre durchgemacht hatten. Hauptsächlich war es mein Fehler, dachte ich, weil ich angefangen hatte, Lior für mehr als einen platonischen Freund zu halten, und so hatte ich die Dinge zwischen uns verkompliziert, und meine Verlegenheit war diese zusätzliche Sache, die zu dem dazu gekommen war, was wir vorher gehabt hatten. Also versuchte ich, alle Gefühle so gut wie möglich zu unterdrücken, sie ganz nach hinten in meinen Kopf zurückzudrängen, und wann immer sie nach vorne kamen, mich so zu verhalten, wie ich mich immer mit ihm verhalten hatte, und versuchte, diese sporadischen Gedanken – die ich meistens zu kontrollieren vermochte, indem ich mir sagte, dass zwischen uns beiden nie etwas geschehen könnte – nicht die Art unserer Freundschaft diktieren zu lassen.

Der Fahrer – der schon wieder die Sender wechselt und an den Knöpfen dreht – und mein Großvater sind nicht mehr ins Gespräch vertieft, und so wendet sich Opa wieder mir zu. »Wir haben ein Krematorium gesehen. Weißt du. Das war Tag und Nacht in Betrieb, und man sagte uns, wenn einer von uns krank würde, würde er dahin gebracht werden, an die Stelle, wo rund um die Uhr Körper verbrannt werden. Im Hintergrund war dauernd der Lärm von Erschießungen zu hören.«

Der Fahrer wechselt noch ein paar Mal den Sender, dann bleibt er bei einem, auf dem klassische Musik kommt – irgendein Klavierstück. Die Bewegung des Autos bringt die Würfel zum Tanzen, und meine Augen folgen wie hypnotisiert ihren Bewegungen.

»Die Russen, hieß es, waren noch immer hinter uns. Zu diesem Zeitpunkt wurde das Lager, in das man uns gebracht hatte – Groß-Rosen –, ebenfalls evakuiert, und alle Häftlinge wurden nach Buchenwald geschickt. Wir wurden auf einem offenen Güterwaggon transportiert. Weißt du, zwischen uns lagen die Toten. Als wir Weimar erreichen, sehen wir Flugzeuge über uns. Wir sind so glücklich, amerikanische oder englische zu sehen. Wir wussten nicht, wessen Flugzeuge das waren, aber wir wussten, deutsche waren es nicht. Ihre Bomben fallen fast auf uns. Von Weimar aus marschieren wir weiter – ohne Wasser, in unseren dreckigen Kleidern –, bis wir Buchenwald erreichen. Dort wurden wir desinfiziert, in chemische Bäder gesteckt, deren Flüssigkeit uns bis zum Kinn reichte, und bekamen Hosen und Schuhe.«

Wir kommen zu einem Konzentrationslager – es ist vollständig zerstört und ist jetzt eine Gedenkstätte; eine Wiese, auf der statt Bäumen Steine wachsen. Unter einem stahlblauen Himmel sind Steine gepflanzt, winzige, elliptische, spitze, mittelgroße, runde, verstreute, scharfkantige, riesige, konzentrierte; ein Steinfeld. Kleine Steine stehen zu Ehren kleiner ausgelöschter Gemeinden –

mit tausenden von Individuen –, und größere Steine stehen zu Ehren größerer – mit hunderttausenden von Individuen. Ich gehe hindurch, zwischen ihnen durch, und Opa geht neben mir; ein mattgrauer Stein fällt mir ins Auge, ein Name, der darauf steht, und ich zeige auf ihn und frage, »was ist das für ein Ort?«

»Es ist die Geburtsstadt deiner Großmutter.«

Das wusste ich nicht, denke ich, und halte neben dem Stein an, der zu Ehren der Ermordeten ihrer Stadt hier steht. Ich muss es gewusst haben. Ich habe keine Ahnung, woher. Nicht alles lässt sich zurückverfolgen, vermute ich; nicht jede Erinnerung hat ihren eindeutigen Platz in der Vergangenheit.

In Gedanken flüstere ich ihren Eltern zu – und vielleicht auch ihren Geschwistern, wenn sie welche hatte –, dass sie viele Kinder hat, Enkelkinder, Urenkelkinder und dass sie gerade einen Schlaganfall überlebt hat. Ihr Gesicht ist halbseitig gelähmt, aber es geht ihr gut, und ich werde sie bald sehen. Opas Augen blicken auf diese labyrinthähnliche Wiese, aus einer Sphäre, die weit über meiner ist; sie scheinen ziemlich rot und wässrig zu sein, aber vielleicht bilde ich mir das auch nur ein.

»Von Buchenwald wurden wir nach Halberstadt gebracht. Das war im Januar 1945. Zwei Tage lang arbeitete ich nicht, aber dann hörte ich, dass diejenigen, die nicht arbeiten, in einen Käfig mit einem Hund gesperrt werden würden, der sie zerfleischen und fressen würde, und da bekam ich Angst. Ich ging wieder zur Arbeit. Ich grub Tunnel und arbeitete in Steinbrüchen. Eine Woche lang arbeiteten wir nur nachts. In der nächsten arbeiteten wir nur tagsüber.

Die Häftlinge wurden gezwungen, diejenigen, die starben, oben auf den Berg zu bringen, zu einem Massengrab. Mit einem Pferdewagen, weißt du. Dort oben gab es mehrere Massengräber. Diejenigen, die schon fast tot waren, die kaum mehr am Leben waren, wurden auch dort hoch gebracht, wo sie erschossen wurden. Fast niemand machte es in Halberstadt länger als ein paar Wochen. Ich bin dort bis Anfang April.

Ich bekam eine Lungenentzündung. Oder vielleicht war es auch eine andere Krankheit, viele hatten Typhus. Ich war krank, und mein Herz fühlte sich zerbrochen an. Einer der Wachleute fing an, das Gerücht zu verbreiten, dass sie vorhatten, uns in den Tunnel zu bringen, den wir gegraben hatten, und diesen dann zu sprengen. Wir hörten, sie würden uns sagen, dass wir zur Belohnung ein paar Tage frei bekämen, weil wir so hart gearbeitet hatten. Dann würden sie uns sagen, wir sollten aus dem Lager marschieren, weil sie uns beschützen und uns in dem Tunnel verstecken wollten. Als sie uns tatsächlich sagten, wir sollten aus dem Lager marschieren, war uns klar, dass sie uns töten würden. Alle, die noch laufen konnten, wurden nachts aus dem Lager getrieben, die übrigen blieben im Lager zurück. Die Wachleute mussten aber ihre Absicht geändert haben, denn sie führten uns in die Wälder und nicht in diesen Tunnel.« Er atmet tief ein, aus Trauer oder aus Erleichterung. »Hier gibt es nichts mehr zu sehen«, sagt Opa. »Das ist alles. Nichts ist übrig. Es sind nur noch Steine. Nichts sonst. Nur Steine. Gehen wir.« Und das taten wir.

Auf der Rückfahrt ins Hotel schweigen wir die meiste Zeit, die Stille kommt mir gemütlich und vertraut vor. Der Innenraum des Autos braucht nicht mit Worten gefüllt zu werden. Ich schaue nach links aus meinem Fenster, er schaut nach rechts aus seinem, der Fahrer schaut geradeaus. Opa denkt, ich denke, der Fahrer denkt. Ich grüble über die Geschichte nach, die Opa mir gerade erzählt hat, und sehe ihn kurz an, wie er eine Hand auf die andere legt und sie presst, und ich denke über die Tatsache nach, dass der alte Mann neben mir und der junge in seinen Geschichten ein und derselbe sind. Ich denke auch an Lior und an Israel und an Fela. Und es gefällt mir, an Fela zu denken.

Als wir am Hotel ankommen, ist die Dämmerung fast schon vorüber, und Opa sagt mir, er sei müde, und wenn ich nichts dagegen hätte, würde er sofort ins Bett gehen. »Natürlich«, sage ich ihm, »bitte ruhe dich aus.« Ich bin weder hungrig noch müde. Mein Körper fühlt sich an, als bestünde er aus Schubladen, und jemand hätte gerade alle geöffnet.

Zurück in meinem Zimmer ziehe ich die Stiefel aus und die Hotel-Slipper an. Auch wenn ich mich in ihnen wie eine Ente fühle, mag ich sie, und die ungewohnte Art und Weise, wie ich in ihnen herumwatschele, belustigt mich. Ich lege mich auf mein Bett, meine Füße mit den türkisfarbenen Slippern hängen über das Fußende, und ich rufe meinen Bruder an, der in einem Land ist, in dem der Herbst noch nicht begonnen hat, wo das Grün der Bäume nicht von dunklen Goldtönen, von Orange und Kastanienbraun abgelöst wird.

»Tom«, sage ich. »Wie geht's?«

»Fela. Hallo. Wie geht es dir? Bist du noch in Polen?« Ich höre seine Stimme so deutlich und bin erstaunt über die ausgezeichnete Qualität der Telefonverbindung.

»Ja, immer noch in Polen. Mir geht's gut, und dir?«

»Super«, sagt er, und noch während er ansetzt, etwas anderes zu sagen, frage ich schnell: »Weißt du etwas über Großtante Fela?«, und ohne seine Antwort abzuwarten, füge ich hinzu: »Opas Schwester, nach der ich benannt worden bin?«

»Ja«, sagt er, halb fragend, halb antwortend.

»Sie ist verhungert«, sage ich sachlich.

»Das wusste ich nicht.«

»Doch.«

»Und?«

»Glaubst du nicht, das bedeutet etwas?«, frage ich, überrascht von seiner gleichgültigen Reaktion.

»Bedeutet was? Viele sind während des Holocaust verhungert. Alle diejenigen, die nicht erschossen oder verbrannt oder vergast wurden und erstickten, erschlagen wurden, erfroren und und und, die alle sind wahrscheinlich verhungert.«

»Ich weiß. Aber sie … sie gab mir meinen Namen.«

Tom stößt ein gedehntes »und?« aus, und ich bin überrascht, dass er immer noch nicht versteht, worauf ich hinaus will.

»Sie war vierzehn, als sie abgeholt wurde. Das war das Alter, in dem ich aufgehört habe, zu essen …«

»Fela, du kannst doch nicht im Ernst glauben, dass es da einen Zusammenhang gibt!«

»Ich weiß, es klingt dumm«, sage ich, »das ist mir klar, aber: Glaubst du nicht, dass es irgendeine Auswirkung auf mein Leben hat?«

»Nein.«

»Einfach nur nein?«

»Hör mal, Fela, wenn du das glauben willst, dann tu es einfach.«

»In einem Namen steckt doch etwas, oder nicht?«

»In einem Namen stecken eine Menge Dinge, Fela«, seine Stimme klingt wieder freundlich.

»Glaubst du, mein Leben wäre anders, wenn ich einen anderen Namen bekommen hätte?«

»Vielleicht«, ist alles, was Tom zunächst sagt, aber dann fährt er fort, »fragst du mich, ob du, weil du Fela heißt, ihre Bestimmung im Leben erfüllen musst? Weil sie das nicht konnte, weil ihr Leben zu kurz war?«

»Ich meine nicht ihre Bestimmung im Leben. Ich glaube nicht, dass irgendwer eine Bestimmung im Leben hat.«

»Was meinst du *dann*?«

»Ich bin nicht sicher.« Ich bin frustriert, dass ich nicht imstande bin, das Gefühl, das so stark in mir ist, in Worten auszudrücken, dieses Gefühl, das Dinge in eine Ordnung zu bringen scheint, das mir festen Boden unter den Füßen verleiht und mir einen Platz in dieser Welt zuweist. »Ich kann einfach nicht glauben, dass es keinen Zusammenhang geben soll zwischen der Art und Weise, wie mein Leben bisher verlaufen ist und verläuft, und der Tatsache, dass ich nach meiner toten Fela benannt worden bin.«

»Ich glaube nicht, dass es am Namen liegt, Fela.«

»Das muss so sein.«

»Wenn überhaupt, ist es der Akt der Namensgebung.«

»Das könnte damit zusammenhängen. Vielleicht«, sage ich. »Wenn unsere Eltern mich nicht Fela genannt hätten, wäre ihre Beziehung zu Opa eine andere gewesen, was wiederum dazu hätte führen können, dass Mama und Papa sich besser vertrügen. Oder schlechter. Vielleicht hätte ich mich mit einem richtigen israelischen Namen dort zugehöriger gefühlt. Oder es hätte dazu geführt, dass ich mich in New York weniger wohl fühle. Vielleicht, vielleicht, es gibt zu viele ›Vielleichts‹, ich könnte einfach immer weiter spekulieren, oder?«

Mit einem anderen Namen, denke ich, hätte *mein* großer Bruder vielleicht nicht versucht, mich so zu beschützen, wie er es während unserer Kindheit tat. Mit einem anderen Namen wäre ich vielleicht nicht die Frau geworden, die ich heute bin – eine Person, die ich mag, eine Person, die ich tatsächlich mag, eine Person, die ich tatsächlich lieben mag, weil ich weiß, wie es sich anfühlt, das nicht zu tun.

»Na klar«, sagt Tom. »Und es gibt genauso viele ›Wenns‹.«

»Stimmt«, sage ich.

An einem Namen muss mehr sein als der Akt des Benanntwerdens, mehr als die Folgen, die sich aus dem Benanntwerden ergeben; da muss mehr sein, selbst wenn es sich nicht erklären lässt, oder vielleicht weil es sich nicht erklären lässt; da muss mehr sein, dessen bin ich mir sicher.

»Gute Nacht, Fela«, sagt Tom.

»Gute Nacht«, sage ich und lege auf.

Ich gehe ins Badezimmer und ziehe mich aus. Zuerst die Hotel-Slipper. Dann meinen wollenen v-Kragen-Pullover und mein helles Spitzentop. Dann meine Jeans. Zuletzt meinen schwarzen BH und meine rosa Unterhose. Ich setze mich in die Badewanne, die noch trocken ist. Mein Hintern und meine Füße fühlen sich kalt an auf der Emaille. Ich lege mich hin, und auch mein Rücken berührt die kalte Wanne, und ich schaue an die Decke und halte den Duschkopf in der Hand, lege ihn mit den Öffnungen nach unten auf meine Brust. Ich drehe das Wasser etwas auf und lasse es über mich rieseln. Das warme Wasser tröpfelt, wärmt einige meiner Körperteile, andere nicht. Und es fließt von mir herab und auf mich und wo es mich nicht berührt, bekomme ich eine Gänsehaut.

Ich setze mich auf, drücke meine Knie fest gegen meine Brust. Die Sohlen meiner Füße ruhen auf dem Badewannenboden, aber der ist jetzt rutschig. Ich drehe den Wasserstrahl auf, halte den Duschkopf weiter nach oben und spritze Wasser mitten auf meine Kopfhaut, so dass es meine langen Haare mit Wucht teilt, einige von ihnen hinter mich drückt, aber die meisten nach vorne, auf mein nach unten gerichtetes Gesicht. Das Wasser ist warm und fühlt sich gut an auf mir, und ich will es noch wärmer haben, und meine Haare bedecken meine Augen und reichen bis über meine Knie, wie ein zeltähnlicher Bau sind sie, in dem alles dunkler wird. Etwas Wasser läuft in meinen Mund, etwas rinnt über meine Brust zu meinem Bauch und noch weiter nach unten, und in dieser Position drücke ich den Stöpsel in den Abfluss und lasse die Badewanne volllaufen.

Während mich der Geruch des Wassers umhüllt, überkommt mich ein seltsames Gefühl; ein Gefühl für Dinge, die ich unbeendet gelassen habe, die ich unerledigt gelassen habe, für Dinge, die fehlen. Und das treibt mich an und bewirkt, dass ich etwas tun möchte, und darum springe ich aus der Wanne, wickle ein Handtuch um mich, laufe barfuß Richtung Bett und hinterlasse auf dem Teppich eine Wasserspur, und ich frage mich, was ich mit mir machen soll – ich merke, dass ich vergessen habe, mich abzuseifen oder meine Haare zu waschen –, und ich bin nicht müde und werde nicht einschlafen können, aber ich kann nichts anderes tun, denn ich bin in Polen und es ist Nacht, und das Einzige, was ich tun kann, ist zu warten – zu warten, dass dieses Gefühl aufhört, zu warten, dass etwas passiert, weil ich nichts, gar nichts tun kann. Ich stehe neben dem Bett und trockne mich langsam ab, dabei versuche ich, die Zeit schneller vergehen zu lassen, und aus Versehen mache ich einen roten Fleck auf das weiche, weiße Hotelhandtuch.

Nicht schwimmen und Leute hinter sich zurück lassen

In der achten Klasse, in dem Jahr, bevor ich mit der High School anfing, stießen an einem unserer Freitagnachmittage im Schwimmbad ein paar Jungen zu uns. Es war spät im Frühjahr schon heiß und schwül, und die meisten Mädchen waren bereits im Wasser, als die Jungen ankamen. Ich allerdings nicht, weil ich nicht wollte, dass mich die Jungen in meinem T-Shirt schwimmen sahen, ich wollte aber auch nicht im Badeanzug schwimmen. Also saß ich stattdessen auf der Wiese und sah zu, wie die Mädchen Spaß hatten – sie kletterten aus dem Wasser, rannten ums Becken herum und hüpften wieder ins Wasser hinein. Sobald die Jungen ankamen, sprangen sie alle ins Becken, und alle fingen an, irgendein Spiel im Wasser zu spielen, dessen Regeln ich von meinem Platz aus nicht durchschauen konnte, also legte ich mich hin, blickte nach oben, und während mir der Geruch des frischgemähten Rasens, vermischt mit dem Geruch des Chlors aus dem Becken, in die Nase stieg, beobachtete ich, wie die Wolken vorbeizogen, und sie zogen schnell vorbei. Nach ungefähr einer halben Stunde kam Lior, außer Atem, als wäre er den ganzen Weg zum Schwimmbad gerannt. Er legte sich neben mich – das Geräusch, wie sein Körper das Gras platt drückte, brachte mich zum Lächeln –, und ich sagte »hallo« und fühlte mich viel glücklicher als noch vor ein paar Minuten.

»Wie geht's?«

Ich setzte mich hin, kreuzte die Beine, und Lior machte es mir nach.

»Geht. Ich dachte schon, du kämst gar nicht mehr.«

Früher am Tag, als Lior und ich gemeinsam von der Schule nach Hause gelaufen waren – gegen zwölf Uhr mittags, denn die Freitage waren immer nur halbe Tage –, hatte er mir erzählt, er müsste noch ein paar Dinge erledigen, aber er würde versuchen, ins Schwimmbad zu kommen. »Ich bin sicher da«, hatte ich ihm versprochen.

»Ich bin spät dran, weil ich angefangen habe, ehrenamtlich in einem Tierheim zu arbeiten, und ich musste an so einer Sitzung teilnehmen«, sagte er, während er seine Handflächen auf den Boden legte, mit den Fingern durch das Gras fuhr, das ihn, wie ich mir vorstellte, leicht kitzelte.

»Oh. Und wie war es?«

»Informativ«, sagte er und lächelte. »Schwimmst du nicht?«

»Ich habe keine Lust«, sagte ich, wie zur Entschuldigung.

Er zog die Augenbrauen nach oben, hob sein Kinn und nickte ein paar Mal mit dem Kopf, »zu schade«. Dann zog er sich bis auf die Badehose aus, ließ seine Kleider auf einem Stapel neben mir zurück und rannte zum Becken. Er sprang hinein, und alle freuten sich, ihn zu sehen, und ich legte mich wieder hin, blickte wieder in den Himmel und auf die Wolken, die jetzt viel langsamer vorbeizugleiten schienen.

»Ich weiß, warum du nicht ins Wasser gegangen bist«, sagte Lior, sobald wir auf unserem gemeinsamen Heimweg vom Schwimmbad waren.

»Was meinst du?«, fragte ich mit zusammengekniffenen Augen, »ich hatte einfach keine Lust.«

Als wir jünger waren, verschwanden meine Hemmungen immer, wenn ich in Liors Nähe war; es war, als ob ich mit ihm die Person sein konnte, die ich zu sein fühlte, tief drinnen in mir, aber nach der siebten Klasse, dem vorigen Jahr, waren die Dinge anders geworden, so sehr ich mich auch bemühte, das zu verdrängen. Ich spürte so etwas wie eine zusätzliche Bewusstseinsschicht um mich herum, wann immer ich in seiner Nähe war. Wir waren nicht mehr nur Lior und Fela, wir waren auch ein Junge und ein Mädchen.

»Ist das wirklich der Grund?«, insistierte Lior.

»Ja«, antwortete ich, »ich habe nicht meine Tage, wenn es das ist, was du denkst«, setzte ich schnell hinzu, weil ich beunruhigt war, dass er meinen eigentlichen Grund wusste, und hoffte, ihn ablenken zu können. Hätte er ihn gewusst und ihn mir gegenüber erwähnt, hätte ich mich geschämt und wahrscheinlich geleugnet, und ich wollte Lior wirklich nicht anlügen – ich konnte mich selbst nicht sagen hören: »Ja, ich glaube, ich bin fett; ja, ich glaube, ich bin ekelhaft; ja, ich finde es peinlich, mir über so etwas Oberflächliches überhaupt Gedanken zu machen, warum macht es mir also etwas aus? Ich weiß nicht, warum, aber es macht mir etwas aus und es macht mir zu viel aus« –, also wiederholte ich mich einfach nur selbst, »ich hatte einfach keine Lust«. Aber nächstes Jahr, dachte ich, wenn alle schwimmen gehen, gehe ich auch, dann wird die Diät, die ich gerade angefangen habe, bereits sichtbare Erfolge haben.

»Schon gut«, sagte Lior und brach unser Gespräch ab. »Hast du Lust, mit zu mir zu kommen?«

Als wir an seinem Haus ankamen, klingelte Lior, und sein älterer Bruder öffnete die Tür, schenkte uns wenig Beachtung, außer dass er mir lustlos zuwinkte und sofort wieder verschwand. Lior und ich gingen direkt in sein Zimmer, und Lior setzte sich auf sein Bett, und ich setzte mich auf sein Sofa und legte die Füße auf den Glastisch vor mir und betrachtete ein grelles Poster für einen Film, den ich nicht gesehen hatte. Lior sagte, er überlege, Tierarzt zu werden, und machte den Vorschlag, ich solle mitkommen und mit ihm ehrenamtlich im Tierheim arbeiten. »Vielleicht nächstes Jahr«, sagte ich; vielleicht nächstes Jahr, dachte ich, wenn *ich* anders sein werde, wenn alles anders sein wird.

»Weißt du, was komisch ist?«, fragte Lior, und ohne mir die Zeit zu lassen, »nein« zu sagen, fuhr er fort, »es gibt gar keine Paare mehr unter unseren Klassenkameraden.« Er stand vom Bett auf, rollte den Stuhl, der ihm im Weg war, weg und setzte sich dann neben mich auf das Sofa. Ich erinnere mich, wie ich dachte, dass sein Bett unbequem sein musste.

»Das liegt daran, dass alle Mädchen ältere Jungs mögen, oder?«

»Nicht alle, aber ich vermute, viele.«

»Und du?«

»Ich glaube nicht wirklich, dass das Alter eine Rolle spielt«, antwortete ich mit wackliger Stimme und dachte, diese Unterhaltung wird viel zu intim; ich fürchtete mich vor meiner Verletzbarkeit.

»Also wäre es für dich in Ordnung, mit jemandem zu gehen, der unser Alter hätte?«

»Ich glaube nicht, dass das Alter etwas mit irgendetwas zu tun hat.«

»Hat es denn etwas mit etwas zu tun?« rutschte es Lior heraus, und er lächelte zufrieden.

»Hmm. Nein. Das auch nicht. Etwas hat nichts mit etwas zu tun«, erwiderte ich und redete ähnlichen Unsinn mit einem ähnlichen Lächeln.

Wir sahen uns beide verwirrt an, ein bisschen verlegen, aber vor allem amüsiert.

Ich nahm meine Füße vom Tisch und stellte sie auf den Teppich – wohin ich auch meinen Blick richtete. Ich fühlte mich unwohl. »Wie spät ist es?«

»Ich weiß nicht.« Er sah aus dem Fenster, »es muss gegen sieben sein.«

Es gibt keine Chance, dass Lior mir sagt, was ich mir wünsche, dachte ich, und es gibt keine Chance, dass ich tatsächlich will, dass er sagt, was ich denke, was ich ihn sagen hören möchte. Denn alles fühlt sich zu peinlich und zu verwirrend an, und ich bin zu unfähig, damit umzugehen, und außerdem brauche ich niemanden, ich bin stärker allein, also werde ich einfach gehen, ich werde *einfach* gehen.

»Ich muss nach Hause, zum *Shabbat*-Essen«, sagte ich schüchtern, »ich habe das komplett vergessen.«

»Oh. Okay«, sagte Lior überrascht. »Soll ich dich begleiten?«

»Nein, mach dir keine Umstände.«

»Es macht mir aber überhaupt nichts aus.«

»Nein. Nein, schon in Ordnung. Wirklich«, beharrte ich und stand auf.

Lior begleitete mich bis zur Haustür. »Du solltest immer Weiß tragen, die Farbe steht dir.«

Eine Sekunde lang blickte er nach unten, dann sah er mich wieder an. Ich fühlte mich unwohl, dass er mich so ansah. Wird es sich ewig unangenehm anfühlen, fragte ich mich – zu wollen, nicht zu wollen; nicht gewollt zu werden, nichts als Zurückweisung in seinen Augen zu sehen, ein winziges bisschen Hoffnung zu sehen, von dem man sicher ist, es selbst hergestellt zu haben, sich vorzustellen, zu tagträumen, dass man gewollt wird; zu wissen, dass man angeschaut werden könnte wie ein Objekt, zu fürchten, dass man überhaupt nicht angesehen wird, zu wollen, wie ein Subjekt angesehen zu werden, zu wollen, überhaupt angesehen zu werden –, wird sich das *je* angenehm anfühlen?

»Danke«, erwiderte ich hastig. Dann fügte ich ein flüchtiges »Tschüss« hinzu und lief los.

Beim Gehen begann ich zu erröten. Je schneller ich lief, desto röter wurden meine Wangen. Ich erinnere mich, wie ich dachte, was für eine seltsame Bemerkung, und mich fragte, warum er wohl so etwas sagte. Und ich konnte meinen Herzschlag nicht kontrollieren. Ich ging weg, aber meine Gedanken waren immer noch bei Lior; sie waren immer noch dort, mit ihm in seinem Zimmer.

Manchmal lässt man Menschen zurück, in einem Zimmer, auf einer Straße, aber man verlässt sie nicht wirklich, weil man in Gedanken immer noch bei ihnen ist und sie es wissen. Sie wissen es, weil sie es fühlen. Vielleicht war auch Liors Körper völlig in sich verschlossen, vielleicht hat sich sein Blick auf mein Fortgehen gerichtet, in die Weite, während ich immer noch neben ihm stand – und er fragte sich, wie das möglich sein kann. Vielleicht hat Lior mich schließlich nach Hause begleitet, genauso, wie ich zugleich noch in seinem Zimmer stand.

Das war spät im Frühjahr – vor dem Sommer, in dem meine Familie nach Deutschland reiste. Die Reise, von der ich wiederkam und auf die neue High School ging, mit zu wenig Energie, von der ich wiederkam und mich von Lior entfernte.

Der erste Schnee

Ich wache auf und fühle mich, als hätte ich nicht genug geschlafen; ich bin immer noch müde, ist es wirklich schon Morgen? Ich bedecke mein Gesicht mit dem Kopfkissen und rolle mich auf die Seite, schaue aus dem Fenster – es schneit. Kleine, zarte, weiche Schneeflocken kommen am Fenster vorbei, sie fallen herab und sie fallen zart und sie fallen weich auf den Boden. Ist das der erste weiße Tag des Jahres?

Ich habe keine Lust, das Bett zu verlassen, und darum bleibe ich noch ein kleines Weilchen länger darin und linse unter dem Kissen hervor auf das, was aus dem polnischen Himmel rieselt: sternenähnliche Formen, Kristalle, eine Form von Wasser, so schön.

Ich habe den Winter immer schon geliebt. Und besonders die Winter mit Schnee. Vielleicht liegt das daran, dass ich an einem ganz weißen Tag geboren bin. Meine Eltern haben mir oft erzählt, dass Berlin an dem Morgen, als ich auf diese Welt kam, vollständig bedeckt war, die Gerüche der schmutzigen Straßen waren verschwunden und begraben unter Bergen von Schnee. Als meine Mutter in ihr Krankenhauszimmer gebracht wurde, nachdem sie mich geboren hatte, malte das große Fenster eine weiße Landschaft für sie – alles außerhalb des Krankenhauses war von einer weichen Schicht Flaum bedeckt.

In meinem Leben hat es in Israel nur ein einziges Mal geschneit. Ich habe gehört, dass es manchmal im äußersten Norden geschneit hat, habe das aber nie selbst gesehen. Wo wir wohnten, schneite es nicht. Außer dieses eine Mal, als ich in der sechsten Klasse war und von Geräuschen geweckt wurde, als würde etwas gegen mein Fenster schlagen. In meinem Baumwollnachthemd rannte ich zum Fenster und schaute zwischen den Vorhängen hindurch hinaus. Es war Hagel, der so hart aufprallte, auf unserem Rasen landete und ihn platt drückte und ein wunderschönes weißes und grünes Gewebe entstehen ließ. Draußen war es immer noch ein bisschen dunkel, aber es kam mir nicht in den Sinn, wieder schlafen zu gehen, weil ich zu aufgewühlt war, und es war offensichtlich, dass der Tag ein ganz besonderer werden würde.

Irgendwann zwischen den dämmrigen frühen Morgenstunden und acht Uhr, als die Schule anfing, wurde der Hagel zu Schnee, und als Tom und ich bei der Schule ankamen, war das grüne Tor zugeschlossen, und einige Dutzend Kinder aus verschiedenen Klassen standen davor. Alle waren wahnsinnig aufgeregt, weil sie zum ersten Mal Schnee sahen – ich hatte schon früher in Deutschland Schnee gesehen, aber Schnee in Israel fühlte sich ganz anders an, und auch wenn die Menge an Schnee nicht beträchtlich war, war es immer noch außergewöhnlich, magisch, bizarr –, und es wirkte so, als hätten wir alle vergessen, dass wir froren, die Aufregung wärmte unsere Kinderkörper.

Ich stand neben Tom vor dem verschlossenen Tor und hörte beiläufig, wie ein Zweitklässler erzählte, dass er an diesem Morgen mit einem Eimer rausgerannt war, um den Schnee aufzusammeln, und ihn in die Kühltruhe getan hatte, und plötzlich hörte ich eine Stimme von hinten rufen, »Fela, pass auf!« und ich drehte mich um und sah Lior – der mich neckisch angrinste – mit einigen seiner Freunde, und vor ihren Füßen war ein Berg von Schneebällen. Die Jungen bückten sich, schnappten die Schneebälle – ich bückte mich und zog Tom mit nach unten, rollte mich zu einer Kugel zusammen – und fingen an, sie in die Luft zu werfen, auf die anderen

Kinder, in alle Richtungen, während sie vor Freude quietschten und Schneebälle schmissen und kicherten. Die Kinder kreischten, versuchten, in Deckung zu gehen, lachten, und innerhalb von Sekunden verwandelte sich die Ruhe und Ordnung in Chaos, und innerhalb von Sekunden waren einfach überall Schneebälle, die flogen, landeten, hochstiegen, herunterfielen, und alle quietschten jetzt vor Freude und schmissen Schneebälle und kicherten. Und Tom tat das auch, und ich auch, und Lior auch, der seine Freunde verlassen hatte, um einer Gruppe von Drittklässlern zur Hilfe zu eilen, die von älteren Kindern unter Beschuss genommen wurden. Nach zehn Minuten kam der Direktor und sagte, der Unterricht würde ausfallen. Unsere Schule hatte keine ausreichende Heizung. Den Rest des Tages bekamen wir frei.

Tom und ich liefen also nach Hause und verbrachten fast den ganzen frühen Nachmittag in unserem Garten und bauten Schneefiguren – kleine Figürchen, denn es gab nicht genug Schnee für größere. Wir machten Wüstentiere: einen Elefanten, ein Kamel, eine Gazelle, einen Fuchs – und hörten nur auf, um ins Haus zu rennen und unsere Finger, Zehen und Ohren aufzuwärmen.

In den folgenden Jahren mochte ich die Winter viel lieber als die Sommer, auch wenn es nie mehr schneite, denn dann konnte ich meinen Körper besser verstecken. Unter weiten Mänteln war ich so kurz vorm Verschwinden wie sonst nie.

Als ich merke, dass ich fast schon zu spät dran bin, um Opa zu treffen, ziehe ich mich schnell an, schaue in den Spiegel – meine Augen sehen müde aus, die Haut um sie herum ist eine Spur dunkler als sonst – und gehe dann die Treppe hinab, wo ich Opa treffe, wir frühstücken schnell und beginnen dann unseren Tag.

Das allgemeine Grau der polnischen Topographie ist durch Tupfer von Weiß ersetzt worden. Wir fahren an einem Fluss entlang, der teilweise an den Rändern schon gefroren ist, teilweise aber immer noch fließt. Am Flussufer stehen Kiefern, die schon bald vollständig von Schnee bedeckt sein werden. Rauch steigt aus dem Schornstein eines kleinen Hauses am gegenüberliegenden Flussufer. Der Fahrer hat mit dem Radio herumgespielt, seit wir ins Auto gestiegen sind, und dabei jede Minute den Sender gewechselt. Schließlich gibt er auf. Er stellt es ganz ab. Keine Musik ist von mir aus in Ordnung, das passt genauso gut zur Landschaft.

»Wo war ich?«, sagt Mosha verwirrt.

»Was meinst du?«

»Wo bin ich?«, sagt er verärgert.

»Wo du bist? Ich verstehe nicht, Opa.«

»In meiner Geschichte.«

»Ach so, natürlich.« Natürlich meinte er seine Geschichte. »Du warst bei dem Tunnel, Opa, bei dem Tunnel.«

»Nach dem Tunnel wurden wir im Wald festgehalten. Ich wusste, es war eine Sache von drei oder vier Tagen, bis der Krieg zu Ende war. Ich wusste, die Befreiung war nahe. Ich war so hungrig, weißt du. Ich wollte wegrennen. Am drittletzten Tag tat ich das auch. Ich haute ab. Ich rannte in die Wälder, durch die wir marschierten, und versteckte mich da. Alles, was ich hörte, war der Lärm der Erschießungen und das Geräusch laufender Füße – Kolonnen von Männern, die zum Marschieren gezwungen wurden. In den Wäldern traf ich zufällig jemanden, den ich aus einem der Lager kannte. Auch er war geflohen. Wir beide versteckten uns, aber am nächsten Tag wurden wir von einem Zivilisten entdeckt. Wir erzählten dem Mann, dass wir auf dem Marsch mit unserer Gruppe für eine kleine Pause am Straßenrand angehalten hätten, und weil wir so müde gewesen seien, seien wir aus Versehen eingeschlafen, während alle anderen weitergelaufen und wir zurückgeblieben seien. Wir sagten ihm, wir würden zu unserer Gruppe zurückgehen, wenn er uns nur laufen ließe. Aber er brachte uns zu einer Polizeistation. Weißt du, auf der Polizeistation war so viel los. Ich sagte zu meinem Freund: ›Komm schon. Lass uns abhauen‹, also taten wir das. Keiner hat es gemerkt. Aber nach fünf, sechs Kilometern wurden wir wieder gefangen genommen, von einem bewaffneten Volkssturmmann, und der brachte uns zu der Polizeistation zurück, aus der wir gerade ausgebrochen waren. Wir verbrachten die Nacht dort, und am Morgen erzählte ich dem Polizisten, ich sei ein politischer Gefangener aus Belgien.«

»Oh«, sage ich, und mir wird klar, dass das zu der Geschichte gehört, die er mir an unserem ersten Tag hier erzählt hat.

»Was?«, fragt Opa.

»Das hast du mir vor ein paar Tagen schon erzählt. Ich kenne diese Geschichte.«

»Du kennst die Geschichte nicht.«

»Ich meinte nicht, dass ich sie ganz kenne, vollständig, ich meinte nur, dass ...«

»Hör zu! Du kennst die Geschichte nicht gut genug.« Opa macht eine Pause und holt tief Luft, tiefer als sonst. »Da habe ich dem Polizisten erzählt, ich sei ein politischer Gefangener aus Belgien. Der Polizist kannte sich offenbar mit den verschiedenen Symbolen auf unseren Sträflingsanzügen nicht aus, denn sonst hätte er gewusst, dass ich das nicht war. Er führte mich in die angrenzenden Wälder und sagte: Morgen oder übermorgen sind die Amerikaner sowieso hier, also lasse ich dich einfach laufen ... Geh zum Bürgermeister, lass dich registrieren, und wenn irgendwer fragt, sag nicht, ich hätte dich laufengelassen. Sag nie jemandem, ich hätte dich laufengelassen.«

Ich glaube, Opa hat dieses Mal genau dieselben Worte gebraucht wie beim ersten Mal, als er mir die Geschichte erzählt hat. Es ist fast so, als hätte er einfach auf »Repeat« gedrückt; er hat einfach auf »Repeat« gedrückt.

Die Landschaft verändert sich, wir nähern uns großen, rechteckigen Betonwohnblöcken. Ich drehe mich um und schaue auf den Fluss, der stärker gefroren scheint als noch vor einer kurzen Weile, das Wasser um die Eisschollen bewegt sich von uns weg. Ich stelle mir vor, ich sitze nicht mehr im Auto, sondern stehe am Flussufer und rieche das gefrorene Wasser – meine bunten Kleider und mein dunkles Haar treten vor der stellenweise weißen Landschaft deutlich hervor. Und während ich mich selbst dort draußen sehe, fühle ich mich dort draußen stehen, am Flussufer. Mir wird klar, dass ich nirgendwo anders sein will als da, wo ich bin; ich will genau hier sein, im Auto, mit ihm.

»Nachdem er uns laufengelassen hatte, befolgten wir seine Anweisungen und gingen zum Bürgermeister, wo noch andere Flüchtlinge festgehalten wurden. Sie fuhren uns auf einem Traktor über eine Brücke, wo wir warten sollten. Ich weiß nicht worauf, vielleicht auf noch mehr Flüchtlinge. Wir saßen ungefähr eine halbe Stunde bei der Brücke, als plötzlich die Bombardierungen anfingen und alle in verschiedene Richtungen rannten. SS-Männer rannten in verschiedene Richtungen. Die Bomben fielen, überall war Chaos, alle rannten überall herum.«

Opa seufzt langsam und schwer. Er hat es fast bis ans Ende seiner Geschichte geschafft; er hat es fast noch einmal bis ans Ende des Krieges geschafft.

Wir erreichen eine Stadt, durch deren wiederbelebte Straßen wir eine Weile schlendern, und wieder fühle ich den Blick vom Abend zuvor auf mir, aber er ist weniger intensiv, als wäre er nicht ausschließlich auf mich gerichtet. Es macht mir überhaupt nichts aus.

»Weißt du, wenn wir unterwegs waren, war das Essen immer das Allererste«, sagt Opa. Wir gehen nebeneinander her, mein Großvater und ich, und wir gehen langsam und gemächlich. »Wir suchten überall nach Essen. Wir gingen langsam, damit uns die Amerikaner einholen konnten.«

Ich bin verwirrt, wie konnte das auf das folgen, was er mir vorher erzählt hat? Hat er sich in der Zeit geirrt, oder ich?

Ich lasse alles Revue passieren, was er mir erzählt hat, und ich bin nicht mehr sicher, welches Ereignis auf welches Lager gefolgt ist und welches Wunder auf welches Unglück.

»Das Buch«, sagt Opa aus heiterem Himmel.

»Welches Buch?«, frage ich.

»Mein Buch.«

»Dein Buch? Ach so, dein Buch!«

Sein Buch, denke ich, das Buch, das er so dringend will; könnte ich seine Stimme sein? Würde Opa wollen, dass ich seine Geschichte aufschreibe, wenn er wüsste, dass ich vielleicht die Ordnung durcheinander bringe, wenn er wüsste, dass ich vielleicht nicht imstande bin, einfach auf »Repeat« zu drücken. Und wenn ich ein Wort oder gar einen Satz änderte, würde er mich immer noch als seine Zeugin tolerieren, als Beobachterin, wenn er seine Geschichte erzählt, oder nicht? Welche Wahrheit könnte ich wohl erzählen und weitergeben, ohne all die Orte und Daten zu kennen, nur von einem Bauch zu wissen, auf den getreten wurde, von einer Frau, die an sich herunterpinkeln musste, und von einem kleinen Mädchen, dessen Bruder sie zu verstecken versuchte, dem das aber nicht gelang. Würde Opa mich Felas Zeugin sein lassen, nur ihre, obwohl ich von vielen Details nichts weiß?

»Ich wollte, dass deine Mutter es schreibt.«

»Wirklich?«

»Sie schreibt gut.«

»Und was ist passiert?«

»Sie wollte nie etwas vom Krieg hören.« Opa schüttelt den Kopf, als könne er seinen eigenen Worten nicht trauen. »Es hat sie nicht interessiert, es hat sie nicht so interessiert, wie es dich interessiert. Sie wollte nie etwas vom Krieg hören, als Jugendliche nicht und auch nicht als Erwachsene.« Opa seufzt.

Ich weiß nicht, was ich zu ihm sagen soll, wenn überhaupt, würde ich etwas zu meiner Mutter sagen, etwas Bewertendes, also ist alles, was ich sage, »ach so, okay«.

»Ich habe immer geglaubt, eines Tages würde sie das Buch schreiben.«

Ein dröhnender Bassbeat nähert sich uns, und ich drehe mich um und sehe einen Jungen mit Kopfhörern direkt hinter uns laufen. Er läuft schnell, bald wird er uns einholen, dann wird er vor uns sein. Mit ihm wird seine Musik verschwinden, und das Polen, das er mir kurz zeigte, wird wieder zu dem Land werden, das es vor Jahren war, als noch Gebäude aus dem Barock die Stadt schmückten.

»Sie wollte nie etwas vom Krieg hören. Aber ich habe ihr alles erzählt. Deine Großmutter spricht nicht, also habe ich gesprochen.« Er verschränkt die Arme, legt die rechte Hand unter seine linke Achselhöhle, seine linke Hand unter seine rechte Achselhöhle und geht so weiter.

»Hast du nicht gesagt, sie wollte nichts davon hören?«

»Ich redete, und sie hörte zu. Seit sie klein war, bin ich immer wieder mit ihr essen gegangen, ein paar Mal auch ins Kino, so dass ich ihr alles erzählen konnte. Ich brachte sie dann ins Bett und erzählte ihr dann noch mehr davon. Sie musste es doch wissen.«

Ich weiß nicht, was ich zu ihm sagen soll, wenn überhaupt, würde ich etwas zu meiner Mutter sagen, etwas Nicht-Bewertendes, etwas Verständnisvolles, also ist alles, was ich sage, »ach so, okay«.

»Und dann hat sie deinen Vater geheiratet. Und sie war aus dem Haus, und ich konnte nicht mehr mit ihr reden, aber dein Vater ... er wollte immer zuhören«, sagt Mosha, bevor er ein paar Mal hörbar ein- und ausatmet.

»Ich war schon fast beim Kriegsende. Lass mich weitererzählen. Weißt du, am nächsten Tag waren auf den Straßen schon die Amerikaner unterwegs.« Langsam, mit ruhiger und trockener Stimme, bringt er sich beim Erzählen dem Ende seiner Geschichte näher. »Ein amerikanischer Soldat hat mich zu einem Bauern gebracht und den Bauern gezwungen, mir Essen zu geben. Er sagte dem Bauern, er würde wiederkommen und kontrollieren, ob er mir wirklich Essen gegeben hätte.«

Mosha redet bedächtig: »Ich blieb ein paar Wochen in der Gegend, im Umkreis dieser Stadt, bis ich nach Buchenwald zurückging, wo mir das Rote Kreuz einen Ausweis ausstellte. Von dort kam ich nach Salzheim, in das Lager für ›Displaced Persons‹, in dem ich deine Großmutter kennenlernte.«

Das ist es? Das ist alles? Das ist das Ende? Noch bevor ich das undramatische Ende von Opas Geschichte ganz begriffen habe, wechselt er plötzlich in einen schnelleren Sprechrhythmus und sagt, dass er noch ein anderes Mal knapp dem Tod entkommen sei, und er fängt an, die Geschichte zu erzählen – Lager, Dinge geschleppt, mit vier Zigaretten bezahlt, für Brot eingetauscht; das wurde als Bestechung verbucht, seine Nummer wurde notiert, danach passierte aber nichts –, und ich frage mich, ob sie ihm gerade in den Sinn gekommen ist, oder ob er sie bis jetzt aufgespart hat. Erzählt er mir das, weil er nicht enden will, mit dem Erzählen nicht aufhören will, nicht aufhören will, die Geschichte zu erzählen, die nie aufhört?

Auf unserem Rückweg zum Auto bittet mich ein Bettler um Geld. Hier sind die Chancen einfach größer, dass der Bettler der Sohn oder Enkel von jemandem ist, der so getan hat, als würde er den Geruch von verbrannten Körpern nicht riechen – ein einzigartiger Gestank: brennende innere Organe, Blut, Haut, Haare, Nägel; ein dermaßen widerlicher Geruch, dem man nicht entgehen kann. Natürlich kann er auch der Nachkomme von jemandem sein, der sein eigenes Leben riskiert hat, um möglicherweise einen Fremden zu retten. Ich gehe einfach an ihm vorbei und bin entsetzt über mein unmenschliches Verhalten, aber meine Füße weigern sich, mich zu ihm zurückzubringen. Nicht, dass ich Bettlern immer Geld geben würde, manchmal tue ich das und manchmal nicht, aber mein Verstand und mein Körper waren sich in solchen Momenten bisher immer einig; ich entscheide nicht, etwas zu geben, und renne dann weg, ich entscheide nicht, nichts zu geben, und bleibe dann bewegungslos stehen und starre den an, der bettelt.

Mein Handeln und meine Reaktion verwirren mich, ich versuche, mein Verhalten irgendwie nachzuvollziehen, es schließlich zu rechtfertigen, aber ich kann nicht – ein solches Verhalten und solche Gedanken wie meine sind der Grund dafür, dass es noch immer Auseinandersetzungen, Kämpfe, Konflikte und Kriege gibt.

Er, ich, Eltern, Generationen, die Einheit oder das Auseinandergehen von Körper und Verstand im Bruchteil einer Sekunde; mein Name, meine Grausamkeit, sein Betteln, mein Betteln, seine Grausamkeit, sein Name; es gibt zu viele Gründe, es gibt immer zu viele Faktoren, zu viele Erzählungen, Erklärungen, Rechtfertigungen, und darum trägt Lior immer noch grün, darum *muss* Lior immer noch grün tragen.

Als wir zum Hotel zurückfahren, nehmen wir wieder die Straße am Flussufer entlang. Die Sonne ist nirgendwo zu sehen, aber sie geht unter und hinterlässt Farbspuren am Himmel. Rot, Orange, Gelb, Schneeflocken und Wind sausen durch die Luft; es ist eine Szene, die so aussieht, wie ich mir den ersten Tag einer neuen Welt ausmalen würde.

Pizza und Schuld

Am Abend möchte Opa noch einmal in das italienische Restaurant gehen, in dem wir vor zwei Tagen schon waren. Als wir dort ankommen, werden wir von einem neonfarbenen Schild im Fenster begrüßt; es lässt unsere Gesichter aufleuchten, als wir das Restaurant betreten. An einem Tisch hinten in der Ecke sitzt eine Familie mit zwei Kindern, an einem Fenstertisch sitzt ein junges Paar, und ein weiteres Paar – ein älteres – sitzt an einem Tisch in der Mitte des Raumes. Opa und ich beschließen, uns eine Pizza zu teilen, er bestellt ungekühltes Mineralwasser mit Kohlensäure, und ich bestelle einen Pfefferminztee.

Das junge Paar fängt offenbar an zu streiten; sie redet mit den Händen und bewegt sie schnell auf und ab, während er den Kopf von rechts nach links wendet, und ich kann nicht anders, ich muss sie beobachten. Sie werden sich bald trennen, denke ich, ganz sicher. Ich bin auf sie fixiert, und Mosha bemerkt das.

»Vielleicht war es unsere Schuld«, sagt er. Sein Gesicht verändert sich, hat einen ungewohnten Ausdruck. »Vielleicht hätten wir etwas anders machen können.«

»Worüber redest du, Opa?«

»Du weißt, über deine Mutter und deinen Vater.« Seine Augen sind schwer, als würden sie etwas beklagen wollen.

Seine Worte, sein Gesichtsausdruck treffen mich völlig unvorbereitet, und automatisch sage ich ihm das Gleiche, das ich mir immer wieder gesagt habe, bis ich ganz plötzlich eines Tages in New York realisiert habe, dass ich es mir nicht mehr sagen musste, weil ich es endlich verstand.

»Es hat nichts mit Schuld zu tun. Es ist niemandes Schuld. Nicht einmal ihre eigene«, sage ich und spiele mit der Ecke der rot-weiß-karierten Tischdecke.

»Wir hätten etwas anders machen können, deine Großmutter und ich.«

Es fühlt sich so an, als hätte er abgewartet, bis wir miteinander richtig vertraut waren und er den richtigen Zeitpunkt abpassen konnte, das anzusprechen.

»Nein.« Ich schüttele den Kopf. »Das hättet ihr nicht.«

Statt es laut auszusprechen, sage ich mir schweigend: Ihr hättet nichts anders machen können. Nichts. Zu keinem Moment eures Lebens. Euer Leben begann und endete mit dem Holocaust. Alles, was ihr vor dem Krieg getan habt, führte zu eurem Überleben; und alles, was ihr danach getan habt, ist nur ein Ergebnis eures Überlebens. Ihr hättet nichts anders machen können. Nichts. Nichts ist eure Schuld.

»Opa. Es ist in Ordnung. Es ist nicht mehr wichtig.«

Er scheint meine Worte nicht zu akzeptieren, sagt aber gar nichts. Nur auf seinem Gesicht liegt noch immer ein Ausdruck des Bedauerns, nur seine Augen wollen etwas beklagen.

Unsere Pizza kommt; er isst sein Stück mit Messer und Gabel, ich esse meines mit der Hand, das pulvrige Mehl des Teigrands klebt an meinen Fingern.

»Das ist eine leckere Pizza.«

»Ja, wirklich.«

»Das ist eine sehr leckere Pizza«, sagt er, während er mich ansieht und kaut und schluckt und seinen Magen füllt.

Was für eine Verschwendung von Wünschen – ich erinnere mich wieder an *Rosch ha-Schana*, als ich in der neunten Klasse war, und mache mich über die Worte lustig, die ich vor sechs Jahren gesprochen und bis zu dieser Reise fast vergessen habe. Wie dumm war ich, zu Gott zu beten, meine unglücklichen Eltern zusammen zu lassen; wie dumm war ich, zu denken, ich könnte und sollte mich selbst opfern, damit sie zusammenbleiben, dumm, dumm, dumm. Wenn ich schon zu der Synagoge gegangen war, hätte ich um Mut beten, bitten, flehen sollen – wenn nicht zu Gott, dann zu irgendeiner höheren Macht, wenn nicht zu irgendeiner höheren Macht, dann einfach zu mir selbst. Das war es, was ich wirklich brauchte – Mut. Den Mut, selbst eine ganze Person zu werden – mit meinen eigenen Wünschen und meinen eigenen Sehnsüchten.

Auf Opas Gesicht liegt nicht mehr der Ausdruck des Bedauerns. Er hat, als wäre er ein Virus, sich gerade auf meinem Gesicht ausgebreitet.

Ich blicke noch einmal auf das junge Paar, der Mann benutzt jetzt auch seine Hände, deren Bewegung diktiert scheint von der Geschwindigkeit und Kraft seines Sprechens. Das ältere Paar bezahlt die Rechnung. Ich frage mich, was die Familie wohl macht, aber um das herauszufinden, müsste ich mich umdrehen, und dazu habe ich keine Lust.

Ich bin von mir selbst genervt, über mich verärgert, genervt, verärgert. Es gibt viele Dinge, die ich mir für mich selbst hätte wünschen können, es gibt so viele Dinge, die ich mir für meine Familie, für Israel hätte wünschen können, es gibt eine ganze Welt, die meine Wünsche hätte gebrauchen können. Aber stattdessen wünschte ich mir etwas für meine Eltern, das sie sich nicht einmal selbst wünschten, indirekt wünschte ich mir also etwas für mich, das ich nicht brauchte. Es gibt nichts Sinnloseres, als sich etwas für jemanden zu wünschen, das er sich selbst nicht wünscht; es gibt nichts Sinnloseres, als sich etwas für sich selbst zu wünschen, das man nicht braucht.

Ich hole tief Luft. Es hat nichts mit Schuld zu tun, sage ich mir, es ist niemandes Schuld, nicht einmal ihre eigene, ich hole noch einmal tief Luft, und die Worte klingen wieder wahr, und ich verstehe sie wieder, und es ist nicht niemandes Schuld.

»Es ist egal, Opa. Es ist wirklich egal.« Meine Stimme hört sich tröstend an; ich glaube, er ist getröstet.

Wir sind die einzigen, die noch im Restaurant sitzen; die Familie mit den zwei Kindern ist gegangen, ebenso das ältere Paar. Ich bin überrascht, dass das junge Paar gehen konnte, ohne dass ich es bemerkt habe. Opa isst einen letzten Bissen seiner Pizza, fragt nach der Rechnung und gibt der Bedienung sehr viel Trinkgeld. Wir laufen ins Hotel zurück, die Luft fühlt sich kälter an als in den letzten Tagen, sie ist trocken und fährt mir in die Knochen. Ich vermute, das liegt am Schnee.

Zurück im Hotel stehe ich eine Weile unter dem heißen Wasserstrahl und lasse ihn mir einfach auf den Nacken prasseln, auf den Rücken, den Hals, die Brust. Ich lasse das Abendessen mit meinem Großvater Revue passieren, und mir fällt auf, dass Mosha heute Abend zum ersten Mal seit unserer Ankunft in Polen mit mir über Dinge gesprochen hat, die nichts mit seinem Überleben oder dem Krieg zu tun haben.

Morgen, sage ich mir, werde ich Polen verlassen und nach Berlin fliegen. Dort werde ich mir vorstellen, wie meine Eltern als kleine Kinder in den Ruinen von Gebäuden spielten, in denen vor dem Krieg Familien wohnten. Ich werde aufmerksam den Erzählungen meines Vaters zuhören, wie es war, in Berlin aufzuwachsen und zu den Resten der verbrannten Synagogen zu gehen, wo er *Torah*-Rollen fand, auf deren verkohlten Seiten er hebräische Schriftzeichen erkannte.

Und ich werde diese Geschichten für wunderschön halten, für so romantisch wie nur wenige andere Dinge.

Und ich werde ihn sagen hören, geh weg, geh weg, geh weg aus Deutschland; alles an diesem Land ist befleckt, alles, das je in diesem Land geschaffen wurde, ist befleckt.

Und ich werde mich an das Israel meines Vaters erinnern, an den zionistischen Traum, mit dem seine Generation aufgewachsen ist; ein Ideal von übermächtiger Schönheit. Und jetzt ist Israel ein Land, in dem junge Männer Albträume haben bis zu dem Tag, an dem sie sterben, und meistens zu stolz sind, das zuzugeben; wo zu viele Frauen zu früh Witwen, zu viele Töchter Waisen und zu viele Geschwister wieder Einzelkinder werden.

Ich stehe noch ein bisschen länger unter dem heißen Wasserstrahl und noch ein bisschen länger und lasse ihn einfach meine Haut röter, wärmer, weicher machen, und ich denke an Berlin und an die Berliner Mauer, die früher dort stand – die einzige Sache, die zum Osten und zum Westen gehört, zur Vergangenheit und zur Zukunft, überall und nirgendwo.

Die fast schlaflose Nacht

»Wir möchten mit dir reden«, sagte meine Mutter, als sie am *Jom Hazikaron*-Gedenktag – ich war in der neunten Klasse – in mein Zimmer kam. »Würdest du bitte ins Wohnzimmer kommen?«

»Eine Sekunde.«

Ich schaltete das Radio mit seiner deprimierenden Musik aus – immer dieselben eindringlichen Melodien, die jedes Jahr an diesem Gedenktag gespielt werden, wenn die ganze israelische Nation am Radio klebt – und ging ins Wohnzimmer, wo meine Mutter neben meinem Vater auf unserem azurblauen Sofa saß. Tom saß ihnen in einem Sessel gegenüber. Ich setzte mich in einen Sessel neben Tom, links vom Sideboard.

Nach ein paar Augenblicken der Stille – meine Eltern wechselten nicht einen einzigen Blick –, sagte meine Mutter langsam: »Wir haben entschieden, uns für eine Weile zu trennen«, wobei sie den Klang jeder Silbe in die Länge zog. Dann atmete sie hörbar ein, und während ihre Brust sich hob, sagte sie: »Fela, du kommst mit mir nach New York. Euer Vater bleibt hier. Tom, so sehr ich auch möchte, dass du mit mir kommst, du bist alt genug, um für dich selbst zu entscheiden, wo du leben möchtest.«

Ich sah meinen Vater an. Sein Nacken war angespannt, sein Kinn nach vorne gereckt, seine Augenbrauen eng zusammengezogen. Er sagte nichts.

Meine Familie ist heute gestorben, flüsterte ich mir schweigend zu. Sie ist tot.

»Ich bleibe hier«, sagte Tom, ohne einen Moment zu zögern. Ich beobachtete ihn, wie er meiner Mutter sanft in die Augen sah; sein Blick bedeutete ihr, dass er sie liebte, aber dass er bleiben müsste.

»Hmm, ich bin gleich wieder da«, sagte ich.

Ich raste ins Badezimmer, wo ich mir das Gesicht mit Wasser und Seife wusch. Ich rubbelte hart und brutal und hoffte, davon würde die oberste Schicht abgehen, die Schicht, die gerade die Nachricht gehört hatte, die Nachricht, die noch nicht in den Rest von mir eingedrungen war. Ich starrte mein Spiegelbild in dem ovalen Spiegel an und wollte mir die Gesichtshaut mit den Nägeln abziehen, sie einfach abschälen. Dann weitermachen und mit dem Rest meines Körpers das Gleiche tun. Ich trocknete mir das Gesicht unsanft mit einem Handtuch ab und ging dann mit gerötetem Gesicht ins Wohnzimmer zurück. Ich sagte nichts.

»Vielleicht wird uns die Trennung guttun«, fuhr meine Mutter fort, nachdem ich zurück war, »ich habe Familie in New York und habe auch schon einen Job in Aussicht, und vielleicht wird die Zeit der Trennung eurem Vater und mir guttun.«

Meine Mutter saß genauso auf dem Sofa, wie die Dame auf dem Bild auf dem Sofa saß, das über dem Kopf meiner Mutter hing. Beide Frauen hatten die gleichen schmalen Handgelenke, die gleiche Linksneigung des Körpers, die gleiche Beugung des Nackens. Und mein Vater sagte noch immer kein Wort, nur seine Augen wurden immer röter. Es wäre schön gewesen, Zipper wäre da und neben mir gewesen, damit ich mit den Fingern durch sein flauschiges Fell hätte fahren können, aber er war nicht da. Nach dem Krieg haben wir ihn nicht wiedergefunden. Stattdessen legte ich meine Hand auf das Sideboard zu meiner Linken und in die Schale mit den Murmeln und ließ meine Finger unter ihren schimmernden Farbschichten verschwinden, als würde ich nach dem Grund des Ozeans tasten. Ich weiß nicht, wie lange wir dort saßen oder ob danach noch irgendwelche anderen Worte gesprochen wurden.

Unser Haus war mit israelischen Fähnchen geschmückt. Im Vordergrund betrauerte Israel seine Helden, im Hintergrund wollte ich, dass es auch mich betrauerte.

Zurück in meinem Zimmer drehte ich das Radio laut auf und hörte die Kriegslieder, die gespielt wurden. Ich drehte die Lautstärke so weit wie möglich auf und fing an zu schreien. Ich schrie einfach – hoch, tief, tiefer, höher –, ich stand mitten im Zimmer und schrie und schrie und schrie, stärker und lauter und höher, und ich setzte mich nicht hin und ich bewegte mich keinen Millimeter, sondern ich stand einfach wie angewurzelt da und schrie.

Ich schrie nicht wegen des Kriegs, wegen der Kriegswaisen oder wegen der Mütter, die ohne ihre Söhne zurückblieben. Ich lebte in einem Land, in dem Angst ein Alltagsgefühl ist. Ich schrie nicht, weil ich es so satt hatte und es so leid war, im Schatten von Verfolgung und endlosen Kriegen aufzuwachsen. Ich schrie auch nicht, weil ich nicht imstande war, mir eine bessere Zukunft für Israel vorzustellen. Ich schrie einfach nur meinetwegen. Ich schrie und schrie und schrie, und indem meine Stimmbänder zerrissen, fragte ich mich, ob meine Adern von der Vibration explodieren würden und wie schmerzhaft das wohl wäre, und dann – flossen mir Tränen, Tränen, die endlich zu Tränen des Gefühls des Fehl-am-Platz-

Seins geworden waren, zu Tränen der Einsamkeit. Und sie flossen und flossen herunter und flossen immer stärker herunter und sie waren groß und sie waren wässrig und sie waren salzig, fruchtbare Tränen.

Ich nahm an, dass mich bei der lauten Musik niemand hören konnte, aber Tom hörte mich. Er öffnete meine Zimmertür und stand still auf der Schwelle. Er stand wie erstarrt. Seine grauen Augen waren klar. Er sah mich, wie er mich nie zuvor gesehen hatte. Dann schloss er die Tür.

Das plötzliche Auftauchen meines Bruders holte mich aus meiner Hysterie. Ich holte tief Luft und merkte, wie erschöpft ich war. Ausgelaugt.

Die Nacht kam, und mit drei Sternen, die am Himmel funkelten, endete der Gedenktag – und der Unabhängigkeitstag fing an. Mit geschwollenen Augen und schweren Augenlidern rief ich spontan Lior an. »Lior«, ich sprach seinen Namen so aus, als litte ich, »fahr mit mir nach Tel Aviv. Bitte.« Fast ein Jahr war vergangen, seit Lior und ich zuletzt als Freunde Zeit zusammen verbracht hatten. Dennoch fühlte ich mich ihm näher als sonst irgendjemandem, und ich vertraute ihm. Ich rief ihn an, weil die Einsamkeit vor dieser Nacht zu unerträglich war, sie bedrängte mich von allen Richtungen, von oben bis unten, von innen und außen.

»Fela. Hallo«, sagte Lior überrascht, »Ich habe schon was vor. Ich gehe mit ein paar Freunden auf eine Party.«

»Bitte. Bitte«, ich flehte ihn an, mich nicht allein zu lassen. Und das tat er auch nicht.

Lior und ich trampten nach Tel Aviv. Wir saßen auf der Rückbank eines Familienautos, kurbelten die Fenster herunter, und ich ließ mir den israelischen Nachtwind, einen trockenen Wüstenwind, bis in die Knochen blasen. Ich wollte, dass er so tief wie möglich in mich eindrang, weil ich wusste, dass mein Körper ihn bald vermissen würde.

Als wir ankamen, gingen wir Richtung Mittelmeer, und als wir den Strand erreichten, zogen wir unsere Sandalen aus und gingen barfuß weiter. Der Sand fühlte sich an wie Seide, jedes Sandkorn berührte nur für eine Zehntelsekunde meine Füße, und zusammengenommen waren die zahllosen Körner kleine Seidenstückchen, die meine nackten Füße streichelten. Bei jedem Schritt, den wir auf das dunkle Meer zu machten, hinterließen Lior und ich unsere Fußabdrücke im Sand hinter uns. Und als wir nahe am Wasser standen, begann ein Feuerwerk, und lange leuchtende silberne Sterne und langsam verglühende goldene Sterne und glitzernde Funkenschweife erschienen über uns, und das laute Zischen war lauter als das Geräusch der Wellen, und Rauch sank auf uns herab, und das Feuer explodierte und breitete seine Arme aus, um uns zu umarmen.

Lior zog sich bis auf seine Boxershorts aus, rannte los und hüpfte über Wellen in das Meer, auf dem sich die Farben des Feuerwerks spiegelten. Ich ging hinter ihm her und näherte mich der Wasserlinie. Ich zog mein T-Shirt und meine Hose nicht aus, sondern ging bekleidet hinein, bis das Wasser mir bis zum Bauch reichte. Ich wollte hineintauchen, tief, tief hinein, im Meer ganz untertauchen, aber ich konnte nicht, ich hatte zu viel Angst.

Als das Feuerwerk zu Ende war, blickte ich herab auf das Wasser, das mich umgab, mich halb bedeckte, es war dunkel, und ich konnte den Grund nicht sehen. Auch wenn ich spürte, dass ich auf ihm stand, schien der Grund nicht fest zu sein. Also klopfte ich. Ich zählte sorgfältig, um sicher zu sein, dass nichts passieren würde, wenn ich hineintauchte, ich klopfte zweihundert Mal und versuchte zu tauchen, aber es klappte nicht. Das Wasser war zu dunkel. So fing ich noch einmal von vorne an; ich klopfte und zählte bis zweihundert, als wäre das der Countdown für meine Tauchversuche, und als ich bei zweihundert angekommen war, stand ich immer noch auf der Stelle. Das Wasser war einfach zu schwarz.

Ich drehte mich um, ging vom Wasser weg und setzte mich auf den Strand. Der Sand klebte an mir wie Paniermehl an einem Stück Fleisch. Als Lior aus dem Wasser kam, setzte er sich neben mich. Meine nassen Kleider klebten an meiner Haut und ließen meine Figur erkennen, und ich versuchte, die sandbedeckten Stoffe abzuziehen, aber sie waren zu nass und klebten an mir fest.

»Du wirst einen Traum leben, indem du nach New York ziehst«, sagte er begeistert.

Träume sind zum Träumen da, nicht zum Leben. Sie sind die wunderbarste Sache, wenn man schläft, dachte ich bei mir, die aufrichtigste, realste, mächtigste Sache der Welt, aber sie sind nicht zum Leben gedacht. Im Wachzustand verwandelt sich das Träumen in Hoffen und Hoffen in Enttäuschung.

Zu unserer Linken leuchtete in der Ferne die Stadt Jaffa; gelbe Lampen auf den Dächern der wunderschönen alten ottomanischen Gebäude erleuchteten den Himmel, und wir erkannten einen Leuchtturm, der mit hellen, neongrünen Lichtern geschmückt war. Lior, noch immer in seinen Boxershorts, fing an, mit den Händen im Sand zu spielen, er grub kleine Löcher und baute Türme mit den Fingern, und ich konzentrierte mich auf das, was er tat, weil ich nicht wusste, wie ich direkt auf seinen halbnackten Körper schauen sollte.

»Davon träumen so viele, in New York City zu leben«, sagte Lior und betonte das Wort »city«. »Du wirst auf tolle Partys gehen und so leben, wie die Leute in amerikanischen Filmen. Und … du wirst Englisch mit amerikanischem Akzent sprechen, wie cool ist das?«

Er tat sein Bestes, um mir ein Lächeln zu entlocken, also schenkte ich ihm eines und verstand dabei nicht wirklich, wie man ein Lächeln, etwas, das untrennbar mit dem physischen Ich verbunden ist, einem anderen schenken kann. Es war kein glückliches Lächeln, es war nicht einmal ein trauriges, es war einfach nur ein leeres Lächeln, eines, das da war, weil keine andere Reaktion an seiner Stelle stehen konnte; es war die Art von Lächeln, die es nur in der absoluten Gegenwart gibt.

»Kann schon sein.«

»Warum hast du mir das mit deinen Eltern nicht früher erzählt?«

»Weil ich es nicht wusste. Ich meine ...«, ich hielt inne, weil ich wie immer mehr Zeit zum Denken brauchte, »hmm, zu Hause war immer eine angespannte Atmosphäre. Das war normal. Ich kannte es nur so. Ich schätze, es schien so, als würde das einfach immer so weitergehen. Dass so etwas passieren könnte, habe ich ganz sicher nie erwartet.«

Denn wie konnte man erwarten, dass zwei Menschen, deren Körperflüssigkeiten, deren Hoffnung und Traurigkeit, Sehnsucht und Langeweile letzten Endes einen selbst erschaffen haben, beschließen würden, sich zu trennen und nichts Positives zurückzulassen, nichts als einen selbst zurückzulassen als Beweis, dass sie sich früher gekannt haben, dass sie sich früher geliebt haben oder dass sie etwas verband, was man Liebe nennen kann.

Lior und ich schauten auf die Linien, die die brechenden Wellen hinterließen. »Es kann nicht wahr sein. Es ist einfach nicht ...«, sagte ich, und Lior legte mir den Arm um die Schulter, und ich lehnte meinen Kopf an seine Brust. Ich lehnte meinen Kopf nur leicht an und versuchte, die richtige Stelle und den richtigen Druck zu finden, weil Liors Brust immer noch nackt war und ich nicht genau wusste, wie viel oder wie wenig unsere Körper sich berühren durften.

Ich sah auf das Meer und dachte, ich könnte spielend so viele Tränen weinen, ich könnte *spielend* mit meinen eigenen Tränen einen Raum füllen, der so groß wie dieses Meer ist.

»Es ist nicht deine Schuld«, wünschte ich mir, hätte Lior gesagt.

»Ich weiß, dass es nicht meine Schuld ist«, hätte ich geantwortet.

»Es ist wirklich nicht deine Schuld«, wünschte ich mir, hätte er ein zweites Mal gesagt.

»Ich weiß, dass es nicht meine Schuld ist«, hätte ich gesagt, bevor ich hinzugefügt hätte, »aber trotzdem. Ich wünsche mir die ganze Zeit, es wäre mir gelungen, dass sie zusammenbleiben.«

»Es hat nichts mit Schuld zu tun. Es ist niemandes Schuld. Nicht einmal ihre eigene«, hätte Lior so energisch sagen können, dass ich auf der Stelle überzeugt gewesen wäre.

Lior und ich schlossen die Augen, und während sich das Salz des Mittelmeers mit der feuchten Sommernacht vermischte, schliefen wir am Strand ein.

Am nächsten Morgen wachten wir gegen fünf Uhr mit vielen Mückenstichen auf und nahmen ein Minibus-Taxi vom Busbahnhof zurück nach Hause. Normalerweise war der Busbahnhof voller billiger *Falafel-* und *Shawarma*-Verkäufer, voller Lautsprecher, über die alle paar Minuten Durchsagen kamen, voller Teenager, die in Tattoo- und Piercing-Salons herumhingen, und voller Polizisten, die extrem langsam auf und ab gingen. Es hatte etwas Verunsicherndes, Polizisten an Orten wie diesem zu sehen; ihre Gegenwart beunruhigt mehr, als dass sie beruhigt, so, als würde sie darauf hindeuten, dass gleich etwas passiert. Aber an diesem Tag war der Bahnhof leer. Es war still und fast angenehm, weil es einerseits der Unabhängigkeitstag war, andererseits sehr früh am Morgen. Die meisten Leute schliefen noch, und selbst wenn sie aufwachten, würden sie zu Feiern gehen oder sich um ihre jährliche Grillparty kümmern.

Auf der Rückfahrt dehnte sich bald Jerusalem vor uns aus, und, mit den Rücken an die zerrissenen Ledersitze gelehnt, schauten wir auf die Stadt, mit fast denselben Augen wie früher, wenn wir auf unserem Heimweg von der Schule waren. Aber an diesem Morgen sah Jerusalem anders aus, als wäre viel mehr als ein Jahr vergangen, seitdem wir zuletzt zusammen nach Hause gelaufen waren. Als wäre nicht nur Zeit vergangen, sondern auch etwas anderes.

Hoch über Jerusalem hing eine Wolke, und die Skyline der Stadt sah aus wie eine Ziegelmauer voller Löcher. Ein weißer Schleier bedeckte den ganzen Himmel, und von irgendwoher zwischen den Ziegelsteinen drangen helle orangefarbene und gelbe Sonnenstrahlen hervor und durchbrachen die weiße Masse. Bei diesem Anblick konnte man so leicht vergessen, dass um dieses Land immer noch gekämpft wurde, aber man konnte auch leicht verstehen, warum darum gekämpft wurde.

Als wir in Kefar Teefe ankamen, stiegen wir aus dem Minibus und machten uns auf den Weg zu unserer Kreuzung, zu dem Platz, den wir als unseren beanspruchten und an dem Lior und ich uns schon immer auf Wiedersehen gesagt hatten.

Wir liefen mit synchronisierten Schritten, unsere Absätze trommelten denselben Rhythmus auf den Asphalt, bis wir anhielten. Es war dunstig, und im Unterschied zu den meisten Sommermorgen war die Hitze noch erträglich. Und trotzdem schwitzten wir beide, als kämen wir gerade aus einer Sauna. Ich schaute in Liors Gesicht, seine mandelförmigen grünen Augen schauten in meine, sein lockiges kurzgeschnittenes Haar umrahmte sein glattes Gesicht, seine dicken Augenbrauen und ihren schön geschwungenen Bogen. Nächstes Mal, wenn ich ihn sehe, dachte ich, wird Lior ein Mann sein. Was wird dann von dem Freund mit den Sommersprossen, die mit der Sonne herauskommen, bleiben; was von dem Jungen mit der niedlichen Stupsnase, der jetzt vor mir steht?

Und so verabschiedeten wir uns an unserer Kreuzung, wie wir es viele Male zuvor getan hatten. Aber dieses Mal war es ein echter Abschied, das wussten wir beide. Mit goldenem Strandsand in unseren Sandalen und Eukalyptusbäumen im Hintergrund, die die Luft mit ihrem Duft erfüllten, standen wir uns gegenüber. Wir umarmten uns. Ich stand auf den Zehenspitzen, um seine Schultern zu erreichen, um gerade so seinen Nacken zu erreichen.

»Ich weiß, es ist hart für dich, Fela. Aber es ist nicht das Ende der Welt«, sagte Lior, als wir einander losließen.

»Ich weiß. Ich weiß.« Ich nickte ihm zu.

»Und wenn das irgendein Trost für dich ist, die Tatsache, dass du aus Israel weggehst, ist auch für mich hart.«

»Natürlich ist das kein Trost, Lior.«

»Ich«, fing er seinen Satz an. »Ich«, sagte er noch einmal. »Schon gut.«

Mein Herzklopfen wurde schneller und heftiger; plötzlich fühlte es sich eigenartig an, als hätte sich ein winziges Teilchen von etwas Euphorisierendem hineinverirrt. »Was ist denn, Lior?«

Lior blickte zur Seite, er schaute hügelaufwärts zur Eucalyptus Road, dann wieder auf mich.

»Schon gut, das ist jetzt egal«, sagte er mit gedehnter Stimme. »Ich«, seine Stimme wurde wieder fester, »mag Abschiede nicht. Das ist alles.«

»Ich mag Abschiede auch nicht«, sagte ich sanft, ohne zuviel darüber nachzudenken, »ich glaube, niemand tut das«, aber dann dachte ich, es stimmt nicht, dass ich Abschiede nicht mag, es ist nur so, dass ich den Abschied von ihm nicht mag.

Für den Bruchteil einer Sekunde fuhr Lior mir mit den Fingern über den Nacken und brachte alles zum Verschwinden, außer seinen Fingern und meinem Nacken und der Elektrizität, die sich aufbaute. Dann ließ er seine Hand sinken. »Lebe wohl sagen mag ich wirklich nicht.« Er steckte die Hand in seine Hosentasche.

»Also das ist es dann, hm?«, fragte ich.

»Ja«, sagte Lior. »Pass auf dich auf, Fela.«

»Du auch, Lior.«

Und als ich von der Kreuzung wegging, erlaubte ich meinem Kopf nicht, sich umzudrehen, erlaubte ich meinen Augen nicht, umherzuschweifen und zurückzusehen, dabei wollten sie es unbedingt. Es war das *Einzige*, was sie wollten.

Sobald ich zu Hause war – das Haus war ruhig, und alle schliefen noch –, ging ich ins Badezimmer und schloss die Tür hinter mir ab. Meine Kleider, die feucht auf meinem Körper klebten, fühlten sich schwer an, und ich wollte, dass sie aufhörten, sich so anzufühlen, und obwohl ich nicht duschen wollte, weil ich es hasste, um diese Zeit zu duschen, zog ich mich aus und stieg in die Dusche. Ich ließ den Duschvorhang offen und sah mein nacktes Spiegelbild; ich blickte auf meinen runden Bauch, meinen Oberkörper, meine Brüste. Die Adern auf meinen Brüsten schienen größer geworden zu sein, seit ich sie das letzte Mal betrachtet hatte, sie waren auffälliger, sichtbarer; sie sahen aus wie eine Leinwand, auf der jemand zu zeichnen begonnen, aber das Bild nie fertig gemalt hatte. Ich zog den Duschvorhang zu und dachte: Warum mussten Spiegel erfunden werden, warum, warum, warum?

Ich kroch ins Bett und fühlte mich, als hätte ich mich selbst ausgetrocknet; meine Augen waren schwer, ihr Platz in meinem Gesicht tat weh, in ihren Höhlen pochte es, meine Kehle war dehydriert, mein Kopf schmerzte vor Flüssigkeits-, mein Körper vor Wassermangel.

In der Spirale

Nach dem Unabhängigkeitstag war noch einen Monat High School, bis die Sommerferien begannen. Ich muss Lior nach unserer Nacht in Tel Aviv noch ein paar Mal dort im Vorbeigehen gesehen haben, aber ich erinnere mich nicht an einen solchen Moment. Ich erinnere mich nur, dass ich mich nicht noch einmal von ihm verabschieden wollte, und an den Schmerz, ihn schon jetzt zu vermissen, den Schmerz, jemanden zu vermissen, der physisch noch nahe ist, erreichbar, und dennoch weit weg, so weit weg und völlig außer Reichweite und völlig unerreichbar.

Meine Mutter und ich verließen Israel an einem heißen Sommertag. Ihr zufolge war die Sonne an diesem Tag so stark, so stechend wie an dem Tag, als wir zum ersten Mal in Israel landeten. Nachdem das Jahr in der High School zu Ende war und ich die neunte

Klasse beendet hatte, war mir noch eine Woche in Israel geblieben, in der ich hauptsächlich zu Hause herumhing, wo wir über alles redeten, außer über das Thema, das uns beschäftigte: die Dinge, die mit unserer Familie passierten und mit jedem einzelnen von uns. Ich nehme an, es war klug, sich nicht eingehender damit zu befassen; wir wussten, alles, was gesagt würde, würde unsere Herzen nur schwächer machen, und ich wusste, nichts würde sinnvoll sein oder einen Unterschied machen. Ich hatte schon immer die Dinge für mich behalten, ich war immer alleine mit ihnen fertig geworden, daher fühlte sich die ganze »Nicht-darüber-reden-Sache« ziemlich normal an, es war einfach noch eine Last, die ich in mir trug, einfach noch eine offene Wunde unter Schichten und Schichten von Haut.

Ich packte meine drei Koffer zum Klang des israelischen Radios, das im Hintergrund lief, und achtete plötzlich viel mehr auf jeden amerikanischen Song, der gespielt wurde. Ich nahm mein Stoffschaf mit, das schon mit mir nach Israel gezogen war, und ein englisches Wörterbuch, in das mein Bruder geschrieben hatte: »Ich hoffe, du wirst mich nicht oft brauchen«, als hätte er dem Buch eine Stimme gegeben. Ich nahm ein paar Bücher mit, einige Musikkassetten und ein Fotoalbum mit Babybildern, die an dem Tag meiner Geburt, aufgenommen worden waren und auf denen verschiedene Familienmitglieder mit mir posierten. Und ich packte meine Kleider ein, Kleider in verschiedenen Größen; ich nahm nicht nur die Kleidungsstücke mit, die mir zu diesem Zeitpunkt passten, sondern auch welche, die ich getragen hatte, als ich dünn war, und ich nahm die treuen Kleidungsstücke mit, die ich trug, als sich mein Gewicht veränderte, nur für den Fall, dass ich sie bald brauchen sollte. Aus meinen Koffern hätte man Mädchen in allen Größen ausstaffieren können. Alles andere ließ ich im Haus meines Vaters – unserem Haus – zurück.

Ich wollte nicht viel mitnehmen, wollte nicht, dass meine Vergangenheit in Dingen war, die ich überall, die ganze Zeit über sah, weil ich nicht wusste, ob mich das traurig oder glücklich machen würde. Also packte ich wie eine Touristin, die zu einem zweiwöchigen Urlaub an einen Ort aufbricht, an dem das Wetter veränderlich ist und an dem man alle möglichen Aktivitäten unternehmen kann, und nicht wie jemand, der über einen Ozean hinweg umzieht.

Meiner Mutter muss das Packen viel schwerer gefallen sein als mir, aber sie bat mich nie um Hilfe, und es kam mir nie in den Sinn, ihr meine Hilfe anzubieten.

An einem unserer letzten Tage fuhr mein Vater mit Tom und mir nach Petra, der jahrtausendealten Hauptstadt des Nabatäischen Königreichs in der Wüste von Jordanien, Israels Nachbarstaat. Auf dem Hinweg erzählte er uns eine Geschichte von einer Gruppe junger Israelis, die versucht hatten, sich über die Grenze zu stehlen, noch bevor die beiden Länder Frieden miteinander geschlossen hatten, einfach, um mit eigenen Augen den Ort zu sehen, der zur Legende geworden war, und wie die meisten, wenn nicht alle von ihnen, auf der Reise starben, aufgrund der Wüstenhitze, durch Beschuss jordanischer Grenzpatrouillen, vor Durst. Sie riskierten ihr Leben für ein Abenteuer, für den Stolz, die Zufriedenheit und den Ruhm, der sich einstellte, wenn sie es schafften, wenn sie mit einer Geschichte zurückkämen, die sie erzählen könnten; sie riskierten es, damit sie die Schönheit mit eigenen Augen sehen konnten, die Schönheit im Land des Feindes.

In Petra sah ich eine ganz in den Felsen gehauene Stadt, die nach Meerzwiebeln roch und nach Staub. Sie war voller Tempel, mit engen Gässchen und hohen Seitenwänden, Gräbern, gepflasterten Böden und einer Fassade, die früher einmal einen Schatz verborgen haben musste, alles in die Sandsteinhügel gehauen. Ich hatte diesen rosaroten Stein schon zuvor in der israelischen Wüste gesehen, aber noch nie hatte ich so grandiose Felsformationen, die aus ihm gebaut waren, erblickt. Jedes Sandkorn war so fein, fragil und schwach – der kleinste Windhauch konnte es davonblasen –, aber als Masse, zusammengenommen, waren die Körner hart und unzerstörbar. Zusammengenommen formten diese Partikel eine ganze Stadt, die immer noch steht, tausende von Jahren nach ihrer Erbauung, und die mit jeder Erdvibration nur immer dichter wird, nur immer magischer.

Am Ende dieses Tages versprachen Tom und ich uns, dass wir uns nah blieben, die allerbesten Freunde, egal, wie weit voneinander entfernt wir lebten, egal, wie viele Ozeane zwischen uns lägen und wie verschieden unsere Welten sein würden.

Im Unterschied zu meinem Bruder, der vor die Wahl gestellt wurde, in Israel zu bleiben oder nach New York zu gehen, hatte ich nie die Wahl. Im Rückblick möchte ich gerne glauben, dass ich, wenn ich die Wahl gehabt hätte, mich entschieden hätte, nach New York zu ziehen, und dass es für mich zum damaligen Zeitpunkt einfach leichter war, nicht zu entscheiden, sondern andere über mich entscheiden zu lassen; es war leichter, passiv zu sein, weil ich das am besten konnte.

Ich ging nach New York, weil mich meine Mutter mehr brauchte als mein Vater. Ich ging, weil die Stimme meiner Mutter lauter war als die meines Vaters. Ich ging, weil mein Vater nicht sagte ›geh nicht‹. Ich ging, weil mein Bruder bleiben wollte, und wenn ich hätte bleiben wollen, hätte er sich verantwortlich gefühlt, mit meiner Mutter zu gehen. Ich ging, weil ich nicht wollte, dass mein Bruder sich opferte. Ich ging, weil ich ein gehorsames Kind war. Aber vor allem ging ich, weil ich hoffte, meinen Körper, mich selbst, das einzige Selbst, das ich kannte, zurücklassen zu können.

Auf der Fahrt zum Flughafen gerieten mein Bruder und ich in einen Streit. Ich erinnere mich nicht mehr, um was es sich handelte, aber ich erinnere mich gut, dass ich angefangen hatte und dass es das Abschiednehmen von ihm viel leichter machte. Während Tom und ich im Auto saßen und kein Wort wechselten, wechselten meine Eltern die allerletzten Worte, die sie je wechseln sollten.

Ich hatte einen ganzen Sommer, um mich an New York zu gewöhnen, bevor die Schule anfing. Als ich ankam, war ich von seinen Dimensionen überwältigt. Ich hatte vorher auch schon Hochhäuser gesehen, aber noch nie so viele so nah beieinander und noch nie so hohe. Erst als ich in der Lobby eines dieser Hochhäuser saß, realisierte ich, wie viele Leute hineinpassten – ein ganzes israelisches Dorf, ein ganzes deutsches Stadtviertel. Während ich die breiten Avenues hinunterlief mit dem Dauergeräusch von Autos, Sirenen und Hupen im Hintergrund beschäftigte ich mich damit, das Stück Himmel vor mir zu beobachten – den blauen Flecken, der von den Gebäudeumrissen auf beiden Seiten der Avenue eingerahmt wurde –, er hatte ebenfalls die Form eines Hochhauses, das auf dem Kopf stand.

Manhattan faszinierte mich wegen seines gitterähnlichen Straßenrasters: Es war schwierig, sich hier zu verlaufen, fast unmöglich. Wenn man sich in klaren Strukturen aufhält, wird das Laufen so berechenbar – es gab einen klar vorgegebenen Weg, einen Weg, den man mit so vielen anderen teilte, dass man selbst Teil des Gitters wurde. Und das Gitter wurde nicht einmal von der Natur durchbrochen; es gab keine Bäche, keine echten Hügel, einfach nur symmetrische Grünflächen, die irgendwo zwischen zwei Avenues angelegt worden waren, zwischen unzähligen Straßenlaternen, die einen Mitternachtshimmel so hell mit künstlichem Licht erleuchten konnten, dass es einem wie Mittag vorkam. Ich wurde in dieses Gitter eingesogen, ich wurde in New York eingesogen und wurde anonym, nur eine in einer riesigen Masse – die enge, gebogene und spitze Insel Manhattan bereitete mir genau das Willkommen, das ich brauchte.

Während der ersten Woche in meiner neuen High School, direkt nach dem Ende des Kunstgeschichtsunterrichts, sprach mich ein Mädchen aus meiner Klasse auf der Toilette an.

»Hey du«, sagte sie, als wir uns die Hände wuschen. »Du bist neu, oder? Ich führ dich gerne rum.«

»Ja. Okay, das wäre nett«, sagte ich. »Ich bin übrigens Fela.«

Sie war lustig, unkompliziert und spontan und wurde sofort meine Freundin. Und sie ließ mich vergessen, wie komisch es war, so plötzlich eine Schuluniform zu tragen, die Lehrer nicht mehr beim Vornamen anzureden wie in Israel, ein Schließfach zu haben und eine Cafeteria, in die man gehen konnte.

Am gleichen Tag stellte mich meine neue Freundin einem ihrer Freunde vor, ebenfalls einem Klassenkameraden von mir. Wir waren auf einer Exkursion in ein Museum mit zeitgenössischer Kunst – »das ist Fela«, sagte sie. »Sie ist gerade erst aus Israel nach New York gezogen.«

»Also bist du Jüdin?!«, war seine Reaktion.

Ich hatte mein ganzes Leben als Jüdin gelebt, und diese Frage war mir noch nie gestellt worden. Und als sie mir gestellt wurde, verschlug es mir die Sprache, und ich konnte nicht antworten, weil ich zu überrascht war. Zuerst war ich verwirrt, dann beleidigt. Dann verspürte ich das Bedürfnis, stolz ›ja‹ zu sagen, worauf das Bedürfnis folgte, mich zu verteidigen, was wiederum dem Bedürfnis wich, zu verstehen, was meine Religion diesen Jungen anging, den ich erst vor einer Minute kennengelernt hatte. Hätte er gefragt, ob ich mit haselnussbraunen Augen auf die Welt gekommen sei, wäre meine Reaktion eine andere gewesen.

Wir liefen durch eine riesige Ausstellungshalle – über uns eine hohe, kathedralenähnliche Decke, unter uns ein glatter, glänzender Boden –, die voller überlebensgroßer Skulpturen war. Diese waren mit weißen, altweißen und cremefarbenen Tüchern bedeckt, die zum Teil an den Skulpturen befestigt waren, zum Teil lose von ihnen herabhingen. Zu meiner Rechten, meiner Linken und vor mir in der Mitte der Halle standen gekrümmte Wände, die wie Leinwände aussahen. Jede Skulptur war rund dreimal so groß wie ich und wand sich in einer Spirale, in die man hineingehen konnte.

»Was hast du gefragt?«

»Bist du Jüdin?«, wiederholte er, während er mir in die Spirale folgte und Stoffteile mein Haar berührten.

Ich hatte noch nie jemanden nach seiner Religion gefragt. Nie. Nicht, weil ich Religion für unwichtig hielt, aber weil ich sie in unserer Interaktion für unwichtig hielt.

Die gekrümmten Wände der Skulpturen ließen den Gang, der in die Spirale führte, an einigen Stellen enger und an anderen weiter werden. Meinem Lehrer zufolge wollte der Künstler damit einen Raum schaffen, der verwirrt, einen Raum, in dem man seinen Orientierungssinn verliert, auch wenn man sich nur in zwei Richtungen fortbewegen kann: aus der Spirale heraus oder tiefer in sie hinein. Welchen Weg man auch wählte, die Wände und die Tücher umgaben einen immer enger, bis man entweder das Zentrum der Spirale erreicht hatte oder sie ganz verließ. Die Skulpturen waren auch als Kommentar zum Thema ›Gleichzeitigkeit‹ gedacht, dazu, wie zu bestimmten Zeiten überall auf der Welt Dinge auftreten, einfach, weil die Welt für sie bereit ist: Erfindungen, Medikamente, Waffen. Und ich dachte: Musikrhythmen, Filmstile, Erzählabsichten haben alle Ähnlichkeiten, einfach, weil die Welt für sie bereit ist, einfach, weil eine Generation nicht anders kann.

Ich habe diesem Jungen nie eine Antwort gegeben. Ich verlor ihn mit Absicht irgendwo in der Spirale und ging einfach weiter, während mein Gesicht von den Schleiern verhüllt wurde. Wenn er mich nur kategorisieren wollte, hatte er die falsche Frage gestellt. Schließlich war ich keine amerikanische Jüdin. Und wenn es etwas gab, dessen ich mir sicher war, dann die Tatsache, dass Religion auch einfach nur ein soziales und kulturelles Konstrukt ist; in Deutschland jüdisch zu sein, ist etwas ganz anderes, als in Israel jüdisch zu sein, was überhaupt nicht das Gleiche ist, wie in Amerika jüdisch zu sein. Es war *überhaupt* nicht das Gleiche, wie in Polen jüdisch zu sein.

Ich wache auf, und für einen kurzen Moment vergesse ich, dass ich in Polen bin. Es ist mein fünfter und letzter Tag hier, ein Donnerstag. Ich rolle mich auf die Seite; die Landschaft ist immer noch weißgefleckt. Ich ziehe mich schnell an, einen braunen Rock und einen korallenroten Pullover, ich schmeiße alle meine Sachen in den Koffer und lasse nur meine Stiefel draußen, die ich mir über die Füße streife, und einen gestrickten Gürtel mit Blumenmuster, den ich mir um die Taille binde. Ich fühle mich glücklich.

Opa begrüßt mich mit einem frischen Lächeln und einem lebhaften »*Giten Morgen*«, als ich an den Tisch komme, an dem er sitzt und Kaffee trinkt. Ich grüße zurück, mit einem genauso frischen Lächeln, mit einem genauso lebhaften »Guten Morgen«.

Auf unserem Tisch stehen noch keine Blumen. Der Kellner bereitet gerade die Vasen vor, und ich bin gespannt, was für ein Blumengesteck wir bekommen werden.

»Ich möchte dich noch einmal nach Czeladź mitnehmen«, sagt Mosha, während er mit seiner Gabel über den Tisch fährt. »Um dir zu zeigen, wo früher die Synagoge stand. Danach möchte ich auf dem Weg zum Flughafen noch an einer anderen anhalten.«

Wir sitzen entspannt beim Frühstück. Der Blick, der mich verfolgt, ruht auf mir, er ist nicht penetrant und stört mich nicht.

Als wir auf die Autotür zugehen, die der Fahrer für uns aufhält, läuft sanfte Klaviermusik im Radio, und ich frage mich, wie diese Synagoge wohl aussehen wird.

Die deutsche Synagoge, in die ich als Kind ging, ist glamourös und großzügig und passt gut zu den vorstädtischen kleinen Wohnhäusern, die sie umgeben. Ihr östlich-mittelalterlicher Stil, der geprägt ist von Terrakottafliesen und farbig glasierten Ziegelsteinen, lässt sie wie einen antiken Palast aussehen. Sie hat eine Kuppel – mit goldenem Anstrich und einem großen Davidstern, der sich in den Himmel reckt –, und im Inneren ist jedes Detail sorgfältig geschnitzt und verziert. Immer, wenn ich dort war, kam die ganze Gemeinde sorgfältig gekleidet, als würden die Leute auf eine Modenschau gehen und nicht in ein Gotteshaus. Die Frauen hatten elegante Blusen an, maßgeschneiderte Röcke, hohe Absätze, und die Männer trugen Maßanzüge und Krawatten mit verschiedenen Mustern, Stoffen und Farben, die zu ihren *Kippot* passten.

Die Synagoge in Kefar Teefe ist schlicht, alt und ganz aus Kalkstein gebaut – die natürlichen Schichten des Steins sind sichtbar, ebenso seine raue Oberfläche. Da sie in einem säkularen Dorf steht, ist sie meistens leer, wird nur von sehr wenigen aufgesucht. Es ist ein einstöckiges Gebäude mit einem Flachdach und Fenstern hinter Metallstangen. Die Frauen kommen in Shorts, die Männer in Jeans, und oft fühlte es sich dort so an, als säße man im Wohnzimmer der eigenen Großtante, nicht in einer Synagoge.

Am hinteren Ende des Synagogengrundstücks beginnt ein kleiner Trampelpfad, der zu dem *Wadi* führt, und der wiederum, wenn man eine Weile läuft, zu unserem Garten hinter dem Haus führt.

In New York war ich in vielen Synagogen, die alle so in die New Yorker Architektur eingewoben sind wie jedes andere Hochhaus. Ich war in einer Synagoge in einem Loft downtown, einem hellen Raum mit Leuchtstoffröhren, in dem zuvor ein Kosmetiksalon gewesen sein muss, wo keiner der Besucher über dreißig war. Ich war in grandiosen Tempeln, Nachbauten europäischer Kathedralen, und in anderen, die so voller Gold waren, dass man meinen konnte, es wäre aus Versehen ein blinder Maler damit beauftragt worden. Ich habe dieselben Gebete in so vielen verschiedenen Melodien gehört.

Obwohl sie alle zu einer Religion gehörten, konnten diese Gotteshäuser unterschiedlicher nicht sein; ich passte in sie alle, und jetzt passen sie alle in mich.

Als wir in Czeladź ankommen, führt Mosha mich zu einem quadratischen Denkmal aus grauem Marmor.

»Hier stand früher die Synagoge. *Kimm mal*, mach ein Bild von mir.«

Ich greife nach meiner Kamera, linse durch den Sucher und fotografiere ihn, wie er stolz auf dem Gras vor dem Denkmal steht; sein Gesicht ist ausdruckslos.

Kurz nachdem die Deutschen 1939 in Polen einmarschiert waren, wurden die Juden von Czeladź gezwungen, ihre eigene Synagoge zu zerstören. »Sie hätten sie auch abbrennen können, wie sie es an anderen Orten getan haben«, sagt Mosha, »aber sie haben uns befohlen, sie abzubauen. Einen Stein nach dem anderen.«

Ich vermute, die Symbolik ist im Krieg eine ebenso mächtige Waffe wie jede andere.

»Alle Juden arbeiteten eine ganze Nacht. Die Älteren, die wirklich Orthodoxen mit den Bärten, sogar Frauen ...« – sogar Frauen hoben mit ihrer freien Hand Steine hoch, mit der freien Hand, mit der sie nicht ihre Babies hielten. »Manche Kinder schliefen zu Hause, während andere die ganze Nacht mit draußen waren und zwischen ihren arbeitenden Eltern und Großeltern herumrannten.« Und die deutschen SS-Leute schauten mit geladenen Gewehren zu, sie schauten zu, bis nichts mehr übrig war.

Und Fela, möchte ich ihn fragen, wo war sie während der Nacht, als ihr eure Synagoge demolieren musstet? Stattdessen frage ich, wie diese Synagoge ausgesehen hatte.

»Es war eine Synagoge. Weißt du, nichts Besonderes«, antwortet er. »Einfach eine Synagoge.«

Als wir wegfahren von dem Ort, an dem einst die Czeladźer Synagoge stand, sehe ich halb entlaubte Bäume, teilweise gefrorenes Wasser, stellenweise matschigen Schnee. Das hier ist das Land seiner Geburt, das Land, wo meine eigene Geburt begann. Und wenn man mir jetzt dieselbe Frage stellte; die Frage, die mir einst gestellt wurde und die mich sprachlos gemacht hatte – »Bist du Jüdin?« –, würde ich einfach ›ja‹ sagen, ein einfaches ›ja‹, dasselbe ›ja‹, das ich sagen würde, wenn man mich fragte, ob ich mit haselnussbraunen Augen geboren worden wäre.

»Was hast du für eine Einstellung zur Kunst, Opa?«, möchte ich ihn fragen, tue es aber nicht.

»Kunst?«, würde er fragen. Erst würde er den Kopf heben, dann die Augenbrauen.

»Ja, Kunst«, würde ich halb schüchtern antworten.

»Welche Art von Kunst?«

»Egal.«

»Sie spielt keine Rolle.«

»Nie, Opa?«, hake ich nach, nur um sicher zu sein.

»Ich glaube nicht.«

»Aber ist es nicht das einzig Schöne, was aus einem hässlichen Krieg heraus entstehen kann?«

»Nein«, sagt er mit absoluter Bestimmtheit. »Das sind nur Kinder.«

Das Auto hält plötzlich an, und Opa sagt, dass wir da seien.

Ich schaue aus dem Fenster und sehe ein heruntergekommenes Gebäude. Hier ist nichts. Ich frage: »Wo sind wir?«

»Das ist die Synagoge.«

»*Das*?« Was? Wo?

»Drinnen gibt es einen Kellerraum. Während des Krieges ist er zu einer Synagoge gemacht worden. Hier war einmal das Ghetto.«

Hinter Abfalltonnen und riesigen Holzfässern versteckt führen kaum erkennbare Stufen hinein, in einen Raum, in dem in großen hebräischen Buchstaben – die grau geworden sind und die meisten ihrer Pigmente verloren haben – auf den schmutzigen Wänden steht: *Ve et Shimha Zaharnu, Al Na Tishkah Otano*; und Deinen Namen erinnern wir, bitte vergiss uns nicht.

»Bitte vergiss uns nicht«, sagten die Leute, die trotz des Horrors, der außerhalb dieser vier Wände passierte, immer noch glaubten.

In was? Wofür? Wie?

Gott oder kein Gott – was macht das für einen Unterschied? –, ob moralisch, überall, ewig, allwissend und allmächtig; oder unmoralisch, abwesend, tot, dessen Wissen und Macht begrenzt ist – was macht das für einen Unterschied? Denn das Volk wurde vergessen. Es wurde immer wieder vergessen.

»Ich habe auch gebetet während des Krieges«, sagt Opa.

»Ja, ich bin Jüdin«, würde ich diesem Jungen sagen.

»Ich musste glauben«, sagt Opa.

Glauben, denke ich, alles hat mit dem Glauben zu tun. Vielleicht geht es in der Religion nur darum. Glauben. An etwas, alles und jedes glauben, an die Geschichten glauben, die dieses Etwas, Alles und Jedes ausmachen.

Wunderbare Geschichten, wirkliche Geschichten, erfundene Geschichten, so schreckliche Geschichten, dass jeder sich wünschte, sie wären erfunden. Es geht darum, an diese Geschichten zu glauben. An die Geschichten von Generationen.

Wir gehen die Stufen wieder hinauf und steigen ins Auto. Etwa fünf Minuten lang fahren wir schweigend; die aufgehängten Würfel tanzen, und ich beobachte sie mit weiten Pupillen, aber dann fängt Opa an zu sprechen: »An *Rosch ha-Schana* 1944 wurde fünfhundert von uns befohlen, in einer Reihe zu stehen und bei einer Hinrichtung zuzuschauen.« Er spricht langsam; und plötzlich merke ich, dass er mir seit gestern nicht viel erzählt hat – als wolle er sichergehen, dass ich Zeit hätte, alles zu verdauen. »Es war an *Rosch ha-Schana*, und wir waren alle gerade von der Arbeit zurückgekommen.« Er macht längere Pausen zwischen den Wörtern; er hält länger inne zwischen den Sätzen. »Viele wurden in diesem Lager gehängt, aber bei dieser besonderen Erhängung mussten alle zuschauen. Diejenigen, die nicht aus den Holzbaracken kamen, wurden erschossen.«

Er spricht und schaut zu mir, sieht mich aber nicht; er schaut in meine Richtung, aber nicht mich an, fast durch mich hindurch.

»Es gab ein Gerücht, dass er mit einer Handgranate in der Hand erwischt wurde, die nicht zündete. Er war Holländer.« Er wendet den Blick, um aus dem Fenster zu sehen, er ist starr auf irgendeinen Punkt in der Ferne gerichtet. Oder vielleicht auf viele Punkte, ich bin nicht sicher.

»Die SS-Leute kamen mit einem Seil an, schlangen es um seinen Nacken und versuchten, ihn zu exekutieren, aber das Seil riss. Also musste ein zweites Seil her. Sie kamen mit einem zweiten Seil an, und dann funktionierte es.« Er schaut hinaus auf die vorbeiziehende Landschaft, und ich schaue auf seinen Nacken und auf den Hintergrund, auf das, was hinter seinem Nacken ist – die vorbeiziehende Landschaft. »Bevor er starb, schrie er: ›Kopf hoch, meine Jungen, der Krieg ist bald zu Ende.‹ Ich glaubte ihm. Ich glaube, das taten wir alle. Vielleicht hatten wir keine andere Wahl, als ihm zu glauben.«

Es geht immer nur um Glauben, denke ich. Daran zu glauben, woran man glauben muss, damit man überlebt; sich zu entscheiden, zu glauben, damit man überlebt, damit man lebt.

Der Kopf meines Großvaters nickt; die Haut an seinem Nacken faltet und entfaltet sich, sie strafft sich und erschlafft.

»Wenn ihm das nicht zur Last gelegt worden wäre, dann hätte man etwas anderes gegen ihn vorgebracht. Die Konsequenzen hatten in dieser Wirklichkeit nichts mit den Handlungen zu tun«, stößt Opa hervor.

Wir kommen am Flughafen an, das Auto hält, und Opa schaut immer noch aus seinem Fenster, der Fahrer schaut immer noch nach vorne – ich nehme an, er wartet darauf, dass wir aussteigen –, aber ich schaue einfach Opa an und warte, dass er sich als Erster bewegt.

»Können wir gehen?«, frage ich mich, ob ich ihn fragen soll.

Wenn er nicht antwortete, würde ich sagen, »Opa, können wir gehen?«

Wenn er immer noch nicht antwortete, würde ich lauter werden und versuchen, seine Aufmerksamkeit zu erregen, und fast schreien,

»bist du bereit, irgendwohin aufzubrechen, bist du bereit, etwas hinter dir zurückzulassen? Bist du bereit, Polen zu verlassen, ein zweites Mal, heute, dieses Mal mit mir?«

Dann würde er reagieren. »Warum brüllst du so«, würde er sagen. »Ich bin nicht taub.«

Als erwachte er gerade aus einer Hypnose, schaut Opa mich an, dann wieder nach vorne, dann wieder auf mich. Dann öffnet er seine Autotür. Ich blicke ein letztes Mal auf die Würfel: Auf dem einen Würfel sind die Seiten mit der Zwei und mit der Fünf mir zugewandt, auf dem anderen die Drei und die Fünf. Opa redet mit dem Fahrer, bezahlt ihn, und der Fahrer kommt auf mich zu. Ich steige aus dem Auto, schüttle dem Fahrer fest die Hand, danke ihm und verabschiede mich.

Spiegel und Sprachen

Es dauerte mehrere Monate, bis ich mich ganz ans Englische gewöhnt hatte. Eines Morgens wachte ich einfach auf, und Englisch zu sprechen fühlte sich plötzlich nicht mehr wie eine Handlung an.

»In welcher Sprache zählst du?«, hat man mich später in New York immer wieder gefragt, wenn jemand erfuhr, dass ich noch andere Sprachen außer Englisch spreche.

»Hängt davon ab, was ich zähle.«

»Alles und jedes.«

»Das hängt wirklich davon ab«, habe ich dann laut gesagt, aber dann stumm im Kopf weitergedacht: »Auf Deutsch zähle ich die Sterne im Wiegenlied meiner Mutter, auf Hebräisch zähle ich die Kalorien, die ich zu mir nehme, und auf Englisch zähle ich mich durch Klopfen in Sicherheit; auf Hebräisch zähle ich keine Sterne, auf Deutsch keine Kalorien, und mein Klopfen funktioniert am besten auf Englisch.«

»Aber in welcher Sprache träumst du?«

»Ich träume nicht in Sprachen«, würde ich antworten. Das ist das Großartige an Träumen. Sie sind nicht an Sprachen gebunden, sie sind das, was die Sprache zu sein versucht.

Und ein paar Tage früher oder später hörte ich auch auf, überall vertraute Gesichter zu sehen und zu denken, ich hätte Leute aus meinem Heimatdorf oder aus der High School auf den überfüllten New Yorker Straßen erkannt, nur weil ich jemanden von hinten gesehen hatte, der so einen ähnlichen Gang hatte oder auf so ähnliche Art die Arme überkreuzte wie jemand, der mir in Israel begegnet war. Unvertraute Gesichter waren wieder einfach nur unvertraute Gesichter. Mein Verstand war ganz plötzlich nicht mehr andauernd damit beschäftigt, die Vergangenheit in die Gegenwart zu projizieren.

»Kommst du klar mit Mama?«, fragte mich Tom eines Tages am Telefon, genau ein Jahr, nachdem wir nach New York gezogen waren.

»Ja. Und du mit Papa?«

»Ja«, antwortete er, und ich wurde traurig, weil ich auf einmal realisierte, wie weit entfernt er von mir war.

An diesem Tag wurde mir klar, dass ein Gespräch am Telefon und ein Gespräch von Angesicht zu Angesicht zwei völlig verschiedene Dinge sind. Hätten wir uns gegenüber gesessen und diese Worte gewechselt, hätten wir uns gegenseitig über unsere Mutter und unseren Vater beschwert und all die Kleinigkeiten benannt, die uns störten, wie die Geräusche, die meine Mutter beim Kauen von hartem Essen macht, besonders von Äpfeln, kleine, schnelle, präzise Bissen, oder die Art und Weise, wie mein Vater mit den Zähnen knirscht, wenn er nervös ist, ein so eindringliches Geräusch, dass es einem kalt den Rücken herunterläuft. Aber am Telefon machte das einfach nicht so viel Spaß, weil wir den Gesichtsausdruck des anderen nicht sehen konnten, wenn wir uns gegenseitig zum Lachen brachten oder mit dem anderen mitfühlten; wir sahen nicht, was sich hinter unseren Stimmen verbarg.

Unsere Stimmen reichten nicht immer aus, unsere beiden Welten aufeinander prallen zu lassen, aber dann – manchmal – waren alleine unsere Stimmen alles, was wir brauchten.

Ich blieb nur durch die Geschichten meines Bruders mit Israel verbunden. Am Telefon hörte ich ihm aufmerksam zu, normalerweise mit geschlossenen Augen, wenn er mir von seinen Ausflügen in die Negev Wüste erzählte – die Wüste im Süden des Landes –, und davon, wie die Palmen in schnurgeraden Reihen angepflanzt waren, während die Feigenkakteen – grün mit gelben Blüten – überall wild wuchsen, und die Datteln jedes Jahr frischer und weicher schmeckten. Seine Erzählungen breiteten die collagenartige Landschaft im Norden Israels vor mir aus, eine Flickendecke von Stoffstücken aus verschiedenen Geweben und in verschiedenen Farben: stahlblaue Schwimmbecken, türkisfarbene Fischteiche, meergrüne Algenteiche; beigefarbene Maisfelder, hellbraune Wiesen mit wilder Gerste und rasengrüne Felder mit wildem Hafer und Karotten. Er malte mir endlose Felder voller roter Mohnblumen, kleiner violetter Iris und Gänseblümchen aus und wies mich auf dunkle Hochspannungsleitungen hin, auf denen sich blassrosa-bräunliche Wiedehopfe und khakibraune Gelbsteißbülbüls ausruhten, bevor sie sich wieder hinauf in den Himmel schwangen. Die Vögel auf den Kabeln sahen aus wie Noten, und wenn sie in den Himmel flogen, war es, als würde eine Note angespielt, als würde eine ganze Symphonie gespielt. Ich sah kleine arabische und jüdische Dörfer, weiße, schachtelähnliche Häuser mit roten Ziegeldächern und bunter Wäsche, die in den Hinterhöfen hing und in der Sommerhitze trocknete.

Abgesehen von diesen Telefonaten, bei denen mich ein Gefühl von Heimweh überkam, vermisste ich Israel nicht, ich schaute nicht zurück. Wie ein altes Kleid, das ich auszog und in den Abfall warf, warf ich auch meine Vergangenheit weg. Das Israel, das mein Bruder mit mir teilte, wurde zu einem Ort, der nicht mit dem Ort meiner Kindheit verbunden war, und der Ort meiner Kindheit wurde aus meinem Kopf gelöscht und vergessen. Unser Kopf macht uns das möglich: Er erlaubt uns, Dinge zurückzudrängen, Dinge wegzudrängen, Dinge wegzuwerfen, loszuwerden, loszuwerden, loszuwerden.

Meine Mutter sprach nicht über meinen Vater oder über unser früheres Leben als vollständige Familie. Sie hängte keine Bilder von unserer alten Familie im Wohnzimmer auf, dafür aber einzelne Fotos von Tom, mir und ihr. Wann immer jemand das Land erwähnte, das für sie nie europäisch, nie Heimat genug gewesen war, pressten sich ihre Lippen voller Hass aufeinander. Genau wie ich erwähnte sie Israel nicht, als hätte sie jene Zeit aus ihren Gedanken gelöscht. Und anders als in meinem Fall fragte ich mich in ihrem, wann sie zugeben würde, dass Israel sie durchdrungen hatte, dass die Wüste inzwischen Teil ihres Körpers, ihres Vokabulars war?

Und wenn Tom uns besuchte und er und ich wie immer Hebräisch miteinander sprachen, starrte sie in die Luft, und ich fragte mich: Hört sie kein Wort, das wir sagen? Was hört sie, wenn wir reden?

»Uns geht's doch gut, oder? Mir und dir. Hier in New York, oder?« Das fragte mich meine Mutter aus heiterem Himmel an einem Sonntag, als wir gerade mit dem Frühstück begonnen hatten.

Der Geruch nach geröstetem Kaffee, nach frisch gepresstem Orangensaft und nach getoastetem Bagel hing über unserem Tisch. Es war am Morgen nach meinem Gespräch mit Tom, und wir lebten nun schon seit einem Jahr in New York.

Ich rebellierte nie in irgendeiner Form, ich machte ihr nie Schwierigkeiten, weil sie die Familie auseinandergerissen oder weil sie mich an einen fremden Ort gebracht hatte. Ich deutete nie an, dass es mir nicht gutging, und deswegen war ich unsicher, warum sie mich das fragte. Im Gegenteil, mir ging es gut, mehr als gut.

»Ja, Mama. Uns geht's mehr als gut.«

»Du bist doch glücklich, oder?«

»Klar. Ich kann mich nicht beklagen.«

Ich hatte inzwischen einen Teil meines In-mich-Gekehrtseins, meiner Schüchternheit verloren – nicht zu viel, aber ausreichend – und auch meiner Unsicherheit; ich wurde selbstbewusster und fing an, mich selbst zu mögen. Und selbst wenn ich in New York schweigsam war, genauso stumm wie zuvor, akzeptierte ich das. Zwischen den hohen Gebäuden fühlte sich meine Schweigsamkeit angenehmer an als in Israel, sie war leichter, unbelasteter. Es war, als erlaubte mir New York, Teile von mir zu verlieren, um ein vollständigeres Selbst zu finden. Ich erlief mir die Stadt, oft wie die ewige Touristin, aber nie wie eine Fremde.

»Aber du beklagst dich nie.« Sie legte ihre Gabel ab, kaute zu Ende, was auch immer gerade in ihrem Mund war, rückte ihren Rücken und ihr Gesicht gerade.

»Na ja, es gibt eigentlich auch nichts, worüber ich mich beklagen könnte«, sagte ich entspannt und dachte, dass sich die Trennung meiner Eltern für mich als gute Sache erwiesen hatte.

Ich hatte mit dem Kalorienzählen aufgehört; ich lernte, das Essen zu kontrollieren und nicht mich von ihm kontrollieren zu lassen. Ich lernte, stärker als es zu sein, stärker als *jener* Teil von mir. Es war zu absurd geworden, mein Leben von Schokolade kontrollieren zu lassen; mich selbst von Essen kontrollieren zu lassen. Ich war nicht mehr bereit, immer wieder nach etwas die Hand auszustrecken und danach zu greifen, auszustrecken und zu greifen und mich selbst dabei anzuekeln. Mir wurde immer deutlicher, dass es in Ordnung war, ich zu sein, ja mehr als in Ordnung, und dass *es* keinen Platz in dem Leben hatte, das ich leben wollte, dem Leben, das ich lebte. Und nach und nach bekam ich einen neuen Körper, einen, der sich wie mein eigener anfühlte.

Und ich war glücklich. Glücklicher als zuvor. Ich ließ meinen alten Körper und mein altes Ich zurück. Ich ließ meine Vergangenheit zurück; ich lebte ohne sie, ganz ohne sie, so als wäre die Vergangenheit einfach ein weiteres Bild, das ich im Haus meines Vaters zurückgelassen hatte, damit er es wegwerfen konnte, als wäre sie gründlich mit Deckweiß übermalt worden und hätte nichts zurückgelassen als eine reine leere Seite. Endlich lebte ich in der Gegenwart, ausschließlich in der Gegenwart.

»Und was ist mit Jungs?«

»Was soll mit ihnen sein, Mama?«

»Wie sind die Jungs in deiner Klasse?«

»In Ordnung.«

»Ich bin sicher, einer von ihnen ist hübsch, oder nicht?«

»Nicht wirklich«, sagte ich und verlor plötzlich das Interesse an dem Gespräch, weil ich wusste, worauf es hinauslief.

»Willst du nicht mal einen Jungen mit nach Hause bringen? Vielleicht sogar einen, mit dem ich nicht einverstanden bin. Du bist ein Teenager.«

Warum sollte ich gegen sie rebellieren, dachte ich. Wenn ich das täte, würde ich mir am Ende womöglich nur selbst wehtun, und ich habe schon genug gegen mich selbst rebelliert.

Sie nahm einen Schluck aus ihrer Teetasse und hob dann ihre Gabel. »Nur weil dein Vater und ich keine gute Beziehung hatten, bedeutet das nicht, dass die Welt voller schlechter Beziehungen ist«, sagte sie und fing dann zu essen an.

»Aber die Welt ist voller schlechter Beziehungen.« Ich trank einen Schluck Kaffee, er war bitter und süß und lecker.

»Sie ist auch voller guter.«

Ich wollte ihr sagen, dass ich nicht sicher bin, ob sie Recht hatte, dass ich eigentlich nie eine Beziehung gesehen habe, die ich selbst hätte haben wollen. Und ich wollte ihr sagen, dass sie wahrscheinlich Recht hatte und es auch gute Beziehungen geben musste, aber das sagte ich nicht, ich trank einfach nur noch einen Schluck von meinem Kaffee und blickte sie an. Sie sah anders aus, und ich war mir nicht sicher, ob sie sich nach ihrer Scheidung verändert hatte oder ob es an mir lag, dass ich sie auf einmal anders wahrnahm – nicht nur als Mutter, sondern auch als Frau, nicht nur als Frau, sondern auch einfach als Person.

»Das würde ich gerne glauben«, sagte ich. »Wirklich gerne.«

Ich betrachtete die Dame auf dem Bild, die immer noch dieselben schmalen Handgelenke hatte wie damals, als sie noch in Israel hing, denselben nach links gebeugten Körper, dieselbe Neigung in ihrem Nacken, die jetzt jedoch weniger zerbrechlich erschien, und ich nahm einen Bissen von meinem Bagel, und das war der Moment, in dem ich – endgültig – realisierte, dass ich Energie aus dem Essen nicht nur zum Leben brauchte, sondern wollte. Von diesem Tag an schmeckten die Gerichte meiner Mutter wieder himmlisch. In meinem Mund wurden die Geschmäcke wieder scharf, in meiner Nase die Essensgerüche wieder lebendig, in meinen Augen die Strukturen und die Farben wieder schön, und der Klang des Kauens wurde zu einer perfekten Melodie.

Am nächsten Morgen ging ich auf einen Flohmarkt.

»Jeder kommt hier aus einem bestimmten Grund her«, hörte ich den Verkäufer sagen und war mir nicht sicher, ob er mit mir sprach. »Aus dem einen oder anderen Grund«, sagte er und machte mit seinem Blick deutlich, dass er mit mir sprach.

»Und was ist dann Ihr Grund?«, fragte ich und lächelte ihn an.

»Meine Möbel zu verkaufen. Natürlich.«

»Das ist alles?«

»Das ist alles.«

»Und der Grund von dem Typen da drüben?« Ich zeigte auf einen Mann, der am Stand gegenüber stand, der sehr schwer atmete und dessen Hände in den Taschen vergraben waren.

»Er kommt hierher, um Zeit zu verbringen. Er kommt mit der Hoffnung, dass ihn seine Tochter endlich besuchen wird, weil er weiß, dass sie weiß, dass er hier arbeitet. Er hat sie seit Jahren nicht gesehen. Und lass mich dir das sagen, meine Liebe, ich bezweifle, dass sie vorhat, irgendwann demnächst mal aufzutauchen.« Er schüttelte den Kopf.

»Und was ist also mein Grund?«, fragte ich ihn.

»Das musst du mir sagen.«

»Ich bin hier, um einen Spiegel zu finden«, meine Augen wanderten über die ausgestellten Spiegel, »ich nehme den da«, sagte ich und deutete auf einen Spiegel mit einem Mosaik-Rahmen.

»Und du schaffst es, ihn nach Hause zu tragen?«

»Wenn er der Grund ist, für den ich hergekommen bin, dann sollte ich das schon schaffen.«

Vielleicht erlaubte mir New York, den ganzen Raum meines Körpers mit meiner Psyche zu füllen; während mein Körper schrumpfte, wuchs mein Ich – dieses Ding in meinem Innern – und breitete sich langsam in jeden Zentimeter meiner Kontur aus, auf meiner Hautunterseite, auf jedem Punkt meiner Silhouette. Vielleicht war das gar nicht New York, sondern einfach die Zeit.

Der Heimweg

In der Sekunde, in der ich mich auf meinen Platz im Flugzeug nach Berlin setze, versuche ich einzuschlafen. Bevor ich meine Augen schließe, schaue ich aus dem Fenster, weil ich noch einmal nach draußen sehen möchte, aber meine Augen verfangen sich auf dem Fenster selbst, auf den winzigen, sternenförmigen Schneeflocken, die daran kleben und in der weißen Sonne schimmern. Dann versuche ich erneut einzuschlafen – ich träume nicht, werde aber immer wieder wach, weil mir kalt ist; ich gebe auf.

»Warum ich?«, frage ich Opa. »Warum hast du von allen deinen Enkelkindern ausgerechnet mich mitgenommen?«

»Weil es wichtig ist.«

»Ich weiß, dass es wichtig ist, Opa«, sage ich. »Hmm.« Ich fahre mir mit dem Daumen über die Unterlippe. »Aber warum ich? Weil ich nach Fela heiße, nicht wahr?«

»Nein«, sagt er scharf.

Einfach nein? »Oh«, sage ich. Das ist alles? So eine einfache Antwort auf etwas, das ich als schwierige Frage empfunden habe.

»Weil du eine gute Zuhörerin bist.«

Ich sage kein einziges Wort, sondern nehme meine Hand, langsam, sorgfältig und präzise, und strecke sie nach ihm aus, nach seiner Hand, die auf dem Klapptisch des Flugzeugs ruht, berühre sie und fahre mit meinem Daumen über seinen Handrücken.

Während ich neben ihm sitze, versuche ich, in der Erinnerung noch einmal alle Orte aufzusuchen, an denen ich in den letzten Tagen war, damit ich keinen vergesse. Ich zähle die Tage rückwärts und lande bei dem Fremden. Ein Grinsen erscheint auf meinem Gesicht.

Unsere Körper griffen ineinander. Unsere Brustkörbe gegeneinander gepresst, Arme und Beine verschlungen, unsere Münder forschend; konnten nicht aufhören, zu forschen. Sex zu haben war ein seltsames, ein fremdartiges Gefühl. Ich bewegte mich zwischen leichtem Schmerz und Lust; der Druck des gegen die inneren Wände meines Körpers reibenden Fremden hielt mich am Boden, während mich die leicht kitzelnde und kribbelnde Lust schwindlig machte. In jener Nacht war ich ganz da, aber gleichzeitig hätte ich nicht weiter weg sein können, irgendwo ganz anders. Während ich uns vor Augen habe, realisiere ich, dass ich als Frau in Polen angekommen bin. Mein Grinsen wird breiter.

Ich habe zum ersten Mal in Unterwäsche mit Comicmotiven geblutet. Halb verlegen, halb stolz erzählte ich meiner Mutter und meinem Vater, dass ich meine Periode bekommen hatte, dass ein kleiner Blutfleck Mickey Mouse, der auf den Stoff gedruckt war, ungleichmäßig überschrieben hatte. Sie sagten mir, ich sei eine Frau. Ich fühlte mich nicht wie eine. Das war nicht der Moment, in dem ich zur Frau wurde; das geschah erst in einem viel späteren Prozess, der in einem Flugzeug irgendwo über dem Ozean zwischen Israel und New York begann und in einem anderen Flugzeug von New York nach Deutschland an dem Morgen nach der Nacht endete, in der ich zum ersten Mal mit einem Mann geschlafen hatte.

Ich bin aufgeregt, nervös, als würde ich mich auf etwas freuen; ich fühle mich ängstlich und freue mich und schaue Opa an – seine Augen sind geschlossen, sein Atem geht ruhig, er sitzt so still da –, und ich frage mich, ob er schon eingeschlafen ist. Ich schließe die Augen und sehe Lior und mich selbst als Kinder vor mir – da war etwas zwischen uns, etwas in der Chemie zwischen uns; etwas in der Art und Weise, wie unsere Energien sich verbanden, spielerisch, tänzelnd; unsere Energien waren wie turtelnde Schmetterlinge.

Wenn der Schultag vorüber war, stahlen wir uns durch den Schulzaun hinaus und eine Sekunde später wieder hinein, nur um dann das Schulgelände durch das Eingangstor zu verlassen. Es war ein Abenteuer, weil es einen Wachmann am Tor gab, der den Zaun die ganze Zeit beobachtete. Unsere Körper passten hindurch, bis wir in die vierte Klasse kamen. Dann waren wir plötzlich zu groß, um uns zwischen den Metallstangen hindurchzuquetschen, die in diesem Jahr leuchtend gelb angestrichen waren. Wir glaubten, den Zaun gäbe es, um uns drinnen zu halten, und nicht, um andere draußen zu halten; selbst wenn wir in Israel lebten, einem Land in ständiger Unruhe, wie wir wussten, war die politische Situation immer unserem Leben untergeordnet. Ich glaube, alles ist dem Leben immer untergeordnet.

Wir nutzten die Nachbarschaft unserer Elternhäuser als einen Vorwand, um Zeit miteinander zu verbringen, und keiner von uns gab je offen zu, dass wir nicht nur gemeinsam nach Hause liefen, weil wir denselben Heimweg hatten, keiner von uns gab je offen zu, dass wir am Ende eines Schultags nicht nur froh waren, dass die Schule vorbei war, sondern auch, weil das hieß, dass wir uns zusammen herumtreiben konnten.

Und wenn wir nach Hause liefen, erzählte mir Lior, dass er Pilot werden wolle oder Fußballspieler und dass er seinen älteren Bruder hasse, der ihn immer vor seinen Freunden in Verlegenheit brachte. An den Wochenenden fuhr Liors Familie auf Besuch zu seiner Großmutter, die im Norden nahe der syrischen Grenze lebte, und dort gingen sie in den Wäldern der Golanhöhen wandern, und Liors Vater erklärte ihnen die Wildblumen, die sie fanden.

»Wie heißt diese Blume, Lior?« Ich stelle mir vor, wie ich ihn das frage, während unsere kleinen Füße hügelabwärts schlurfen, während ich auf eine Blume deute, die neben dem Gehweg wächst.

»Das ist keine Iris, obwohl sie genauso zart wie eine Iris ist.«

»Warum bist du dir da so sicher?«

»Weil hier keine Iris wachsen.« Ich stelle mir vor, wie er mit großer Sicherheit antwortet.

»Und welche andere Blume ist das noch nicht?«

»Es ist auch kein Alpenveilchen, die Blütenblätter stehen zu weit auseinander.«

»Bist du sicher?«

»Alpenveilchen wachsen hier nicht. Man kann eine Blume immer an ihrer natürlichen Umgebung erkennen.«

»Immer?«

»Immer, immer.«

Und dann, stelle ich mir vor, füge ich noch einen Satz zu unserem Gespräch hinzu: »Das Wachstum einer Blume hängt immer von ihrer Nähe zu Licht und Schatten ab, zur Wüste und zum Schnee, zu Wind und Wasser. Bei Blumen wie bei Menschen.«

Liors Vater war Tierarzt, weswegen Lior mir an vielen Tagen Geschichten von verschiedenen Tieren erzählte: von einem Frettchen vor seiner Sterilisierung, von einem Leguan, der nicht fressen wollte, und wie er ihm rote Salatblätter mit der Hand füttern musste, von einem Hund, der vergiftet worden war und starb, bevor man ihm helfen konnte. Mit den Händen demonstrierte Lior jeden Schritt, den sein Vater beim Operieren machte, Liors Finger unterstrichen exakt die Wörter, die aus seinem Mund kamen: die Form eines Organs, die Größe eines Lymphknotens, den Ort eines Knochens im Körper eines Tieres. Oft genug passierte es, dass wir auf unserem Heimweg ein totes Tier auf der Straße liegen sahen, gewöhnlich einen streunenden Hund oder eine Katze, und wir schauten beide weg, sogar Lior, der einen solchen Anblick viel mehr gewöhnt war als ich.

Und jeden Tag berichtete ich Lior, wie die Geschichten in den Büchern, die ich las, weitergingen – wie eine Figur aus Versehen auf der Suche nach ihrer Mutter auf einem anderen Planeten landete, oder wie eine Kriegerin ihren Prinzen rettete, indem sie vorgab, ein Mann zu sein. Ich erzählte ihm die Geschichte von den Zwillingen, die nicht miteinander sprechen konnten, weil ihre Eltern ihnen verschiedene Sprachen beibrachten, und ich beruhigte ihn, dass sie es schon irgendwie schaffen würden, weil sie am Ende zusammen das Böse besiegen.

»Gehen alle Geschichten gut aus?« Ich stelle mir vor, wie er mich damit mitten im Geschichtenerzählen unterbricht.

»Nein. Nicht alle. Aber die meisten. Sonst würden die Leute sie nicht lesen.«

»Ich schon«, würde er sagen.

»Ich auch.«

»Aber das Leben geht auch nicht immer gut aus, und sollen die Geschichten nicht das Leben spiegeln?«

»Sie spiegeln hübschere Versionen des Lebens. Aber umgekehrt spiegelt das Leben auch hübschere Versionen von ihnen.«

»Immer?«

»Immer, immer.«

Und dann, stelle ich mir vor, füge ich noch einmal einen Satz zu unserem Gespräch hinzu: »Das Ende einer Geschichte hängt immer von der Nähe des Autors zu Licht und Schatten ab, zur Wüste und zum Schnee, zu Wind und Wasser. Bei Geschichten wie bei Menschen.«

Während ich das Land der Toten verlasse, fühle ich mich komisch, energiegeladen, erwachsen. Ich bin nervös, ich fühle mich bereit. In mir spüre ich einen bittersüßen Schmerz, er verweist auf einen Verlust und auf etwas Gutes, und mit dem Grinsen immer noch im Gesicht realisiere ich, dass er auf Israel verweist – und ich wende mich zu Opa und hoffe, er ist wach, denn ich will ihm erzählen, dass ich nach Israel fliegen will, statt von Berlin direkt zurück nach New York, aber er schläft schon tief.

Ich möchte in das Land reisen, das ich als Kind verlassen habe, und ich möchte die Sprache sprechen – Hebräisch –, die für Gespräche nur mit meinem Bruder reserviert ist und die für mich fast eine verlorene Sprache war, mit Vokabeln, die zu einer Welt gehörten, in die ich nicht mehr gehörte. Sie gehörte zu vollen Stränden mit blauen und weißen Plastikstühlen, schönen Frauen in Bikinis und Männern, die Backgammon spielten und angeregt mit den Händen redeten. Sie gehörte zu kleinen Gassen zwischen verfallenden Art-Deco-Häusern in der Nähe von offenen Märkten und zu Raben, die im Schatten gelb-grüner Bäume saßen, und zu Jerusalem – zu einem Jerusalem voller Frauen, die ihre Köpfe bedeckten, und Frauen, die ihre langen Haare offen trugen. Und ich möchte spüren, wie es sich anfühlt, dort eine Frau zu sein.

Den Rest des Flugs verbringe ich in einem Gefühl der Aufregung, das mein Körper kaum fassen kann, und stelle mir vor, wie ich ihn wiedersehe – ihn, den ich seit sechs Jahren nicht gesehen habe, der sicher der bestaussehendste Soldat überhaupt ist, mit seinen Augen, die zur Farbe seiner grünen Uniform passen, als wären sie aus demselben Material gemacht.

Ich stelle mir vor, wie er jetzt wohl aussieht; wie er geht, sitzt, wie er jetzt redet; wie groß sein Lächeln ist, wie herzlich sein Lachen. Er muss immer noch so sensibel und einfühlsam sein, so verlässlich und gerecht, wie er als Junge war, nur dass er jetzt Soldat ist und fast ein Mann. Er muss immer noch so interessant und interessiert sein, immer noch ein einsamer Wolf und ein bunter Schmetterling, der allergewöhnlichste und der alleraußergewöhnlichste Mensch überhaupt.

Wir landen in Berlin-Tegel, und Opa und ich verlassen das Flugzeug. Wir gehen durch die stickigen Gänge, ich halte an dem ersten Kiosk an und kaufe eine Tüte schwarzer Lakritze – die Sorte, die man nur in Deutschland kaufen kann, die in dreieckigen weißen, dünnen Papiertüten –, dann gehen wir weiter zu einem Taxistand, wo ich für einen zu kurzen Moment die klare deutsche Luft einatme, bevor wir in ein Taxi springen. Von dort aus fahren wir zur Wohnung meiner Großeltern.

Bevor ich hineingehe, kann ich schon fast ihr Zuhause riechen, eine dunkle Wohnung, in der jeder Fußbodenzentimeter mit Perserteppichen ausgelegt ist – burgunderroten, dunkelblauen, und khakigrünen. Es ist der Geruch von stehender Luft, zu wenig Sonnenschein, und der Geruch von einem mit Möbeln vollgestellten Raum, die nach dem Kauf nie wieder von ihrem Platz verrückt worden sind. Aber auch ein Geruch, der mich willkommen heißt und mich umarmt, zärtlicher noch als meine Großeltern es tun.

Mosha streckt den Arm nach oben und schließt das obere Schloss auf; er streckt den Arm nach vorne und schließt das mittlere Schloss auf; er bückt sich nach unten und schließt das untere Schloss auf. Drei Schlösser, eine schwere Tür, drei verschiedene Schlüssel. Er öffnet die Tür und geht hinein, und ich folge ihm, ich mache kleine Schritte und bereite mich so gut wie möglich – sofern überhaupt möglich – auf das Unvorhersehbare vor.

Ich sehe meine Großmutter zum ersten Mal seit ihrem Schlaganfall: Sie steht bewegungslos ein paar Schritte hinter der Wohnungstür, steht steif, als hätte sie in genau dieser Position gewartet, um Opa wieder begrüßen zu können. Jetzt kann sie endlich ausatmen.

Opa und ich gehen tiefer in die Wohnung hinein, und noch immer steht meine Großmutter bewegungslos da. Ich strecke die Arme nach ihr aus, küsse sie auf die Wangen; ihr Gesicht ist halbseitig gelähmt. Sie blickt nach unten auf den Boden und bedeckt mit einer leichten Bewegung ihrer Hand ihr Gesicht. Es ist ihr peinlich, und sie denkt wohl, ich sähe sie vielleicht auf die Art und Weise an, die Eltern unfreiwillig ihren Kindern beibringen, wenn sie eine behinderte Person sehen – mit Unbehagen und Mitgefühl –, und darum lasse ich meine Augen nicht zu lange auf ihrem Gesicht ruhen. Wie immer ist sie sorgfältig gekleidet, mit auffällig bunten Mustern – immer knielang, nie mit zu tiefem Dekolleté –, sie sieht herausgeputzt und graziös aus. Um ihren Mund herum ist die Haut schlaff, und ein Auge kann sie nicht zumachen.

Aus dem Fenster ihrer Wohnung schaue ich auf die Bäume. Alle haben sie die Farbe gewechselt, einige sind schon kahl und lassen dünne, lange Zweige erkennen, die an die geäderten Finger dürrer alter Damen erinnern. Und in der Ferne wachsen Lindenbäume, und ich frage mich, ob ihre Samen die gleiche Herzform haben wie ihre Blätter.

Ich bin umgeben von Fotografien. An den Wänden und auf gewachsten Mahagoni-Sockeln hängen und liegen: Hochzeiten, *Bar Mitzwas*, Geburtsanzeigen; meine Onkel, Tanten, meine Cousinen und Cousins, alle hinter Glas und in silbernen, goldenen oder hölzernen Rahmen. Familienbilder, keines aus der Zeit vor 1945. In dieser Wohnung gibt es nichts, was darauf hindeuten würde, dass sie ein Leben vor dem Krieg hatten; alles deutet darauf hin, dass sie ein Leben vor dem Krieg hatten, von dem nichts geblieben ist.

Wasser fließt in den Leitungen ihrer Wohnung hoch und runter, es tröpfelt, tickt und dringt in meine Ohren.

Ich entschuldige mich und lasse Omas und Opas Stimmen allmählich verschwinden, während ich mich von ihnen entferne und ins Badezimmer gehe, wo ich das Wasser am Waschbecken aufdrehe und laufen lasse. Ich säubere mein Gesicht; ich wasche es sanft, kreisend, die Seife wird zu Schaum, und der Schaum streichelt meine Wangen wie ganz weiche Baumwolle. Ich wasche mein Gesicht ab und drehe den Hahn zu.

»Wollt ihr etwas essen?«, höre ich Oma fragen, durch die Entfernung klingt ihre Stimme wie durch einen Filter.

»Nein, *gurnichts*«, erwidert Opa.

»Warum gar nichts? Nicht einmal etwas Kleines?«

»Nein, ich möchte nichts.«

Ich trockne mein Gesicht mit einem Papiertuch und schaue in den Spiegel.

»Ein *suppchen*?«

»Nein, auch keine Suppe.«

»Ein Kotelett?«

»Nein.«

Meine Augen sehen aus, als könnten sie jemand anderem gehören, denke ich.

»*A stikele* Hühnchen?«

»Auch nicht.«

»Ich habe schon alles vorbereitet. Alles ist fertig.«

Ich verlasse das Badezimmer und gehe ganz langsam ins Wohnzimmer.

»Und etwas Kaltes? Käse? Brot?«

»Nei-hein«, sagt er. Ihre Stimmen werden lauter, da ich mich dem Wohnzimmer nähere, wo mein Großvater auf dem Sofa sitzt.

Kaum sieht Oma mich, fragt sie: »Ein *bissele* Gulasch, Fela?«

»Sehr gerne«, sage ich, als ich mich neben Opa setze.

»Wirklich?« Sie klingt ehrlich überrascht. »Ich bin so froh, dass du mein Essen magst. Ich mache auch noch Erbsen und ein *suppchen*.«

»Dein Essen schmeckt am allerbesten, Oma.«

»Was?« Sie deutet auf ihr rechtes Ohr. »Ich kann nicht so gut hören.«

»Dein Essen schmeckt am allerbesten«, wiederhole ich mit lauterer Stimme, aber nur ein bisschen lauter, um nicht aggressiv zu klingen. Ihr Essen schmeckt langweilig, und trotzdem ist es das beste – es schmeckt nach Gefühlen, nach Geschichte, nach Heimweh.

Sie lächelt. Es ist nur ein halbes Lächeln, ein besänftigendes Lächeln, das tief aus ihr kommt, aus Schichten von harter Haut, als wäre etwas Winziges der Auslöser dafür, als gäbe es wie bei einem Baum ein einziges Samenkorn, aus dem es entsteht.

Oma verschwindet in der Küche, und mein Großvater merkt, dass die Luft rein ist. Er dreht sich zu mir, kommt näher und flüstert: »Von einer Großfamilie mit ungefähr hundertfünfzig oder zweihundert Angehörigen haben nur vier überlebt.«

Ich sitze dicht neben ihm, meine Beine liegen auf dem Sofakissen, meine Knie sind gekreuzt, meine Fersen berühren meinen Hintern. Von irgendwoher kommt ein zischendes Geräusch, vielleicht auch aus den Leitungen, ich bin nicht sicher, und immer noch plätschert das Wasser.

»Vor dem Krieg hat einmal ein Junge zu Fela ›Jüdin‹ gesagt, *jid*, sagte er. Weißt du, *jid* war ein Schimpfwort, er wollte sie beleidigen – du *jid*, er zeigte auf sie. Er spuckte auf den Boden, du bist ein *jid*, wiederholte er, seine Spucke prallte auf den Boden und machte ein Geräusch wie ein hochspringender Ball –, und als ich das hörte, habe ich einen Stein nach ihm geworfen, ich wollte das eigentlich nicht, aber er hat ihn am Auge getroffen, ich weiß nicht mehr genau, wo«, sagt Opa, während er die obersten drei Knöpfe seines Hemds aufknöpft und seine Füße auf die Ottomane legt. »Die Familie des Jungen suchte mich, also musste ich mich die nächsten zehn Tage in einer anderen Stadt verstecken. Ich versteckte mich in Dombrowa bei meinem Onkel.«

»Und dann? Gab es irgendwelche anderen Hinweise darauf, was sich das zusammenbraute?«

»Weißt du, ich war nur ein Kind.«

Wie hätte er es auch wissen können? Das frage ich mich, während ich ihn anschaue. Wahre Hinweise gibt es nur im Rückblick.

»Und dann änderte sich alles. Alles wurde anders. Wir mussten unseren gelben Stern tragen, es gab eine Ausgangssperre, dauernd wurde uns mit der Todesstrafe gedroht. Und dann wurden die

Leute von zu Hause abgeholt. Weißt du, wenn man Leuten ihr Zuhause wegnimmt und ihr Eigentum und sie alle zusammenpfercht«, sagt er mit nachdenklicher Stimme, »dann kann man alles mit ihnen machen.«

Jetzt, da wir zurück in Berlin sind, denke ich mir – und schaue auf den Mann, der auf dem Sofa sitzt, mit den Füßen auf der Ottomane, roten *shleikes* über den Schultern, dessen aufgeknöpftes Hemd eine weißbehaarte Brust sehen lässt und einen ebenmäßigen runden Bauch –, spricht er über die Zeit vor dem Krieg. Als würde uns das zu der Zeit im Krieg führen, zu der Zeit am Kriegsende, zu der Zeit vor dem Krieg. Zurück in Berlin beginnt er nun, mir seine Geschichte zu erzählen, von Anfang an, als wäre sie eine endlose Schleife.

Omas Stimme hat sich an uns herangeschlichen; »alles ist fertig«, tönt es von ihrem Platz im Rahmen der Küchentür. »Es ist ein richtiges hausgemachtes Essen. Mit allem Drum und Dran«, sagt sie und zeigt mit dem Finger in die Küche, »*kimmt* herein«.

»Ich habe ihr gesagt, ich bin nicht hungrig«, sagt Opa und steht auf – ich auch –, »ich habe dir gesagt, ich bin nicht hungrig«, sagt er in dem Moment, in dem er die Küche betritt.

»Hör schon auf«, sagt sie. »Bedient euch.« Und schaut mich an und fügt hinzu, »dein Teller wartet auf dich.«

»Nur der Teller? Was ist mit dem Essen?«, sagt Opa und lacht über sich.

Mit verhaltenem Stolz erklärt Oma, dass sie kein Rezeptbuch benutzt habe. Alles Gekochte, sagt sie, sei ihre eigene Erfindung, ihr Zaubertrick.

Opa und ich setzen uns, während Oma noch immer vor dem Tisch steht, der vor Essen überquillt – Weizenbrot, dicke Tomatenscheiben, gedämpfter weißer Spargel, eine geschnittene Mango, Gurkenstücke, ein öliges Schnitzel, Pumpernickel, drei gegrillte Koteletts, gekochte Erbsen, ein Stück harter gelber Käse, Gulasch, Blumenkohl in Butter und ein Topf cremiger Kartoffelsuppe, die noch dampft.

»Oma, das ist doch viel zu viel, du solltest doch nicht ...«

»*Giten* Appetit, Fela«, unterbricht sie mich mit einem zufriedenen Lächeln.

»*Giten* Appetit, Oma«, wiederhole ich und lächle auch.

Erst jetzt setzt sie sich auch hin.

Ich biete an, ihren Teller mit Suppe zu füllen – »nein«, sagt sie –, ich biete an, seinen Teller mit Suppe zu füllen – »nein«, sagt er –, ich fülle meinen eigenen Teller mit Suppe.

Oma spießt ein Kotelett auf eine Gabel, legt es auf den Teller meines Großvaters. Er reagiert nicht, bewegt sich nicht, sagt kein Wort.

Ich löffle die Suppe, bringe sie näher an meinen Mund und probiere sie – sie ist dick und herzhaft –, ich fülle meinen Mund damit, schlucke sie dann herunter und lasse sie meinen ganzen Körper wärmen.

»Die Suppe ist ausgezeichnet, Oma.«

»Schön, dass du sie magst«, sagt Opa. »Suppe ist gut für dich.«

Oma lächelt eine Sekunde lang, aber dann nimmt sie den Teller meines Großvaters in den Blick. Die Gabel ist immer noch in ihrer Hand, fest umschlungen; ihre Waffe.

»Iss etwas!«, befiehlt sie ihm und deutet auf das Fleischstück, das sie eben auf seinen Teller gelegt hat.

Sie selbst isst nicht.

»Ja.« Er schneidet ein kleines Stück ab und schiebt es sich in den Mund. Er kaut und lächelt gütig, »es ist sehr lecker«, lobt er meine Großmutter – die nicht reagiert – und legt seine Gabel zurück auf seinen Teller.

»Das war's schon? Das kann nicht sein«, sagt Oma.

»Ich habe dir gesagt, ich bin nicht hungrig.« Er spricht sanft, freundlich.

»Das kann nicht sein.«

»Die Suppe ist wirklich ausgezeichnet, Oma«, mische ich mich ein, aber Oma lässt nicht locker, was das von Opa angebissene Stück Fleisch angeht.

»Ich will nach Israel fahren«, erzähle ich ihnen. »Polen hat mich dazu gebracht, nach Israel fahren zu wollen.«

»Ach. Ja?«, fragt Opa.

»Ja!«, antworte ich.

Oma reagiert nicht auf meine Kommentare, sagt kein einziges Wort. Pingelig inspiziert sie meinen Teller, dann schöpft sie noch mehr Suppe darauf. Ihr eigener Teller ist immer noch sauber, immer noch glänzend und weiß.

»Was möchtest du essen?«, sagt sie zu Opa und schüttelt den Kopf. »Ich koche dir etwas anderes, sag mir nur, was. Alles.«

»Ich habe dir gesagt, ich bin einfach nicht hungrig«, erklärt er halb entschieden, halb entschuldigend.

Sie nimmt ein Messer und greift – mit einem Messer und einer Gabel in je einer Hand – nach dem Teller meines Großvaters. Sie schneidet sein Kotelett in kleine Stücke, als wäre er ein hilfloses Kleinkind, spießt ein Stück auf – das Metall klingt auf dem Porzellanteller – und hält es an seinen Mund. Sie hält es so nahe, als seien sein Mund und das Essen zwei Geliebte in der Sekunde, bevor sie sich küssen.

»Ich will nichts«, sagt er und spricht sehr deutlich, und Oma nutzt die Gelegenheit, dass er gerade den Mund geöffnet hat, um ein Fleischstück in seinen Mund zu schieben.

Ich blicke weg, nach unten – ich glaube, ich habe gerade geblinzelt –, blicke weg, in Richtung meines Suppentellers. Es ist mir peinlich, ich bin erschrocken.

Ich höre ihn kauen. »Es ist köstlich«, sagt er, noch immer mit derselben freundlichen Stimme. »Es ist köstlich.«

Jetzt fängt Oma an zu reden. Aber sie fragt mich nicht, wie die Reise war oder was es mit meiner Idee, nach Israel fahren zu wollen auf sich hat. Stattdessen redet sie drauflos und spricht über meine Großfamilie, sie erzählt mir die neuesten und auch alte Geschichten über alle – Hochzeiten, Scheidungen, Geburten; Affären und Betrügereien erwähnt sie genauso wenig wie Drogen oder uneheliche Kinder.

Ich habe sie nur ein einziges Mal etwas über »den Krieg« sagen hören, und das war vor vielen Jahren, als mein Großvater nicht gemerkt hatte, dass sie noch im Zimmer war, als er zu erzählen begann. »Diejenigen, die ihn nicht erlebt haben, reden anders darüber«, ist alles, was sie dazu je gesagt hat.

Ist ihre Sehnsucht oder die Notwendigkeit, ihre Kinder und Enkelkinder zu schützen, stärker gewesen, als ihr Drang zu erzählen? Ist die Notwendigkeit, sich selbst vor der Vergangenheit zu schützen, stärker gewesen als ihr Bedürfnis, gehört zu werden oder ihre Geschichte erinnert zu wissen?

Draußen ist es dunkel, auch drinnen ist es dunkler geworden. Meine Großmutter legt ihre Füße auf den Stuhl neben sich, ihre Füße sind unverhältnismäßig groß, sie sind geschwollen und sehen schwer aus, zwei Felsen, die mit dem Rest von ihr kontrastieren – sie ist eine kleine Frau, die von innen glüht, ein Glühen, das ich immer als Hinweis auf die Schönheit und den Wohlstand auffasste, die und den sie einst hatte, einst gehabt haben musste – in ihrer fernen Vergangenheit. Sie erzählt mir, dass sich in ihren Füßen Flüssigkeit angesammelt hat, und als sie aufsteht, stelle ich mir feine Wasserrinnsale vor, die in ihnen herunterlaufen. Nach ein paar Minuten kommt sie mit einer Augenklappe in der einen und einer Schachtel Pralinen in der anderen Hand. Sie reicht mir die Augenklappe und stellt die Pralinenschachtel auf den Tisch. Ihr Auge sieht schlimmer aus als bei meiner Ankunft vor ein paar Stunden, es ist ziemlich trocken, und die schlaffe Hautstelle darunter ist größer geworden und gerötet, sicher brennt es, denke ich. »Du solltest das darauf legen«, sage ich ihr – während ich das durchsichtige Plastik der Augenklappe in meinen Händen anschaue –, »um dein Auge zu schützen«, aber sie sagt nur, dass sie die Hälfte ihres Gesichts nicht kontrollieren könne.

Mein Großvater nimmt sich eine Praline aus Milchschokolade, wickelt langsam die Goldfolie ab und legt sie sich auf die Zunge. Meine Großmutter nimmt sich eine dunkle Praline, teilt sie und isst die Hälfte, die andere Hälfte legt sie in die Schachtel zurück. Ich nehme keine.

»Hast du einen Freund?«, fragt sie aus heiterem Himmel.

»Nein, Oma, habe ich nicht.«

»Warum?«

»Ich weiß nicht«, antworte ich und umklammere immer noch die Augenklappe.

»Aber warum denn nicht?«, insistiert sie.

»Ich glaube ... Einfach *weil*, Oma.«

»Du grübelst zu viel, das ist es. Grüble nicht so viel!«, sagt sie schroff, als wäre das ein Befehl.

»Okay«, sage ich. Was kann ich sonst sagen? »Okay«, sage ich, während ich die Augenklappe neben die Pralinenschachtel auf den Tisch lege.

»Such dir einen Mann, Fela«, würde meine Oma gerne sagen. »Such dir einen Mann, der gut zu dir ist. Such dir einen, der dich ablenkt – vom Leben, von dir selbst –, nicht zu viel, aber gerade genug.«

»Hast du das mit Opa so gemacht?«, würde ich zurückfragen.

»Das waren andere Zeiten, Fela.«

»Nicht alles in jenen Zeiten war anders«, würde Opa sich einmischen.

»Such dir einen angenehmen Mann – jemanden aus gutem Hause mit einem guten Beruf.«

»Sie wird einen angenehmen Mann finden«, würde Opa sagen.

»Hoffentlich«, würde ich meine eigene Stimme sagen hören. »Hoffentlich. Und es würde mir nichts ausmachen, wenn er aus einem nicht so guten Hause käme und einen nicht so guten Beruf hätte, solange er ein guter Mann wäre. Ein großartiger Mann.«

»Großartigkeit wird überbewertet«, würde meine Oma sagen.

»Großartigkeit kann man gar nicht überbewerten«, würde ich sagen und direkt in die alten Augen meiner Großmutter blicken.

»Such dir jemanden, den du gerne anschaust, damit du auch deine Kinder gerne anschaust«, würde Oma antworten.

»Das sind jetzt andere Zeiten, Oma«, würde ich ihr erklären.

»Nicht alles in diesen Zeiten ist anders«, würde mein Opa sagen.

Alle Lichter in der Wohnung sind gelöscht. Es ist vollkommen ruhig, abgesehen von dem Wasser in den Leitungen, das hoch und runter fließt. Meine Großeltern sind ins Bett gegangen, also tue ich das auch – ich krieche in dasselbe Bett, das meine Mutter und ich uns geteilt haben, als wir während des Krieges in Israel vor elf Jahren nach Deutschland geflüchtet sind.

Ich rufe meine Mutter und meinen Vater an, um ihnen zu sagen, dass ich nach Israel fliege, bevor ich nach New York zurückkehre, woraufhin mein Vater mich fragt, warum jetzt und warum auf einmal, und woraufhin meine Mutter mir sagt, dass ich die Geschichten meines Großvaters gehört habe und dass ich nicht in jeder Geschichte, die ich höre, einen Platz für mich selbst finden muss.

Einen Moment lang denke ich über die Kommentare meiner Eltern nach. Es ist *seine* Geschichte, das weiß ich. Ich höre seine Geschichten und vielleicht muss ich in ihnen auch keinen Platz für mich finden, aber ich habe einen gefunden und ich frage mich, ob ich das, was sich auf polnischem Boden wie Schwäche angefühlt hat, möglicherweise falsch gedeutet habe – und ob es nicht eigentlich Stärke war.

Ich habe einen Platz für mich selbst in seinen Geschichten gefunden – in seinen Geschichten über Leben und Tod, Vergangenheit und Gegenwart – und ich habe auch Fela gefunden; und es ist ein Platz, der konkreter und realer und zugleich imaginärer ist als jeder andere Platz, und es ist meiner und nur meiner.

Dann frage ich mich, ob meine Großmutter etwas an mir gespürt hat, was sich verändert hat, ob sie deswegen gefragt hat, ob ich einen Freund habe, weil sie gespürt hat, dass ich mit einem Mann geschlafen habe. Der Fremde, denke ich. Wenn ich nicht in der Kieferform oder in dem dunklen Grünton der Augen des Fremden Lior erkannt hätte, hätte ich mich nicht von ihm mitnehmen lassen, hätte ich ihn nicht zu mir mitgenommen.

Wir hätten wahrscheinlich nicht miteinander geredet, und wenn wir es getan hätten, hätte sich unsere Konversation vielleicht darauf beschränkt, wie unangenehm feucht dieser New Yorker Sommer war, wie eklig die U-Bahn ist, wenn sich klebrige Fremde an einem reiben und die Waggons penetrant nach Schweiß riechen, wie wir beide es hassen, durch die Straßen zu laufen, wenn es von den Klimaanlagen von oben auf einen tropft. Und nach all dem wären wir zu dem Schluss gekommen: Keine andere Stadt ist wie New York.

Dann hätten wir uns gegenseitig »Gute Nacht« gewünscht und damit weitergemacht, womit wir bis dahin beschäftigt waren. Ich damit, mich mit Studenten und jungen Berufstätigen zu vergnügen, mit Leuten, die vermutlich nicht zu viele wirkliche Verpflichtungen haben, weil sie noch keinen klaren Karriereweg und noch nicht zu viele Schulden angehäuft haben und noch keine Familie unterstützen müssen. Die Jahre zwischen zwanzig und dreißig sind so ein seltsamer Lebensabschnitt, hätte ich gedacht, weil sich der Raum, den die eigenen Eltern für einen geschaffen haben, nicht mehr so ganz richtig anfühlt und man auf der Suche nach dem eigenen Raum ist – innerhalb seiner Familie, der Uni, der Arbeit, der Beziehungen, in einem selbst – und weil man versucht, das richtige Verhältnis zwischen Vergangenheit, Gegenwart und Zukunft zu finden, zwischen der Art und Weise, wie das eigene Leben begonnen hat, und der Art und Weise, wie man es schließlich beenden will. Es ist ein Alter, in dem man man selbst wird, ein Individuum, das an seinem eigenen Wert gemessen wird; in beschleunigtem Tempo lernt man, dass man die Hauptfigur seiner Lebensgeschichte ist, eine Figur mit einem Namen.

Und er? Ich weiß nicht, was er getan hätte.

Wenn es Lior nicht geben würde, wäre meine Begegnung mit dem Fremden ähnlich gewesen wie die anderen, die ich bisher mit Jungen hatte – und denen *immer* etwas gefehlt hat.

Die Lichter sind zwar alle gelöscht, aber die Schubladen, die in meinem Inneren aufgegangen sind, stehen offen. Ich bin zu aufgeregt, um einzuschlafen – ich spüre bereits die einhüllende Umarmung meines Vaters und die strahlenden Augen meines Bruders, ich sehe die chaotischen Straßen in Israels Städten, die mich willkommen heißen. Ich kann schon das salzige Meer riechen, die durstige Wüste, den frischen Bergwind und Lior, der wie all das zusammen riecht. Ich kann ihn schon vor mir stehen sehen; inzwischen zum Mann geworden – er steht da voller Selbstvertrauen, die Hände in den Taschen vergraben, und ich frage mich, was er für ein Gesicht machen wird, wenn er mich sieht.

»Wie hast du das gemacht?« Ich kann mich ihn fast selbst fragen hören.

»Was gemacht?« Ich stelle mir vor, wie er so antworten würde.

»*Das*«, würde ich sagen.

»Was ist *das*?«

»Du hast gemacht, dass es in Ordnung war, ich zu sein. In deiner Nähe war es in Ordnung, ich zu sein.«

»Es *war* in Ordnung, du zu sein«, würde er ruhig und unaufgeregt sagen.

»Das wusste ich nicht. Aber in deiner Nähe habe ich es gespürt.«

»Darum bin ich ja auch so außergewöhnlich«, würde er im Scherz sagen.

»Das bist du auch. Sehr«, würde ich ernst sagen.

»Also glaubst du nicht, ich bin gewöhnlich«, würde Lior fragen, und ein unverkennbares Lächeln würde sich in sein Gesicht schleichen.

»Doch. Das bist du auch. Sehr.«

»Ich kann nicht beides sein, außergewöhnlich und gewöhnlich.«

»Du kannst sehr außergewöhnlich und sehr gewöhnlich sein.«
»Beides passt zusammen?«
»Bei *dir* passt beides perfekt zusammen.«
»Vielleicht deshalb, weil ich es geschafft habe, dass es für dich in Ordnung war, du zu sein.«

Meine Tage in Berlin: Tinte und Gültigkeit

Ich verbringe meine Tage in Berlin mit dem Versuch, zu vermeiden, mit meinem Großvater alleine zu sein, und so schaffe ich es, zwei ganze Tage das Wort »Holocaust« nicht zu hören. Stattdessen verbringe ich Zeit mit meiner Großmutter. Ich sitze mit ihr in der Wohnung herum; wir lesen die Zeitung, machen die Wohnung sauber und lassen uns zusammen forttreiben – sie in ihr Leben als junge Frau und ich in mein Leben als alte Dame. Ich helfe ihr mit den Einkäufen und fahre sie ins Stadtzentrum zu Apotheken, um Medikamente abzuholen, Pillen, Tabletten, Vitamine, Salben. Ich begleite sie zu ihrer Blutuntersuchung, wo ihr Diabeteswert ermittelt wird, und gehe mit ihr ein Hörgerät besorgen, das sie eine Stunde später schon wieder entfernt, weil sie nicht mag, wie es sich in ihrem Ohr anfühlt – wie ein Stück Kaugummi, meint sie – und weil sie den Klang ihrer eigenen Stimme nicht leiden kann, wenn sie es trägt, sagt sie. Ich sage ihr, dass sich für jeden die eigene Stimme fremd anhört und darum unangenehm, woraufhin sie mir erklärt, dass nicht jeder seiner eigenen Stimme zuhören muss.

Während ich meine Schritte den ihren anpasse, wird mir klar, in was für einer guten Verfassung mein Großvater ist; wie viel Energie er hat, wie schnell er geht, wie aktiv und gesund das Leben ist, das er führt.

Wenn mein Großvater nicht bei ihr ist, verlässt meine Großmutter die Wohnung kaum. Ich bezweifle, dass sie merkt, wie stickig es darin wird oder wie viele Tage vergangen sind, seit sie zuletzt draußen war. Manchmal geht sie allerdings zu der Bank hinunter, die unterhalb ihrer Wohnung steht, setzt sich für zehn Minuten genau in die Mitte, schaut sich ihre Wohnung von außen an – sie sieht einen dicken Vorhang hinter einem Glasfenster – und geht dann wieder nach oben und schließt sich ein.

Meine Großmutter reduziert ihre Kontakte zu anderen Leuten, so gut es geht. Sie ruft niemanden an, und wenn sie angerufen wird, versucht sie, das Gespräch so kurz wie möglich zu halten, so kurz, wie man sie lässt. Vor ein paar Jahren habe ich sie einmal gefragt, warum sie das tut, und die einzige Antwort, die ich bekam, war wie die eines präpubertären Kindes: »weil«. Jedes Telefonat, das ich mit ihr hatte, glich dem vorigen und dem nächsten, als ob sie alle nach demselben Muster gestrickt wären.

»Hallo«, sagt sie, wenn sie das Telefon abnimmt.

»Hi Oma«, erwidere ich.

»Hallo«, wiederholt sie.

»Hi, hallo Oma.« Ich rede lauter.

»Ahh, Fela. Hallo.«

»Wie geht es dir, Oma?«, sage ich klar, aber sanft mit meiner rauen Stimme.

»Ach, du weißt schon.« In ihrer Stimme liegt ein winziger Hauch von Besorgnis.

»Nein, ich weiß es nicht, darum frage ich ja. Sag mir doch, wie geht es dir?«

»Ach. Mir geht es gut.«

»Wirklich?«

»Es ist auch egal. Du musst das nicht hören. Ich lasse dich mit deinem Großvater reden, danke für deinen Anruf«, sagt sie, und bevor ich noch etwas anderes loswerden kann – »warte, Oma, warte«, sage ich und versuche, sie aufzuhalten –, kann ich schon ihre undeutliche Stimme hören, die meinen Großvater ans Telefon ruft, und ich stelle mir vor, wie sie über den Teppichboden läuft und dabei nicht das geringste Geräusch macht.

Ich verbringe die nächsten vier Tage in Berlin damit, wegen meiner bevorstehenden Israel-Reise aufgeregt zu sein, und plötzlich finde ich die Gründe lächerlich, die ich bis jetzt hatte und die mich abhielten, wieder nach Israel zu fliegen.

Nach meinem Umzug nach New York gab ich still, unterbewusst, fast unwissend und jedenfalls nicht offen Israel die Schuld – weil es einfach war, einer »Sache« die Schuld zu geben, die sich verantwortlich machen ließ, statt sich in einem endlosen Netz von Gründen zu verheddern. Ich gab Israel die Schuld für all die Dinge, die in meiner Familie und in meinem Leben schiefgelaufen waren.

Meinen Eltern konnte ich die Schuld nicht geben, denn ich wusste, sie liebten mich, beide auf ihre Weise, so gut sie konnten, innerhalb der Grenzen ihrer Persönlichkeiten, mit ihren Fehlern, ihren Schwächen, aber auch ihren Stärken.

Meinen Eltern konnte ich die Schuld nicht geben, weil sie ihren Eltern nicht die Schuld geben konnten, weil meine Großeltern ohne Schuld sind. Die Holocaust-Überlebenden sind nur in ihren eigenen Augen schuldig – sie werden sich immer schuldig fühlen, dass sie überlebt haben, während ihre Familien ermordet wurden.

Dann aber hörte ich auf, jemanden oder etwas verantwortlich zu machen, und bekam Angst davor, zurückzukehren. Ich wollte nicht wahrhaben, dass mein Gehirn einfach eine Maschine war, für die es ausreichte, dass ich einen Ozean überquerte, damit die Knöpfe »alt« gedrückt würden und ich in mein altes Ich zurückrutschte. Meine Angst war wie ein Stacheldrahtzaun, den ich nicht durchbrechen konnte. Er hielt mich zurück. Aber sehr rasch veränderte er sich und wurde zu – Apathie. Ich hörte auf, mir etwas daraus zu machen; ich machte mir wirklich nichts daraus. Tom und mein Vater besuchten mich in New York, also hatte ich keinen Grund, zu ihnen zu fahren. Ich vermisste Israel nicht, ich vermisste meine Freunde nicht, ich hatte dort nichts mehr, nur eine Vergangenheit, die ich hasste. Und darum steckte ich meine Vergangenheit in die Vergangenheit.

Und ich verbringe meine Tage in Berlin damit, mir meinen Aufenthalt in Israel auszumalen. Ich werde Zeit mit Tom und Papa verbringen, an den Strand mit dem gelb-goldenen Sand und dem tiefen dunkelblauen Wasser und nach Jerusalem und Tel Aviv fahren, die sich so verändert haben müssen, und dann, ein paar Tage später, wenn erst einmal Freitag ist, kommt das Wochenende, und er kommt von der Armee nach Hause. Und endlich werde ich Lior anrufen.

Unterdessen wird mein Körper Zeit gehabt haben, sich wieder zu akklimatisieren. Meine Haut wird Zeit gehabt haben, den sonnigen Wüstenwind aufzunehmen und einen Teil ihrer nachlassenden Olivtönung wiederzugewinnen, die so perfekt zwischen weich und rau changiert. Meine Füße werden sich wieder an die Erde des *Wadis* und an die Steine gewöhnen, und meine Stimme wird den richtigen Ton zwischen den vielen schreienden Mündern finden. Meine Haare sind von Natur aus gewellt und ihre Farbe passt perfekt zu meinen Augen, beide haben einen dunkelbraunen Farbton, und ich bin überzeugt, meine Haare und meine Augen werden nach ein paar Tagen in Israel auch neu belebt sein, meine Haare werden durch die feuchte israelische Luft noch stärker gewellt sein, und meine Augenfarbe wird noch intensiver, weil sie Farbtöne des israelischen Bodens aufnimmt. Und mein Geist, mein Geist wird ein bisschen Zeit gehabt haben, Polen loszulassen.

Und mein Besuch wird alles erfüllen, was ich mir je gewünscht habe.

Ich lasse die Bilder von der Polenreise entwickeln, und es ist ein Bild dabei, das ich immer wieder anschaue. Mein Großvater und ich stehen nebeneinander – mein Kopf reicht bis zu seiner Schulter; beide schauen wir direkt in die Kamera. Es lässt mir keine Ruhe. Ich behalte es in meiner hinteren Hosentasche, und während meiner Tage in Berlin schaue ich es immer wieder an.

Er steht hochaufgerichtet, seine beiden Arme hängen gerade herunter, seine Ellbogen sind ganz gestreckt und seine Finger deuten naturgemäß auf den Boden. Und ich drehe mich mit einer Hälfte meines Körpers zu ihm hin, und meine Hände ballen sich zu festen Fäusten. Seine Krawatte ist zu lang und in die Hose gesteckt, sein silberweißes Haar ist teilweise von einer lilafarbenen *Kippa* bedeckt. Ich habe meinen karierten Mantel an, mein Gesicht ist blass, meine Haare sind in der Mitte gescheitelt. Das Foto sieht altmodisch aus – wie auch wir.

Zwischen uns gibt es keine Ähnlichkeit, abgesehen von den zwei Falten zwischen unseren Augenbrauen, die auf dieselbe Art unsere Stirn zieren, aber ich sehe mich in ihm. Ich sehe mich in ihm, obwohl wir beide nicht auf die Minimalmaße unserer Körper reduziert sind. Und ich finde mich schön, wie ich neben ihm stehe. An diesem Bild ist etwas, das wertvoller ist als der fotografische Moment, der es entstehen ließ – und verewigte –, aber ich bin nicht in der Lage, herauszufinden, was es ist. Es ist einfach nur ein Bild, sage ich mir, es ist eine Zeichnung aus Licht, eine Projektion; es existiert aufgrund einer chemischen Reaktion und einer Dunkelkammer. Und es lässt mich nicht los.

Diese Aufnahme hatten wir gemacht, direkt nachdem ich auf die Asche gestarrt hatte, die aus dem Konzentrationslager Halberstadt nach Polen gebracht worden war. In einer Gedenkstätte starrte ich auf einen Teelöffel – hinter Glas –, starrte auf die Reste eines Mannes, der vielleicht meinen Großvater gerettet hatte. Seine ungeborene Enkeltochter hätte auf einen Löffel mit den Resten von Mosha starren können. Und das in einer Stadt, die immer noch steht, funktioniert, in der Kinder zur Schule gehen, essen, und ihre Eltern Sex haben oder Liebe machen. Haben Eltern Sex, oder machen sie Liebe?

Am Montag, meinem vierten und letzten ganzen Tag in Berlin, brechen wir drei zu einem Spaziergang im Charlottenburger Schlosspark auf. Bevor wir die Wohnung verlassen, geht Opa in die Küche – Oma geht ihm hinterher – und füllt eine braune Papiertüte mit Brot- und Brötchenresten.

»*Kimm, kimm schon,* wofür brauchst du *duss*?«, sagt meine Oma, geht näher zu ihm und macht Anstalten, meinem Opa die Tüte aus der Hand zu reißen.

»Die Enten. Die Vögel. Sie brauchen das, nicht ich«, grinst er, und bevor noch etwas anderes gesagt oder getan werden kann, geht er aus der Küche und auf die Wohnungstür zu und hält die braune Tüte fest in seiner Hand.

Umgeben von Kiefern und Kastanienbäumen laufen wir nebeneinander durch den großen Park – ich gehe zwischen ihnen –, auf einem wunderschönen, perfekt gemähten Rasen. Oma schiebt ihren linken Arm unter meinen und hakt sich ein. Die verschiedenen Grüntöne sind durch Farben mit Holz- und Feuertönen ersetzt, jeder Baum, jede Pflanze ist in so kräftigen Herbstfarben angemalt, dass es scheint, sie hätten seit dem Ende des letzten Herbstes in einem Färbebad gelegen. Alles ist so ruhig.

Ich mache mich von Oma los, hebe eine Kastanie vom Boden auf, der voller Blätter ist – manche so groß wie das Gesicht eines Erwachsenen, andere so klein wie die Hand eines Säuglings –, dann schiebe ich meinen Arm wieder unter den von Oma, jetzt hake ich mich bei ihr ein. Das Muster auf der Kastanie erinnert an Fingerabdrücke, ihre Oberfläche glänzt, und ich spiele mit ihr – sie streichelt meinen Daumen und meinen Zeigefinger. Moshas Finger sind hinter seinem Rücken miteinander verschlungen, seine Daumennägel klicken aneinander, und er geht schnell, so schnell, dass sich meine Großmutter wie eine Bürde anfühlt, die uns aufhält.

»Geht schon vor. Ihr beiden, geht schon vor«, bietet sie an.

Ohne eine Sekunde zu zögern, akzeptiert er das. »Fela. *Kimm.*«

Außer Hörweite meiner Großmutter – außer Hörweite seiner Frau mit dem halbseitig gelähmten Gesicht, dessen schlaffe Haut er wahrscheinlich nicht mehr berührt – blickt er mir tief in die Augen und fragt: »Und das Buch?«

Er möchte wissen, ob man etwas für das Buch tun kann; ob jemand seine Worte nehmen, die Bilder, die wir aufgenommen haben, hinzufügen, und alles zu einem Buch machen könnte.

»Es gibt viele Stiftungen und Organisationen, die Zeitzeugenberichte sammeln, Opa. Möchtest du, dass ich mit ihnen Kontakt aufnehme?«

»Nein«, sagt er mit sanfter Stimme, aber mit großer Sicherheit. »Ich will einfach nur ein Buch.«

Ich lausche auf das klickende Geräusch seiner Daumennägel und sage ihm, »ich bin sicher, sie könnten sich darum kümmern, Opa.«

»Nein«, sagt er in genau demselben Tonfall von vor einer Sekunde. »Ich will einfach nur ein Buch. Du musst doch wissen, was ich meine.«

Niemand kann wissen, was er meint. Wir gehen an einem Rinnsal entlang, das in einem kleinen Bachbett fließt. Das Wasser sammelt die heruntergefallenen Herbstblätter – begrüßt sie freundlich –, berührt die Steine und macht ein Geräusch, das meinen Ohren bisher entgangen ist. Die Steine schreiben dem Wasser seinen Lauf vor; das Wasser verändert die Steine.

»Du willst es veröffentlichen?«, frage ich.

»Nein.«

Der Bach wird breiter, und wir gehen immer weiter an ihm entlang, bis er sich teilt, zu einem Teich wird und zu einem größeren See, und hier hält Opa an. Er steht an der Gabelung des Baches und schaut nach vorne auf das flache Gewässer und auf die Vögel, die darüber kreisen.

Ich bin verwirrt. »Was willst du denn damit machen?«, frage ich, während ich immer noch mit der herzförmigen Kastanie in meiner Hand spiele.

»Ich werde es euch geben. Allen Kindern und Enkelkindern. Damit sie Bescheid wissen«, sagt Opa, während er die braune Tüte aufmacht, die er mitgenommen hat. Sie raschelt, als schlüge man eine Zeitung auf und zu.

Alle kommen sie näher – die Enten schwimmen her, die Vögel schwärmen zu ihm. Er zerpflückt Brot in kleine Stückchen und wirft sie dann ins Wasser und in die Luft. »Und ich werde auch eines haben.«

Du wirst eines haben? *Du*? Du hast etwas, das nie in einem Buch stehen könnte, das nie außerhalb der Grenzen deines Körpers existieren könnte. Du bist das Buch, Opa, ein Buch, das nie geschrieben werden könnte.

Er reicht mir ein Brötchen, und ich erhasche seinen Blick, während ich ein Stück von dem Brötchen abreiße und es ins Wasser werfe, aber noch während es in der Luft ist, schnappt es sich ein stahlblauer Vogel mit dem Schnabel und fliegt – mit ihm – höher in den Himmel.

Und wenn dein ersehntes Buch existierte, wenn du es hieltest und mit den Händen streicheltest, würdest du es lesen und immer anschauen, fortwährend, auf ewig? Ist deine Erinnerung nicht Leinwand genug; die beste und die schlechteste – die immer verhüllt, aber nie genug verhüllt. Immer etwas abbildet, nie genug abbildet.

Weder er noch seine Nachkommen sind Zeichen genug. Er benötigt ein geschriebenes Dokument, um sein Leben gültig zu machen; er muss ein greifbares, materielles Zeichen hinterlassen; Tinte, die so tief eingesickert ist, in die Seiten, auf die Leinwand, in die Haut, viel tiefer als möglich.

Ich schaue ihn an und versuche zu verstehen – wenn schon nicht ganz, dann eben ein bisschen besser. Oder benötigt er die Tinte, um die Tode seiner Familie, ihrer aller Tode, gültig zu machen?

Braun und grau, orangefarben und blau, grün und weiß, glitzernd und matt, die Stockenten, Mandarinenten, Reiherenten, Blässhühner und Teichhühner kommen zu ihm und einige fressen ihm direkt aus der Hand, während die kleinen Hausspatzen, Feldspatzen, Buchfinken und Grünfinken um Mosha herum trippeln und versuchen, zwischen den anderen an Futter zu kommen. Wie in einer schlecht orchestrierten Symphonie jubeln, quaken, kreischen sie alle durcheinander. »Die Vögel fressen das Entenfutter, sie versuchen alles zu klauen«, sagt Opa, und seine Stimme geht in dem Gekreische unter, das aus den schwarzen, roten und gelben Schnäbeln kommt, während er jede Ente füttert, die, die ihm am nächsten ist und die, die am weitesten weg ist, die schüchternste wie die aggressivste, und überwacht, dass keine hungrig bleibt.

Würde er wollen, dass wir immer in seinem Buch lesen und es anschauen? Würde er wollen, dass wir eine Seite vor- oder zurückblättern, mit jedem Einatmen?

Auch unsere Erinnerung ist eine Leinwand, Opa; sie verhüllt und bildet ab, sie schützt und verletzt. Und eine Sekunde lang bin ich versucht, ihm zu sagen, dass ich dieses Buch schreiben werde, obschon ich nicht weiß, wie.

Als hätte Mosha ihn irgendwie gerufen, kommt ein Höckerschwan auf uns zu, mit traumhaften Bewegungen schwebt er über das Wasser. Mosha stellt sich wieder aufrecht hin und beäugt den sich nähernden Schwan. Elegant steigt er aus dem Wasser und kommt auf Opas geöffnete Hand zu, in der ein Stück Brot liegt. Er zögert, dann pickt er vorsichtig daran. Und all die anderen Vögel fliegen davon; alle fliegen sie in genau demselben Moment davon und hinterlassen eine Ruhe, lassen Raum für Moshas Stimme – »Ich mag es hier«, sagt er.

»Du kommst oft hierher, nicht wahr, Opa?«

»Ich komme gerne die Vögel besuchen, die Enten, den Schwan. Gerne.«

Ein Kleiber – die Sonnenstrahlen unterstreichen seine stahlblaue Färbung – fliegt auf den Rücken des Schwans, und der Schwan dreht sich um, und auch Opa dreht sich um. Rücken an Rücken gekehrt, gehen beide los. Mit dem Kleiber auf seinem Rücken geht der Schwan in den Teich zurück. Mit einer leeren braunen Papiertüte watschelt Opa vom Wasser weg.

Ihr Badezimmer ist dunkel. Badezimmer werden heutzutage fast nie mehr dunkel gefließt. Alle Hähne und Griffe haben die Form von Muscheln und sind vergoldet. Sogar die Toilette ist dunkel, dunkelbraun. Dunkle Badezimmer haben etwas Beruhigendes.

Ich ziehe mich langsam aus, dann öffne ich die braungetönte Plastikduschtür, steige in die Dusche und drehe das Wasser auf. Es ist zu heiß, ich drehe am Hahn, es ist zu kalt, ich drehe wieder am Hahn, es ist zu heiß; ich kann die Temperatur nicht richtig einstellen. Der Wasserstrahl ist stark, viel stärker als in dem polnischen Hotel, viel stärker als in meiner New Yorker Wohnung, er prallt auf meinen Körper, massiert ihn. Er möchte ein Buch.

Ich könnte endlos unter diesem Wasser stehen, unter diesem heißen Schauer, und an die Wände der Dusche schauen – kaffeefarbene Kacheln mit flaschengrünen Blättern und kleinen fliederfarbenen Blumen. Ich könnte für immer unter diesem Wasser stehen und meinen Kopf von ihm massieren lassen, meinen Nacken, meinen Rücken, meine Schultern von ihm streicheln lassen, meinen Bauch, meine Hüften. Ich könnte einfach so bleiben. Und das tue ich. Oder vielleicht auch nicht. Ich habe kein Zeitgefühl. Wenn ich dieses Buch schriebe – würde ich seine Geschichte stehlen, würde ich ihn benutzen, um meine eigene zu schreiben?

Ich trete aus der Dusche, trockne meinen Körper mit einem Handtuch ab, das schon zu oft gewaschen wurde, und während ich auf einem Badezimmerteppich stehe, der früher einmal weich war, ziehe ich ein T-Shirt über, um darin zu schlafen. In diesem Raum ist so wenig Licht. Ich schaue in den Spiegel, seine Ecken sind rostig, mein Gesicht sieht frisch aus, meine Wangen sind rot, meine Wimpern sind noch nass und kleben fest zusammen. Sie sehen dichter aus als sonst. Auch meine Augenbrauen wirken dichter. Ich starre mich selbst an und habe Angst davor, seine Wirklichkeit in meine Fiktion zu verwandeln, in meine Wirklichkeit, in jedermanns Fiktion.

In jener Nacht merke ich nicht, dass ich einschlafe, sondern nur, dass ich drei Mal an genau demselben Punkt eines Traums aufwache, an den ich mich nicht erinnern kann, weil mir in meinem Traum schlecht geworden ist, und diese Übelkeit schleicht sich in mein waches Ich, in die Wirklichkeit, und weckt mich auf, und halb wach, halb schlafend stolpere ich ins Badezimmer, beuge mich über die Toilette und denke, gleich übergebe ich mich, aber es kommt nichts heraus, nur konzentrierte Spucke. Jedes Mal, wenn ich in mein Bett zurückgehe und die Augen schließe, denke ich an Lior und sehe den Jungen, der er vor sechs Jahren war, so lebhaft vor mir in meiner Erinnerung.

Staatenlosigkeit

Als ich am Morgen von dem piepsenden Geräusch des Weckers geweckt werde, springe ich aus dem Bett und taste mich mit noch fast ganz geschlossenen Augenlidern ins Badezimmer; es ist einfacher, sie in einem dämmrigen Raum zu öffnen.

Eigentlich muss ich nicht duschen, aber ich tue es trotzdem, weil ich für meine Reise besonders sauber sein möchte. Das Wasser drückt gegen meine verschiedenen Körperteile – als bestünde es aus vielen Daumen –, und ich konzentriere mich auf die Wasserpflanzen, die auf die Kacheln gemalt sind, auf die Wassertropfen, die sie nähren.

Ich trockne jeden Teil meines Körpers mit dem rauen Handtuch meiner Großmutter ab und lasse mir Zeit beim Eincremen meines Körpers und meines Gesichts. Ich bürste mein Haar immer und immer wieder, bis jeder Knoten ganz gelöst ist. Jeder Knoten muss ganz gelöst sein.

Zurück im Gästezimmer stehe ich eine halbe Stunde lang vor dem Spiegel und probiere verschiedene Outfits an, eine Aufgabe, für die ich normalerweise fünf Minuten brauche. Ich ziehe Sachen an und aus, be- und entkleide mich, öffne und schließe Reißverschlüsse. Oftmals wählt ein Kleid oder eine Hose mich aus – sticht hervor, ist deutlich sichtbarer als die anderen in meinem Schrank –, also ziehe ich das an, aber bei anderen Malen, wenn ich wähle – Schnitt, Stoff, Form –, wähle ich immer etwas, was mein Kopf nicht zu sehr über meinen Körper nachdenken lässt. Schließlich entscheide ich mich für eine hellblaue Jeans, ein hellrosa Spitzenunterhemd und ein schwarzes, langärmeliges Shirt darüber.

Ich trage Mascara auf meine Wimpern auf und Rouge auf meine Wangen. Ich packe eilig, lasse ein Extrapaar Socken und einen Kapuzenpulli für das Flugzeug draußen und gehe dann ins Wohnzimmer, wo meine Großeltern am Esstisch sitzen und sich über die Zeitung beugen. Neben meinem Großvater steht ein leerer Kaffeebecher, aus dem er seinen kochend heißen Kaffee getrunken haben muss, und ein Teller, auf dem drei Pflaumenkerne liegen. Wie süß, denke ich, wie süß.

»Vielleicht möchtest du das gerne haben«, sagt meine Großmutter und steht von ihrem Stuhl auf, an ihrem Finger baumelt eine Perlenkette, die vor ihrem pink- und aquamarinfarbenen Kleid schimmert.

»Was?«, frage ich und blicke ihr direkt ins Gesicht.

Sie nickt. Ich schaue die Kette an – »sie ist wunderschön«, sage ich –, ich schaue Oma an. Ich erwähne nicht, dass ich nie Schmuck trage, denn diesen würde ich tragen. »Magst du sie denn nicht mehr?«

Die spitzen Kuppen ihrer Finger spielen mit den Perlen in ihrer Hand, mit jeweils einer Perle, bevor sie zur nächsten übergeht. »Wenn du sie nicht willst, brauchst du sie nicht zu nehmen.«

Auch wenn sie in ihrem Leben schon viele Geschenke gemacht hat, ist sie nie gut im Schenken gewesen, immer hat sie gedacht, die anderen würden nicht mögen, was sie schenkt. Und ich, obwohl ich viele Geschenke bekommen habe, bin nie gut im Geschenkeannehmen gewesen, immer dachte ich, dass die Leute durch das Fehlen dessen, was sie gerade gegeben hatten, belastet seien.

»Bist du sicher, dass du sie mir geben willst?«

Ganz ruhig nickt sie mit dem Kopf, und dann schenkt sie mir wieder dieses halbe Lächeln – ihr halbes Lächeln –, das ihr fast besser steht als das vollständige, das sie nun nicht mehr lächeln kann. Ihr halbes Lächeln betont ihre Hörprobleme, ihren Diabetes, ihr schwaches Herz, aber verkörpert auch eine Stärke, die viel tiefer reicht als alle medizinischen Probleme. Ich schaue auf den Boden und frage, »hast du deine Augenklappe getragen?«, aber sie antwortet nicht, sie bewegt einfach die Kette in meine Richtung – wie um mich zu krönen – und über meinen Kopf – als wäre das eine Zeremonie – und um meinen Hals.

Als ich sie trage und sie mich schmückt, denke ich, das ist genau das, was an meinem Outfit noch gefehlt hat. Es ist genau das, was ich gebraucht habe, um mich für Israel schön zu machen.

Sie kann mich nicht ohne Frühstück gehen lassen, sagt Oma. Also sitzen wir für weitere zwanzig Minuten am Tisch, es gibt Kaffee, Brötchen und Käse, und sie spricht langsam zu mir und erzählt mir eine Geschichte.

»Vor vielen Jahren«, fängt sie an, dann hält sie inne. »Vor vielen Jahren«, fängt sie wieder an, dann macht sie eine Pause. Ich frage mich, ob sie denkt, ihre Stimme sei zu wenig klar, um eine Geschichte zu erzählen, ob sie vielleicht ein Stück Selbstvertrauen verloren hat, seit dem Schlaganfall. Ihr dritter Anlauf aber ist erfolgreich. Meine Großmutter hat als Kassiererin in einem Laden für Kaffee, Süßigkeiten und Schokolade gearbeitet. Bei Opa und ihr war das Geld sehr knapp, und sie brauchten alles für Essen, Miete und für die Ausbildung ihrer Kinder. Und dennoch gelang es meiner Großmutter, immer, wenn sie ihren Lohn bekam, etwas Geld zur Seite zu legen. Sie tat das Geld in eine Blechdose – mit gelben und orangefarbenen Schriftzügen und Zeichnungen von viereckigen Bonbons darauf – und verwahrte die Dose in ihrer Unterwäscheschublade, zwischen Spitzen und Dessous aus Kunstseide. Sie unterbricht sich beim Erzählen, fährt mit der Zunge über die rechte Seite ihrer Unterlippe – sie ist trocken und sieht aus, als würde sie bald aufreißen. Jedes Mal, wenn die Dose voll war, trug sie das Geld zur Bank. Nach vielen, vielen Monaten ging sie zur Bank, hob ihre ganzen Ersparnisse ab und ging zu einem Juwelier, bei dem sie diese Kette kaufte. Sie beleckt wieder die rechte Seite ihrer Unterlippe, ihre Zunge hofft, die Oberfläche glätten zu können, Feuchtigkeit zu spenden, wo keine natürliche Feuchtigkeit mehr übrig ist.

Wie konnte sie das tun?, frage ich mich. Wie konnte sie Perlen kaufen, wenn ihre Familie das Geld zum Leben brauchte? Das hört sich so gar nicht nach der Großmutter an, die ich kenne, eine Frau, die immer alles von sich fernhielt – absichtlich oder unbewusst oder wissentlich oder weil sie nicht die Wahl hatte –, alles, was ihr hätte Freude machen können: Blumen, Musik, Geschenke, Freunde, Essen im Restaurant, Bücher, Reisen, Gespräche mit der Familie – als müsse sie sich selbst immer und immer wieder dafür bestrafen, überlebt zu haben. Und trotzdem hat diese Frau sich diese kostbaren Perlen gekauft.

Mein Großvater blickt meine Großmutter an, dann wendet er sich zu mir und sagt mit fast lautloser Stimme, »sie tat das, weil sie wusste, wir würden es schaffen. Ich habe ihr immer wieder gesagt, wir würden es schaffen.« Er nickt und lächelt verhalten.

»Ich habe Perlen immer schon wunderschön gefunden«, sagt meine Großmutter, als hätte sie den Kommentar meines Großvaters nicht gehört – »schon als ich klein war« –, vielleicht hat sie ihn auch nicht gehört, vielleicht hat sie ihr Hörgerät nicht an.

Ich habe sie diese Perlen nie tragen sehen, denke ich, während meine Großmutter – immer noch, als hätte sie keine anderen Worte als ihre eigenen gehört – sagt: »Ich habe Perlen immer schon wunderschön gefunden. Sie sind das Einzige, was auch nach ›dem Krieg‹ noch wunderschön war.«

Opa schüttelt den Kopf. »Ach«, wischt er ihre Bemerkung mit einer Handbewegung zur Seite, »viele Dinge sind schön geblieben. Selbst nach dem Krieg noch.«

Ich schaue sie beide an; zwei Individuen, die unterschiedlicher nicht sein könnten. Teenager mit einer gestohlenen Kindheit und Jugend, die dann überlebten und allein auf dieser Welt zurückgelassen wurden. Teenager, die sich trafen und heirateten, weil sie allein auf dieser Welt zurückgelassen worden waren. Teenager, die Kinder und Enkelkinder und Urenkelkinder hatten, die leben, atmen, spielen, lernen, arbeiten, sich anstrengen, scheitern, erfolgreich sind, heiraten, lieben, Kinder bekommen, hassen, sich scheiden lassen, wieder lieben – weil Opa und Oma allein auf dieser Welt zurückgelassen worden waren.

»Du musst jetzt los, Fela«, sagt Oma zu mir, »wenn du deinen Flug nicht verpassen willst.«

Also stehe ich auf und trage meinen Koffer zur Wohnungstür, wo meine Großeltern schon nebeneinander stehen. Groß neben klein, kräftig neben zierlich.

»Auf Wiedersehen, Oma«, sage ich. Ich küsse ihre gealterten Wangen und umarme sie sanft, sehe zu, dass ich ihren Körper nicht zu fest drücke.

»Auf Wiedersehen. Vielleicht, vielleicht kommst du bald wieder?«

»Ich hoffe es. Und vielleicht werdet ihr nach New York kommen?«

Bevor mein Großvater die Chance hat, zu antworten, sagt Oma, »wir sind zu alt dafür«, dann fährt sie mit ihrer Hand einmal über meine Wange, nicht vertraulich, nicht liebevoll, aber voller Trauer.

»Dankeschön, Oma. Vielen Dank für die Kette.« Ich schaue sie direkt an, ihre eine Gesichtshälfte wirkt weniger deformiert.

Mein Großvater schließt die Tür auf – nur das mittlere Schloss muss aufgeschlossen werden –, dann öffnet er sie. Er verlässt die Wohnung, ich folge ihm nach draußen, und mit der Perlenkette um den Hals fühle ich mich, als wäre heute ein Feiertag, aber dieser Gedanke wird von dem lauten Knall unterbrochen, den Opa erzeugt, als er mit aller Kraft die Tür zuzieht.

Auf der Fahrt zum Flughafen betrachte ich die Berliner Stadtlandschaft, die Szenerie rauscht am Fenster vorbei, und eine Sekunde lang denke ich daran, was meine Großmutter jetzt, da sie wieder alleine ist, wohl tut, aber dann fällt mir ein, dass sie wohl auf der Bank unter ihrer Wohnung sitzen wird. Ich frage mich, wann das zehnminütige Sitzen auf einer Bank die Hauptbeschäftigung meines Tages werden wird.

Ich sehe breite Boulevards, alte Gebäude und ein Schloss – dicke Säulen und große Kuppeln. Ich sehe griechische Helden, in Wände gehauen, und Statuen aus vergoldeter Bronze und solche aus Stein: Pferde und ein Engel. Ich schaue nach draußen und bemerke, dass diese Stadtlandschaft horizontal ausgerichtet ist, so ganz anders als die vertikale Stadtlandschaft von New York.

»Ich hatte geplant, nach Amerika zu gehen«, sagt Opa. Er schaut mich nicht an, sondern richtet seine ganze Aufmerksamkeit auf die Straße vor ihm. »Wir sind in Deutschland hängengeblieben. Aber wir wollten nie deutsche Staatsbürger werden. Die Deutschen im Lager haben uns Pässe für Staatenlose ausgestellt. Wir haben uns nie einbürgern lassen. Und die Kinder, die wir bekamen, waren auch staatenlos. Über zwanzig Jahre.«

Über zwanzig Jahre staatenlos – ohne Staatsbürgerschaft, ohne Nationalität, vertrieben, fehl am Platz, heimatlos; nirgendwohin gehörig – staatenlos.

»Ich wollte nach Amerika ziehen, aber ich wollte erst Geld verdienen. Und im Nachkriegsdeutschland gab es viele Möglichkeiten, so dass es hier leichter war als in Amerika, Geld zu verdienen. Also habe ich gearbeitet und gespart und in Deutschland gewartet. Und dann bin ich hängengeblieben.«

»Und, Opa, bereust du es?«

»Wenn wir nach Amerika gezogen wären, hätte ich vermutlich meinen Kindern nicht so viel bieten können, weil ich so viel härter hätte arbeiten müssen.«

»Aber es ist Deutschland ...«

»Aber sie sind jetzt alle erfolgreich.«

Also jetzt, wo sie alle erfolgreich sind, jetzt, wo sie über viele Kontinente verstreut sind, jetzt, wo niemand mehr da ist, der mit euch frühstückt, der an den Feiertagen mit euch in die Synagoge geht, bereust du jetzt etwas? Wie denkst du jetzt darüber, wo Oma bewegungslos auf einer Stelle steht und wartet – dass du nach Hause kommst, dass ihre Kinder, ihre Enkelkinder sie besuchen –, immer wartet sie auf jemanden.

»Ich habe es richtig gemacht«, antwortet er, als hätte er meine Gedanken gelesen.

Draußen vor dem Fenster sehe ich eine Stadtlandschaft, die schwer belastet ist; eine Stadtlandschaft voller Geschichte. Und ich denke daran, dass Israel, dass auch so voller Geschichte ist, noch immer so jung ist – ein Land, kaum älter als meine Eltern; wie sie geboren nach dem Zweiten Weltkrieg.

Nach gut einer Minute des Schweigens sagt Opa: »Andererseits sind in Amerika die Familien zusammen. Sie sind verwurzelt.« Er neigt den Kopf zur rechten Seite, hebt seine Hand vom Steuerrad und sagt: »Aber ich bin zufrieden.« Er zieht seine schon teilweise silbrigen Augenbrauen hoch und sagt: »Im Leben kann man nicht alles haben, nicht wahr?«

Ach, Opa.

Mosha hält vor dem Flughafenterminal. »So ... da wären wir«, sagt er und dreht sich um, schaut mich an.

»Vielen Dank, Opa. Tausend Dank. Ich habe schon so lange mit dir nach Polen fahren wollen. Ich habe Geld gespart und auf den

Tag gewartet, an dem du mich fragen würdest, ob ich mitkommen wolle«, gestehe ich ihm und blicke ihm direkt in die Augen – wie ein Bild werden sie von seinen Brauen eingerahmt.

»Warum hast du mir das nicht gesagt?«, fragt er liebevoll.

Es ist komisch, wie Dinge, die einem selbst so offensichtlich erscheinen, für andere so wenig zu durchschauen sind. »Ich weiß nicht«, sage ich, »hmm, ich meine, weil ich ein bisschen Angst hatte. Ich war nicht sicher, ob ich wusste, wie ich dir auf die richtige Art und Weise zuhören oder mit dir reden sollte, wie du mich haben wolltest. Weil ich nicht sicher war, ob ich das Recht hatte, zu versuchen, alles zu verstehen, was ich doch ganz klar nicht kann. Weil ich dachte, dir wäre es klar, dass ich nach Polen fahren wollte, und dass du mich fragen würdest, wenn und falls du bereit wärst.«

Während ich diese Worte ausspreche, frage ich mich, warum es eigentlich so lange gedauert hat, bis *er* bereit war, mich mitzunehmen.

Vielleicht auch, versuche ich es mir zurechtzulegen, wegen Fela, deren Namen ich trage, deren Namen ich schon immer trug und die über mir schwebte; und ich war mir einfach nicht sicher, ob sie je neben mir würde gehen können, weil ich nicht sicher war, ob ihre Gegenwart, ihre Existenz, ihr Blick aufhören könnten, in mir herumzugeistern, und sich in etwas Freundliches, Liebevolles verwandeln könnten.

»Aber jetzt sind wir da gewesen«, sagt Opa. »*Git.*« Sein »*git*« ist einfach, aufrichtig, direkt. »Sehr *git.* Sag Tom liebe *Grieße* von uns.«

»Das werde ich«, verspreche ich ihm. »Ganz sicher.«

Ich öffne die Autotür, mein rechter Fuß fühlt schon den Betonboden des Flughafens, dann zögere ich einen Moment lang und überlege, ob ich fragen soll: Sehe ich aus wie sie? Sind irgendwelche Eigenschaften von Fela in meine eingeschrieben? Hat dich mein Haar, haben dich meine Augen, meine Körperhaltung oder meine Hände je an deine kleine Schwester erinnert? Wenn du mich ansiehst, Opa, hast du sie je in mir gesehen?

Ich weiß nicht, wie ich diese Fragen formulieren soll, bin nicht sicher, ob ich eine Antwort darauf will, also zerre ich den Rest meines Körpers in Richtung meines rechten Fußes, der schon auf dem Flughafenboden steht. Da fällt mir ein, dass ich vergessen habe, ihn zum Abschied zu küssen. Ich rutsche ins Auto zurück, beuge mich zu ihm, drücke meine Wange an seine und küsse ihn zum Abschied.

»Tschüss, Opa«, sage ich traurig.

»Tschüss«, sagt er. Sein »Tschüss« ist warmherzig, sehr warmherzig.

Er benetzt meine Wange mit seinem Kuss und hinterlässt einen Geruch nach Alter auf ihr. Ich steige aus dem Auto und schließe die Tür hinter mir. Ein scharfer Wind rast auf mich zu, meine Wange wird kalt.

Schimmel, Perlen, Wolken

Auf dem Weg zu meinem Terminal, durch den Check-in, die Passkontrolle und die Sicherheitskontrollen, spüre ich überall diesen Blick auf mir – denselben, den ich in Polen gespürt habe, außer dass er sich jetzt leichter anfühlt, leicht, leichter, als wäre er eine rosafarbene Version ein- und desselben Blicks. Irgendwie tröstlich – als würde er mich auf meinen Reisen begleiten, damit ich nicht alleine reisen muss.

»Ich bin's schon wieder. Hallo.« Ich stelle mir vor, wie ich das sage, sobald Lior das Telefon abgenommen hat.

»Zweimal in so kurzer Zeit?«, würde er fragen.

»Zweimal in so kurzer Zeit«, würde ich freudig antworten.

»Das muss mein Glücksjahr sein.«

»Ich wollte einfach nur sicher sein, dass du von jetzt an meine Stimme *wirklich* erkennst.«

»Darum rufst du an?«

»Darum rufe ich an.«

Ich steige ins Flugzeug und freue mich darüber, dass 14F ein Fensterplatz ist. Ich ziehe die Schuhe aus, decke mich mit der Flugzeugwolldecke zu und achte darauf, dass meine Beine ganz eingewickelt sind, weil ich weiß, dass es hier drinnen kalt wird.

Ich fliege nach Israel, flüstere ich mir selbst zu – ich muss meine Stimme hören, meine Lippen bewegen, um das zu glauben, und als meine Stimmbänder schwingen, kommt mir das Haus meiner Kindheit in den Sinn, sein Aussehen – wie eine weiße Schachtel –, sein dreieckiges Dach aus naturfarbenen Tonziegeln, seine grünen Fensterläden – als befände sich ein Miniaturmodell davon in mir, in meinem Kopf, meiner Erinnerung. Ich bin froh, dass es das Haus nicht mehr gibt, froh, dass es an eine Familie verkauft wurde, die es abgerissen hat. Ich bin in letzter Zeit in genügend Museen gewesen und habe keinen Bedarf, noch eines zu besichtigen.

Eine orthodoxe Jüdin, schätzungsweise in meinem Alter, geht mit zwei Büchern in der Hand durch den Mittelgang. Sie kommt bis zu meiner Reihe, hält an und schaut auf die Platznummern, dann setzt sie sich genau in meine Reihe auf der anderen Seite des Mittelgangs und legt ihre beiden Bücher neben sich. Innerhalb von Sekunden merkt sie, dass sie ihr »Buch der Psalmen« unter ihren Roman gelegt hat und tauscht beide schnell aus, das »Buch der Psalmen« nach oben, den Roman darunter – damit das wichtigere oben liegt. Das hätte ich nicht so gemacht.

Wir sind fast schon abflugbereit – das Flugzeug steht noch auf der Rollbahn, ich lasse meine Gedanken schweifen und erinnere mich an jedes Zimmer im Haus meiner Kindheit.

Ich sehe den Wasserfleck auf dem Boden unserer Waschküche vor mir und die dunklere Farbe, die die Dachziegel annahmen, wenn es regnete. Ich sehe mein Stoffschaf vor mir, wie es auf einer gepunkteten Decke auf meinem Bett schläft, und die Wände im Zimmer meines Bruders voller Zeitungsausschnitte. Ich sehe unseren Tisch vor mir – an dem jeder von uns seinen festen Platz hatte, den wir abgeben mussten, wenn Gäste kamen –, und ich erinnere mich, dass ich von dem Platz aus, an dem ich saß, mit dem Rücken zum Sofa, die Spitze des Pinienbaums im Nachbargarten sah. Als ich klein war, sah der Baum aus wie eine Hexe mit ihrem Besen in der Hand, und als ich älter wurde, verwandelte sich die Spitze in einen Halbmond, auf dem Vögel saßen, bis sie sich dann wieder in eine Baumspitze verwandelte. Wenn ich auf den Baum schaute, durch seine Äste hindurch, auf seine Äste, auf die Anordnung der Nadeln auf den Ästen, sah ich dort dieselben Sternzeichen wie am Himmel – Wassermann, Fische, Zwillinge.

Wie ich auf meiner Fantasiereise ins Zimmer meiner Eltern gelange – elfenbeinfarbene Baumwollvorhänge wehen über den kupferfarbenen Teppich –, denke ich an die Stille in ihrem Schlafzimmer. Ich denke an die Luft in diesem Zimmer, und wie sie sich angefühlt haben musste, nachdem sie beschlossen hatten, sich zu trennen, bevor meine Mutter auszog, nachdem sie aufgehört hatten, gemeinsam auf die Zukunft zu hoffen, die Vergangenheit zu bedauern und an die Gegenwart zu denken; nachdem sie aufgehört hatten, offene Blicke zu tauschen, vertrauensvolle Blicke, nachdem sie aufgehört hatten, Sex zu haben. Wie viele Nächte lagen sie wohl wach und hatten Sorge, ihre Finger könnten sich berühren, hatten Sorge, dass ein Körper, wenn er sich auch nur einen Millimeter bewegte, versehentlich den anderen Körper spüren könnte, so, wie es früher einmal gewesen war? Wie viele Male taten sie so, als würden sie schlafen, während sie mit geschlossenen Augen dalagen, damit die Tränen nicht aus ihnen herausliefen?

Ich rufe mir nicht das letzte Mal in Erinnerung, als ich im Haus meiner Kindheit war, und wie hell die Sonne an diesem Tag schien, viel zu hell – weiß, alles verdunkelnd. Die leuchtend roten Bougainvillea-Pflanzen, die immer wie natürlich gezähmt aussahen und unsere Eingangstür mit ihren dünnen, papierähnlichen Blättern schmückten, waren plötzlich außer Kontrolle geraten und umrankten jetzt wie Wächter den Eingang. An jenem Tag war das

Äußere des Hauses wie gefroren, als wäre der umgekehrte Effekt eingetreten als der, den man unter der brüllend heißen Sonne erwarten würde. Und das Innere des Hauses war makellos; jedes Fenster ganz und gar durchsichtig, alle Böden glänzend, jedes Gerät an seinem dafür vorgesehenen Ort; es war sauber – hygienisch, steril.

Ich kann mir nur noch vorstellen, wie ich, bevor ich mein Zimmer zum letzten Mal verließ, ganz zusammengekauert in einer Ecke saß und die Knie so fest wie möglich an die Brust zog – es war unbequem. Der Geruch von Staub kroch in mein Zimmer und ersetzte den süßen Geruch mit trockener Schwere, drückte die Luft weg, so dass das Zimmer nur noch nach Altsein roch. Wenn ich das einatmete, würde meine Nase verbrennen. Hätte ich auf meine hellrosa Wände gestarrt, hätte ich mir vorgestellt, wie sie sich nach meinem Weggang gelb färben würden und sich Schimmel auf ihnen ausbreiten würde, wie vor lauter Trockenheit die Farbe von ihnen abblättern würde und wie dabei kleine Risse wie Wasserläufe entstünden – und was würde sich in diesen Rissen verstecken?

Dann hätte ich mich verabschiedet, stelle ich mir vor. Die Tür zu meinem Zimmer zugemacht, heftig den runden, scheibenartigen Türgriff gedreht, dann wäre ich zu unserer Eingangstür gegangen, hätte sie geöffnet, wäre hinausgegangen, hätte sie geschlossen, wäre an den Bougainvillea vorbeigegangen und immer weitergegangen – und mit jedem Schritt, den ich machte, entfernte ich mich weiter von dem Haus und näherte mich meiner Erinnerung daran.

Und ich ging immer weiter von ihm fort, noch lange, nachdem ich das Auto erreicht hatte, das mich an den Flughafen brachte, noch lange, nachdem ich in das Flugzeug gestiegen war, das mich über den Ozean brachte, noch lange, nachdem ich in New York gelandet war, und so wurde das Haus meiner Kindheit zu einem Museum, das dokumentierte, was vergangen war.

Und als ich mit dem Fortgehen fertig war, lief ich einfach immer weiter. Ich lief und lief und lief, bis ich einen Ort erreichte, der noch ein paar Jahre zuvor nicht einmal in meiner Vorstellung existiert hatte, weil ich nicht den Mut hatte, ihn mir zu wünschen.

Ich schaue aus dem Fenster und sehe Wolken, ein Wolkenfeld, Wasserpartikel, die so stark kondensiert sind, dass sie eine weiße Oberfläche bilden – wie der Boden einer anderen Welt. Das Wolkenfeld hat eine Tiefe, die ich bei Wasser so nie zuvor gesehen habe, als hätte man Wasser und Luft verquirlt, bis es zu dieser schaumigen Oberfläche gekommen ist.

Alle paar Minuten ändere ich meine Position in dem engen Flugzeugsitz, bin kaum imstande, meinen Körper – der sich anfühlt wie ein Rohr, durch das Luft hoch und runter schießt, nach rechts und nach links – still zu halten. Mein Körper und ich fühlen uns eins an; ich weiß nicht nur, daß jeder meiner Atemzüge zählt, ich spüre es auch.

Ich werde Lior wiedersehen.

»Was darf ich Ihnen zu trinken anbieten, Miss?«, fragt mich die Stewardess auf Hebräisch.

»*Ma'im bevakasha*«, antworte ich.

»Und Ihnen, Sir?«, fragt sie den Mann neben mir.

»Tomatensaft, bitte«, antwortet er. Seine Stimme ist kratzig, als hätte er zu viele Jahre lang gebrüllt oder geraucht.

Nachdem sie uns die Getränke gereicht hat, wendet sich der Mann zu mir und fragt, warum ich in Deutschland war.

»Auf Familienbesuch«, sage ich. »Und Sie?«

»Ich hatte nur einen Zwischenaufenthalt dort, auf dem Rückweg aus Belgien.« Er spricht die Buchstaben überdeutlich aus, rollt perfekt jedes »r« und »ch«, als hätte er die Kunst, Kehllaute zu formen, tief in den Gängen seines Halses geprobt.

»Ich arbeite in der Diamantenbranche.«

Die ersten Sekunden mit jemandem Hebräisch zu sprechen, der nicht Tom ist, fühlt sich verwirrend an, wie wenn man in sein Zimmer käme und dieses all seiner Charakteristika beraubt wäre, die es unverkennbar das eigene sein lassen, als wäre alles Eigentum verschwunden, aber die Wände stünden immer noch so gerade da wie zuletzt, als man in ihm war. Aber in Sekundenschnelle fühlt es sich wieder vertraut an. Und die Tatsache, dass es sich vertraut anfühlt, beruhigt mich, erinnert mich an einen Ort tief drinnen, der sich warm anfühlt, einen Ort, der so weit entfernt ist von dem Ort, an dem ich Tränen des Fehl-am-Platz-Seins geweint habe, die nun vollständig verdunstet sind.

»Sie waren also in Deutschland und fliegen jetzt nach Hause zurück?«

»Nicht ganz. Irgendwie schon. Ja und nein«, sage ich. »Es ist ein bisschen kompliziert.«

Er lächelt mich freundlich an, und seine Augen werden dabei noch größer, als sie es ohnehin sind. Obwohl sein Haar schon grau wird, hat er etwas Kindliches, vielleicht wegen der Art und Weise, wie er dasitzt, wie er seine Hände zwischen seinen Oberschenkeln aneinander presst.

»Kennen Sie sich mit Perlen aus?«

»Nicht wirklich.« Er blickt auf meinen Hals. »Was möchten Sie darüber wissen?«

»Sie entstehen aus Sandkörnern, die sich in den Schalen von Austern einlagern, oder?«

»Das passiert äußerst selten. Wer hat Ihnen das erzählt?«, fragt er, und ohne meine Antwort abzuwarten, fährt er fort: »Perlen entstehen zufällig aus Parasiten oder Nahrungsresten, die in einem Mollusken hängenbleiben – ein schneckenartiges Tier, aus dessen Reaktion auf diese Reize Perlen entstehen.«

Ich nehme die Kette ab, untersuche jede einzelne Perle und bemerke, wie wenig eben und ungleichmäßig ihre Oberfläche ist. Das muss so sein, nehme ich an, sie sind ja ein Naturprodukt.

Meine Großmutter, denke ich, und ihr Panzer – dieser Panzer, den sie vor Jahren um sich selbst herum gebaut und so fest wie möglich versiegelt hat, macht sie stumm, garantiert, dass die Familie, die sie geboren hat, nichts von der Familie weiß, in die sie geboren wurde. Sie hätte es leichter haben können, wenn sie uns mit den Geschichten ihres Kriegs belastet hätte. Aber dann fällt mir etwas ein, und ich denke, vielleicht ist etwas wunderbar Altruistisches daran, dass sie das nicht getan hat, und ich frage mich, ob sie je bewusst die Entscheidung getroffen hat, nicht zu reden, oder ob es eher ein natürlicher Prozess war – wie bei der Entstehung einer Perle –, der in ihrem Inneren ablaufen musste.

Wie kommt es nur, dass jede Perle als einzelne nicht perfekt ist, aber dass Perlen im Allgemeinen dennoch ein Symbol für Perfektion sind? Ich denke an die kleinen Partikel, die sich in den Mollusken einnisten, wenn ihre Schalen zur Nahrungsaufnahme oder zum Atmen offen stehen, und wie sie dort drinnen gefangen sind, nur um zu dem Reiz zu werden, ohne den keine Perle entstehen kann. Ich denke wieder an Omas Panzer. Vielleicht ist es eher der Prozess ihrer Entstehung, der als Symbol für Perfektion gelten könnte, und nicht sie selbst – Schönheit, die aus einem Reiz entsteht.

Einfach ein beiläufiger Nahrungspartikel, oder? Wie seltsam.

Ich schaue wieder aus dem Fenster und auf das Wolkenfeld. Es sieht federähnlich, federleicht, aber dennoch so stabil aus, als könnte ich darauf laufen. Berge, die nicht von Schnee bedeckt, sondern aus Schnee sind.

Als der Film beginnt, der grobkörnig auf einem kleinen Bildschirm ein paar Reihen vor mir läuft, versuche ich, mich für den Film zu interessieren, aber alle paar Minuten steht ein Passagier auf und verdeckt den Bildschirm mit dem Schatten seines Kopfes. Also höre ich stattdessen Musik, stelle die Lautstärke so hoch wie möglich und halte alles, was um mich herum passiert, von mir fern.

Ich weiß, dass ich die Jalousie an meinem Fenster nicht öffnen soll, während der Film läuft, aber ich muss hinausspähen, also hebe ich sie hoch, nur ein kleines bisschen – aber genug, damit ich in der Tiefe das Wolkenfeld sehen kann.

Vergangenheit, Gegenwart, Zukunft

»Willkommen in Israel«, lese ich auf dem Schild. Ich lese es auf Hebräisch, ich lese es auf Englisch, und obwohl ich es auf Arabisch nicht lesen kann, bin ich recht sicher, es bedeutet dasselbe: »Willkommen in Israel.« Während ich vor dem Förderband auf mein Gepäck warte, tritt der Mann neben mir fast auf meine Zehen, und die Frau neben ihm steht fast auf seinen, die Halle ist voller Leute und laut, und ich bin hier, denke ich, ich bin *wirklich* hier.

Gesichter sind hier, viele Gesichter, ich kämpfe mich durch die Ankunftshalle eines neugebauten Flughafens und nähere mich einer halbmondförmigen Menge, und ich suche sie alle ab, als wäre mein Blick ein Röntgenstrahl, und dann finde ich sie – die leuchtenden Gesichter von Tom und meinem Vater in der Ferne, und auf einmal sind alle anderen Gesichter verschwunden. Sie haben mich bereits bemerkt. Ich ziehe meinen Koffer hinter mir her, der plötzlich nicht mehr schnell genug rollt, also lasse ich den Griff los und renne auf sie zu – ich renne und ich bin da und ich werfe meine Arme um meinen Bruder, ich stelle mich auf die Zehenspitzen und umarme ihn, drücke seine Schultern, ohne zu merken, dass er mich hochgehoben hat.

Tom stellt mich wieder auf den Boden, und ich drehe mich um zu meinem Vater, der mich mit einem gewaltigen Lächeln ansieht – die äußeren Enden seiner Augen und seiner Augenbrauen zeigen nach unten und geraten fast in die Nähe der äußeren Winkel seiner nach oben gezogenen Lippen. Er drückt mich, seine unrasierte Wange reibt an meine und sticht leicht in meine Haut, und ich werde wieder zu einem Baby, zu einem Kind, zu einer Jugendlichen und dann wieder ich selbst. Und er lässt mich los.

»Meine Kleine.«

»Nicht ganz so klein, Papa«, sage ich mit einem neckischen Lächeln.

»Ich weiß, ich weiß«, sagt er – und weiß es eigentlich nicht.

Mein Bruder nimmt meinem Koffer, mein Vater nimmt meine Hand, und wir gehen über den glatten Granit zum Ausgang der Ankunftshalle. Das Terminal ist voller Leute und Stimmen, die heftig durcheinander- und widerhallen, es ist lärmig und laut und lebhaft, und das feine Geräusch von fallendem Wasser aus einem Springbrunnen in der Halle folgt uns. Meine Pupillen sind groß, meine Lungen weiten sich, mein Körper ist in Alarmbereitschaft, als wäre er voller stacheliger Borsten, die in alle Richtungen wachsen. Mein Vater und mein Bruder gehen zu langsam.

Wir verlassen die Halle – die Luft riecht vertraut, riecht fremd, und wir sind draußen, und es riecht nach Palmen und Auspuffrohren, nach salzigen Wellen im Meer und fliegendem Wüstenstaub.

Auf der Fahrt zu ihrem Haus klebe ich meine Stirn ans Fenster und betrachte alles gründlich. Es gibt so viele nagelneu aussehende Häuser, manche mit Bögen am Eingang, manche sind fast vollständig aus Glas, andere wiederum marmorverkleidet – und ich bin überrascht, so viele schicke Villen und elegante Hochhäuser zu sehen, die nicht viel anders sind als diejenigen, die ich aus New York kenne – und nie hätte ich mir vorstellen können, dass sie hier gebaut würden, mitten im fruchtbarsten Brachland. Sie scheinen fehl am Platz zu sein. Aber nur ein paar Minuten später sehe ich verfallende Hütten und graue Sozialwohnungen – ich wünschte, es wären Notunterkünfte, aber die Leute wohnen dauerhaft hier. Und ich sehe viele Zeltstädte auf den Hügeln.

In jeder Wohngegend, durch die wir fahren, beobachte ich die Kinder, die auf den Fußwegen unterwegs sind, und versuche, einen

Teil von mir in ihnen zu finden, in ihren Verhaltensweisen, kann aber nichts erkennen.

»Wäre es nicht mal Zeit, bei Papa auszuziehen, Tom?«

»Ermutige ihn nicht auch noch, Fela. Er soll mich nicht verlassen«, wirft mein Vater ein.

Wir fahren an Feldern vorbei, bernsteinfarbenen und altweißen, grünen und beigefarbenen, goldenen und jadefarbenen, und meine Stirn klebt noch immer am Fenster, und meine Augen prüfen immer noch alles.

»Du weißt doch, wie die Dinge hier laufen«, sagt Tom, »mit dem obligatorischen Armeedienst wird alles nach hinten verschoben. Wenn du mit dem Studium fertig bist, habe ich gerade mit meinem angefangen. Und«, er zuckt mit den Achseln, »die Chancen stehen nicht schlecht, dass ich noch einer der jüngeren Studenten in meinem Jahrgang sein werde.«

Wir leben so verschiedene Leben, denke ich.

Während der Fahrt begegnen uns ständig rostige Lieferwagen, rasende Autos, die wie kleine Schachteln auf Rädern aussehen, sowie die allerneuesten Typen. Im Gegensatz zu der »Alles-ist-kleiner-geworden«-Erfahrung, die man normalerweise macht, wenn man die Orte der eigenen Kindheit aufsucht, finde ich zu meiner Überraschung, dass die meisten Sachen größer geworden sind. Überall sind Baustellen, viele Kräne sind in Betrieb, und in der Luft liegt ein Gefühl von Fortschritt und Erneuerung. Alle paar Minuten schert eine Vespa in unsere Spur ein – und auf den Straßen ist kein einziges überfahrenes Tier zu sehen.

Auf der Rückbank eines Autos zu sitzen, mit den beiden auf den Vordersitzen, fühlt sich fast so an, als machten wir einen Familienausflug, als wäre meine Mutter einfach nur zufällig irgendwo aufgehalten worden und würde bald wieder zu uns kommen.

»Und wie ist New York?«

»New York ist fantastisch, Papa.«

»Und wie geht es deiner Mutter?«

»Warum fragst du mich das?«, sage ich ungewollt aufgebracht.

»Papa, *bitte* ...«, sagt Tom vorsichtig.

»Es ist doch nur eine Frage wie jede andere«, stößt mein Vater hervor.

»Wenn es nur eine Frage ist, dann kannst du sie das ja auch selber fragen«, sage ich abgeklärt, obwohl ich weiß, dass meine Eltern seit sechs Jahren nicht mehr miteinander geredet haben.

Mein Vater schaut mich im Rückspiegel an, aber sein Blick sagt mir nichts. Ich stelle mir meine Mutter auf dem Rücksitz neben mir vor und realisiere, dass wir vier zusammen überhaupt nicht wie eine ganze Familie wirken würden; es würde sich anfühlen, als wären wir vier Individuen, die zufällig zusammen unterwegs sind, die sich zwar nicht fremd sind, aber entfremdet. Ich kann mir meine Mutter und meinen Vater nicht als Ehemann und Ehefrau vorstellen und uns nicht als Familie.

»Fela«, sagt mein Vater, »wir haben einander nicht gutgetan. Unser gemeinsames Leben war eine Achterbahn, auf der es weit weniger Höhen als Tiefen gab. Die Frage war nur, ob einer von uns den Mut haben würde, aufzustehen und zu gehen.«

»Ich weiß, dass es euch getrennt besser geht.« Ich sage und denke nur, dass ich nach der Trennung – zum ersten Mal – »Mama« und »Papa« zu zärtlichen Spitznamen werden lassen konnte, statt sie als die einzigen Namen wahrzunehmen, die meine Eltern hatten. »Uns allen geht es besser«, sage ich und frage mich, ob man als Kind je wirklich über die Scheidung seiner Eltern hinwegkommt, ob man das Gefühl vollständig loswerden kann, zwischen beiden Eltern gefangen zu sein, zu spüren, dass in jeder Entscheidung, die man trifft, ein Teil von einem die Seite der Mutter oder die des Vaters wählt.

Als ich längst schon in New York lebte, erzählte mir meine Mutter, dass ich mich einmal – ich war etwa acht Jahre alt – in den Schlaf geweint hatte. Da ich heftig schluchzte, steckte sie mich unter meine rosafarbene Bettdecke; ich bat darum, dass sie und Papa sich nicht trennten, und sie streichelte meine Haare. In jener Nacht sagte ich ihr, ich wüsste, sie liebten einander und alles andere wäre egal. Sie erzählte mir, dass sie als Teenager wahnsinnig ineinander verliebt gewesen und dass die Dinge im Laufe der Jahre komplizierter geworden seien, aber dass sie sich immer noch liebten. »Ich weiß, ihr liebt euch, ich weiß, ihr liebt euch, ich weiß, ihr liebt euch«, sagte ich ihr, bevor ich hinzufügte, wenn das, was *sie* teilten, keine Liebe sei – wahre Liebe –, dann gäbe es die nicht. Ich erinnere mich nicht an jene Nacht. Und ich mag nicht glauben, dass ich das, was ich vor Augen hatte, je für Liebe hielt. Und ich mag nicht schon wieder so romantisch naiv sein – und mag es doch.

Im Autoradio kommen abwechselnd kitschige Popsongs, gesungen von Stimmen, die ich nicht kenne, und klassische Melodien, die ich mitsingen könnte. Nach vierzig Minuten Fahrtzeit sehe ich auf der rechten Seite das vertraute Schild »Kefar Teefe«, an dem mein Vater vorbeifährt. Als wären sie mit einem Gummiband daran befestigt, lassen meine Augen es nicht los; sie folgen ihm, bis sie es schließlich loslassen müssen, eine Sekunde, bevor das Gummiband reißen würde. Und nach weiteren zehn Minuten kommen wir an einem Schild vorbei, auf dem »Kefar Aliab« steht, und hier biegt mein Vater rechts ab.

Er bremst, parkt. Wir haben ihr Haus erreicht, und ich bin überrascht, ein asymmetrisches Haus vorzufinden, das so gar nicht dem ähnelt, in dem ich aufgewachsen bin – was habe ich erwartet? Ich nehme an, weil ich meinen Vater und Tom immer nur in unserem alten Haus habe wohnen sehen, habe ich sie mir an keinem anderen Ort je vorgestellt.

Ich gehe eine Stufe hinauf und stehe vor einer massiven Eingangstür, die mein Vater für mich öffnet – ihr Wohnzimmer riecht nach nichts, was ich kenne. »Fühl dich wie zu Hause«, sagt Tom hinter mir. Ich sehe nichts von meinem Vater hier drinnen, nichts von Tom, in ihrem Haus ist nichts von mir.

Als mein Vater mich durch den Flur ins Gästezimmer begleitet, komme ich an ein paar Fotos vorbei, und ich verlangsame meinen Schritt und schaue sie mir an: Tom und ich auf einer Schaukel; er nimmt mich Huckepack; wir beide posieren vor dem roten Eingangstor unserer Schule; wir sind auf einem Boot, und mit meinem Zeige- und Mittelfinger mache ich ihm Hasenohren – die Fotos zaubern ein Lächeln auf mein Gesicht, ein unbeschwertes Lächeln, eines, das nichts Nostalgisches hat; nichts an den Kinderbildern von Tom und mir lässt mich mich nach der Vergangenheit sehnen, lässt mich wieder in ihr sein wollen.

Aber dann sehe ich Zipper. Er hechelt mit hängender Zunge und gespitzten Ohren, und eine Sekunde lang wünschte ich, ich wäre wieder ein kleines Mädchen, und Zipper wäre wieder lebendig, damit ich ihn fest an mich drücken und mit den Fingern durch sein dickes schwarz-weißes Fell fahren, damit ich ihn vor dem Krieg retten könnte.

Nachdem der Krieg zu Ende war und meine Mutter und ich aus Deutschland nach Israel zurückgekehrt waren, suchten Tom und ich tagelang nach Zipper. Auf den Straßen unseres Dorfes riefen wir laut seinen Namen, aber Zipper war nirgendwo zu finden. Als wir ihn in dem *Wadi* hinter unserem Haus suchten, fanden wir ein flaches Eisenstück, gut zehn Zentimeter lang, das auf der einen Seite abgerundet und auf der anderen scharf abgeflacht war. Wenn Tom mir nicht gesagt hätte, was das war, hätte ich es für ein Stück von einem Topf gehalten, den unsere Nachbarn weggeworfen hatten, oder für die Krone einer Königin, die jemand zu basteln angefangen, aber nie fertig gemacht hatte, aber das war es alles nicht – es war ein Stück von einer Rakete.

Tom geht den Flur entlang – er zieht meinen Koffer hinter sich her, kommt auf mich zu, geht an mir vorbei und bleibt stehen, »schau dir dein Zimmer an«, sagt er, und das tue ich. Hellblaue Wände, ein Holzschrank und ein Bett – so muss sich Erwachsensein anfühlen, denke ich: beim eigenen Vater im Gästezimmer zu schlafen.

Alle drei gehen wir in die Küche, und während Tom den Kessel aufsetzt, tritt mein Vater nach draußen in den Garten und kommt mit frischen Blättern in der Hand zurück, wobei er den Geruch nach frischer Pfefferminze verbreitet. Er verteilt die Blätter auf drei Becher, tut in jeden einen Teebeutel, und Tom gießt heißes Wasser darauf. Dann gehen wir alle nach draußen und setzen uns an ihren Gartentisch. Ich schaue mich um und bemerke, dass hier die gleichen Bäume wachsen, wie wir sie auch in unserem Garten hinter dem Haus hatten. Avocado, Mango, Guave – ein Granatapfelbaum sticht mir ins Auge, dessen Früchte fast reif sind. Bald ist *Rosch ha-Schana.*

Während ich ihnen von meiner Reise erzähle, merke ich, dass, da ich in Polen gewesen bin, die Schwere des Holocaust seine Form in mir – geradezu körperlich – verändert hat. Es hat die Form von etwas Rundem angenommen, von etwas Konkretem und Beendetem.

»Wusstet ihr, dass die Nazis, als sie damit begonnen haben, Juden aus Deutschland zu vertreiben, sowohl deren kulturelle Güter als auch ihre Alltagsgegenstände in die Tschechoslowakei verfrachtet haben?«, fragt mein Vater.

»Nein, das wusste ich nicht«, sage ich.

»Warum?«, fragt Tom.

»Sie hatten vor, eine Art Naturkundemuseum zu bauen, in dem das jüdische Volk ausgestellt werden sollte, das dann schon ausgestorben wäre«, sagt er, schaut zu mir und fügt hinzu: »Ihr wisst schon, so wie wir Museen für Dinosaurier haben.«

»Und heutzutage gibt es auf der ganzen Welt Museen, in denen es um die ermordeten Juden geht ...«

»Das ist etwas ganz anderes, Tom«, ruft mein Vater aus. »Das sind Gedenkstätten, es gibt sie, um an etwas zu erinnern.«

»Natürlich ist das anders«, sage ich, »aber trotzdem haben die Nazis, wenn man es so sieht, letztlich die Museen bekommen, die sie wollten. Die Existenz wie auch die Auslöschung der ermordeten Juden kann man an ihren persönlichen Sachen nachvollziehen, die heute in Museen auf der ganzen Welt verteilt sind.«

»Hört mal, das alles läuft darauf hinaus, dass wir unsere Lehren aus dem Holocaust ziehen müssen«, sagt mein Vater mit Nachdruck.

»Meinst du, dass die Menschen nicht human genug sind?«, frage ich.

»Nein, dass wir ein Land brauchen. Mit unserem eigenen Territorium können wir uns selbst verteidigen.«

Es ist Nacht geworden, ganz dunkel. Ich schaue in den Himmel hinauf, er ist voller Sterne und sieht aus wie eine sternenübersäte Decke – als bestünde er nur aus Sternen mit dunklen Flecken dazwischen. Der Mond ist rein, gelb, dick und intensiv.

»Aber die Dinge sind komplizierter, Papa«, sage ich. »Die Verbindung zwischen Vergangenheit und Gegenwart und Zukunft ist nicht so einfach.«

Ich schaue Tom an, der das Interesse an der Unterhaltung verloren zu haben scheint, und dann meinen Vater – beide haben sie die gleichen auffallend grauen Augen.

»Weißt du, Israel macht auch Fehler, es ist kein perfekter Ort«, fahre ich fort. »Teenager nehmen Drogen, Mädchen werden vergewaltigt, Menschen bringen Menschen um und viele sind aggressiv wegen ihrer ständigen Ängste, die sie dann als Entschuldigung für ihre Aggressivität benutzen. Israel ist weit von dem zionistischen Traum entfernt, den du zu träumen pflegtest. Du hast Utopia erwartet, Papa, aber das hier ist es nicht.«

»Ich weiß das alles, Fela. Ich weiß«, sagt mein Vater. Seine Stimme ist sanft, und ich frage mich, ob er sich an die Idee von Israel erinnert, mit der er in Berlin aufgewachsen ist – als das einzige Kind von alten und kranken Überlebenden; als jemand, der immer nur entweder Opfer oder Täter sah –, »kein Ort ist perfekt. Nichts ist perfekt. Hier leben auch nur Menschen. Menschen.« Und nach einer Sekunde des Nachdenkens, fügt er hinzu: »Mehr als das – Politiker sind verlogen, Regierungen machen Fehler, das Militär reagiert manchmal unangemessen. Dauernd müssen Entscheidungen getroffen werden, aber letzten Endes sind es immer nur Menschen, die sie treffen. Und Menschen machen oft Fehler.«

Ich habe keine Ahnung, an was er denkt, aber ich verarbeite seine Worte – die Nachtluft ist kalt und riecht nach Feuer –, und ich denke, wie sehr das Leben, oder das Wenige davon, das ich bisher kennengelernt habe, mit dem Treffen von Entscheidungen zu tun hat. Und die Sache ist die, dass wir nicht ermessen können, welche Bedeutung unser Handeln oder Nicht-Handeln hat, bevor nicht ausreichend Zeit vergangen ist. So sehr wir uns auch bemühen, wir können nicht anders, als mit verbundenen Augen durchs Leben zu gehen. Alle haben wir die ganze Zeit verbundene Augen; alle stoßen wir die ganze Zeit aneinander. So aktiv unsere Augenmuskeln auch sind, sind sie immer noch nicht aktiv genug.

»Ich weiß, Papa«, sage ich. »Ich habe auch Fehler gemacht.«

Lior, an dem Morgen, als wir uns endgültig voneinander verabschiedeten, hätte ich mich bei dir entschuldigen sollen, dass ich mich von dir entfernt hatte. Ich hätte dir sagen sollen, dass ich dich loslassen musste, weil ich Zeit brauchte, um zu lernen, wie man einen Raum ausfüllen soll – einen Raum in Gestalt eines Mädchens, einer Familie, eines Landes, einer Welt. Ich hätte dir danken sollen, dass du der Freund warst, der du mir warst, und ich hätte dir sagen sollen, dass ich eines Tages deinetwegen zurückkomme; ich hätte das Unmögliche von dir verlangen sollen – geduldig auf mich zu warten. »Warte auf mich«, hätte ich verlangen sollen. Aber ich habe es nicht getan. Nicht, weil es sinnlos ist, das Unmögliche zu verlangen, sondern weil ich nicht glaubte, dass ich mich in die Frau verwandeln würde, die eines Tages geliebt werden könnte, die eines Tages lieben könnte.

Kurz vor den Nachrichten schaltet mein Vater den Fernseher ein. Er zappt durch die Kanäle, und ich bin erstaunt, mehrere Programme zu entdecken, auf denen Kindersendungen laufen, ein paar Programme nur mit Spielfilmen, nach Genres unterschieden, Programme mit amerikanischen Serien und sogar ein Programm nur für lateinamerikanische Telenovelas. Zusammen müssen es über hundert Programme sein, so eine drastische Veränderung in so kurzer Zeit – ich bin stolz. Was hatte ich erwartet? Die Zeit steht nicht still – hier nicht, nirgendwo.

»Die letzten paar Monate waren schrecklich. Jeden Tag ist etwas passiert, jeden Tag ein Terroranschlag«, sagt mein Vater und seufzt. »Wann hört das endlich auf?« Er stellt diese rhetorische Frage, die wir alle schon zu viele Male gehört und ausgesprochen haben.

»Hoffentlich, hoffentlich bald«, sagt Tom. Schon wieder, schon wieder diese Worte, die von jedem die ganze Zeit ausgesprochen werden. »Es muss aufhören. Es muss einfach aufhören.«

Nachts liege ich bei kompletter Dunkelheit im Bett. Ich erinnere mich, wie ich hier in Israel immer einfach einschlief, in dem Bett meiner Kindheit, meine Mutter sang mir etwas vor, etwas über die Zahl der Sterne am Berliner Himmel – ihre Stimme war so friedlich –, aber ich bringe den Text nicht mehr zusammen; nur die Melodie *spielt* in meine Erinnerung hinein. Dann denke ich an meine Zimmerdecke in New York und an die Lichtstreifen darauf. Ich denke an den Fremden, der mir nette Dinge an meinen Hals flüstert, an meinen Bauch, an meinen Mund, und dass das erst zehn Nächte her ist. »Du bist so zärtlich«, kann ich noch immer den Fremden sagen hören, und ich stelle nicht einmal in Frage, ob ich ihm glaube, weil mir so klar ist, dass ich das bin.

Ich erinnere mich an meine Gedanken am Morgen, nachdem ich mit dem Fremden geschlafen hatte, als ich mich fragte, ob irgendeine zukünftige Begegnung so gut sein könnte wie diejenige, die uns gelungen war, als wir einander noch fremd waren; ob sich irgendein Gespräch je mit den Worten würde messen können, die wir nicht ausgesprochen hatten, Worte der Vergangenheit und Worte der Zukunft, jene Worte, die wir nicht einmal vermisst hatten, und jetzt merke ich, dass sie nicht wahr sind. Nichts an ihnen ist wahr. Der Grund, warum sich diese Nacht natürlich anfühlte, mehr als natürlich – absichtsvoll –, war, dass der Fremde mich an Lior erinnerte, weil ich, als ich mit ihm war, mit Lior war, mit dem ich Worte der Vergangenheit und Worte der Zukunft wechselte.

Mit jeder Bewegung, jeder Suche, jeder lauten Berührung und jedem stillen Blick sprach ich zu dem Fremden in Vergangenheit, Gegenwart und Zukunft; drei Zeiten, über die ich nur Liors wegen sprechen konnte.

Und ich kann es nicht erwarten, Lior zu sehen, seine Stimme zu hören, ihn sprechen zu sehen, seine Worte zu schmecken – weil ich es vermisse, wie wir zusammen waren, wie er mich fühlen ließ, wie ich ihn fühlen ließ, mit all den Ängsten und Unsicherheiten, mit all den Worten, die nie ausgesprochen wurden, er muss mit mir etwas gefühlt haben wie nie zuvor. Ich muss einen besonderen Platz irgendwo in ihm gehabt haben, genauso wie er in mir. Ich vermisse ihn, vermisse ihn so sehr, so stark, so wahr.

Ich schließe meine Augen und bin bereit für den Schlaf, aber meine Gedanken lassen Lior nicht los – ich denke an ihn, an seine hübsche spitze Nase, seine mandelförmigen Augen, seine vollen Lippen und seine lockigen Haare und mache mir klar, dass Lior immer schon der Filter war, durch den kein anderer Mann hindurch kam.

Explosionen, Ein Vakuum, Die Punkte verbinden

Ich wache auf, und eine Sekunde lang weiß ich nicht, wo ich bin.

Meine Beine sind unter der Decke wie verknotet, mein Rücken klebt auf der Matratze, meine Arme sind weit ausgebreitet. Die Uhr neben meinem Bett zeigt 10.27 Uhr. Als würde ich selbst – und nicht der Wecker – ticken, bin ich plötzlich hellwach. Ich bin in

Israel. Ich stehe auf, und noch bevor ich meine Zähne putze, dusche oder mich anziehe, gehe ich Tom und meinen Vater suchen.

»Strand?«, frage ich, nachdem ich sie beide in der Küche gefunden habe. »Strand?«

»Wenn du das willst«, antwortet mein Vater.

»Ja«, sagt Tom.

Meinen ersten Tag in Israel verbringe ich damit, mit Tom an einem Sandstrand zu sitzen und Grapefruitsaft, gemischt mit *Arak*, zu trinken. Bei jedem Schluck, den wir trinken, macht mein Vater ein Gesicht, als wäre er derjenige, der den sauren Saft trinkt. Der Geschmack des Anisschnaps' und der Grapefruit bleibt noch lange auf meiner Zunge und in meinem Mund. Ich verbringe den Tag im Bikini, sitze unter einem blau-gelb-gestreiften Sonnenschirm und bohre meine Füße in den Sand – je tiefer ich bohre, umso kälter wird der Sand.

Tom schaut geradeaus aufs Meer und auf einen Eisvogel – mit großem Kopf, langem Schnabel, schimmernd in glänzendem Orange und Blau. Er schwebt über dem Wasser, schlägt wild mit den Flügeln, bleibt in der Luft stehen, schaut nach unten, tief hinein ins Wasser und wartet auf diesen einen Fisch, der für heute seine Beute sein soll.

In unserer Nähe sucht ein Mann in Badehosen mit einem Metalldetektor nach verlorenen Münzen und Schmuck im Sand – sein Oberkörper ist fast schwarz gebrannt –, und aus dem Nichts fliegen drei Militärhubschrauber über uns hinweg – von Süden nach Norden –, sie durchbohren laut die Luft, ihre Motoren tönen wie kleine Explosionen. Wenn jetzt irgendetwas passieren würde, denke ich, während ich nach unten zu meinem Knie greife und zu klopfen anfange, würden so viele Leute verletzt werden – warum ist der Strand an einem Mittwoch so voll? –, ich klopfe, klopfe, klopfe – »was machst du da, Fela?«, fragt mich Papa, der mit der Hand seine Augen vor dem blendenden Sonnenlicht abschirmt.

Für eine Sekunde höre ich auf zu klopfen, ich bin bei sechzig. »Ich mache doch gar nichts«, sage ich, schaue zu meinem Vater und verstecke meine Hand hinter meinem Rücken, damit ich heimlich mit dem Klopfen weitermachen kann. Meine Füße, die im Sand stecken, sind inzwischen kalt, zu kalt für einen sonnigen Tag, also hole ich sie aus dem Loch, das ich für sie gegraben habe, und stelle sie flach auf den Sand.

Die Hubschrauber fliegen nebeneinander her, absolut parallel zur Wasseroberfläche, und hinterlassen keine Spur in der Luft hinter sich, und als ich bei zweihundert bin, sind sie schon lange verschwunden. Aber der Eisvogel steht noch immer in der Luft und schlägt noch immer wild mit den Flügeln und wartet noch immer auf seine Beute. Dann auf einmal taucht er hinab – ich sehe auf, schaue Tom an und dann meinen Vater –, »ich bin gleich zurück«, sage ich, bevor ich über den Strand zum Meer laufe, über die Wellen hinweg ins einladende Wasser.

Ich tauche unter. Mein Körper ist frei, mein Kopf sauber und leer, unter Wasser mache ich – in Gedanken – den allertiefsten Atemzug. Ich bin da, sage ich mir, ich bin im Wasser, in Israel, ich bin, wo Lior lebt.

In so vielen meiner Erinnerungen an Israel sind Lior und ich unzertrennlich. Wir sind so, wie man sich das Bild zweier Liebender vorstellt, zwei Körper in einem. Für Lior existierte Israel jeden Tag weiter, ohne Bezug zu meiner Abreise, zu meiner Ankunft, aber für mich – erkenne ich – existiert so viel davon nur mit ihm darin.

Ich tauche wieder auf und schaue auf das Wasser, das mich umgibt – kleine weiße Schaumbläschen lassen zischend die Luft entweichen, und plötzlich ist nichts klarer als das: Ich liebe ihn.

Ich liebe ihn?

Ich liebe ihn.

Ich halte den Atem an und tauche unter. Ich liebe ihn. Und tauche wieder auf.

Der Schaum auf dem Wasser ist weißer, das Wasser ist blauer und der Sand in der Ferne goldener – die Luft ist heller, die Sonne glühender, und ich bin, wie alles das zusammen. Liebe ich ihn wirklich?

»Ich konnte dir immer alles sagen, Lior.« Ich stelle mir vor, wie ich das zu ihm sage.

»Aber warum konntest du mir das nie sagen?« Liors Stimme ist plötzlich in meinem Kopf.

»*Das*?«

»*Das* – dass du mir alles sagen konntest.«

»Weil es nicht alles ist, es ist mehr als alles. Es ist alles und jedes.« Meine Stimme ist voller Zuversicht.

»Es ist sogar mehr als alles und jedes. Es ist weit mehr als alles und jedes.«

»Und ich dachte immer, nichts kann mehr sein als alles und jedes«, würde ich sagen.

»Manche Dinge können mehr sein als alles und jedes. Sogar nichts *kann* manchmal mehr sein als alles.«

»Ich vermute, manchmal ist das, was nicht ist, mehr als das, was ist«, würde ich sagen. Dann würde ich behaupten: »Manchmal kannst du mich in den Dingen finden, die ich nicht sage, viel mehr als in den Dingen, die ich sage.«

»Manchmal?«, würde er fragen. »Oder immer?«

»Fast immer. Du hättest mich fast immer in den Dingen finden können, die ich nicht gesagt habe, viel mehr als in den Dingen, die ich gesagt habe. Und das ist noch immer so.«

Ich stelle mir vor, wie ich ihm das sage, bevor ich hinzufüge: »Ich habe dich immer geliebt. Und jetzt bin ich bereit, als Frau vor dir zu stehen.«

Während meine Füße mich zum Sand zurückbringen, drehe ich mich um und schaue auf das Wasser, das Geräusch der Wellen dringt in meine Ohren, der Salzgeruch steigt mir in die Nase, und der Wind streichelt meinen nassen Körper. Der israelische Himmel hat etwas Besonderes an sich, denke ich, er ist riesig – weiter, größer und sinnlicher, als wäre er hier näher an der Unendlichkeit als anderswo. Abgesehen von einer schwachen Strömung ist das Wasser ungewöhnlich ruhig.

Ich liebe ihn. Liebe ich ihn? Ich liebe ihn, sage ich mir, während ich auf meinen Vater und Tom zulaufe.

»Wie ist das Wasser?«, fragt mein Vater.

»Wunderbar«, antworte ich. »Absolut wunderbar.«

Wir verlassen den Strand erst, als die Sonne unsere Körper ausreichend aufgeheizt hat, so dass sie uns auch noch weiter wärmen, wenn die Luft kälter wird. Auf der Heimfahrt fahren wir mit geöffneten Fenstern, und der Wind erinnert uns daran, dass wir uns bewegen. Ich bin voller Sand, der sich wie eine Stoffschicht anfühlt, und ich kann nur an Lior denken. Sage ich es ihm? Was werde ich sagen? Wie werde ich es ihm sagen? Soll ich es anders sagen als andere Dinge? Ist das überhaupt wichtig? Kurz bevor wir nach Kefar Aliab abbiegen, sehe ich eine weiß-braune Eule, die über einem gigantischen Maulbeer-Feigenbaum kreist, auf dem rote Früchte wachsen.

»Das ist George, Fela«, sagt Tom, dreht sich um und schaut mich vom Vordersitz aus an. »Er lebt hier, er ist eine Schleiereule, und es ist seine Verantwortung – Entschuldigung! –, seine Ehre, alle Besucher in Kefar Aliab willkommen zu heißen.«

Wie wunderschön, denke ich.

Das Auto ist nicht mehr als ein Metallgerüst; bei heruntergekurbelten Fenstern fegt der Wind durch es hindurch, füllt es ganz aus, leert es vollständig.

Das Wasser klatscht auf die Duschwände und lässt kreisrunde Tropfen entstehen. Jedes Sandkorn, das ich zuvor auf mir gesammelt hatte, löst sich jetzt langsam und unproblematisch von meinem Körper, macht sich los von mir, und ich fange an, mich sauberer zu fühlen. Je sauberer ich werde, je weicher meine Haut wird, umso zufriedener fühle ich mich.

Während ich mir die Haare wasche, stelle ich mir vor, wie die Wassertröpfchen auf den Duschwänden mein Leben symbolisieren. In jedem Moment hätte mich ein Tropfen zu einem anderen als zu dem bringen können, zu dem er mich bringt, weil die allerkleinste Sache einen Unterschied machen kann – wie zum Beispiel ein Nahrungspartikel, der einen unberechenbaren Weg nimmt; wie ein Reiz, der seinen Platz gefunden hat.

Und wenn die Wassertröpfchen wie ein Verbinde-die-Punkte-Spiel wären – welche Form würde das Bild haben, wenn alle Punkte verbunden sind?

Aber die Wassertropfen fließen die Duschwände hinab und lassen Spuren entstehen, die feinen Rinnsalen gleichen, die fließen und fließen, und ein winziger Tropfen wird zum Strom, und alle Ströme fließen zusammen, und ich frage mich, ob ich vielleicht, ungeachtet aller Tropfen, aller verschiedenen Punkte in meinem Leben, genau jetzt genau dort bin, wo ich nur sein kann, am einzigen Ort, an dem ich sein kann und sein muss.

Zurück in Israel, endlich bereit, Lior zu lieben.

Wir sitzen am Küchentisch und schauen aus einem großen Fenster, das halb geöffnet und mit einem Moskitonetz geschützt ist, in den Garten, dessen Bäume beleuchtet sind. Mein Vater hat seine Arme auf den Tisch gelegt, seine Finger verschlungen, die Daumen drücken gegeneinander, und ich habe meine Fußsohlen auf den Stuhl gestellt, die Knie an die Brust gezogen, die Arme um die Schienbeine gelegt. Meine nackten Beine, die den ganzen Tag in der Sonne waren, wärmen meine Arme.

»Bist du glücklich, Fela?«, fragt mich Papa, nachdem er unsere Gläser mit israelischem Rotwein gefüllt hat.

»Eigentlich, Papa ...«, sage ich. Ich halte einen Moment lang inne, um nachzudenken, nehme einen Schluck – der Wein ist schwer und fruchtig. »Ja, das bin ich.«

Hätte er mir diese Frage ein paar Wochen zuvor gestellt, hätte ich ihm dieselbe Antwort gegeben. Ich hätte »ja« gesagt, ohne darüber zu viel nachgedacht zu haben, aber jetzt meine ich es auch, genau jetzt meine ich es so sehr. Ohne einen besonderen Geruch, der mich an sie erinnert, fühlt es sich so an, als hätte uns die Vergangenheit erreicht, als würde sie an diesem Abend mit uns am Tisch sitzen. Und als wäre auch die Zukunft fast gegenwärtig – was dazu führt, dass sich das Jetzt ganz anfühlt, vollständiger als je zuvor; das macht mich glücklich.

Tom kommt aus der Dusche und riecht frisch, er setzt sich neben mich, greift nach der Weinflasche und füllt sein Glas.

»*L'Chaim.*« Mein Vater hebt sein Glas.

»Ja, ich trinke auf das Leben«, sage ich und hebe ebenfalls das Glas, »aber können wir auch auf das Glück anstoßen?«

»Ich bin dabei«, sagt Tom.

Und also tun wir das. Unsere Gläser stoßen aneinander, der Wein in ihnen schwappt vor und zurück.

»Und was hast du für Pläne?«, fragt Papa und bringt einen ernsthafteren Ton ins Gespräch.

»Pläne?«, wiederhole ich, aber in leichterem Ton. »Was denn für Pläne?«

Ich muss es Lior sagen, ich muss es ihm sagen, denke ich. Ich muss ihm sagen, dass ich ihn liebe, ich muss es tun, ich muss es einfach tun, ich muss ihm sagen, dass ich ihn liebe.

»Ich plane, nach Indien zu reisen«, sagt Tom fröhlich, »wie viele meiner Freunde von der Armee. Um eine wenig die Welt zu sehen. Ich habe genug Geld gespart und habe noch Zeit, bevor ich mit dem Studium anfange.«

»Sehr gut, Tom«, sage ich und versuche mich auf ihn zu konzentrieren, auf seine Worte, aber meine Gedanken kreisen.

»Es gibt so viele Orte, die ich sehen will.«

»Hmm. Es gibt so viele Orte, die dich sehen wollen«, sage ich grinsend.

»Vielleicht besuche ich Mama und dich in New York, bevor ich mich aufmache«, sagt er.

Ein Teil von mir will Tom antworten, dass ich nicht weiß, ob ich dann da sein werde, dass ich kurz davor bin, Lior zu sagen, dass ich ihn liebe, und dass Lior und ich hoffentlich diesen kleinen Ort finden werden, der für uns reserviert ist, irgendwo in der Welt, wo auch immer.

»Ich habe über deine Pläne fürs Leben gesprochen, Fela. Pläne fürs Leben.«

»Ich weiß nicht, Papa. Was ist dein Plan fürs Leben?«, frage ich, statt zu antworten.

»Ich plane, wieder zu heiraten. Und noch mehr Kinder zu haben. Sobald ich die richtige Frau gefunden habe. Ich plane, noch einmal von vorne anzufangen.«

»Und ich plane, die Uni fertig zu machen und als Kuratorin zu arbeiten«, sage ich. »Aber vor allem plane ich zu leben. Einfach zu spüren, dass ich mein Leben lebe.«

»Das ist kein Plan, Fela«, antwortet er. Ich kann das Gefühl nicht erkennen, das sich hinter seinem Tonfall verbirgt, und ich bin nicht in der Laune, es zu entziffern.

»Papa, ist es überhaupt möglich, einfach nur zu leben?«

Sein Gesicht ist ausdruckslos, und so fahre ich fort: »Ich meine, manchmal wollen die Leute einfach nur leben. Wie ich es tue, ich meine, wie ich es in New York getan habe, soweit wie möglich ohne Rücksicht auf die Vergangenheit – und ohne zu viele Gedanken an die Zukunft zu verschwenden. Einfach zu leben, zu versuchen, aus dem Leben das Beste zu machen, auf welche Art auch immer, aber auf eine Art, die nicht wegen der Vergangenheit so ist, wie sie ist, sondern auch trotz ihr.«

Das Gesicht meines Vaters strafft sich, seine Daumen drücken besonders fest gegeneinander.

»Die Leute leben nicht einfach nur. Ob es einem gefällt oder nicht, man wird in ein System hineingeboren, in eine Familie, eine Religion, ein Land, eine Geschichte. Und dementsprechend lebt man.«

Ich kann nicht sagen, ob er mir gerade zürnt oder ob er verständnisvoll ist; ich bin zu lange von ihm entfernt gewesen, um sein Gesicht noch lesen und den Tonfall seiner Stimme identifizieren zu können.

»Du bist nicht in ein Vakuum hineingeboren, *Fela.*« Er spricht meinen Namen sanft aus, ärgerlich, liebevoll, enttäuscht.

»Warum habt ihr mich Fela genannt?«, frage ich und schaue Tom an; ich grinse ihn verschmitzt an, und er rollt mit den Augen.

»Nach Fela. Der Schwester des Vaters deiner Mutter, die im Holocaust ermordet wurde.«

»Aber warum?«

»Wir wollten sie ehren.«

Das erste Mal heute Abend sitzt mein Vater entspannt da.

»Hmm, ach so«, sage ich und zucke mit den Achseln, seine Antwort befriedigt mich nicht.

Es ist 2.16 Uhr in der Nacht, und ich kann nicht schlafen – vor Vorfreude und Nervosität –, ich starre auf die Uhr, die immer noch 2.16 Uhr anzeigt. Ich starre auf das Telefon, dann starre ich wieder auf die Uhr. Sie sagt mir immer noch nichts, was ich nicht schon wüsste. Ich kann nicht schlafen, und es ist immer noch erst 2.16 Uhr mitten in der Nacht.

»Warum habt ihr mich Fela genannt?«, frage ich Mama sofort, nachdem sie das Telefon abgenommen hat.

»Ich dachte, es würde deinen Großvater glücklich machen. Stolz. Ich wollte ihn ehren.«

»Hmm, ach so«, sage ich und seufze.

Um die Toten zu ehren, um die Lebenden zu ehren. Eine Situation kann eine Sache ebenso bedeuten wie deren genaues Gegenteil.

Wir wechseln ein paar Sätze über die Dinge, die wir beide unternommen haben, dann sagt sie, ich solle auf mich aufpassen, ich wünsche ihr »Gute Nacht« und hoffe, jetzt einschlafen zu können. Aber ich kann nicht.

»Sag mir was Nettes.« Ich stelle mir vor, wie ich ihn das bitte.

»Nett?«, würde er antworten, würde er fragen.

»Ja. Nett.«

»Eulen sind die einzigen Tiere, die die Farbe Blau erkennen können«, würde Lior sagen.

»Das ist sehr nett«, würde ich sagen, während ich ihn ganz ähnlich anlächeln würde wie den Fremden, aber es wäre offensichtlich: Das ursprüngliche Lächeln würde Lior bekommen, der Fremde bekam nur dessen Kopie.

»Warum wolltest du Tierarzt werden?« Ich stelle mir vor, wie ich ihn das frage.

»Weil es gut ist, Leben zu retten, und zu mühsam, Menschenleben zu retten.«

»Warum ist das so?«

»Weil die Tiere noch Instinkte haben«, würde Lior sagen. »Du kannst ihnen nicht vorschreiben, das Richtige oder das Falsche zu tun. Sie tun immer das, was ihre Natur ihnen vorschreibt. Aber Menschen kann man nicht dazu bringen, das Richtige zu tun, denn wenn ihre Absichten auch nur ein bisschen verdorben sind, wird es auch das Ergebnis sein. Und es ist viel zu leicht, sie dazu zu bringen, das Falsche zu tun.«

»Wenn die Menschen keine Instinkte haben, was haben sie dann?«

»Ich bin nicht sicher. Vielleicht Sehnsüchte«, würde sich Lior fragen.

Vielleicht Sehnsüchte – das würde auch ich mich fragen.

Mit einem Bild von George, der Schleiereule, vor Augen, versuche ich, einzuschlafen, aber ich kann mir nur immer wieder vorstellen, wie der erste vertraute Moment mit Lior sein würde.

Während wir nebeneinander im Bett liegen würden, würde ich sagen, »du starrst mich an«.

»Na und?«, würde er fragen und nicht verstehen, was ich meine.

»Tu das nicht.«

»Aber warum nicht?«

Vor mir stehend, sähe ich ihn teilweise als den Mann, der er jetzt ist, und teilweise als den Jungen, der er einst war; als teilweise die Frau, die ich heute bin, und teilweise das Mädchen, das ich früher war, würde ich sagen, »es ist mir ein bisschen unangenehm«, während ich meine Brustwarzen verdecken und meine Brüste unter der Bettdecke verschwinden lassen würde.

»Warum denn unangenehm?«

»Es ist schon fast vorbei, aber manchmal kommt es wieder über mich. Und genau jetzt wünschte ich mir, ich könnte dir einen anderen Körper anbieten, aber dieser hier ist der einzige, den ich habe. Es ist der Körper, den ich für mich gemacht habe.

Also schau weg, aber nicht ganz, und wenn ich es nicht merke, schau mich an. Schau mich weiter an, selbst wenn ich meine Augen schließe, oder wenn du deine schließt, damit dein Blick Teil meines Körpers wird, wie ein Umhang, den ich niemals abnehme; so dass es mir unangenehm sein wird, deinen Blick nicht auf mir zu spüren.«

Und dann würden wir uns lieben. Mein Kindheitsfreund, der Geliebte, den ich mir immer gewünscht habe, wie mir jetzt klar ist, mein unschuldiger Kindheitsfreund, der ein Gewehr in den Armen hielt, bevor er mich hielt – ich würde perfekt in seine Arme passen.

In dieser Nacht träume ich, schwanger zu sein, aber niemand kann meine Schwangerschaft sehen. Irgendwann im Traum führe ich meine Hand in meinen Unterleib, dann meine Arme – ellbogentief – in meinen Körper, durch meine Vagina, und Blut fängt an herauszufließen, ein Blutstrom rinnt einfach aus mir heraus. Meine Blutung scheint normal zu sein, weder schmerzhaft noch eklig. Mein Vater geht an mir vorbei, aber ich sage ihm nichts von meiner Schwangerschaft. In meinem Traum hat mein Kind keinen Vater; ich weiß nicht nur nicht, wer sein Vater ist, sondern ich bin sicher, dass ich nicht schwanger geworden bin, weil ich Sex hatte, sondern einfach, weil ich eines Tages schwanger war. Mein Bruder geht an mir vorbei, und ich flüstere ihm zu, »ich bekomme ein Baby«, während ich in seine grauen Augen starre – »pssst, ein Baby«, mein Zeigefinger bedeckt meine Lippen. Dann sitzen wir auf einem schwarzen, lederbezogenen Bürostuhl, mein Bruder sitzt auf meinem Schoß. Obwohl sein Körper riesig ist, fühlt er sich an wie ein Kind, und ich behandle ihn wie eins. Um uns herum ist ein Meer, und wir rollen auf unserem Stuhl eine frisch gepflasterte Straße entlang.

Bald ist Wochenende. Bald ist *Rosch ha-Schana.*

Mit Liors Bild vor Augen wache ich auf, und sofort breitet sich ein glühendes Lächeln auf meinem Gesicht aus. Ich fühle mich heute anders, so als hinge alles von einem Tag ab. Heute ist Donnerstag, der Tag vor dem Tag, an dem ich Lior anrufen und es ihm sagen kann – am Freitag fängt mein wahres Leben an; am Freitag endet die Vorschau auf mein Leben.

Während ich türkischen Kaffee mit Kardamom schlürfe, frage ich Tom, ob er glaubt, dass Träume eine Bedeutung haben. Die Kaffeekörner sind dick und reiben rau über meine Zunge.

»Nein«, sagt er mit Bestimmtheit, als wäre er imstande, dies bei Bedarf wissenschaftlich zu beweisen.

»Hmm, überhaupt keine Bedeutung?«

»Es gibt sie, also müssen sie etwas bedeuten. Aber ich glaube nicht an Interpretationen durch einen anderen als den, der sie geträumt hat, vor allem nicht an diese allzu sehr vereinfachenden wie die, dass, wenn einem im Traum der Zahn ausfällt, das heißen müsste, man würde sich zu viel Sorgen um sein Äußeres machen. Träume haben nur die Bedeutung, die der Träumer ihnen zuschreibt. Warum fragst du?«

»Nur so«, sage ich, während ich mir das Gefühl in Erinnerung rufe, mit Tom auf meinem Schoß die Straße herunterzurollen, und denke, dass Träume einfach wie Situationen im Leben sind – um die Toten zu ehren, um die Lebenden zu ehren –, ein Traum, eine Sache kann genauso gut eine Sache bedeuten wie ihr Gegenteil.

Statt über Träume nachzudenken, als existierten sie nur für die Erzählung, die ihnen folgt, versuche ich, den Traum von letzter Nacht loszulassen, aber ein Teil von mir hört das Gespräch, das meine Mutter und ich nie geführt haben nach jener Nacht, als ich auf der Achterbahn gefahren und von den Nazis verfolgt worden war. So sehr ich möchte, dass meine Träume auf mich hören – ich höre, was ich mir vorstelle, meiner Mutter gesagt zu haben –, so sehr sollte ich es auch wollen, auf sie zu hören.

Auf unserer Fahrt nach Jerusalem breitet sich die Wüste vor uns aus. Weich aussehende Dünen, die aber aus hart gewordenem Sand sind, erheben sich, wie ineinander verzahnt, und bilden eine bergige Landschaft. Wir nähern uns der Stadt, und der trockene Sand wird von verschiedenfarbigen Felsen abgelöst, einige von ihnen sind beim Bau der Straße, auf der wir fahren, in der Mitte durchtrennt worden – ihre senkrechten Wände bestehen aus dünnen Schichten in verschiedenen Grautönen, weißer, brauner und roter Sand. Und Toms Auto schafft es kaum auf den Hügel, auf dem Jerusalem liegt.

Nachdem sich die Landschaft verändert hat und sich vor uns Hügel mit Zypressen darauf ausbreiten, taucht Jerusalem auf, und aus der Ferne sieht es so friedlich und alt aus, als wäre es wirklich die Stadt Gottes, aber das Hupen des Autos neben uns holt mich sofort aus diesem Gedanken zurück.

»Warum hupt der so?«, frage ich verärgert. »Wir stehen im Stau, und keiner kann fahren.«

Mein Gesicht ist rot, es wird mit jedem Sonnenstrahl, den es abbekommt, heißer und röter. Meine Oberschenkel und mein Hintern schwitzen auf dem Ledersitz, also lege ich die Füße auf das Armaturenbrett und hoffe, dass ich mich in dieser Position etwas abkühlen kann. Die Klimaanlage nützt nichts. Es ist September, denke ich, eigentlich dürfte es nicht mehr so heiß sein. Und in Polen war es schon so kalt.

»Ich war wohl zu lange weg, was?«, sage ich und rufe mir die oft hitzigen Israelis in Erinnerung, die so gut zu den Temperaturen passen.

Wir stehen im Auto im Stau und hören Radio – immer mal wieder sendet ein Soldat von seinem Stützpunkt Grüße an seine Eltern oder seine Freundin –, und ich höre seine Stimme, er sendet mir Grüße – aber er ist es nicht, es hört sich nicht einmal nach ihm an. Ich verdränge ihn aus meinem Kopf. Ich muss geduldig sein.

Vom Beifahrersitz aus schaue ich mir ganz genau das Gesicht meines Bruders an. Ich blicke nach unten auf meinen Bauch und erinnere mich, wie es sich letzte Nacht angefühlt hat, schwanger zu sein, erinnere mich so lebhaft daran, wie es sich angefühlt hat, einen runden, prallen Bauch vor sich herzuschieben. Und ich kann mich selbst sehen, wie ich letzte Nacht ausgesehen habe, als ich flüsterte, »pssst, ein Baby«, und dabei in Toms graue Augen starrte.

Ich schaue genau hin und konzentriere mich auf Toms Profil. Immer mal wieder lockert er seinen festen Griff vom Lenkrad, um sich an der Nase zu kratzen oder um sich mit den Fingern durch die Haare zu fahren. Ich starre so lange darauf, dass sein Gesicht sich zu verändern beginnt und nicht mehr vertraut wirkt, sein Mund verzieht sich auf eine Art und Weise, die ich nie zuvor bemerkt habe, sein Adamsapfel tritt stärker hervor, und ich frage mich, ob sich alles stärker verändert, je länger man darauf blickt, selbst wenn es die allervertrautesten Dinge sind.

Tom und ich schlendern den ganzen Tag durch die Stadt. Westliche Touristen, Muslime, orthodoxe Juden, Immigranten, illegale Arbeiter, Mädchen in zu knappen Shorts und Spaghetti-Träger-Tops, die nebeneinander an Bushaltestellen stehen und alle auf den Bus Nummer 405 warten, der nach Tel Aviv fährt. Obwohl ich an die enormen Entfernungen in New York gewöhnt bin und daran, die Straßen mit ihren Hochhäusern und endlosen Menschenschlangen entlangzugehen, kommt mir Jerusalem nicht klein vor, nur einfach wie eine Stadt mit einem anderen Rhythmus. »Die Stadt des Friedens«, »die Heilige Stadt«, vielleicht die ideologisch am meisten besetzte Stadt der Welt – wie kommt es, dass eine einzige Stadt so viele Namen bekommt, so viel Liebe, und doch so viel Leid verursacht?

Wir schauen uns den *shuk* an; wir gehen in einer kleinen, gewundenen, ungepflasterten Gasse durch den engen Markt, auf dem sich die Verkäufer gegenseitig halb auf Hebräisch, halb auf Arabisch niederbrüllen, während im Hintergrund aus einer Stereoanlage laute orientalische Musik dröhnt. Als meine Augen auf blaue und rosa Zuckerkugeln fallen, gehe ich langsamer – das sind Karamellbonbons, denke ich, während meine Augen die vielen Geschmacksrichtungen meiner Kindheit kosten.

»Du bist nicht von hier, oder?«, fragt mich der Verkäufer, vor dessen Stand ich stehe.

»Nicht wirklich«, antworte ich.

»Ich bin noch nie irgendwo anders gewesen.«

»Okay«, sage ich, weil ich nichts anderes zu sagen habe.

»Nie!«

Ich blicke auf sein schwarzes Haar, das schon licht und am Ergrauen ist. Er hat eine Art Mal unter seinem linken Auge, einen kleinen blauen Punkt, und seine Lippen sind schmal, fast formlos.

»Nur in ein paar kleinen Städten in der Umgebung von Jerusalem, das war's. Noch nie in einem anderen Land.«

»Ach so, ich verstehe.«

»*Yalla*, Fela, komm schon.« Tom ruft nach mir; er steht vor einem Stand mit Oliven, an dem mindestens zehn Sorten verkauft werden, alle in verschiedenen Farben, Größen, Formen und Geschmacksrichtungen.

»Eine Sekunde.«

»Aber ich fahre gerne und oft an den Flughafen«, fährt der Verkäufer fort, froh, jemanden gefunden zu haben, der ihm zuhört.

»Was meinen Sie?«

»Ich fahre gerne dorthin. Wenn ich Freunde dorthin bringe oder wenn ich sie abhole. Manchmal fahre ich einfach nur hin, wenn ich nichts anderes zu tun habe.«

»Warum?«

»Weil es erfrischend ist. Die Leute sind da immer so voller Energie. Glücklich, weil sie wegfliegen, glücklich, weil sie ankommen, glücklich, weil sie jemanden abfliegen sehen, glücklich, weil sie jemanden kommen sehen.«

»*Nu*, Fela.« Ich höre Tom rufen, er ist schon ein ganzes Stück weit vorgegangen.

»Also, viel Spaß, wenn Sie das nächste Mal hinfahren«, sage ich und gehe auf den Trommelklang eines *trambuka* zu.

»Vielleicht sehe ich dich dann ja dort?«

»Vielleicht«, rufe ich zurück – und bin schon ein paar Stände weiter.

Ich genieße die Spätnachmittagssonne, die meinen Körper einhüllt, den Sand, der sich in meine Schuhe schleicht und meine Zehen kitzelt. Meine Schritte wirbeln Staub in die Luft, wo er sich mit dem Sonnenlicht vermischt und eindrucksvolle, leuchtende Strahlen bildet, was mich an meine kleinen Füße erinnert, die immer das *Wadi* entlangliefen, an so schönen Tagen wie heute. Ich denke an meine noch kleineren Füße, die auf den nassen Berliner Pflastersteinen herumrannten, und an Felas kleine Füße, die in einem verschneiten Czeladź herumrannten, und an die New Yorker Gehwege aus grauem Beton, auf denen meine erwachsenen Füße entlanggehen.

Flughäfen und Flugzeuge, denke ich, Flughäfen und Flugzeuge haben mich zu Lior gebracht, von ihm weggebracht und wieder zu ihm zurückgebracht. Sie sind immer ein Schritt in irgendeine andere Richtung, ein Schritt von irgendwo weg.

Wenn man die Grenzen eines Kontinents überschreitet, die Grenzen eines Landes, wenn man bestimmte Bäume, das Klima und die Leute hinter sich zurücklässt, verlässt man auch einen Teil von sich selbst. Aber wenn man neue Orte betritt, bekommt man stattdessen – oder zusätzlich – einen anderen Teil.

Und wenn man den Mut hat, das zuzulassen, sind Flughäfen Stufen zu einem besseren Ort, weil unsere Gedanken so wunderbar funktionieren; sie tun alles, um das Gute zu erinnern.

Und Tom und ich lachen den ganzen Tag. Eigentlich ohne Grund. Jedes Mal, wenn wir zu lachen anfangen, können wir nicht mehr aufhören, sind machtlos angesichts der ansteckenden Natur des Lachens – es springt von ihm auf mich über, von mir auf ihn –, und an verschiedenen Orten bleiben wir stehen, einfach, weil uns klar wird, wie verrückt wir aussehen müssen, weil uns die Bäuche vor Lachen wehtun, weil wir kaum mehr Luft bekommen oder weil unsere Augen voller Tränen sind und wir nichts mehr sehen können. In meinen Ohren übertönt unser Gelächter das unaufhörliche Gehupe, das Marktgeschrei, die immer wieder aufheulenden Sirenen.

Wir essen in einem kleinen arabischen Dorf außerhalb der Stadt zu Abend, einem Dorf, das sich mit auffallend riesigen Olivenbäumen schmückt, deren Stämme so wirken, als seien sie mit der Hand geflochten, und jede Olive so, als hätte man sie mit größter Vorsicht absichtlich auf einen Ast platziert.

Und plötzlich frage ich mich, ob Lior hier ist – eine Sekunde lang scanne ich meine Umgebung mit den Augen, und mein Herz schlägt, und ich blicke mich noch eine weitere Sekunde lang um, und mein Herz schlägt schneller, und vielleicht hat er ein verlängertes Wochenende bekommen, vielleicht hat ihn die Armee schon am Donnerstag gehen lassen statt erst am Freitag, und ich lasse meinen Blick eine Minute lang über die Menge schweifen, und mein Herz schlägt so schnell, aber warum sollte er ausgerechnet an diesem Ort sein, und ich schaue noch eine Minute genau hin, und es schlägt, schlägt, schlägt, und er ist nicht hier.

»Erinnerst du dich an den Krieg? Erinnerst du dich an unseren Bunker?«

»Natürlich«, antworte ich, und mein Herz schlägt noch immer schneller als normal. »Natürlich. In Polen habe ich gerade wieder daran gedacht. Warum erwähnst du das?«

»Vor ein paar Tagen haben Papa und ich beim Abendessen darüber geredet.«

»Es war ein robuster Bunker«, sage ich mit einem Lächeln und nehme wahr, dass sich – mit Hilfe der Zeit – irgendwie ein Lächeln in ein Gespräch über den Krieg gestohlen hat.

»Sie haben sich in dieser Zeit so viel gestritten. Ihre Auseinandersetzungen waren lauter als die Sirenen, was?«, sagt Tom spöttisch. »Es fühlt sich an, als wäre das alles ein ganzes Leben her, oder?«

»Ja, wirklich. Hey, *gerade* denke ich mir, dass der Krieg eine Art Probe für eine ähnliche Situation gewesen ist, die Jahre später passierte … Du weißt schon, ein paar Details hin oder her.«

Während ich mir diese Zeit in Erinnerung rufe, denke ich an die Energie, die zwischen meiner Mutter und meinem Vater hin- und herfloss, die Energie, die zwischen Leuten hin- und herfließt, zwischen Körpern in Kontakt. Lebt ein Körper immer vom anderen? Strömt die Energie regelmäßig hin und her? Zwischen dem, der gibt, und dem, der nimmt?

Ich denke an Lior und frage mich, ob es auch in der Weltgeschichte immer um Energie geht.

»Tom, denkst du manchmal, es wäre besser gewesen, sie hätten sich früher scheiden lassen? Ich meine, denke doch mal an all die Energie, die sie für nichts verschwendet haben.«

Kämpfen, sich versöhnen, sich trennen, sich vereinen, die Familie retten, die Familie kaputt machen; mit dem anderen reden, mit dem anderen nicht reden, reden, nicht reden, reden, nie mehr miteinander reden.

»Sie haben keine Energie verschwendet, Fela.«

»Doch, Tom«, sage ich, während ich mich frage, wie viel ein Körper geben kann, bevor er aufhört, ein- und derselbe Körper zu sein. Und wie viel ein Körper aufnehmen kann, bevor er aufhört, ein- und derselbe zu sein?

Wären diese Fragen Bilder, wären sie meine tanzenden Formen – meine Farben, die zusammenkommen, meine scharfen und unscharfen Punkte, die, die ich gesehen habe, wenn ich in meinem deutschen Kindheitsbett lag und in meinem israelischen Teenager-Zimmer, bevor ich in Ohnmacht fiel – und einen kurzen Moment lang bekomme ich Angst –, ich kann es ihm nicht sagen, er wird mich abweisen, derlei geht nie gut aus, die Liebe gibt es nicht, und was ich jetzt gerade fühle, kann nicht Liebe sein, es hat beim ersten Mal nicht geklappt, also wird es auch jetzt nicht klappen, wir haben uns sechs Jahre lang nicht mehr gesehen, nichts von dem, was wir früher gemeinsam hatten, ist mehr übrig, alles ist völlig irrational, völlig albern, sogar verrückt – ich werde mich nicht auf die feige Art aus der Affäre ziehen, nein, nein, nein, denn wenn ich das tue, werde ich es bis an mein Lebensende bereuen. Denn endlich bin ich bereit, ihn zu lieben, geliebt zu werden, endlich bereit für Lior.

»Fela, Energie kann nicht verschwendet werden«, sagt Tom mit Nachdruck. »Sie kann nur ihren Zustand verändern. Grundkurs Physik.«

»Ach so.«

»Weißt du«, gesteht Tom, »ich kann mit niemandem so lachen wie mit dir.«

»Ich auch nicht, Tom. Ich auch nicht«, sage ich und denke zugleich, dass selbst die gewöhnlichsten Momente zu außergewöhnlichen werden, wenn man sie mit jemandem verbringt, den man liebt.

Während Tom mit wissenschaftlichen Gründen daherkommt, warum wir mit anderen Leuten nicht so lachen können wie miteinander, denke ich an die Energie, die zwischen Leuten hin- und herfließt, zwischen zwei Körpern im Kontakt, Energie, die ihren Zustand ändern kann; Liebe verwandelt sich in Lachen, schlechte Erinnerungen in gute, Gewöhnliches in Außergewöhnliches.

Tom und ich fahren in der Dunkelheit nach Hause zurück. Unsere Scheinwerfer beleuchten die Landschaft und durchbrechen sie, die wie schwarze Paste anmutet, und im Außenspiegel sehe ich Jerusalem verschwinden, die goldenen Punkte auf dem Hügel werden immer kleiner und kleiner und kleiner. Die Hitze des Tages ist von einem kühlen Nachtwind abgelöst worden, der unsere Wangen küsst. Der Himmel voller Sterne erzeugt den Eindruck, keine lebendige Kulisse zu sein, sondern ein statisches, zweidimensionales Objekt, an das die Sterne geklebt sind. Wie friedlich und schön alles aussieht, denke ich und hoffe, dass George uns auch heute Nacht begrüßen wird.

Ich lasse meine rechte Hand aus dem Fenster hängen und eine Weile von der Luft streicheln, dann ziehe ich sie herein und schaue sie gründlich an, so gut es geht. Ich untersuche meine linke, ich untersuche meine beiden Hände – meine rechte Handfläche, meine linke und dann wieder meine rechte. Die linke Hand ist deine Kindheit, die rechte ist deine Gegenwart, hat mir einmal eine

Hellseherin für zwei Dollar verraten, deine Liebeslinie und deine Kopflinie treffen sich nicht, hat sie gesagt. Wahrscheinlich treffen sie sich jetzt, denke ich, jetzt müssen sie sich treffen. Zu viele Linien schneiden sich, kreuzen sich; zu viele Linien, die ich nicht entziffern kann. Haben vor vielen Jahren auch meine Hände anders ausgesehen?

Ich krieche ins Bett, in mein immer noch leeres Bett, und schaue wieder auf meine Handflächen, auf meine Liebeslinie und auf meine Kopflinie – jetzt treffen sie sich ganz sicher.

Ich denke an den Anruf, den ich morgen mache, sage ich *es* am Telefon, sofort, nachdem er abgenommen hat, oder warte ich? Sage ich es überhaupt am Telefon, oder sage ich es ihm ins Gesicht? Was kann ich wohl in einem Gespräch sagen, auf das ich mein ganzes Leben lang gewartet habe?

»Du warst immer in meinen Gedanken, und ich denke, jetzt ist es Zeit, dass ich auch in deinen bin.« – Zu plötzlich.

»Willst du mich bitte lieben?« – Zu verzweifelt.

»Jetzt, *endlich*, ist unsere Chance da, zusammen zu sein, die Fehler der Vergangenheit ungeschehen zu machen.« – Zu melodramatisch.

»Erinnerst du dich an unseren Kuss? Ach, natürlich erinnerst du dich nicht, weil es ihn gar nicht gab. Aber jetzt könnte es ihn geben, und ich verspreche dir, du wirst ihn nicht vergessen.« – Zu dumm.

»Lior, können wir da wieder anfangen, wo wir aufgehört haben?« – Zu zweideutig.

»Könntest du mir wohl vergeben – ich war blind –, willst du mich zurück?«; »Ich musste den Tod sehen, um zu verstehen, dass ich mein Leben nicht ohne dich leben will.« – Zu ernst.

»Lior, ich muss dir etwas sagen ...«, würde ich anfangen, aber wenn er fragen würde, »was«, würde es mir die Sprache verschlagen, ich würde den Mut verlieren und stumm werden.

Ich verändere meine Stellung im Bett, ich decke meine Füße zu und wieder auf.

»Ohne dich hätte ich nie gewusst, was Liebe ist.« – Zu schwer.

»Willst du mein Freund sein?« – Zu kindisch.

»Komm mit mir nach New York, ich nehme dich mit auf eine Fahrt *downtown*, und ich verspreche dir den besten Ausflug deines Lebens.« – Hört sich zu sehr nach Drehbuch an.

»Glaubst du, wir könnten vielleicht eines Tages zusammenkommen, richtig zusammenkommen?« – Zu vage.

»Na schön, es hat jetzt fünfzehn Jahre gedauert. Alle wissen es, ich bin eben langsam.« – Zu albern.

»Es ist *fast* so, als hätte ich auf dich gewartet, als hätte ich meine Jungfräulichkeit mit dir verloren.« – Zu geschmacklos.

»Ich will dich nicht drängen, lass' dir so viel Zeit, wie du brauchst, aber wenn dir klar wird, dass du mit mir zusammen sein willst, werde ich dir gehören, ich werde dir bis ans Ende der Welt folgen.« – Zu kitschig.

Plötzlich habe ich die Melodie von »Look at Me« in meinem Kopf – die akustische Gitarre klingt zart im Hintergrund und zwischen den wunderschönen Strophen, die John Lennon mit ruhiger Stimme singt –, der Text ist einfach, aufrichtig, ehrlich, selbstkritisch, wunderbar traurig und auf melancholische Weise glücklich, er ergibt einen perfekten Song, das perfekte Gefühl.

Und während der Song immer und immer wieder in meinem Kopf läuft, versuche ich, die perfekten Worte für Lior zu finden, um ihm zu sagen, dass ich von der Sekunde an, als er an jenem Tag in der ersten Klasse um mich warb, ihm gehört habe.

Ich schlafe. Tom berührt meine Schulter, weckt mich auf, er lässt sie nicht los, hält sie fest, fünf Fingerspitzen drücken gegen meine Haut. »Es ist etwas passiert«, sagt er mit tiefer Stimme.

»Wovon redest du?«, frage ich, mein Kopf ist noch nicht richtig da, mein Körper taub vom Schlaf, halb bin ich im Bett, halb irgendwo anders, weit weg.

»Von Lior.«

Ich spüre die Angst. Dieses kleine Körnchen Etwas in mir, das meinen Atem stocken lässt, das seine Arme weit in jede Ecke meines Körpers ausbreitet, diese echte Angst. Und warum klopfe ich nicht? – klopfe, klopfe einfach, du musst klopfen –, und warum klopfe ich nicht? Und ich bin hellwach.

»Erinnerst du dich an Lior?«

»Welcher Lior? *Mein* Lior? Welcher Lior?«

»Lior, mit dem du befreundet warst ...«, fängt er ernst an zu erklären.

»Natürlich erinnere ich mich an Lior«, sage ich genervt.

»Er ist getötet worden.«

»Was?«

»Ein Anschlag.«

»Was?«

»Ich kenne die Details nicht. Ich habe seinen Namen heute Morgen in den Nachrichten gehört.«

»Was? Was? Was?«

»Fela, ich habe Nachrichten gehört ... Es wurde von einem Anschlag berichtet, in den Liors Einheit geraten ist. Sie haben die Namen von zehn Soldaten genannt, die vorgestern Nacht getötet wurden. Sie konnten bis heute keine Namen rausgeben, weil es geheime Informationen waren. Liors Name war darunter.«

»Was?«

Was ist das einzige Wort, das ich sagen kann, der einzige Laut, den ich herausbringe, das einzige, was ich artikulieren kann, und *was* ist keine Frage, nicht die Bitte um Information oder ein Ausruf, um eine Wichtigkeit zu verdeutlichen, es ist nichts von alledem, es ist einfach ein ungläubiges *was*.

Ich schließe meine Augen. Drehe meinem Bruder den Rücken zu und rolle mich wie ein Fötus in meinem Bett zusammen. Sein Griff lässt meine Schulter los, wie eine Mutter ihren Sohn loslässt, wenn er zum ersten Mal alleine die Straße überquert. Aber er bleibt neben meinem Bett stehen, und ich habe keine Ahnung, was ich ihm sagen soll. Ich kann spüren, wie seine grauen Augen mich anstarren.

»Die Beerdigung ist heute. Um elf. Ich dachte, vielleicht willst du ja hingehen, wo du schon hier bist.« Mir fällt nichts ein, was ich sagen könnte, warum können nicht irgendwelche Worte von ganz alleine herauskommen?

Es ist zu früh. Zu früh, um zu hören, dass Lior tot ist. Ich weine nicht. Warum weine ich nicht? Müsste ich nicht weinen? Nach einer Weile, ich bin nicht sicher, wie lange es gedauert hat, geht Tom, schließt die Tür hinter sich, und ich liege noch immer zusammengerollt im Bett, drehe mich auf den Rücken und lasse meinen Blick über die Decke wandern. Warum ist sie so kahl? Es sind keine Lichtstreifen auf ihr. Warum ist sie so glatt? Warum gibt es auf ihr kein Spiel von Licht und Schatten?

Ich starre auf die Uhr neben meinem Bett.

Ich weine nicht. Warum weine ich nicht?

Ich starre auf die Uhr neben meinem Bett.

Und was jetzt? Was jetzt?

Ich starre auf die Uhr neben meinem Bett.

Die Zeit vergeht nicht schnell genug. Kann die Zeit bitte anhalten?

Ich starre auf die Uhr neben meinem Bett, und um neun setze ich mich auf und steige aus dem Bett und gehe meinen Bruder in seinem Zimmer suchen.

»Gehst du zu der Beerdigung?«

»Ja.« Er steht von seinem Stuhl auf, kommt auf mich zu, berührt mich am Ellbogen.

»Kannst du mich mitnehmen?«

»Ja.«

»Gut.«

Ich löse mich aus seinem Griff und gleite aus seinem Zimmer zurück in meins, in dem die hellblauen Wände kalt und unvertraut sind und mich einengen, in dem ich jetzt Mascara auflege, meine Haare zu einem Pferdeschwanz binde und eine schwarze Jeans und ein rotes T-Shirt aus meinem Koffer nehme – das sind nicht die Kleider, die ich tragen wollte, wenn ich dich wiedersehe, Lior.

Auf der Fahrt schweigen wir. Ich weine nicht. Warum weine ich nicht? Ich denke, ich müsste weinen. Die Landschaft Richtung Kefar Teefe fliegt vorüber, und ich kann keine Details erkennen, sie sieht aus wie bewegliche Farbflecken, bis das vertraute Ortsschild von Kefar Teefe deutlich zu sehen ist, und auch dieses Mal fahren wir einfach daran vorbei. Ich spüre nichts als Übelkeit, Würmer in meinem Bauch, die in meine Kehle hinaufkriechen, nichts, gar nichts sonst. Ich bin auf dem Weg zu Lior. *Mein Lior.* Die Zeit vergeht nicht schnell genug. Kann die Zeit bitte anhalten?

Er wird zu seinem Stück Erde auf dem Friedhof getragen – in einer hölzernen, mit einer blau-weißen Fahne geschmückten Kiste, in der sein Körper jetzt geschüttelt wird – ich weine nicht. Warum weine ich immer noch nicht? Er liegt dort drinnen – vielleicht von einem *Tallit* ohne *Zizit*, einem Gebetsmantel ohne eine der vier Quasten an der Seite des Mantels, bedeckt, vielleicht vollständig in ein weißes Totenhemd eingewickelt, das die Form seines Körpers nachzeichnet – und wird in ein Erdloch gesenkt. Viele Leute sind da, die alle näher bei ihm stehen als ich. Zwischen ihren Beinen hindurch und beim Gesang der Psalmen sehe ich die hölzerne Kiste, wie sie wie ein Stein auf den Boden stürzt, und ich stelle mir vor, wie Liors Körper hart auf die braune Erde aufschlägt – er ist nicht sanft genug auf den Boden hinabgelassen worden, es ist nicht sanft genug geschehen, nicht sanft genug, nicht sanft, nicht genug.

Liors Mutter steht am Rand des ausgehobenen Grabes, sie wird von seinem Vater umarmt, dessen einer Arm ihre Schulter festzuhalten versucht – ihre Hemden sind auf der linken Seite über ihren Herzen eingerissen, ein Zeichen für Schmerz und Trauer, Zeichen für ein gebrochenes Herz –, und sie wird von Liors Bruder gehalten, dessen geöffnete Hände sie am Umfallen zu hindern versuchen. Sie schreit: »Warum? Warum? Warum sind es immer unsere Kinder? Warum?«, wieder und wieder, aber nach einer Weile höre ich sie nicht mehr, doch ihr Mund bewegt sich noch.

Mit einer Schaufel wird Erde in sein Grab geworfen. Wie ein Kind, das ins Bett gesteckt wird und unter Lagen von Federn verschwindet, die seine weiche Decke bilden, kann er zu träumen beginnen. Lior, der unter weißen Stoff gesteckt worden ist, verschwindet langsam unter Schichten und Schichten von Erde. Bald wird alles, was von ihm übrig ist, Erinnerungen sein, denke ich, während ich mir die Erinnerungen wie Abdrücke in meinem Gedächtnis vorstelle, die jeden Aspekt meines Intellekts und meines Bewusstseins prägen, meinen Gedanken einen Geschmack verleihen und meinen Wahrnehmungen eine Form, meinen Gefühlen Farben und meiner Vorstellung Düfte. Abdrücke, die auch auf meinem Körper sind; einem Körper, der jetzt von seinem Tod geprägt ist.

Und vielleicht sind Erinnerungen auch das Einzige, was ihm geblieben ist. Während er aus meinem Blick verschwindet, frage ich mich, was für Erinnerungen er mit sich unter die Erde nimmt, und ob er irgendwelche an mich mitnimmt.

Einer nach dem anderen nehmen die Leute die Schaufel in die Hand und werfen drei Haufen Erde in sein Grab. Die Körner müssen durch die Löcher rieseln, die in den Boden der Kiste gebohrt sind, durch die Holzritzen, unter den Stoff und auf ihn, in Liors flachen Bauchnabel hinein, in seine Ohren – in sie und dahinter –, die wie Muscheln gekrümmt sind, über seine dünnen Augenlider, sickern zwischen seine weichen Lippen, zwischen seine Zehen, und verdecken seine Intimsphäre – Körner, die mit jedem Tag, der vergeht, immer dichter und dichter werden und jede Spalte ausfüllen.

Nach dem Ende der Zeremonie frage ich Tom, ob ich sein Auto ausleihen kann. Dann gehe ich zu Liors Familie und sage ihnen mit gedämpfter Stimme, wie leid mir ihr Verlust tut. Seine Mutter streckt die Arme nach mir aus und schlingt sie um mich, und ich mache dasselbe mit ihr. Ich lasse sie die Dauer der Umarmung bestimmen, weil ich nicht sicher bin, wie lang oder wie kurz sie mich drücken möchte. Sie atmet in mein Ohr, und schon zittert die Haut in meinem Innenohr, und mein Körper bekommt eine Gänsehaut, ich ziehe mein Ohr näher an meine Schulter, weiter weg von ihrem Mund.

Ich fahre. Ziellos. Ich halte an einer Autobahntankstelle und kaufe eine Zeitung, von der mich Liors Gesicht anlächelt. Ich lege die Zeitung auf den Nebensitz und lasse mich von der Straße leiten. Die Fenster sind hochgekurbelt und halten fast alle Geräusche ab, ich fühle mich, als würde ich unter Wasser fahren, und ich frage mich, ob der Himmel heute voller Sirenen ist, die für ihn heulen, wie an jedem Gedenktag, ob vielleicht ihr Klang dem *Schofar* ähnelt, der in der Synagoge geblasen wird, ein Klang, der angeblich alle Schläfer weckt. Selbst wenn es so wäre, würde ich die Sirenen nicht hören.

»Anschlag tötet zehn israelische Soldaten« – es ist ein angedeutetes Lächeln, eines, das sich gerade in einem seiner Mundwinkel bildet, so dass sich nur auf seiner rechten Wange zwei kleine Falten schwach abzeichnen. Sein Gesicht ist weniger rund, seine Form und seine Züge sind schärfer als auf dem Gesicht, das er hatte, als er jünger war. Der Zeitungsdruck verleiht seiner Haut etwas Durchsichtiges, macht es unmöglich, seine Augenfarbe zu erkennen, aber die Augen selbst sind noch immer so mandelförmig wie eh und je. Und sie sind weit offen.

Ich halte an einer Ampel und warte, dass sie grün wird – »die Soldaten starben, als sich ein Selbstmordattentäter neben einem Militärstützpunkt voller Sprengstoff in die Luft jagte«. Seine Haare sind kurz, als wären sie gerade geschoren worden, und die paar Sommersprossen auf seiner Nase lassen den Schluss zu, dass das Bild nach einem Nachmittag aufgenommen wurde, den er in der Sonne verbracht hatte. »Die *Israel Defense Forces* bezeichnen den Anschlag als den Vorfall mit der höchsten Todesrate seit dem Beginn der momentanen Kämpfe.« Die Ampel ist grün; sie ist auf grün gesprungen, ich weiß nicht, wann. Lior sieht noch viel besser aus, als ich erwartet hatte. Die anderen neun Gesichter blicken mich nicht an.

An der Hauptkreuzung, die nach Tel Aviv hineinführt, bin ich kurz davor, umzudrehen, eine 180-Grad-Kehre zu machen und wieder auf die Autobahn zurück nach Jerusalem zu fahren, entscheide mich dann aber, in die Stadt hinein zu fahren. Ich verfahre mich, komme an ein paar hohen Palmen vorbei, werde angehupt, verfranze mich in Einbahnstraßen, komme an vielen renovierten Häusern im Bauhaus-Stil vorbei – der Verkehr ist heftig, dauernd rennen Fußgänger auf die Straße, scheren Autos in meine Spur ein, aber schließlich schaffe ich es, die Straße zu finden, in die ich wollte, wo es immer noch den Laden gibt, wie ich gehofft hatte.

Ich nehme Liors Zeitungsbild in meine Hand, halte es behutsam fest, aus Sorge, das Papier könnte zerreißen, und statt in den Laden zu gehen, setze ich mich auf eine Bank auf der anderen Straßenseite. Ich ziehe meine Schuhe aus und setze mich mit hochgezogenen Beinen hin, meine Knie zum Himmel gerichtet. Meine rechte Hand liegt auf meinem rechten Knie, meine linke Hand auf Liors Papiergesicht neben mir. Ich sitze still und schaue in die Luft; ich bewege mich nicht ein bisschen nach vorne, nach hinten, nach links oder rechts – ich habe das Gefühl, als hätte die Bank die Form meiner Füße, meiner Zehen, meines Hinterns angenommen. Es bläst kein echter Wind, nur eine schwache Brise, die wahrscheinlich die Oberfläche des Meerwassers zum Kräuseln bringt, das nicht weit von hier ist. Vor meinen Augen tanzen winzige Fliegen, ihre Bewegungen zerschneiden die Luft.

Ich lese den Artikel nicht, weil mich der Anschlag nicht interessiert, weil ich keine Fakten oder Beschreibungen brauche, weil es *nie* um die Wahrheit geht – weil ›Wahrheit‹ einfach nur ein Wort ist, mit nicht mehr oder weniger Bedeutung als andere –, und wenn überhaupt, geht es um viele, viel zu viele Wahrheiten, ein ganzes Netz von Wahrheiten, das sie alle auch zu Lügen werden lässt; das aus Wahrheiten und Lügen nichts anderes als verschiedene – sogar widersprüchliche, inkonsistente, unvereinbare – Formen macht, mit denen die Realität verpackt wird.

Immer wieder geht jemand dicht vor oder hinter mir vorbei – Männer mit Stöcken in der Hand, die ihre Hunde spazieren führen, Leute beim Einkaufen, Frauen beim Power-Walking, die in ihre Handys quatschen. Zu viele Pärchen kommen vorbei und zu viele, viel zu viele, halten sich an den Händen.

Bevor die Sonne untergeht und den weiten Himmel orange, rosa und violett färbt, stehe ich auf – ich nehme die Zeitung hoch, um sie mitzunehmen, und der Sand, der irgendwie auf ihr gelandet ist, rieselt von den Seiten, reibt über Liors Gesicht und macht kleine Geräusche, und ich halte die Zeitung nah an meinen Körper, halte sie so fest, als wäre sie ein Schatz, das Allerkostbarste überhaupt – und gehe direkt auf den Laden zu.

Kaum habe ich ihn betreten, sage ich dem Mann hinter dem Ladentisch zwischen Wänden, die mit einem dunklen, grauen, filzähnlichen Stoff bespannt sind, was und wo ich es haben will. Er zeigt mir einige Zeichnungen – »es sollte einfacher sein«, sage ich –, er zeigt mir andere Zeichnungen – »es sollte kleiner sein«, sage ich –, er nimmt ein Lineal und zeichnet etwas für mich.

»So ungefähr?«, fragt er.

»So ungefähr«, antworte ich.

Er dreht sich um, und ich sehe, dass die linke Seite seines Rückens von einem Tattoo bedeckt ist – ich kann dessen Gestalt nicht erkennen, weil der Großteil von seinem T-Shirt verdeckt wird und nur ein paar Linien auf seiner Schulter hervorschauen. Ich habe die Leute, die sich ein Tattoo machen lassen, noch nie verstanden.

Der Mann dreht sich zu mir, bittet mich, ein Formular zu unterschreiben, und während ich den schwarzen Kugelschreiber halte, fühlt sich mein Handgelenk elastischer an als sonst, und meine Unterschrift reicht über den Platz hinaus, der auf dem Formular für sie vorgesehen ist. Er sagt mir, dass er ein Abziehbild vorbereitet hat und dass ich mit ihm kommen soll – ich folge ihm, wie ein Gefreiter seinem Offizier auf einer Straße ins Unbekannte folgt. Er schließt die Tür, lässt die Jalousien herunter, macht das Licht an, der Raum bekommt etwas Intimes, und er bittet mich, ihm die Stelle zu zeigen.

Ich knöpfe meine Jeans auf, ziehe sie herunter, ziehe auch meine Unterhose etwas herunter und hebe mein rotes T-Shirt ein bisschen hoch. Er kniet sich hin, und sein Gesicht ist genau auf der Höhe meiner Intimsphäre – nur Zentimeter davon entfernt, ich spüre, wie sein Atem weich aus seinem Mund strömt und auf meiner Haut landet –, meine Jeans sind aufgeknöpft und heruntergezogen, und seine Augenbrauen, seine Wangen, seine Nase, seine Lippen, sein Kinn sind ganz nahe an meiner teilweise entblößten Intimsphäre, an meinen Schamhaaren, und es ist mir nicht peinlich, und ich bin überrascht, dass es mir nicht peinlich ist.

Er zieht Handschuhe über, desinfiziert die Stelle und trägt eine Salbe auf. Seine schlanken Finger legen das Abziehbild sanft auf meine Haut, bevor er es mit dem Daumen andrückt, als wäre es ein Sticker für ein entfernbares Tattoo. Dann zieht er es wieder ab, aber die Zeichnung bleibt auf meiner Haut. Und er begutachtet sie, wie ein Maler seine Leinwand; er begutachtet mich, wie ein Maler sein Modell.

»So wird das aussehen«, sagt er. »Sollen wir loslegen?«

»Hmm.«

Ich mache ein paar Schritte weg von ihm, auf einen Wandspiegel zu, schaue mein Spiegelbild an und konzentriere mich auf die Stelle, wo es ist – jenseits meines flachen Bauches, jenseits meiner Hüftknochen, nah an meiner Intimsphäre, dunkles Schamhaar grenzt an blasse Haut.

»Ja«, sage ich und nicke mit dem Kopf.

»Dann kannst du dich da hinlegen.«

Ich folge ihm und lege die Zeitung auf einen Stuhl. Er bereitet die Tätowiermaschine vor – sie ist kleiner, als ich erwartet hatte – und gießt schwarze Tinte – die tropft, als wäre sie eine Infusionsflüssigkeit – in den Hals einer Flasche. Ich vermute, jetzt ist einer dieser Momente – ein Moment, in dem man noch die Kontrolle hat, eine Sekunde, bevor man sich für eine Sache oder für eine andere entscheidet; ein Moment, in dem man noch entscheiden kann, bevor das eigene Nicht-Entscheiden die Entscheidung ist –, und ich vermute, dass jeder Moment ein solcher Moment ist, nur dass man ihn oft nicht als solchen erkennt, unabhängig davon, wie genau man hinsieht. Ich schließe die Augen – ich wollte nie ein Tattoo haben, habe Tattoos immer mit dem Holocaust in Verbindung gebracht, nie hätte ich gedacht, dass ich je eines würde haben wollen, und dennoch –, aber ich öffne die Augen wieder, denn ich will ganz hier sein.

Und er beugt sich über mich und bittet mich, näher zu ihm zu rücken und so zu atmen wie gerade, normal, und einfach so weiterzuatmen wie gerade, und er berührt meine Haut, und ich atme so wie gerade – tief, ohne Hast –, und seine Finger stecken in Plastikhandschuhen, berühren meine Haut, dehnen sie, ziehen sie straff, aber bis zu seinen Armen, die sich warm auf meiner Haut anfühlen, reichen die Handschuhe nicht. Er macht die Maschine an, ihr Brummen dringt in mein Ohr, und er hält sie zur Decke, als wäre sie ein Gewehr – und will ich das gerade wirklich? »Will ich das gerade wirklich?«, frage ich.

»Das musst du mir sagen.«

Ich hole tief Luft. »Ja, ich will.«

Etwas Scharfes und Kaltes berührt mich, zwickt mich. Es tut nicht weh, es ist nicht unangenehm, und während ich an die Nadel denke, die in meine Haut dringt, entsteht in meiner Vorstellung das Bild einer Mücke, die saugend auf einem Arm sitzt – die Maschine summt und erzeugt in mir das Gefühl, mit einem Stift bemalt zu werden, aber ich weiß, es ist etwas anderes, eine Nadel dringt in mich ein, und der Gedanke daran lässt meinen Körper sich ein paar Sekunden lang verkrampfen, er wird so fest wie ein Stein, aber dann entspannt er sich wieder.

Der Mann macht eine Linie fertig, hält die Maschine von mir weg, wischt die Stelle mit einem lauwarmen, feuchten Tuch ab und fährt dann fort. Seine Arme fühlen sich weich und warm an auf meiner Haut, und die Tattoo-Nadel berührt mich dort, wo mich Liors sanfte Hände hätten berühren sollen; statt Liors Fingerspitze fährt die Nadelspitze Teile meines Körpers nach. Und ich liege mit heruntergelassener Unterhose da, die Hände flach auf meinem Bauch, meine zehn Finger formen einen Kreis, dessen Zentrum mein Bauchnabel ist, und der Mann konzentriert sich auf mich und auf meine allerintimsten Körperteile, und er ist mir nah und ich spüre seinen Atem auf mir – so warm wie seine Arme –, und er tätowiert noch eine Linie, und die Nadel sticht in meine Haut und kommt wieder heraus, hundert Mal pro Minute – sie pickt, pickt, pickt, und es tut nicht weh. Und anschließend wischt er die Stelle mit dem lauwarmen, feuchten Tuch ab.

Seine Arme sind weich und warm und reiben auf meiner Haut, und ich schaue hinab auf einen schwarzen Tintenklecks, und er fährt fort – »noch zwei Linien, dann sind wir fertig«, sagt er –, und ich spüre die Stiche nicht mehr, die Nadel macht ihr eigenes Ding und ich ebenso; *ich* lasse die Tinte tief einsickern und meinen Körper zeichnen. So tief wie die Tätowierung meines Großvaters. So tief wie die Tinte, die er auf den Seiten seines Buches haben will.

Ich musste das tun, ich musste – aus allen richtigen Gründen und aus allen falschen Gründen, aus keinem Grund und aus jedem Grund, ich musste das tun.

»Fertig. Wir sind fertig.«

Er klebt ein Stück Frischhaltefolie auf meine Haut, und ich spreche ihm nach: »Fertig. Wir sind fertig.«

Die Dämmerung tritt ein, die Straßen sind ruhig – sie geben dem Wort »ruhig« eine ganz neue Bedeutung –, der *Shabbat* ist da. Räudige Katzen springen von einer grünen Plastikabfalltonne zur nächsten, ihre leuchtenden, furchtsamen Augen verfolgen jedes Detail meiner Bewegungen, und ich bewege mich wie zuvor, als wäre nichts an mir anders, als hätte ich nichts Neues an mir, als wäre nichts zu mir dazugekommen – ich fühle mich an wie ich selbst, aber ich *weiß*, etwas ist anders – ich habe etwas Neues bekommen, etwas ist zu mir dazugekommen –, und dennoch fühle ich mich an wie immer, als wäre *es* immer schon ein Teil von mir gewesen, als wäre *es* schon immer dort gewesen, lange bevor ich beschloss, es dort pflanzen zu lassen.

Mit heruntergekurbelten Fenstern fahre ich zurück zum Haus meines Vaters und vergesse und erinnere mich zugleich, was ich gerade getan habe, vergesse und erinnere mich an Lior, vergesse und erinnere mich an alles, was in den letzten zwei Wochen passiert ist – der Wind rauscht durch mein Fenster, und ich erinnere mich und vergesse und erinnere mich und vergesse. Der Abend ist ziemlich kühl, aber das muss wohl so sein – dies hier ist ein Wüstenland, und der Tag heute war auch nicht besonders warm.

»Wo bist du gewesen?«, fragt mein Vater, kaum habe ich das Haus betreten.

Mein Vater und Tom warten im Wohnzimmer auf mich, mein Vater sitzt direkt unter einer gerahmten Kohlezeichnung eines alten, bärtigen Mannes.

»Wo warst du? Wie geht's dir?«, fragt Tom, während mein Vater auf mich zukommt.

Er nimmt mich in die Arme, meine Wange, mein Kiefer, mein Auge drücken sich an sein T-Shirt, an seine Brust; ich schmelze in seinen Armen, lasse ihn mich eine Weile lang wiegen, aber dann mache ich mich los und laufe im Wohnzimmer herum – vom Sideboard zum Sofa, vom Sofa zum Glastisch, auf dem eine Vase mit getrockneten violetten Blumen steht, und zurück zum Sideboard, wo ich mich umdrehe, anhalte, sie beide anschaue.

»Sobald ich nach Israel geflogen bin, wusste ich, dass ich Lior liebe.«

Ich drehe mich um meine eigene Achse, dann drehe ich mich wieder um und schaue ihnen ins Gesicht, und bevor einer der beiden etwas sagen kann, auf irgendeine Weise reagieren kann, fahre ich fort: »Ich wollte ihm sagen, dass ich ihn schon immer ...«, die erste Träne läuft aus meinem rechte Auge, »... dass ich ihn schon immer geliebt habe«, gefolgt von einer zweiten und einer dritten aus dem linken Auge, »dass es Liebe ist, was mich überkommt, wenn ich uns zusammen nach Hause laufen sehe ...«, danach fließen zu viele zu schnell herunter, als dass ich sie noch zählen könnte, links, rechts, links, rechts, links, rechts, »dass es Liebe ist, seinen nächsten Satz schon zu wissen, bevor er ihn ausgesprochen hat, aber dennoch überrascht zu sein, ihn ihn sagen zu hören ... Es ist das, was mich überkommt, wenn ich uns jeden Tag einander auf Wiedersehen sagen hörte, bevor er nach links ging und ich nach rechts ...« Ich schlucke die Hälfte meiner Worte, schluchze, murmle. Speichel läuft mir aus dem Mund, aber ich kann nicht aufhören. »Ich habe auf das Wochenende gewartet ... Ich habe auf das Wochenende gewartet, an dem er von seinem Stützpunkt nach Hause kommt.« Mein Speichel und meine Tränen sind nicht mehr voneinander zu unterscheiden. Ich habe den Jungen beerdigt, der die Zeit nicht hatte, ein Mann zu werden.

»*Oh*, Fela.« Mein Vater atmet hörbar aus. Mein Bruder schweigt.

»Wie kannst du, ich meine ...«, fährt Papa fort.

Ich drehe mich um, halte an, drehe mich wieder herum, laufe im Wohnzimmer umher – zwischen den beiden Ledersofas, dann gehe ich den Flur entlang, in dem die Bilder von Tom und mir hängen, und während ich sie ansehe, denke ich, ich war ein schönes Kind, ich war eine süße Jugendliche, ich hatte alles, ich war ein Mädchen mit dem wunderbarsten Freund, der zu einem ... der zu einem ... der ... die Tränen fangen wieder an zu laufen, rechts, links, rechts, links, rechts, links, wie ein Wasserfall – ich schaue auf das Bild von Zipper, ich will meinen Hund zurückhaben.

Wieder im Wohnzimmer stehe ich zwischen den beiden Sofas – dem einen, auf dem Tom sitzt, und dem anderen, auf dem mein Vater sitzt. Ich schaue keinen von beiden an und denke, dass Tom immer noch kein Wort gesagt hat. Rede. Sag etwas. Sag etwas, so wie immer. Aber das tut er nicht. Er steht einfach auf und geht auf mich zu und setzt mich auf das Sofa neben sich. Dann geht er in die Küche und kommt mit einem Granatapfel in der Hand zurück – er schneidet die rötliche Schale mit einem Messer ein und bricht sie mit den Fingern auf, er macht die Schale und die Hülle um die Kerne ab, dann holt er die Kerne hervor, einen nach dem anderen, und legt sie, hunderte von ihnen – rot und durchscheinend und süß –, vor mich in eine Schüssel.

Eine Weile lang bleiben wir so sitzen.

»Aber du hast ihn doch sechs Jahre lang nicht mehr gesehen«, sagt mein Vater und schaut Tom an, seine Augen bitten um Hilfe, »das ist doch so plötzlich. Kann ich irgendetwas für dich tun, Fela?«

Worte werden gesprochen, aber nicht von mir.

»Papa, ich glaube nicht, dass du oder ich irgendetwas für sie tun können, und Mama auch nicht, aber«, Tom dreht sich zu mir, »wenn du willst, kann ich sie anrufen.«

»Sechs Jahre ist eine lange Zeit«, fängt mein Vater wieder an, »in sechs Jahren ändert sich viel.« Er steht auf und setzt sich neben mich. »Weine nicht, meine Kleine.« Er nimmt meine Hände, meine zarten Kinderhände und die heutigen – mit ihren Kopflinien und ihren Liebeslinien – und legt sie in seine großen Handflächen.

»Weine, lass alles raus!«, sagt Tom. »Lass einfach alles raus.«

»Vielleicht gibt es doch etwas, was *ich* für dich tun kann, Fela, hm? Sag mir nur, was«, versucht es mein Vater wieder.

»Fela«, Tom fängt einen Satz an.

Hört auf. Beide. Ihr könnt nichts für mich tun. Nicht jetzt. Vor Jahren hättet ihr etwas anders machen können, vor Jahren hätten wir alle etwas anders machen können, und vielleicht, vielleicht wären Lior und ich dann zusammen gewesen, vielleicht hätten wir uns unglaublich ineinander verliebt, aber nicht jetzt, jetzt ist es zu spät.

»Lior hätte dich auch geliebt«, sagt Tom. »Er hätte dich auch geliebt.«

Die kahle Stelle

Draußen ist es dunkel. Ich entschuldige mich und gehe ins Badezimmer, ich ziehe mich aus, wasche mich, meinen Körper, mein Gesicht. Dicke schwarze Mascara-Streifen kleben auf der Haut um meine Augen, Farbpigmente, die in meinen Poren haften. Ich säubere mein Tattoo. Die Wundflüssigkeit, die mein Körper von sich gibt, hat sich mit der schwarzen Tinte vermischt, ich wische alles ab. Ich streiche eine Salbe auf das Tattoo, dann klebe ich ein Stück Klarsichtfolie darüber und gehe ins Bett.

Die Leuchtziffern des Weckers neben meinem Bett sind das einzige Licht im Zimmer. Während ich mich von einer Seite auf die andere wälze, fühle ich mich so, als fiele Sand oder vielleicht auch Staub von meinem Körper auf meine Betttücher, die Körner kratzen mich und jucken zwischen meinen Zehen. Ich reibe meine Füße aneinander, sie sind wie Schmirgelpapier.

Eine Weile lang ist alles, was ich vor mir sehe, das Tattoo, aber dann wird mein Zoomwinkel weiter. Ich sehe mich selbst im Bett liegen – obwohl ich wie ein Stück Holz im Bett liege, malen sich meine Gedanken aus, ich läge eingerollt wie ein Fötus da –, ich sehe mich selbst von oben in diesem Zimmer, in diesem Haus, in diesem Dorf – Kefar Aliab –, dann zoome ich noch weiter und sehe Kefar Teefe. Ich zoome hinein und stelle mir das Haus meiner

Kindheit vor, von Unkraut und Moos überwuchert, und ich zoome hinaus und folge meinen Schritten bis zu der Kreuzung, an der Lior und ich uns immer getrennt haben. Statt nach links gehe ich nach rechts – zu Liors Haus. Ich stelle mir vor, wie ich an seiner Haustür klopfe, wie ich vor dem Türspion stehe, ihn betrachte, ich klopfe und klopfe und klopfe, und nichts passiert, und ich schlage an die Tür, und nichts passiert, und ich schlage noch lauter und ich schlage fester, und nichts passiert, und ich hämmere dagegen, und die Tür macht kein Geräusch mehr. Ich bin zurück auf der Beerdigung.

Mit dem Bild, wie Lior immer tiefer und tiefer in die Erde sinkt, sinke ich immer tiefer und tiefer in die Matratze, in den Schlaf. Die ganze Nacht über schlafe ich leicht, als schwebte ich nur an der Oberfläche des Schlafes, als wäre ich jede Sekunde bereit, aufzustehen und aus meinem Bett zu springen.

Ich stehe auf und springe aus meinem Bett. Ich ziehe mich an, frage meinen Bruder, ob er mir nochmal sein Auto ausleiht, und schaffe es nicht, ihm dabei in die Augen zu schauen.

»Kein Problem«, antwortet er sofort. »Wohin willst du fahren?«

»Ich will Lior besuchen. Gestern waren zu viele Leute da.«

»Soll ich mitkommen? Möchtest du, dass ich mitkomme?«

»Nein. Danke, Tom. Ich will mit ihm alleine sein.«

Während ich diese Worte ausspreche, denke ich an meinen Großvater und daran, wie er mich am Grab seiner Mutter immer wieder allein gelassen hat, und was mir damals ein Rätsel war, ist keines mehr – er wollte mit ihr alleine sein, er wollte nicht, dass jemand zwischen ihm und ihr steht, genau wie ich nicht will, dass Tom zwischen mir und Lior steht.

Dann suche ich meinen Vater im Garten.

»Ich will nach New York zurückfliegen, heute, morgen, so bald wie möglich«, sage ich als allererstes zu ihm. Ich will weg, weil ich nicht bleiben will.

Er gießt gerade einen Granatapfelbaum, dessen Blüten perfekt hellrot sind und dessen Früchte mit jedem Tag immer süßer werden, stelle ich mir vor, während sie sich auf *Rosch ha-Schana* vorbereiten.

»Bist du sicher?«, fragt er und fährt unmittelbar fort, »aber die Feiertage ... Wo du doch schon hier bist, hatte ich gehofft, du würdest bleiben.«

»Ja, ich bin sicher.«

»Ich buche dir einen Flug«, bietet er mir liebevoll an.

»Danke schön, Papa, vielen Dank.«

»Ich wünschte. Ich wünschte, die Umstände wären andere gewesen. Ich wünschte wirklich, du hättest hier eine gute Zeit gehabt.« Sein Gesicht sieht traurig aus, seine grauen Augen versuchen, mein Herz stark zu machen. Und auch sein Herz.

»Ich weiß, Papa, ich auch. Ich habe das wirklich gehofft. Ich komme bald wieder«, sage ich und schaue zu, wie er den Gartenschlauch vor sich hält, um die Passionsfruchtkletterpflanzen zu wässern, an denen immer noch ein paar dunkelviolett-rote Früchte hängen. »Das verspreche ich.«

Bevor ich zum Friedhof fahre, fahre ich nach Kefar Teefe. Der Himmel ist teigig , die Luft steht, die Sonne ist allgegenwärtig – sie erleuchtet alles, blendet aber nicht –, die Straßen sind leer, das Dorf ist wie verlassen.

Ich parke und bleibe im Auto sitzen und warte, dass mein Arm zum Türgriff greift und die Tür öffnet. Ich sitze bewegungslos, mit dem Fuß auf der Bremse und den Händen am Lenkrad, und ich schaue auf das Armaturenbrett und – als hätte ich Angst, die Luft von draußen zu atmen – sitze unbeweglich, wie die Testpuppe vor einem Autounfall –, steig aus, steig einfach aus, steig aus, sage ich mir, aber ich bleibe sitzen, steig aus, aber ich tue es nicht – ja, wirklich nicht. Bis ich endlich den Arm ausstrecke. Bis ich endlich die Tür öffne und mich auf den Weg zu der kahlen Stelle mache.

Umgeben von Eukalyptusbäumen schaue ich hinauf – ein blaues Stück Himmel trägt eine Krone aus glitzernden Blättern –, die Blätter funkeln vor dem Himmel, der Himmel schimmert vor der Sonne. Wäre ich ein fliegender Vogel und sähe hinunter, würde ich einen grünen Fleck mit Bäumen und einem Loch in der Mitte sehen, einem Loch, das nicht ganz leer ist, weil ich in ihm stehe.

Ich hebe ein Blatt vom Boden auf, untersuche es, streiche darüber. Ich schaue es mir gründlich von beiden Seiten an, kann aber nicht sagen, welches die Ober- und welches die Unterseite ist. Beide haben denselben blassgrünen, fast gräulichen Farbton. So oft haben wir uns diese Blätter angeschaut und versucht, herauszubekommen, welches die Ober- und welches die Unterseite der Blätter war, und erst gegen Ende der achten Klasse – als Lior eingefallen war, dass er seinen Vater fragen könnte – sagte er mir, es gäbe keinen Unterschied zwischen beiden, keine Differenz zwischen oben und unten. Ich fahre mit der Spitze meines Daumens und meines Zeigefingers weich über den dünnen Blattrand, meine Finger zeichnen die Form einer Sichel nach – ich drehe es um – und stelle mir ihn vor, wie er das Gleiche tut.

Erinnerst du dich, als wir Kinder waren, Lior? – meine Frage nimmt die Gestalt eines fast hörbaren Satzes an, während ich mir vorstelle, wie er in seiner Uniform neben mir steht, das Loch im Himmel noch mehr füllt. Erinnerst du dich, als wir Kinder und zu jung waren, um zu verstehen, dass es Krieg gab? Kaum hat sich dieser Gedanke in meinem Verstand gebildet, merke ich, wie falsch er ist, wir waren *nie* zu jung, es war immer Krieg. Es war immer ein Krieg als Hintergrund von allem. Es gab immer den Holocaust.

Ich bin immer das Kind gewesen, das Halberstadt nie verlassen hat. Das Kind, das nie die zionistischen Träume im Nachkriegsdeutschland aufgegeben hat und den israelischen Boden, um den alle kämpfen. Und jetzt bin ich eine Frau, weder aus Schnee noch aus Sand, weder aus dem Osten noch aus dem Westen.

Lior? Weißt du noch, als wir zu jung waren, um zu wissen, dass es einen Krieg gab, an dem unsere Körper teilzunehmen hatten, und nicht einen Krieg, den allein unser Verstand aushalten musste?

Als sich Kindergeschrei nähert – Stimmen, die brüllen und lachen, Füße, die rennen und stolpern, Fahrradreifen, die bremsen und rutschen –, drehe ich mich neugierig um. Die Eukalyptusstämme haben schon ihre Rinde abgeworfen, ihre Oberfläche ist glatt, bunt gesprenkelt, und während ich meine Stelle verlasse, komme ich an zwei Gruppen von Kindern vorbei, die sie gerade betreten, und lasse das Eukalyptusblatt fallen und auf dem Boden landen, auf seiner Ober- oder auch auf seiner Unterseite.

Auf dem Boden liegen keine heruntergefallenen Blätter, die knistern könnten, wenn man auf sie tritt, wie in Polen. Es ist nur ein ausgetrockneter Boden, auf dem sich Risse gebildet haben und der kein Geräusch macht, als ich über ihn auf Liors Grab zugehe – frisch aufgehäuft, ein noch nicht hart gewordener Haufen Erde, auf den ich hinabschaue.

»Ich liebe dich«, sage ich sofort. Einfach so. »Ich bin nach Israel geflogen, um dir zu sagen, dass ich dich liebe. Jetzt ist es zu spät, aber ich liebe dich.«

Indem ich diese Worte laut ausspreche, wird mir bewusst: Dies ist das erste Mal, dass ich sie je zu jemandem gesagt habe, der nicht zu meiner Familie zählt.

Ich liebe dich, Lior.
Opa und Oma, euch beide habe ich immer geliebt.
Ani ohevet Otcha, Papa.
Mama, *I love you.*
Schon seit meiner Geburt liebe ich dich, Tom.
Fela, ich habe gelernt, dich zu lieben.
Ich liebe dich, Lior; ich liebe dich, Lior; ich liebe dich, Lior.

»Ich wünschte, du könntest mir sagen, dass du überrascht bist und keine Ahnung hast, woher diese Worte auf einmal kommen. Dass du geschockt bist. Oder dass du mich auch liebst, oder dass du mich früher geliebt hast, oder dass du mich früher begehrt hast, aber dass zu viel Zeit vergangen ist. Oder sogar, dass du das nie getan hast. Dass du eine Freundin hast, in die du wahnsinnig verliebt bist, deren Gesicht du schon in den Gesichtern eurer Kinder erkennen kannst – oder dass du denkst, die Liebe ist albern, und du machst dir nichts draus.

Ich habe mir vorgestellt, wie ich in deinen Armen liege, Lior. Ich komme mir blöd vor, das zu sagen, aber ich habe wirklich geglaubt, du wärst mein. Und ich wäre dein. Ich habe mit offenen Augen von der Ewigkeit geträumt. Ich schwöre, ich konnte dich sagen hören, für immer der meine zu sein.«

Ich knöpfe meine Hose auf und ziehe sie etwas nach unten. Es ist noch immer gerötet. Die Haut drum herum – unter der waagrechten Oberkante meines Schamhaars, links davon, im Mittelpunkt dieser imaginären Linie – ist noch immer empfindlich.

Früher habe ich geglaubt, die Zahl der Punkte, die Marienkäfer auf ihrem ovalen Körper haben, stünde für ihr Alter. Und dass jedes Jahr ein weiterer Punkt auf der Flügeldecke des Käfers hinzukäme unter der die zarten, durchsichtigen Flügel geschützt sind. Statt eines Punktes für jedes Jahr habe ich viele Punkte bekommen, die zusammen ein Zeichen ergeben – für all die Jahre, die ich schon gelebt habe, für all die Jahre, die ich noch leben werde –, zwei ineinandergreifende Dreiecke: ein Davidstern.

Ich knöpfe mir die Hose wieder zu und stehe noch eine Weile neben dem Haufen Erde, unter dem Lior liegt. Ich bin nicht sicher, wie man sich auf Friedhöfen verhält, aber ich fühle mich nicht wohl, ihn alleine zu lassen, also knie ich mich hin und fange an zu reden.

»Mein Großvater ist alt. Ich glaube, er hat mich nach Polen mitgenommen, weil er alt ist, weil er immer älter und älter wird, weil er weiß, dass seine Geschichte mit ihm sterben wird, wenn ich sie nicht aus seinem Mund höre.

Er möchte ein Buch. Eines, von dem ich wünschte, es schreiben zu können. Aber ich habe nur meine Worte, mit denen ich es schreiben kann.

In Polen hat es geschneit. Die Landschaft ist ganz weiß geworden, unmittelbar nachdem ich von Fela gehört hatte, der richtigen Fela, der authentischen, originalen Fela. Aber ich wette, dass das Weiß inzwischen schon wieder braun geworden ist – und dass überall Pfützen sind.

Und die Luft, Lior, die Luft hier fängt an, nach Feiertagen zu riechen. Weißt du, sie riecht nach ...«, ich fange einen Satz an, den ich nicht beende, weil mich das Bild einholt, wie seine Familie um den Festtagstisch sitzt, mit einem leeren Stuhl, auf dem Lior sonst saß, und der Mund seiner Mutter ist immer noch weit geöffnet, und noch immer kommt kein Ton heraus.

Ich hole tief Luft, dann hebe ich einen kleinen Stein vom Boden auf und lege ihn auf sein Grab, genauso, wie ich es letzte Woche bei dem Grabstein meiner Urgroßmutter getan habe. Mit der linken Hand in meiner Hintertasche hebe ich die rechte Hand und winke auffallend langsam. Dann fange ich an, mit kleinen Schritten aus dem Friedhof zu gehen, während ich mir mit dem Daumen über die Unterlippe fahre und mich fühle, als würde mich irgendwer gerade öffnen, mir die Brust aufschneiden, die Schichten meiner Haut auseinanderfalten, als würde alles in mir herausfallen. Nichts würde halten, an seinem Platz bleiben, nichts würde an meinen Knochen hängenbleiben, an dieser Form, dieser Schale, die alles so lange aufbewahrt hat. Ich beschleunige meine Schritte und gehe durch das Tor hinaus. So ein hässliches Tor.

Nachdem ich nach Hause gekommen bin, essen Tom, mein Vater und ich zu Abend.

Tom serviert Hühnchen und Couscous mit gedünstetem Gemüse und Garbanzo-Bohnen, und ich wende mich zu meinem Vater und frage ihn, »warum legt man jemandem einen Stein aufs Grab?«

»Ich bin ziemlich sicher, dass dies aus alten Zeiten stammt, in denen Menschen Steine benutzten, um ihre Gräber zu beschweren«, antwortet er. »Darf ich dir Hühnchen geben?«

»Aber heute, warum macht man es heute noch?«

»Irgendwann wurde das rituell«, sagt Papa und legt mir einen Hähnchenschenkel auf den Teller, dann den anderen auf Toms Teller.

»Es ist ein sichtbares Zeichen«, sagt Tom.

»Was meinst du damit?« Die beiden beantworten meine Frage nicht. »Gräber selbst sind sichtbare Zeichen, wozu dienen dann die kleinen Steine, die jeder auf das Grab legen soll?«

»Es ist ein persönlicheres sichtbares Zeichen«, sagt Papa mit ziemlich unsicherer Stimme und nimmt einen Happen von dem mit Orangen und Pflaumen zubereiteten Huhn. »Indem man den Stein dorthin legt«, sagt er und hat jetzt sein Gleichgewicht wiedergefunden, »sagt man den Verstorbenen, dass sie das eigene Leben auf positive Weise bereichert haben und sie nie vergessen werden.«

»Ach so, ich verstehe«, sage ich und denke mir: Steine sind – wie die Erinnerungen – immer da, sie bleiben.

»Und wenn man den Stein dorthin legt«, fährt mein Vater fort, »sagt man den Verstorbenen, dass man anderen von ihnen erzählen wird, damit die anderen sie kennenlernen.«

Das Konzentrationslager kommt mir in den Sinn, jenes, das vollständig zerstört und in ein ganzes Feld von Gedenksteinen verwandelt wurde: Die Welt lässt die Toten – jeden und jede von ihnen – wissen, dass sie so viel auf positive Weise beeinflusst haben; und die Welt lässt sie als Individuen, als Familienmitglieder, als Gemeindemitglieder wissen, dass sie nicht vergessen sind, dass von ihnen gesprochen wird, damit die anderen sie kennenlernen.

Das Steinfeld ist ein Eid – die Bäume, der Wind, die Sonne, der Schnee, der Regen, der Himmel und die Sterne versprechen, sich zu erinnern; die Schmetterlinge, die über die Steine fliegen, die Ameisen, die auf ihnen krabbeln, die Wildtiere, die an ihnen vorbeihuschen und die Leute, die zwischen ihnen herumgehen, alle lassen die Toten wissen, dass sie zutiefst und aus ganzem Herzen dankbar sind, durch sie beeinflusst worden zu sein.

»Ich habe einen Stein auf Liors Grab gelegt«, erzähle ich ihnen. Ich habe einen Stein auf sein Grab gelegt.

In der Dusche ist die Luft voller Dampf. Schmutz versteckt sich unter meinen Nägeln, Staub zwischen meinen Zehen, meine Haare sind klebrig. Langsam werden meine Hände, meine Füße, mein Körper faltig vom Wasser, aber mein Gesicht bleibt glatt. Das Wasser, das auf mich herabfällt, ist beruhigend, und ich schaue an meinem nackten Körper herab und erinnere mich, dass mein neues Tattoo nicht lange nass werden soll.

Und ich lege meinen Körper ins Bett. Die Stille fühlt sich dichter an als in der Nacht zuvor. Etwas an ihr fühlt sich unendlich, unbesiegbar an. Wenn er doch nur neben mir schliefe.

Ich ziehe mich für dich aus, vor dir. Ich ziehe mein Hemd aus, meine Hose. »Lior, schau mich an, wenn ich deine Hände nehme und mit ihnen auf meinem Körper tanze.«

Ich komme näher, ich nehme seine Hände, er lässt mich seine Hände nehmen.

»Und du fühlst dich nicht unbehaglich?«

»Nein, das tue ich nicht«, sage ich zu dem Mann, der vor mir steht.

Er kommt näher, er nimmt meine Hände, ich lasse ihn meine Hände nehmen.

»Dann schaue ich dich an.«

Ich ziehe meinen BH aus, meine Unterhose – »schau mich an, wenn ich meine Hände nehme und mit ihnen auf deinem Körper tanze. Schau meine Brust an, meine Brustwarzen, meine Dehnungsstreifen.«

»Das tue ich doch.«

»Also ist dein Blick zu jenem Umhang geworden, den ich nie mehr ablegen werde.«

Wir kommen einander näher, und wenn wir einander nicht mehr näher kommen können, nähern wir uns noch mehr.

Durch meine sich schließenden und öffnenden Augenlider hindurch sehe ich seine Augenlider, die sich schließen und öffnen – das Flattern meiner Lider lässt seine mandelförmigen Augen erkennen, seine Locken.

Wir suchen; ich suche, er sucht, wir suchen.

Das Flattern meiner Lider lässt seine niedliche Stupsnase erkennen, seine Kieferlinie.

Wir suchen, wir finden, wir suchen, suchen, suchen – wir finden.

Unsere Augen fixieren einander – *wir haben uns gefunden* – und wir schauen uns an – *wir haben uns gefunden* – mein Kopf liegt erhöht auf dem Kopfkissen – *wir haben uns verloren* – »du hast mich so alleine gelassen mit Worten, die darauf gewartet haben, ausgesprochen zu werden.«

Ein Punkt über dem Ozean

Ich schreibe:

Euer Sohn war wunderbar gewöhnlich, und doch war er der außergewöhnlichste Mensch, den ich je gekannt habe.

Ich streiche das durch, werfe das Blatt weg.

Ich schreibe:

Lior war nie nicht außergewöhnlich genug, nie nicht gewöhnlich genug.

Er ließ das Normale einzigartig erscheinen. Und das ...

Ich reiße das Papier in Schnipsel.

Ich schreibe:

Euer Sohn war großartig. Der Großartigste von allen.

Ich schreibe:

Euer Sohn war der Großartigste von allen.
Er ließ das Allergewöhnlichste außergewöhnlich erscheinen,
das Alleraußergewöhnlichste vertraut,
das Vertraute unvertraut,
das Unvertraute gewöhnlich.
Er war der Großartigste.
Immer und ewig der Großartigste.
In Liebe
Fela

Ich stecke das Geschriebene in einen Umschlag und nehme ihn mit, als Tom und ich zu einem Blumenladen fahren, in dem ich mich nicht entscheiden kann, welche Blumen ich nehmen soll – Lilien, Zinnien, Nelken –, sie sind alle so schön, sie leuchten alle so obszön. Ich habe noch nie einen Trauerstrauß verschickt, und schließlich nehme ich einen schlichten Strauß Gänseblümchen, an dem ich den Umschlag mit einem roten Band befestige. Ich lasse die Blumen zu Liors Haus liefern, weil ich es dorthin nicht schaffe. Ich kann mir nicht vorstellen, in seinem Wohnzimmer *Schiv'a* für ihn zu sitzen, wo alle sind, die seine Familie nicht alleine lassen wollen, und wo meine Augen wüssten, dass sein Zimmer nebenan ist, hinter dieser einen Tür. Ob es jetzt genauso ist wie immer oder ob die Poster von den Wänden abgenommen worden sind, ob seine Mutter über Nacht all seine Möbel auf den Sperrmüll gebracht hat, oder ob sie sein Zimmer so lassen will, wie es war, für immer; ich kann mich nicht überwinden, zu seinem Haus zu gehen.

Wir fahren zum Flughafen, und während ich versuche, alle Gedanken so gut wie möglich von mir fernzuhalten, weht eine starke Brise mein Haar nach hinten; immer wieder muss ich meine Augen schließen. Ich nehme meine neue Perlenkette zwischen meine Finger und höre Musik im Radio, wo wieder mir unbekannte Lieder gespielt werden.

Noch einmal verlasse ich den Kontinent meiner Kindheit. Ich verlasse ihn, aber dieses Mal lasse ich ihn nicht hinter mir zurück. Ich gehe in ein Leben zurück, von dem Lior nie Teil war, aber ich nehme ihn mit mir – jeden Teil von ihm.

Und so kommt Liors Stimme zu mir zurück, und ich denke an unser Gespräch an jenem Morgen, an das letzte Mal, als ich seine Stimme gehört habe – nach meiner Dusche mit dem Fremden, nachdem ich meine Periode bekommen hatte –, und ich denke an all die Dinge, die ich sagen wollte, die ich aber noch nicht wusste. Und wenn ich sie gewusst hätte und wenn ich sie gesagt hätte, hätte das wirklich einen Unterschied gemacht?

»Ich weiß, das ist wahrscheinlich das Letzte, was du jetzt gerade hören möchtest, weil es die Dinge weder leichter macht noch besser, aber jeder hat einen Verlust zu ertragen. An dem einen oder anderen Punkt des Lebens, normalerweise sogar an vielen verschiedenen Punkten, ist jeder mit diesem Gefühl konfrontiert«, sagt mein Vater. »Aber bitte. Bitte versuche, in allem das Positive zu sehen, Fela.«

»Okay, Papa.«

»Brauchst du etwas, bevor du abfliegst? Irgendetwas aus Israel, was du gerne hättest, wenn du jetzt nach Amerika zurückgehst?«

»Ich weiß nicht, Papa«, sage ich und denke noch über seine letzte Bemerkung nach, darüber, dass es das Leben ist und nicht der Tod, mit dem man so schwierig fertig wird.

»Etwas, was du in New York nicht bekommen kannst – obwohl ich weiß, dass man dort alles bekommen kann.«

»Ich komme bald nach New York«, sagt Tom. »Wenn dir also irgendetwas einfällt, sag mir einfach Bescheid. Ich freue mich wirklich darauf, dich zu besuchen.«

»Es wäre wunderbar, dich dort zu haben, Tom.«

»Meine Kleine, ich wünschte, die Dinge wären anders gelaufen.«

»Ich auch, Papa. Ich auch.«

Wir umarmen und küssen uns zum Abschied. Und als ich sie beide loslasse, sagt mein Vater, »denk dir etwas Besonderes aus, etwas, was ich dir zusammen mit Tom schicken könnte, etwas, worüber du vielleicht lächeln wirst, wenn du wieder in New York bist, ein kleines Andenken.«

Ich zögere eine Sekunde. »Mir fällt einfach nichts ein.« Ich drehe mich um und drehe mich noch einmal um. Dann laufe ich los – die Flughafengänge sind weit und leer und sauber – ich schaue zurück –, meine Augen rücken näher an sie heran, meine Füße gehen weiter von ihnen weg – und schicke ein wehmütiges Lächeln in ihre Richtung.

Aber ich habe mir ja etwas geschenkt, etwas Besonderes, denke ich, ich habe mich selbst gezeichnet, mit etwas aus Israel, aus Polen und auch aus Deutschland – ich habe mich selbst mit dem Holocaust gezeichnet und mit den Überlebenskämpfen Israels, die es immer gab und immer noch gibt.

Wie mein Großvater habe ich eine Tätowierung, die mich und meinen Körper als jüdisch kennzeichnet. Etwas, das mich kategorisiert, mich vielleicht in Gefahr bringt, etwas, das mich beschützt – ein versteckter Stern, ein Schutzschild.

Meinen Körper, meine Leinwand – ich habe ihn verletzt, ihn geschmückt, ich habe Besitz von ihm ergriffen. Und diese Tinte – Tinte, die das Leben für gültig erklärt, die den Tod für gültig erklärt – unter meiner Haut, sie fühlt sich tatsächlich so an, als wäre ich damit geboren, aber bis ich entschieden habe, meinen Körper mit der Nadel tätowieren zu lassen, war alles in der Geschichte meines Lebens eine Schwäche – und jetzt ist es eine Stärke. In mich eingeschrieben ist das, was in der Landschaft meines Körpers gefehlt hat.

Und wieder sitze ich in einem Flugzeug. Vor allem Flugzeuge und Friedhöfe, denke ich, habe ich in den letzten beiden Wochen gesehen. Wir sind noch nicht einmal gestartet, und schon jetzt fühlt sich dieser Flug endlos an.

»Wie war Ihr Aufenthalt?«, fragt mich die Dame neben mir. Ihr Haar hat blonde Strähnen, ihr Gesicht ist hübsch und gebräunt.

Bitte. Sprich nicht mit mir. Bitte, lass mich einfach in Ruhe. »Schön«, sage ich und hoffe, wenn ich nicht zurückfrage, wird sie es mir nicht sagen.

»Meiner war toll. Ich hatte ganz vergessen, dass Israel so viel zu bieten hat. Ich meine, das Tote Meer. Mein Gott! Ist es schön dort.« Sie spricht mit den Händen, und ich starre auf ihre perfekt gepflegten Fingernägel.

Ich schenke ihr ein kleines gespieltes Lächeln, sage aber nichts und hoffe, sie nicht zu ermutigen, das Gespräch fortzuführen.

»Waren Sie zum ersten Mal dort?«

»Nein«, sage ich kurz angebunden. Meine unfreundliche Antwort ist, so hoffe ich, ein Wink mit dem Zaunpfahl.

»Ich auch nicht. Ich war schon vor Jahren einmal in Israel, wahrscheinlich lange vor Ihrer Geburt.«

Ihre Stimme ist unerträglich schrill, durchdringend, sie ähnelt mehr dem Geräusch beim Kaugummikauen als dem Klang gesprochener Wörter.

Noch einmal lächle ich sie an. Und dann schweige ich. Es gibt nicht nur eine Art und Weise des Schweigens, sondern viele; und versteht sie denn nicht, was dieses Schweigen jetzt bedeutet?

Beim Start schaue ich aus dem Fenster und in den Nachthimmel. Er ist voller Wolken, und die graue Luft erzeugt den Eindruck, dass sich das Flugzeug gar nicht bewegt – weder vorwärts noch zurück.

Aber die Stimme der Frau reißt mich aus diesem Gedanken: »Ich war schon einmal hier, direkt nachdem Israel 1973 den *Jom-Kippur*-Krieg gewonnen hat. Jerusalem war damals schon wiedervereinigt, und der Besuch dort war eine so emotionale Erfahrung.«

Ich will gerade wirklich nichts von Kriegen hören. Ich will wirklich nichts von Siegen hören. Ich will nur aus dem Fenster starren, auf etwas Statisches in Zeit und Raum.

»Aber seitdem war ich nie mehr hier. Mein Mann weigert sich übrigens, hierher zu kommen, wegen der ›gefährlichen Situation‹«, sie deutet die Anführungsstriche mit den Fingern an.

Ich nicke.

»Aber ich habe ihm gesagt«, ihre Stimme wird wieder lauter, »ich gehe trotzdem dahin!« Sie sagt das, als wolle sie mich auffordern, ihr auf die Schulter zu klopfen, ihre Furchtlosigkeit zu bewundern und zu beklatschen, ihr zu ihrem Mut zu gratulieren.

Ich nicke.

»Ich denke, wenn meine Zeit gekommen ist, wenn es Zeit für mich ist, zu sterben, dann kann ich daran nichts, aber auch gar nichts ändern, oder?«

»Gute Frau«, sage ich und verdrehe meinen Körper in ihre Richtung, »ich habe gerade auf nichts weniger Lust, als mich mit Ihnen zu unterhalten.«

Ihr fallen fast die Augen aus dem Kopf; sie ist verwirrt, schockiert, unsicher, ob sie mich richtig gehört hat. Die Worte sind aus meinem Mund gekommen, sind mit meiner rauchigen Stimme ausgesprochen worden, aber ich bin auch unsicher, ob ich richtig gehört habe.

Und so verbringe ich die nächsten zwölf Stunden neben einer Fremden, zu der ich gerade grob war, in einem Schweigen, das so ganz anders ist als das, das wir bis dahin geteilt haben.

Sobald ich darf, löse ich den Sicherheitsgurt, stehe auf und gehe – an Reihen und Reihen von Gesichtern vorbei – nach hinten ins Flugzeug, wo die Waschräume und ein Notausgang sind. Dort stelle ich mich an ein Fenster und blicke hinaus. Das Flugzeug fliegt in ein Wolkenfeld, und es wackelt, und mein Körper wird im selben Takt durchgeschüttelt; und ich spüre, wie wir fliegen – spüre den Übergang vom Über-dem-Boden-Sein zum Über-den-Wolken-Sein. Bald werden wir über dem Ozean sein.

Ich stehe etwas wacklig da und schaue mich in dem ovalen Fenster an, in dem ich mich vor dem dunklen Nachthimmel spiegle.

Ein weißes T-Shirt starre ich an, starre auf ein Bild, das nicht sehr klar ist, dessen Details ich aber problemlos ergänzen kann: olivbraune Haut, welliges, dunkelbraunes Haar, dunkle Augenbrauen und lange Wimpern, die mein strahlend weißes T-Shirt noch unterstreichen.

»Du solltest immer Weiß tragen, die Farbe steht dir«, höre ich Lior.

Ich blicke in mein Gesicht, aber stelle mir vor, mich ganz zu sehen – nackt, aus einer Entfernung. Ich *habe* mir selbst etwas geschenkt. Ich habe mir selbst etwas Besonderes geschenkt, etwas, über das ich lächeln werde, wenn ich zurück in New York bin – ich habe mir selbst ein Andenken an diese Welt geschenkt; ich habe mich gezeichnet mit Geschichte, mit meiner eigenen Geburt, meinem Leben, meinem Tod.

Zurück an meinem Platz frage ich mich: Warum ist es in Flugzeugen immer kalt? Ich reibe meine Hände aneinander, die Frau neben mir schaut mich die ganze Zeit aus den Augenwinkeln an. Ich ziehe mein Extrapaar Socken über und meinen Kapuzenpulli – er lässt das weiße T-Shirt an meinem Körper haften, näher an meinem Herzen. Ich wickle auch die Decke der Airline fest um meine Beine. Und ich frage mich, ob ich genau hier, genau an diesem Punkt über dem Ozean, zur Frau zu werden begann – als ich das erste Mal Israel verlassen hatte und auf dem Weg nach New York war.

Ich sehe uns im Bett liegen, eine abstrakte Gestalt, die nicht erkennen lässt, wo der eine Körper beginnt und der andere endet. »Du hast mich so alleine gelassen mit Worten, die darauf gewartet haben, ausgesprochen zu werden«, höre ich mich selbst zu ihm sagen, während ich denke, dass sein Leben – *dein Leben, Lior*, auf die Erinnerungen reduziert ist, die du bei den Leuten hinterlassen hast. Wie kleine Samenkörner sind sie in mich eingepflanzt. Samenkörner, von denen ich den Rest meines Lebens leben muss.

»Und du?«

»Und du?«, spricht er mir nach.

Kann ich deine Berührung vermissen, auch wenn ich sie seit sechs Jahren nicht mehr gespürt habe? Kann ich vermissen, mit dir Liebe zu machen, obwohl ich es nie getan habe? Kann ich mich erinnern, wie es sich anfühlt, ohne, dass es eine Lüge ist?

»Wie hättest du sterben wollen?«

»Das wäre mir egal«, sagt er. »Das wäre mir egal.«

»Wärst du nicht lieber bei einem Flugzeugabsturz gestorben? Bei einem Vulkanausbruch? An einem Herzinfarkt?«

»Wenn ich irgendwie anders gestorben wäre, hättest du meinen Tod anders gespürt?«

»Nein. Ja. Nein. Ja, weil du für dein Land gestorben bist. Du bist gestorben, weil in einem anderen Land jemand für seines gestorben ist und dich gezwungen hat, für deines zu sterben. Es ist eine Kettenreaktion, die nicht aufhören kann, denn nicht jeder hat in einem Krieg gelebt und gelernt, ihn nicht zu wollen.« Und dann gebrauche ich die Worte meiner Großmutter und sage, »weil diejenigen, die ihn nicht erlebt haben, anders darüber reden.«

Ich bemühe mich *so* sehr, mich an ihn zu erinnern, das Bild von ihm deutlicher zu machen; ich bemühe mich *so* sehr, ihn zu vergessen, das Bild von ihm zu verwischen. Ich bemühe mich so sehr zu erinnern und so sehr zu vergessen, und ich frage mich, ob Opa sich daran erinnert, wie er einst Fela geliebt hat. Und ob ich mich daran erinnern werde, sie immer zu lieben.

Unsere Augen halten einander fest – wir schauen uns an, mein Kopf liegt leicht erhöht auf dem Kopfkissen, ich denke, dass ich nicht wünsche, ihm einen anderen Körper bieten zu können. Dies ist der einzige Körper, den ich habe, es ist der Körper, den ich mir gemacht habe.

Ich vergesse ihn, erinnere ihn, vergesse ihn und frage mich, ob wir diejenigen vergessen, die nicht mehr unter uns sind, weil wir vergessen können, wie es sich anfühlt, sie zu lieben. Und erinnern wir uns an sie, weil sich etwas in uns erinnern kann, wie es sich anfühlt, sie zu lieben? Aber mit der Zeit, denke ich mir, verwandeln wir sie alle zu Geschöpfen unserer Vorstellungen. Wir lassen sie zu dem werden, was wir wollen, was wir brauchen. Wir lieben die Erinnerung an sie, und dann sind sie vielleicht weit weg von dem, was und wie sie früher einmal waren.

Aber selbst wenn es so sein sollte, macht es keinen Unterschied. Es macht keinen Unterschied. Es lässt den Schmerz nicht verschwinden. Es lässt ihn nicht kleiner werden. Es tut immer noch weh, viel zu weh – werde ich je vergessen, wie es sich anfühlt, Lior zu lieben?

»Nein, Lior, ich hätte deinen Tod genauso gespürt.«

»Es wäre mir egal«, wiederholt er sich. »Es wäre mir egal, wie ich sterbe.«

»Aber es ist dein Tod. Wie kann dir das egal sein?«

»Weil ich lieber leben würde.«

»Und du?«, fragt er.

Schweigen stellt sich ein, während ich nachdenke.

»Ich würde es vorziehen, in einem Ozean zu ertrinken«, sage ich, kurz bevor ich denke, wie wunderbar es ist, gemeinsam ein Bett zu teilen.

Ich öffne die Sichtblende und mir wird klar, dass ich, wenn ich Opas Buch schreibe, über Liebe schreiben muss.

Als wir landen, wird es Morgen, ein Morgen, der sich mit dem fallenden Regen vermischt. Meine Augen sind auf den Asphalt gerichtet, meine Finger spielen mit meinen Perlen, und mir fällt auf, dass jeder Regentropfen aus einem bestimmten Winkel wie eine winzige Perle aussieht, wenn er auf den Boden prallt. Könnte ich in diesem Augenblick an vielen Stellen zugleich stehen und aus allen Perspektiven auf den Regen schauen, würde ich einen riesigen Ozean voller Perlen sehen. Ich rufe mir den Augenblick in Erinnerung, an dem mir meine Großmutter die Kette schenkte, und erinnere das halbe Lächeln, das sie im Gesicht hatte, und das ganze Lächeln, das sich auf meinem Gesicht abzeichnete. Sie muss mir die Kette geschenkt haben, damit wir uns erinnern, wie sie unsere beiden Gesichter zum Lächeln bringt – zu einem Lächeln, das nie aus unserer Erinnerung verschwinden wird.

»Soeben sind wir in New York gelandet«, teilt der Pilot über die Lautsprecher mit. »Obwohl es noch ein paar Tage bis dahin sind, möchte ich Ihnen allen *Schana Towa* und ein glückliches neues Jahr wünschen«, verkündet er und bringt alle – Bekannte, Freunde, Familienmitglieder, Fremde – dazu, sich anzuschauen, gute Wünsche zu tauschen, sich anzulächeln.

Diese Lächeln, denke ich, diese Lächeln, die komplett alle Erinnerungen zusammenfassen, und Erinnerungen, die ein ganzes Leben summieren, sind wie Samenkörner, in denen die Energie eines ganzen Baumes steckt.

Einen Moment lang stelle ich mir die Energie bildlich vor, und alles, was ich sehen kann, sind Linien; die Linien in der Hand; die Kopflinien und die Herzlinien, und Linien auf der Decke; Lichtlinien und Linien von Dunkelheit. Ich sehe Linien, die Geschwister verbinden, eine Mutter und ihr Kind, Geliebte, Feinde, einen Leichnam und das, was er hinterlässt. Das sind Linien, die nie zu fließen aufhören.

»*Schana Towa*«, höre ich von der anderen Gangseite, und ich wende mich dorthin, woher die Stimme kommt, und mit festlichen Augen wiederholt er seinen Wunsch, »*Schana Towa*«.

»Vielen Dank«, sage ich, mein Verstand denkt noch immer über Energie nach.

Aus Lächeln werden Erinnerungen, aus Erinnerungen werden Samenkörner, aus Samenkörnern werden wieder Erinnerungen, aus Erinnerungen entsteht Lächeln. Energie, die nie verbraucht wird und nur immer ihre Form ändert. Energien, aus denen neue Bäume wachsen.

»Wie heißt du?«, fragt er auf Englisch und streckt die Hand aus, um meine zu schütteln.

»Fela. Und du?«

»David.« Sein Händedruck ist fest, seine Hände sind weich. »David Stern.«

»Hmm«, sage ich, während ich mir mit meinen Daumen über die Unterlippe fahre. Er ist ein Davidstern, denke ich mir – »du weißt, was dein Name auf Deutsch bedeutet, oder?«, frage ich, und unfreiwillig erscheint ein kleines Lächeln auf meinem Gesicht.